TRAQUÉ

Andrew Fukuda

TRAQUÉ

Tome 2
Libérez le prédateur qui est en vous

Traduit de l'anglais (États-Unis)
par Benjamin Kuntzer

Michel Lafon
POCHE

Du même auteur
Traqué, tome 1,
Cessez d'être la proie devenez le chasseur, 2013

À paraître
Traqué, tome 3

Titre original : *The Prey*

Première publication en langue originale par Saint Martin's Press,
New York, février 2013

118, avenue Achille-Peretti – CS 70024
92521 Neuilly-sur-Seine Cedex
www.lire-en-serie.com

Pour Obaachan

1

Nous pensions nous être enfin débarrassés d'eux, mais nous nous trompions. Cette nuit, ils sont à nos trousses.

Nous entendons la meute de chasseurs quelques minutes avant qu'elle n'atteigne les berges de la rivière ; des grognements graveleux s'élèvent dans le ciel nocturne, claquants et cassants tels des tessons foulés aux pieds. Les naseaux du cheval se dilatent, ses prunelles se révulsent, et il se cabre brusquement. Tous muscles bandés, il part au grand galop, les oreilles en arrière, le blanc de ses yeux luisant comme une lune hallucinée dans l'immensité sombre du terrain.

Nous attrapons tous les six nos sacs, nous ruons vers notre embarcation solidement amarrée, les jambes flageolantes. Les cordes sont tendues, et nous ne parvenons pas à les défaire de nos doigts tremblants. Ben s'efforce de réfréner ses propres geignements, Epap est déjà debout sur le radeau, tétanisé, la tête tournée vers la source de ce raffut. Ses cheveux en bataille sont dressés tels les bras d'un captif, tout ébouriffés d'un sommeil dans lequel il n'aurait jamais dû sombrer.

Sissy entreprend de trancher les amarres. Des étincelles jaillissent de sa lame tandis qu'elle l'abat de plus en plus vite, de plus en plus fort, stimulée par l'angoisse des secondes qui s'égrènent. Elle s'arrête soudain, l'arme brandie. Elle scrute le lointain. Elle les aperçoit : dix paires de perles argentées se précipitant dans le marais avant de disparaître derrière un léger promontoire. Une sueur froide me coule sur la nuque, semblant figer mes petits cheveux en autant de stalactites se cassant sous l'effet du vent.

Les vingt billes mercurielles réapparaissent, franchissant la crête avec une résolution indéfectible. « Perles argentées », « billes mercurielles » : des termes désuets visant vainement à transformer ces horreurs en inoffensifs accessoires de bijouterie. La vérité est qu'ils appartiennent à des gens. Des chasseurs. Qui n'aspirent qu'à plonger leurs crocs dans notre chair, qu'à nous réduire en lambeaux, à nous dévorer, à fourrager dans nos organes.

Je prends les plus jeunes par la main, les pousse vers le bateau. Sissy s'attaque à la dernière corde, tentant d'oublier les vagissements cinglant l'air, gluants de salive chaude. Je me saisis de la perche, prêt à nous éloigner du rivage dès que la dernière amarre aura cédé. Sissy en vient à bout *in extremis*, et je nous pousse vers le courant. Elle bondit à bord. Les flots nous entourent bientôt, nous attirent loin de la grève.

Les chasseurs s'y rassemblent tous les dix, mélange grotesque de chair fondue et de cheveux emmêlés. Je n'en reconnais pas un – nulle trace de Lèvres Écarlates, d'Abdos, de Sinistre ou du Directeur ; cependant, le désir qui les habite ne m'est que trop familier. Ils sont en proie à un élan plus puissant que la luxure, un besoin dévorant d'avaler la viande et le sang d'un homiféré. Trois d'entre eux foncent, tête baissée, dans les flots, réapparaissant une fois, deux fois à la surface avant de couler irrémédiablement.

Depuis des heures, les chasseurs nous suivent sur la terre

ferme. Nous faisons de notre mieux pour ne pas les regarder, pour garder les yeux rivés sur l'aval ou les planches constituant le pont. Impossible, en revanche, d'échapper à leurs cris, à leurs braillements mêlant envie irrépressible et désespoir cru. Les quatre garçons du Dôme – Ben, David, Jacob et Epap – se blottissent les uns contre les autres dans la cabine pour finir la nuit. Sissy et moi restons en poupe, dirigeant l'esquif à l'aide de nos longues perches, veillant à ne jamais trop dériver. À mesure que l'aube approche, le ciel nuageux s'éclaircit. Les derniers traqueurs, au lieu de s'affaiblir à l'imminence du lever du jour et à l'inéluctabilité de leur mort, ne font que mugir plus fort, exprimant une rage décuplée.

Le soleil pointe finalement, brillant faiblement derrière les nues sombres. Une brûlure filtrée et diffuse. Ainsi, nos poursuivants se meurent lentement, progressivement, affreusement. Pas loin d'une heure s'écoule avant que le dernier gargouillis d'agonie s'éteigne et qu'il ne reste rien à voir, entendre ou sentir.

Sissy prend la parole, pour la première fois depuis le début des événements.

– Je pensais qu'on s'était suffisamment éloignés. Qu'on ne les verrait plus.

Le matin débute à peine, pourtant sa voix est déjà éteinte.

– Il a fait beau, dis-je. Jusqu'à l'orage d'hier.

La pluie et les nuages ont changé le jour en nuit, permettant aux chasseurs de reprendre leur course bien avant le crépuscule, gagnant ainsi un temps précieux.

La mâchoire de Sissy se crispe.

– Dans ce cas, mieux vaut qu'il ne pleuve pas aujourd'hui, déclare-t-elle avant d'aller voir les garçons dans la cabine.

Le courant nous propulse en avant avec une persistance

entraînante. Je parcours des yeux l'étendue d'eau jusqu'à la voir disparaître au loin. J'ignore ce qui se trouve devant nous, et cette incertitude m'engourdit de terreur. Une goutte de pluie s'écrase sur mon front, puis une autre, et une autre ; bientôt, l'averse me ruisselle dans le cou, dévale mes bras hérissés de chair de poule, y faisant jaillir comme des veines saillantes. J'observe le firmament. Des nuages noirs et turgides dérivent et se déchirent. L'eau tombe désormais à seaux, bande sombre et oblique. Les cieux sont doublés d'un coton, aussi noirs qu'une armée de corbeaux en pleine nuit.

La chasse ne fait que commencer. Elle ne cessera jamais.

2

Nous nous serrons les uns contre les autres dans la cabine, nous abritant de la pluie du mieux que nous pouvons. Nos vêtements trempés collent à nos corps émaciés et à nos ventres creux, telle une seconde peau. Régulièrement, l'un d'entre nous, mû par l'illogisme de la faim, ouvre le sac de provisions et le découvre vide, encore. Nous avons depuis longtemps dévoré les baies glanées et la viande de chien de prairie carbonisée.

Le déluge a provoqué l'accélération du courant de la rivière. Nous nous relayons plus fréquemment pour gouverner l'esquif, nos forces déclinant de plus en plus vite. En début d'après-midi, Sissy et moi prenons notre quart. Deux heures plus tard, nous sommes lessivés. Nous nous écroulons dans la cabine, Epap et Jacob nous remplaçant.

Malgré l'épuisement, je ne parviens pas à dormir. Un vent violent balaie la rivière, faisant onduler la surface déjà criblée de pluie. Je me frotte les joues pour recouvrer un peu de chaleur. En face de moi, Sissy est couchée en position fœtale, les paupières closes, la tête posée sur ses mains jointes. Son visage, rendu serein par le sommeil, est doux, et ses traits, réguliers.

– Tu me fixes depuis plusieurs minutes, chuchote-t-elle sans rouvrir les yeux.

Je sursaute. Ses lèvres dessinent le plus léger des sourires.

– Réveille-moi, la prochaine fois. Tu pourrais faire fondre une cloison d'acier avec un regard aussi perçant.

Je me gratte les poignets.

Elle entrouvre les paupières, s'assied. D'épaisses mèches châtain lui tombent sur le visage, aussi emmêlées que la couverture qu'elle étend à présent tendrement sur Ben, qui ronfle à côté d'elle. Elle bâille, étire longuement ses bras en arquant le dos. Elle contourne la pile de bois que nous avons amassée et se laisse tomber près de moi.

– Le courant est puissant, dis-je. Peut-être trop. Ça m'inquiète.

– Non, c'est une bonne chose. Ça permet de creuser l'écart entre eux et nous.

Quelques jours seulement se sont écoulés depuis que nous nous sommes échappés de l'Institut homifère. Nous avons été pris en chasse par une horde affamée de notre chair. Les centaines de convives du banquet se sont lancées à nos trousses, assoiffées de notre sang. Face à pareille meute, notre petit groupe de six n'avait pratiquement aucune chance de survie. Notre seul espoir, si ténu fût-il, résidait dans le journal du Scientifique, le mystérieux carnet nous ayant suggéré de fuir par bateau sur cette rivière. Par chance, nous avons trouvé cette dernière ; et par un miracle plus improbable encore, nous avons également trouvé ce radeau. Cependant, nous ignorons toujours pourquoi le Scientifique nous a envoyés dans cette direction.

– Et ça nous permet aussi de combler la distance qui nous sépare de lui, complète-t-elle, comme si elle lisait dans mes pensées.

Elle me contemple de son regard doux et compatissant. Je détourne la tête.

Hier, quand je suis tombé sur le portrait du Scientifique croqué par Epap, c'était la première fois que je revoyais mon père depuis des années : ces yeux caves, cette mâchoire taillée à la serpe, ces lèvres fines, cette expression marmoréenne qui, même au crayon, laisse percevoir une grâce et une tristesse plus profondes.

À présent, je repense à tous ces secrets qu'il détenait, à tous ces mots qu'il n'a jamais prononcés. La dernière fois que nous nous sommes parlé, il était rentré à la maison en courant, suant abondamment, d'une pâleur de mort. J'avais remarqué les deux piqûres jumelles au creux de son cou. Il s'était donné un mal fou pour feindre sa mutation. Quand il s'était enfui dehors quelques instants avant le lever du soleil, j'avais pensé qu'il comptait sacrifier sa vie pour sauver la mienne.

Alors qu'il n'aspirait qu'à gagner sa liberté, même si je devais périr pour cela.

Je ramasse deux petites branches et les frotte l'une contre l'autre, comme si j'affûtais un couteau.

– Tu penses qu'il a laissé ce radeau pour vous, pas vrai ? Qu'il avait tout prévu pour faciliter votre évasion ? Tu veux mon avis ? Il ne vous était pas destiné. Il était là pour lui, et pour lui seul. C'était *son* moyen de fuite. Sauf qu'il n'a pas été assez malin pour le trouver. Ou alors, il l'a construit lui-même, mais ils l'ont eu avant qu'il puisse s'en servir.

Elle observe les bouts de bois, puis me dévisage.

– Tu te trompes. Le Scientifique nous promettait presque chaque jour que, le moment venu, il nous guiderait hors du Dôme. Il nous parlait de cet endroit merveilleux où il n'y avait aucun danger à redouter, où tout n'était que paix et chaleur, où vivait un nombre incroyable d'autres humains. « Une terre de miel et de lait, de fruits et de soleil. » Voilà comment il l'appelait. Parfois, il la décrivait comme la Terre promise. Et chaque fois qu'il évoquait une possible évasion, il nous y associait.

– Une sacrée promesse…

Elle pince les lèvres.

– Oui. Mais nous en avions besoin. Tu dois comprendre que nous sommes tous les cinq nés dans le Dôme. Et, franchement, nous pensions tous y mourir, après une longue et pénible vie de captivité. Une existence misérable. Le Scientifique… eh bien, il est arrivé de nulle part. Et cette simple promesse a suffi à changer nos perspectives, notre quotidien. Il nous a offert l'espoir. Les garçons, surtout Jacob, en ont été transformés. Voilà ce que l'espoir t'apporte, dit-elle en souriant. Nous ne savons même pas quel goût ont le lait et le miel, ni à quoi ils ressemblent.

– Vous fondez beaucoup d'espoirs sur une simple promesse.

Elle m'observe.

– Tu ne le connais pas aussi bien que nous.

Je manque tressaillir, tant ses mots me font mal. Je parviens néanmoins à me contrôler. Une vie d'entraînement m'a fait passer maître dans l'art de dissimuler mes émotions.

– Tu ne veux pas le retrouver ? me demande-t-elle. N'es-tu pas le moins du monde curieux de savoir où il a pu aller ?

Je cesse de jouer avec mes bâtons. En vérité, j'ai du mal à penser à autre chose.

Les ondulations de la surface se reflètent sur son visage.

– Dis-moi, Gene… chuchote-t-elle en me regardant droit dans les yeux.

J'hésite. Ses mots – « Tu ne le connais pas aussi bien que nous » – me résonnent encore aux oreilles. Toutes ces choses que je pourrais lui révéler… Que cet homme qu'ils nomment le Scientifique, je l'appelais « papa ». Que j'ai vécu avec lui, joué avec lui, conversé avec lui, exploré la métropole avec lui, écouté les histoires qu'il me racontait. Je sais que, quand il dormait, son visage endurci se muait en celui d'un petit garçon ; je sais qu'il ronflait à peine, que son large torse se gonflait et se vidait, se gonflait et se vidait, que ses mains reposaient mollement à ses côtés. Que mes années passées en sa compagnie étaient plus fortes que les leurs, plus profondes. Que j'ai été *aimé* par lui d'un amour paternel, et que ce lien qui nous unit est plus puissant que n'importe quel autre.

Au lieu de quoi, je recommence à frotter mes bâtons l'un contre l'autre, plus fort encore.

– Tout le poids du monde semble peser sur tes épaules, Gene, dit-elle doucement.

Je croise les jambes sans répondre.

– Tes secrets, reprend-elle à mi-voix, finiront par te ronger de l'intérieur.

Elle se lève et va rejoindre les autres.

Plus tard dans la journée, la pluie cesse enfin. De timides rayons de soleil percent à travers les nuages, et les garçons poussent des cris de joie. Jacob déclare que, maintenant, tout est parfait : nous avons à la fois le soleil *et* la vitesse.

– Prenez ça dans les dents, chasseurs ! s'exclame-t-il bruyamment, alors que les autres homiférés, hilares, l'encouragent. Vous faites moins les malins, hein ?

Leurs rires s'envolent dans le ciel bleuissant.

Toutefois, je ne partage pas leur allégresse. Car chaque

centimètre gagné sur nos traqueurs est un centimètre de plus creusé dans le gouffre me séparant d'Ashley June.

Tout me l'évoque en permanence, même les choses les plus imprévisibles : la forme des nuages, la silhouette des montagnes de l'Est qui semblent ne jamais se rapprocher. À chaque seconde qui passe, à chaque ondulation de l'eau dans notre sillage, je sens l'étau se refermer sur elle. La culpabilité me harcèle. Elle est restée seule dans l'Institut homifère, après s'être sacrifiée pour moi. Elle tient le coup en attendant que je vienne la secourir, ce que je n'ai pas su faire. Désormais, elle doit savoir que je ne reviendrai pas. Que j'ai failli.

Les garçons chahutent avec légèreté, leurs mots témoignent de leur jubilation. Ils ne parlent que du Scientifique, de la Terre promise.

Un bruit de pas retentit sur les planches. C'est Ben.

– Viens nous rejoindre sur le pont, Gene ! me lance-t-il avec un grand sourire. Il fait bien meilleur que dans la cabine.

Je lui explique que je dois me protéger de la lumière.

– Allez, allez… insiste-t-il en me tirant par le bras.

Je me libère d'une secousse.

– Non. Je n'ai pas l'habitude d'être au soleil. Ma peau est trop fragile. Je ne suis pas foncé, comme vous autres hom…

Je m'interromps juste à temps.

Il se décompose. Puis il s'éloigne dans le vif éclat du jour, m'abandonnant dans l'ombre froide de la cabine humide.

Durant l'heure qui suit, des flots de lumière fendent les nues. La terre paraît s'ouvrir, ses couleurs détrempées contaminent le décor. Les prairies verdoyantes, l'azur profond des flots. Tout l'après-midi, leurs voix se faufilent par les fissures des parois de la cabine. Malgré la petitesse du bateau, j'ai l'impression qu'ils se trouvent à des milliers de kilomètres.

Le soleil se déverse voracement, sa texture brumeuse recouvrant l'univers tels des grains de sel tombant dans les plaies béantes de ma conscience.

Fin d'après-midi. Comme des chiens prenant un bain de soleil, ils sont alanguis sur le pont, se prélassant sous les rayons. Dépourvus d'énergie, le ventre vide, grognant même dans leur sommeil. Je suis de nouveau de faction à la poupe. Je me laisse bercer par le bruit de l'eau léchant les planches, un son creux, régulier et étrangement réconfortant. Le léger tangage de l'esquif me pousse à la somnolence.

Epap est réveillé. Assis, voûté, il griffonne, complètement absorbé par son dessin. La curiosité l'emporte, et je m'approche discrètement de lui.

Il dessine un portrait de Sissy. Elle est debout sur un rocher, au bord d'une cascade, les yeux rivés sur le lointain. Le bras qu'elle tend en l'air est aussi fin que l'horizon est long. Des gerbes d'eau étincellent tels des milliers de rubis et de diamants. Elle porte une robe en soie dépourvue de manches ; sa poitrine est plus opulente, et sa taille plus fine qu'en réalité. Quelqu'un se tient à côté d'elle. Il me faut quelques secondes pour comprendre qui cela représente. Epap, vêtu d'un tee-shirt moulant descendant au nombril ; les veines saillantes de ses biceps bandés et ses tablettes de chocolat reflétant le clair de lune en émergent. Il a une main posée sur la hanche de Sissy, l'autre plus bas, effleurant sa cuisse droite avec une tendresse évidente. Sissy a la main enfouie dans ses cheveux ondulés, à l'arrière de son crâne.

– Waouh, quelle imagination ! dis-je.

– Quoi ?... s'exclame-t-il en refermant brusquement son carnet. De quoi je me mêle ?

– Qu'est-ce qui se passe ? murmure Sissy, les yeux lourds de sommeil.

– Tout doux, j'ajoute d'un ton apaisant. Quand tu auras fini ton, euh… dessin, ça t'embêterait de venir m'aider à barrer ? Le courant est puissant.

Je me dirige alors vers la proue et enfonce la perche dans l'eau pour lentement redresser le radeau. J'entends Epap aboyer quelque chose depuis la cabine. Une poignée de secondes plus tard, c'est David, et non Epap, qui vient me donner un coup de main.

– Waouh !, articule-t-il silencieusement en avisant la rivière.

On va vraiment très vite.

Il s'empare de l'autre perche.

Epap est à l'arrière, en pleine conversation avec Sissy, les bras tendus de côté pour ne pas perdre l'équilibre. Elle secoue la tête en réponse à sa phrase, puis désigne le ciel lumineux bien qu'encore couvert. Epap se rapproche d'elle en agitant les mains d'un air nerveux. Ils poursuivent leur intense conversation, mais le bruit du courant étouffe chacune de leurs paroles. Je me rapproche pour écouter.

– … La rivière, lui dit-il.

– De quoi parlez-vous ? je m'enquiers en les rejoignant.

Epap me décoche un regard venimeux.

– De rien.

Je me tourne vers Sissy.

– Qu'est-ce qu'elle a, la rivière ?

– Elle est mouillée ! ricane Epap. Maintenant, mêle-toi donc de tes affaires.

– Vous pensez à accoster, pas vrai ? je demande à Sissy. Vous voulez chasser.

Elle reste coite, les yeux rivés sur l'eau, les mâchoires serrées.

– C'est une mauvaise idée, j'affirme. Ce serait une grosse bêtise.

– On ne t'a pas demandé ton avis, intervient Epap en venant se placer entre elle et moi.

– Descendre de ce bateau serait une grossière erreur, Sissy, dis-je en contournant Epap, qui se hérisse de colère. Tu n'as rien appris de la nuit dernière ? Ils sont…

– Qu'est-ce que tu ne comprends pas dans « Mêle-toi de tes affaires » ? grogne Epap. Et si tu allais préparer de nouvelles amarres ? On va en avoir besoin, quand on aura accosté.

– Vous avez perdu la tête ? Ils veulent nous bouffer…

Il tourne brusquement la tête, sans tenter de cacher son mépris.

– Oh, sans blague, tu as deviné ça tout seul ?

– Écoutez-moi ! Ils sont peut-être encore juste là…

– Plus maintenant, affirme-t-il. Tu ne sais donc rien sur eux ? C'est étonnant, étant donné que tu as grandi parmi eux. Allô, le soleil les brûle ! Et allô, le soleil brille en ce moment !

– Pas assez fort, je réplique. Ces chasseurs sont malins, ils improvisent tout le temps, ils ont du matériel, une grande détermination… En les sous-estimant, tu nous mets tous en danger.

– Il n'y a que de la nourriture autour de nous ! grogne-t-il. Des animaux partout, à portée de la main. J'ai déjà vu au moins trois chiens de prairie. De toute façon, c'est à Sissy et moi de prendre la décision.

– Epap… s'interpose l'intéressée en secouant la tête. Je ne sais pas. C'est peut-être trop risqué.

Il semble soudain blessé.

– Mais Sissy, tu viens de me dire que tu étais d'accord

pour aller chasser ! s'exclame-t-il, le regard aussi surpris qu'incrédule. On meurt tous de faim. Pense à ce pauvre Ben.

– Évidemment. Réfléchissons-y à tête reposée, tu veux ?

– Non, Sissy, tu viens de me donner ton accord. Nous devons accoster pour chasser.

– Je préfère être prudente…

– C'est à cause de lui ? l'interrompt-il en me montrant d'un doigt accusateur. Sous prétexte qu'il ne veut pas qu'on s'arrête, tu changes d'avis ?

– Stop !

– C'est à cause de lui ?

– Epap ! Je ne dis pas qu'on ne reposera jamais le pied à terre, mais attendons au moins que le ciel se dégage. Que le soleil brille bien fort. Et si ça n'arrive pas aujourd'hui, alors nous patienterons jusqu'à demain. Un jour de jeûne supplémentaire ne va pas nous tuer. En revanche, la précipitation et l'imprudence pourraient nous mener à notre perte.

Epap lui tourne le dos, la colère crispant ses frêles épaules.

– Pourquoi es-tu toujours si prompte à te rallier à lui ? Je n'arrive pas à croire que tu prends son parti !

– Je ne prends le parti de personne, je me range du côté de la raison. Dans notre intérêt à tous.

– Dans ton *propre* intérêt ! Tu veux te faire bien voir, c'est pour ça que tu te ranges à son avis !

– Ça suffit, j'en ai marre de palabrer, déclare-t-elle en tournant les talons.

Epap la regarde s'éloigner. La colère le consume toujours.

– Tu es content ? me lance-t-il. Tu te crois intelligent, pas vrai ? Tu te prends pour un gros dur. « Oh, regardez-moi, j'ai survécu des années parmi eux. Regardez comme je suis fort. » Tu sais quoi ? Tu es ridicule.

Ne mords pas à l'hameçon, ne discute pas, m'intimé-je.

– Tu voulais être comme eux ? ajoute-t-il à mi-voix. Tu avais honte de qui tu étais ?

Je m'arrête net.

– J'ai bien vu comment tu nous considérais, renchérit-il en faisant la moue. Avec ton petit air supérieur. Tu nous prends de haut. Ça te fait mal d'avoir à t'associer avec nous. Au fond de toi, tu les vénères, pas vrai ? Au fond de toi, tu rêverais d'être l'un des leurs.

– Epap, laisse tomber, intervient Sissy.

Elle s'est retournée pour nous surveiller.

– Tu n'as pas idée, je réplique à Epap d'une voix tendue.

– De quoi tu parles ? me demande-t-il avec un sourire en coin.

– Tu n'as pas idée de qui ils sont. Sans quoi, tu n'aurais jamais proféré une ânerie pareille.

– Je n'en ai pas idée ? Vraiment ? *Vraiment*, quoi ? *Moi*, je n'en ai pas idée ? dit-il en me toisant avec dérision. C'est toi qui n'as pas idée. Rien d'étonnant, cela dit. Tu les as toujours côtoyés, tu as toujours été pote avec eux. Tu ne les as pas vus tailler tes parents en lambeaux. Ils n'ont jamais arraché les bras et les jambes de tes frères et sœurs, juste sous tes yeux. Tu ne les connais pas aussi bien que nous.

– Je les connais mieux que tu ne le penses, je lui rétorque d'un ton ferme mais maîtrisé, prêt à bondir sur lui d'une seconde à l'autre. Crois-moi. Honnêtement, qu'est-ce que tu sais d'eux ? Ils se sont comportés avec vous comme des grands-parents gagas, à vous nourrir, à vous habiller, à vous préparer des gâteaux d'anniversaire…

Epap lève la main telle une serre.

– Pourquoi tu…

Sissy le retient.

– Ça suffit, Epap !

– Et voilà, ça recommence ! s'écrie-t-il. Pourquoi tu es toujours de son côté ? « Ça suffit, Epap ! Arrête, Epap ! » Qu'est-ce qu'il est, pour toi ? Pourquoi tu… Oh, laisse tomber… dit-il en se libérant brutalement. Vous voulez crever de faim ensemble, faites-vous plaisir. Mais si on tombe malades, ou d'inanition, ce sera votre faute, n'oubliez jamais ça !

– Arrête ta comédie, Epap.

Sissy respire lourdement.

Il détourne la tête sans rien répliquer. Puis, soudain, il se rue sur moi et nous tombons tous deux à la renverse sur le pont. Le bois sonne creux.

Un étrange bruit sourd gronde en dessous de moi. Comme si le choc avait délogé une pièce de la coque.

Epap s'acharne sur moi en jurant, et je m'efforce au mieux de dévier ses coups. Sissy l'agrippe alors par-derrière, rouge de fureur.

– On a assez d'ennuis comme ça ! hurle-t-elle. Nous devons unir nos forces, pas nous entre-déchirer !

Epap tourne la tête vers la berge. Il se passe la main dans les cheveux, la respiration saccadée. Ce n'est cependant pas lui qui me préoccupe, mais bien le radeau. Je frappe du poing. Le même son creux. J'essaie un mètre plus loin, et la coque résonne différemment.

– Qu'est-ce qu'il y a ? s'enquiert David.

Voilà qu'ils rivent tous leur regard sur moi.

J'abats cette fois la main de toutes mes forces. J'ai de nouveau l'impression de débloquer quelque chose. Que le fond du bateau recèle une cache secrète, à l'abri des regards indiscrets. Une boule se forme dans ma gorge, tandis que je comprends soudain.

– Gene ? s'inquiète Sissy. Qu'est-ce qui se passe ?

Je la contemple avec stupéfaction.

– Gene ?

– Je crois qu'il y a quelque chose là-dessous. (À présent, leurs yeux se font inquisiteurs.) Une chose que nous avions juste sous le nez depuis le début.

Ben étudie le pont, perplexe.

– Où ça ? Je ne vois rien.

– Au seul endroit qu'un chasseur ne penserait jamais à explorer. Ou n'oserait pas explorer, je réponds. Sous l'eau.

Plonger dans la rivière est comme traverser un miroir. En à peu près aussi agréable : des tessons de froid labourent ma peau nue. Mes poumons se rétractent en deux billes. Je refais surface, en quête d'air. Le courant est déchaîné. Même si j'ai une corde autour de la taille pour le cas peu probable – peut-être pas tant que ça, finalement – où je me verrais emporté par les flots, cela ne me rassure guère. Je saisis à deux mains le rebord du bateau. Je m'octroie quelques secondes pour m'accoutumer au froid, puis je m'immerge de nouveau.

Je progresse en glissant mes doigts entre les aspérités de la coque. Mes jambes sont déviées par le courant, si bien que je me retrouve perpendiculaire à l'esquif, tel un drapeau battant au vent. Des rayons de soleil s'immiscent entre les planches, éclairant faiblement les eaux ténébreuses. Ici, tout est d'un calme remarquable ; seul un profond vrombissement occasionnellement rompu par un court sifflement me caresse les tympans. J'écarquille les yeux, espérant trouver quelque chose – n'importe quoi – qui sorte de l'ordinaire.

Là… Un compartiment émerge en plein centre de la coque. Lentement, je m'en rapproche jusqu'à pouvoir m'y agripper fermement. Un loquet en métal rouillé en dépasse. Il ne cède pas quand je tire dessus la première fois, puis tout un pan bascule quand je force davantage.

Un gros bloc de pierre me tombe sur la tête. Légèrement étourdi, je perds quelques secondes avant de tenter de rattraper la tablette qui, déjà, me glisse le long du corps. Trop tard. Elle rebondit sur mon tibia droit et disparaît dans les profondeurs.

Même si les poumons me brûlent, je me retourne la tête en bas, les pieds plaqués contre la coque. C'est maintenant ou jamais. Je n'aurai pas d'autre occasion de récupérer la pierre. Je pousse fermement sur mes jambes. Mon corps plonge comme une flèche dans les ténèbres, dans le froid.

Une fraction de seconde avant que la corde tendue ne me stoppe dans mon élan, je frôle la tablette… la saisis. Puis je rebondis comme au bout d'un élastique et manque la laisser échapper de nouveau. Je parviens malgré tout à la plaquer contre mon torse nu, sentant le contact rugueux des lettres qui y sont gravées.

Je refais surface dans une gerbe d'éclaboussures, ouvrant grand la bouche pour inspirer d'énormes goulées d'air. Epap et David aperçoivent la tablette et m'en délestent. Ils me laissent toutefois dans l'eau, bien que mes bras presque tétanisés me permettent à peine de m'accrocher au radeau.

Je réussis tant bien que mal à me hisser à bord, dégoulinant, et les découvre tous agglutinés autour de la tablette. Leurs têtes pressées les unes contre les autres, ils décryptent ensemble les quelques mots burinés sur la pierre :

RESTEZ SUR LA RIVIÈRE.
Le Scientifique

Ils entrouvrent la bouche. Un chœur de gloussements et de rires s'échappe, d'abord doucement, puis à gorge déployée. Ils sont tout sourire, étonnement et incrédulité.

– Je vous l'avais dit ! Je vous l'avais dit ! Je vous l'avais dit ! répète inlassablement Ben en tapant dans le dos de chacun. Il avait tout prévu !

Sissy se redresse, les mains plaquées sur la bouche, les sourcils en arc de cercle, des larmes plein les yeux.

– J'étais sûr qu'il viendrait nous chercher ! s'enthousiasme Jacob. La Terre promise ! Il nous guide vers la Terre promise ! La terre de miel et de lait, de fruits et de soleil !

Le sourire de Sissy dégage une chaleur presque tangible. Elle ferme les paupières de soulagement.

– Comment tu as su que la tablette était là, Gene ?

Je marque une pause avant de lui répondre. Quand j'étais petit, mon père aimait bien me faire jouer à la chasse au trésor, en me laissant des indices un peu partout dans la maison. Je me rappelle combien cela m'agaçait de ne pas trouver ces pistes que je savais exister. Il me forçait alors à me concentrer, à prendre de profondes inspirations, à inspecter les lieux avec sérénité. « Tu regardes sans voir, disait-il. La réponse est juste sous ton nez. » Et presque inévitablement, dès que je parvenais à me calmer, je trouvais l'indice dissimulé entre les lattes du parquet, glissé entre les pages d'un livre que je tenais à la main depuis le début, voire glissé dans ma propre poche.

Je ne leur explique toutefois rien de tout cela.

– J'ai eu de la chance, c'est tout.

Je commence à frissonner, maintenant que le vent vient m'enlacer de ses bras glacials.

Je ne porte qu'un slip, ayant retiré le reste de mes habits avant de plonger.

L'un des homiférés dit quelque chose ; un éclat de rire général s'ensuit. Sissy va les rejoindre, claquant des mains devant elle. Tant d'émotions se lisent sur leurs visages.

Je retourne dans la cabine, où j'ai laissé mes vêtements en tas. Je retire mon sous-vêtement, que j'essore entre mes doigts tremblants. Je les entends encore éclater de rire et pousser des cris de triomphe. Je ne comprends pas pourquoi ils expriment ce qu'ils ressentent de façon si démonstrative. Ne pourraient-ils pas seulement ressentir, sans rien exprimer ? Peut-être la captivité les a-t-elle amoindris, les empêchant de deviner les émotions d'autrui sans qu'il en soit fait étalage.

Ils sont désormais pris de petits gloussements nerveux, disant le Scientifique ceci, le Scientifique cela. Je viens de leur apporter la confirmation qu'ils espéraient tant. Le signe prouvant que le Scientifique ne les a jamais abandonnés ni trahis, qu'il les attend au bout du chemin. *Eux.*

Pas moi.

Moi, il m'a oublié dans une métropole grouillant de monstres. Me laissant me débrouiller seul. Un petit garçon qui, dès lors, pleurait chaque soir en s'endormant et mouillait ses draps, et ce durant plusieurs mois. Pendant ce temps, lui élaborait pour *eux* un plan de sauvetage impliquant un journal (qu'ils étaient censés découvrir) et un radeau destiné à les mener à une terre de miel et de lait, de fruits et de soleil.

J'entends encore un gloussement, puis un autre, et chacun de leurs rires est comme une provocation. Je m'apprête à leur ordonner de la fermer quand je me rends compte qu'ils se sont déjà tus, plongés dans un silence aussi soudain que sinistre. Je jette un coup d'œil par une fissure dans la paroi de la cabine. Je ne distingue pas grand-chose d'autre que David et Jacob soulevant la tablette. J'enfile en hâte mes vêtements secs pour aller les rejoindre.

Ils ont posé la pierre debout et se sont rassemblés derrière.

De l'eau dégoutte encore des lettres, ruisselant vers le pont, où une petite flaque s'est formée. Je relis les quelques mots.

RESTEZ SUR LA RIVIÈRE.
Le Scientifique

Toutefois, les homiférés du Dôme ne contemplent pas le recto, mais le verso de la tablette, voyant une chose qui semble les surprendre. Leurs yeux sont en effet écarquillés quand ils se posent sur moi.

– Quoi ? je demande.

Lentement, ils retournent la pierre pour me montrer leur découverte.

Cinq mots. Cinq mots qui resteront gravés dans mon esprit de façon aussi indélébile que sur cette tablette.

NE LAISSEZ PAS MOURIR GENE.

Les premiers mots que mon père m'adresse depuis des années, les premiers qui me concernent. Un murmure du passé, à peine une brise, se muant bientôt en bourrasque. Une décharge électrique me parcourt le corps, figeant ma moelle en glace. Et même s'il s'agit pour moi d'une lueur d'espoir et d'une source de courage, je ne peux que m'effondrer à genoux.

Jacob et David sont les premiers à me porter secours et à me remettre sur mes pieds. Ils me tapent dans le dos, me parlent sans plus rire, se serrent contre moi sans me mettre mal à l'aise. Ils passent leurs bras autour de ma taille pour me soutenir, le visage marqué d'émerveillement. Des sourires chaleureux étirent leurs lèvres, font pétiller leurs yeux. Sissy ferme les siens en portant ses poings serrés à sa bouche.

Quand elle rouvre les paupières, elle me couve d'un regard chaud et tendre.

– Je le savais, déclare-t-elle. Tu n'es pas ici par accident, Gene. Tu étais censé nous rejoindre depuis le début. Faire partie de notre groupe.

Je reste coi. Un coup de vent me rappelle que je ne me suis pas séché avant de me rhabiller, et je recommence à trembler. Elle me prend dans ses bras et me serre contre elle. Elle se fiche de se mouiller.

– Ne sois plus un étranger, me souffle-t-elle à l'oreille, si doucement que moi seul peux l'entendre.

Elle m'étreint de nouveau avant de me libérer. Son visage et sa poitrine sont humides. Pourtant, c'est autour de mes épaules qu'elle enroule la serviette que Ben lui tend. Le soleil inonde soudain le radeau, la rivière, et la terre ferme alentour.

3

En primaire, une nuit, j'avais failli me faire dévorer vif. Je m'étais assis dans un coin de la cantine. Il était encore tôt pour déjeuner, et c'était le vide relatif de la pièce qui m'avait très probablement sauvé la vie. Pour célébrer l'anniversaire du Patron, des steaks synthétiques particulièrement saignants et réalistes nous avaient été servis. Tout le monde mangeait avec appétit, déchirant la viande à coups de dents, du jus dégoulinant sur le menton pour venir cascader dans des coupes de récupération prévues à cet effet.

En croquant dans mon morceau, j'avais senti le sang en jaillir telle l'eau d'une éponge. Difficile de n'en pas remarquer le goût de gibier. J'avais depuis longtemps appris à réprimer les haut-le-cœur que cette sensation me causait, mais cette fausse viande spécialement conçue pour l'occasion était encore plus infecte qu'à l'habitude. Je m'étais alors efforcé de prendre de longues inspirations régulières, veillant à ne jamais dilater les narines. J'avais ensuite fermé les yeux pour feindre l'extase, et arraché un nouveau lambeau de nourriture.

Une violente douleur à la gencive supérieure avait failli

me faire tressaillir. Je m'étais figé, les dents toujours plantées dans la barbaque. Le sang m'emplissait la bouche. Je le laissais s'écouler. Ruisseler sur mon menton. Plonger dans la coupe. J'avais malgré tout pris une nouvelle bouchée. Cette fois, le brusque élancement irradiait jusque dans mon crâne. Il m'avait fallu rassembler tout mon courage pour ne pas pousser un petit cri. Tout en mastiquant, j'avais gardé les yeux fermés, mimant la béatitude cependant que j'essayais de retenir mes larmes.

C'est à travers mes paupières closes que j'avais entendu les premiers sifflements et craquements de nuque. Ceux-ci s'amplifiaient rapidement, émanant des quatre coins de la cafétéria. J'avais patienté quelques atroces secondes de plus avant de rouvrir les yeux, le temps de m'assurer qu'ils étaient bien secs.

Mes camarades frémissaient d'excitation ; à présent, leur salive se mêlait au jus qui leur tombait sur le menton. Quelques-uns s'attaquaient à leur viande avec une ferveur renouvelée, pensant à tort que cet arôme si tentant émanait de la bidoche qu'ils tenaient dans la main. D'autres, plus âgés, levaient le nez pour renifler. Ils n'étaient pas dupes.

Je continuais de manger comme si de rien n'était, en apparence inconscient de la situation. Après tout, je n'étais qu'en début de primaire. Je n'étais qu'un petit garçon, un avorton. De nouveau, une puissante décharge dans la gencive. Davantage de sang s'en écoulait ; celui-ci différait cependant de celui de la viande.

Il était chaud.

Je ne comprenais pas. Recrachant le surplus de liquide dans ma coupe, j'en sentais la chaleur sur mon menton.

Et, presque instantanément, tout le monde avait cessé de manger. Les sifflements s'étaient faits plus fort, inquisiteurs.

Certains élèves bondissaient sur leur chaise, tordant instinctivement le cou dans tous les sens.

J'avais fait courir ma langue sur mes dents, en commençant par celles du fond avant de les parcourir toutes, jusqu'à la pointe acérée des faux crocs que j'insérais tous les soirs au crépuscule. Je touchai ensuite mes dents de devant. La première, puis…

À la place de la seconde se trouvait un trou.

Ma dent venait de tomber.

Je m'étais levé, à l'instar de la plupart des mes petits camarades, tous debout ou accroupis, prêts à bondir. Même le personnel de cuisine avait cessé de travailler. Seuls les enfants installés à la table des maternelles, toujours convaincus que l'odeur venait de leur propre viande, continuaient à mastiquer, les yeux écarquillés.

J'avais levé ma coupe d'égouttement pour faire mine d'y boire, veillant néanmoins à sceller les lèvres. Le sang s'était déversé sur mon menton, avait ruisselé jusque mon cou, sur mes vêtements. Afin de masquer autant que possible l'odeur du sang homifère.

Après avoir reposé mon gobelet, je m'étais tranquillement dirigé vers la sortie. En sentant une paire d'yeux se poser sur moi, je m'étais accroupi pour renouer mes lacets, donnant l'impression d'avoir tout le temps du monde et de n'être inquiet en rien. Puis j'avais repris ma marche, pas après pas, respirant entre mes dents serrées, ravalant mon propre sang en m'efforçant de n'en pas laisser échapper la moindre goutte, déglutissant, et déglutissant, et déglutissant.

Arrivé dans le couloir, j'avais pris sur moi de ne pas accélérer. J'étais parvenu à ne pas pleurer. J'avais toutefois failli perdre le contrôle de ma vessie, ce qui aurait à coup sûr causé ma perte. Néanmoins, ma volonté l'avait emporté. À sept ans, je savais déjà maîtriser les réactions de mes yeux, de ma vessie, de mon visage. Refuser la peur, réprimer la moindre trace d'émotion. Mon père avait été un bon professeur.

Ma salle de classe était vide – tout le monde déjeunait encore – et, après en avoir refermé la porte, je m'étais presque effondré, presque laissé aller à la peur panique ; j'avais presque autorisé les larmes, le sang et l'urine à jaillir en un déluge de reddition terrifiée. Pourtant, j'avais recouvré mes esprits et soulevé l'écran de mon bureau. Sans cesser d'aspirer mon propre sang pour ne pas le laisser s'écouler, j'avais entré l'adresse e-mail de mon père. Mes doigts tremblaient à chaque touche que je pressais. Le message était simple, un message qu'il m'avait appris à n'employer qu'en cas d'urgence.

Un e-mail vide. Pas un mot.

Il ne signifiait qu'une chose.

J'avais appuyé sur Envoyer avant de récupérer mes affaires. J'étais sorti de classe, entendant le tumulte grandissant dans la cantine. Des exclamations, des hurlements. J'avalais ma salive mêlée de sang, l'avalais encore.

Mon père devait avoir reçu mon SOS, désormais. Et je savais que, quoi qu'il fût en train de faire, quelle que fût son occupation dans ce gratte-ciel en verre, il laisserait tout tomber. Sur l'instant. Et qu'il viendrait me chercher.

Je me concentrais pour garder une allure calme, nonchalante. J'évitai le portail principal où la circulation était incessante. Au lieu de ça, je traversai le terrain de foot puis celui de base-ball, pour déboucher sur la rue. Quelques passants se retournaient sur moi en fronçant le nez. Sans paniquer, je continuais à déglutir, dissimulant mes yeux troublés de larmes de peur derrière mes lunettes fumées.

C'est seulement en arrivant chez moi, une demi-heure plus

tard, qu'après avoir verrouillé la porte et baissé les volets je m'étais autorisé à tomber à genoux, à bout de forces et de volonté. Je m'étais recroquevillé sur moi-même, avais pris mes genoux dans mes bras pour me bercer, imaginant qu'une autre personne de sang chaud m'étreignait.

C'était ainsi que mon père m'avait retrouvé un quart d'heure plus tard, entrant en trombe dans la maison et refermant derrière lui sans perdre un instant. Il avait serré mon corps tremblotant tout contre le sien, avait refermé sur moi ses bras puissants et chaleureux. Il m'avait laissé pleurer contre sa chemise bientôt inondée de larmes, se contentant de me caresser les cheveux. Au bout d'un moment, il m'avait dit que c'était parfait, que j'avais très bien réagi, qu'il était fier de moi, que j'étais un bon garçon.

Cependant, il m'avait laissé seul quelques heures plus tard. Lorsque la lune s'était couchée, cédant la place au soleil, il était sorti dans les rues désertes et lumineuses. Il s'était rendu à l'école. À cause de ma dent. Il fallait absolument la retrouver. Si quelqu'un tombait dessus dans un coin reculé de la cantine, ou la découvrait près d'un pied de table, les soupçons à peine naissants – donc encore susceptibles de s'éteindre – au sujet de la présence d'un homiféré seraient confirmés. Et alors, ils auraient tôt fait de déduire la vérité et de se ruer sur moi en quelques minutes pour me dévorer.

Quand mon père était enfin rentré, quelques minutes avant le crépuscule, il revenait les mains vides. Il n'avait pas trouvé ma dent. Éreinté et terrifié, il m'avait toutefois enjoint de ne pas m'en faire. Peut-être l'avais-je simplement avalée, auquel cas mon organisme allait se charger de la dissoudre.

Je fondis de nouveau en larmes ; je pensais que ça ne poserait pas de problème, car j'étais à la maison et qu'il m'avait autorisé à le faire un peu plus tôt. Pourtant, il m'avait vertement réprimandé.

– Assez pleuré. Assez gémi. C'est bientôt l'heure d'aller à l'école, ton absence attirerait l'attention.

J'étais parvenu à sécher mes larmes, mais pas à faire cesser mes tremblements. Je craignais qu'il me rabroue de nouveau, mais il s'était contenté de m'étreindre fermement, comme pour absorber les vibrations que j'émettais. Je me sentais en sécurité dans ses bras.

– J'aimerais qu'on se transforme, avais-je marmonné contre sa poitrine.

Il s'était immédiatement raidi.

Ça ne m'avait pas empêché de poursuivre.

– Pourquoi on ne le ferait pas, papa ? J'en ai marre d'être un imposteur, de me cacher sans arrêt. Et si on se transformait ? Ce n'est pas très compliqué, je pourrais facilement trouver un moyen de rentrer à la maison avec leur salive.

J'étais si complètement perdu dans ma réflexion que je n'avais pas remarqué le masque de colère qu'il arborait.

– On n'aurait qu'à la faire couler dans une petite griffure sur notre peau. Alors, tout serait fini, on n'aurait plus à se cacher, ni à faire semblant. On pourrait être normaux, comme tout le monde. Et on resterait ensemble, papa.

– Non ! s'était-il exclamé, et ce simple mot avait résonné dans mon crâne, tel un son de cloche interminable. Non.

Il avait pris mes joues entre ses larges mains, s'était baissé pour me regarder bien en face.

– Ne redis jamais une chose pareille. N'y pense même pas. Plus jamais.

J'avais hoché la tête, plus par peur que par assentiment.

– N'oublie jamais qui tu es, Gene.

Il avait resserré l'étau de ses paumes. Je ne pense pas qu'il avait alors conscience de la force qu'il y mettait.

– Tu es parfait tel que tu es. Tu es plus précieux que la somme de tous ces gens.

Puis il avait enchaîné avec d'autres paroles, promesses, serments et vœux de ne jamais m'abandonner. Sa voix s'était alors adoucie, son timbre s'était fait apaisant, jusqu'à venir se fondre dans mon ADN. Il ne m'avait lâché qu'après m'avoir calmé.

Nous n'avons jamais retrouvé ma dent. Je l'avais sans doute effectivement avalée. Néanmoins, pendant des semaines, des mois, et même des années, j'avais vécu dans la peur permanente que, quelque part, dans quelque trou, fissure ou crevasse, l'on finisse par retrouver mon incisive terne et jaune. À l'instar de ma vie insoutenable : à l'abandon, terrée, prête à être révélée.

Et pourtant… Même si je vivais dans le minuscule interstice séparant deux mondes, l'univers représenté par les bras de mon père était un univers de réconfort aussi haut, large et profond que peut l'être l'amour. Et ce jour-là, blotti contre lui, je m'étais fait une promesse si profondément ancrée en moi que j'avais fini par oublier l'avoir consciemment formulée ; jusqu'à ce que, dix ans plus tard, à la dérive sur un bateau au milieu d'une rivière, je découvre mon nom gravé sur une tablette en pierre. Soudain, tout me revenait, et il me fallait renouveler mes vœux. Mon père était mon univers, et s'il venait à disparaître, je partirais à sa recherche jusqu'au bout de ce monde fracturé.

4

La nuit tombe. Et avec elle, l'humeur festive de la journée. La terre s'assombrit, entre chien et loup, et la rivière, naguère lisse comme des plates d'armure, s'agite désormais de puissants courants sous-marins. Des gerbes blanches jaillissent sur les berges, fantômes éphémères. Nul ne prononce le mot « chasseurs ». Pourtant, la peur que ce terme génère se lit aux rides de crispation qui nous barrent le front, à nos yeux scrutant nerveusement le rivage, à nos dos raidis que nous refusons d'allonger pour dormir. Nous n'avons rien mangé depuis des jours, mais nos corps se sont habitués à l'absence de nourriture, puisant dans leurs réserves. Bientôt, cependant, dans deux jours tout au plus, ces réserves seront épuisées, et nous tomberons les uns après les autres.

Sissy affûte ses dagues, sans quitter la berge du regard. Epap arpente le radeau de proue en poupe et de poupe en proue, le journal du Scientifique à la main, tournant occasionnellement une page. Quand il le fait, c'est toujours d'un geste brusque.

– Sissy… murmure David, les yeux ronds comme des soucoupes.

Ils sont trois. Ils courent en formation serrée, à un ou deux kilomètres en amont, le long de la berge. Ils galopent à quatre pattes, un peu comme des guépards, tendant bras et jambes lorsqu'ils sont en extension, rebondissant au sol en un éclair. Leur meneur ralentit, se range en queue de peloton. Un autre le relaie. Je comprends ce qu'ils font : courir en file indienne leur permet d'économiser leurs efforts en exploitant au mieux l'aspiration créée dans le sillage du précédent. Cette tactique doit leur permettre d'améliorer la vitesse moyenne du groupe d'au moins dix pour cent – un progrès considérable lors d'un parcours de plusieurs centaines de kilomètres.

En quelques secondes, ils sprintent à notre hauteur. Ils forment comme une tapisserie d'horreur. Leur peau, fondue à la lumière du jour tel du plastique au four, s'est soudainement solidifiée en moult plis rigides. Réparties au hasard sur leur corps, émergent des touffes de poils, formant des stries immondes. Non, ce ne sont pas des poils mais les restes de leur cape de soleil fusionnés avec leur chair à moitié dissoute. Ils sont devenus des animaux errants en guenilles, martelant le sol de leurs pattes à vif. Leurs globes oculaires pivotent pour nous scruter avec envie et dévotion.

Le troisième chasseur me rappelle vaguement quelqu'un. Derrière ces plis de chair se cache un visage que je reconnaîtrais presque. Il porte un gros sac sur le dos – à l'instar, d'ailleurs, de tous ses compagnons –, qui déborde d'un rouleau de corde et d'un lourd équipement. Ils doivent transporter au moins une tonne de matériel. Leur progression chancelante est à la fois épouvantable et admirable.

Ils nous dépassent alors.

– Sissy ? s'inquiète Jacob.

Ils ne jettent pas même un regard en arrière. Leurs

silhouettes pâles et bondissantes disparaissent derrière la crête d'une petite colline. Ils réapparaissent au faîte de la suivante, déjà bien plus loin et plus petits, comme s'ils avaient encore accéléré.

– Sissy, qu'est-ce qu'ils font ?

Le visage de David est déformé par la terreur. Tous observent le lointain, où ils ont disparu.

– Pourquoi sont-ils partis ? insiste-t-il.

Sissy se tourne vers moi, aussi déconcertée qu'inquiète.

– Tu as une idée ?

Je secoue la tête. Cela me paraît parfaitement illogique.

– Je n'aime pas ça, chuchote Sissy, et, pour la première fois depuis des jours, une véritable peur habite son regard. Ils sont de plus en plus rusés et de plus en plus forts. Ils gagnent chaque jour en inventivité et en détermination.

Elle a raison. C'est la première fois qu'ils semblent chasser avec une organisation préétablie. Ils s'adaptent par nécessité.

Sissy se donne une claque sur la cuisse. L'agacement se lit dans son regard.

– On doit se mettre à quai, Sissy ! s'exclame Epap. S'ils sont devant nous, on ne peut pas continuer à dériver vers eux.

Elle contemple la rivière.

– Il pourrait s'agir d'un piège. Si ça se trouve, un autre groupe de chasseurs attend, derrière nous, que nous nous arrêtions. Nous devons nous montrer plus malins qu'eux.

J'interviens.

– Je ne pense pas que ce soit leur stratégie. Ce n'est pas leur façon de procéder. La chasse aux homiférés est irrésistiblement égoïste. Se sacrifier au profit d'un congénère n'entre pas dans leur mode de réflexion. Si effectivement d'autres nous suivent, ceux qui viennent de nous dépasser ne vont pas leur faciliter la tâche. (Je scrute les eaux devant nous.) Non, je pense qu'il n'y a qu'un groupe.

– Tu crois qu'ils nous tendent un piège ?

– Oui, dis-je en faisant la grimace. Je ne sais pas…

– Alors qu'est-ce qu'on attend ? intervient Epap. Amarrons.

Il fait mine de saisir la perche.

– Non ! s'écrie Sissy. Peut-être que c'est précisément ce qu'ils espèrent. Peut-être qu'ils ont fait le tour et qu'ils nous observent discrètement depuis ces collines. Peut-être que leur piège consiste justement à nous pousser à nous arrêter, peut-être qu'ils attendent que nous retirions bêtement la seule barrière qui nous sépare encore d'eux : la rivière. Si on retourne à quai, ils pourraient nous tomber dessus en moins de dix secondes.

– Alors qu'est-ce qu'on fait, Sissy ? demande David.

Celle-ci fait preuve d'une détermination de fer.

– On reste sur l'eau, décide-t-elle. S'ils nous ont tendu un piège, on force le passage. Quoi qu'il arrive, on se battra. Mais il est hors de question de les attendre en se tournant les pouces. Nous affronterons notre destin, quel qu'il soit. Voilà ma stratégie, conclut-elle en se tournant vers moi.

Pendant presque une heure, nous ne voyons rien. Le radeau vogue sur la rivière déchaînée ; chaque seconde est lourde de tension, nous sommes embarqués pour une éternité d'incertitude. Je suis à la poupe, aux aguets, scrutateur. Les flots écument sur les berges, le lit s'étrécit. *Ne te relâche pas,* je me morigène, *pas même une sec…*

Soudain, notre esquif s'arrête net, comme s'il venait de heurter un mur de béton. Nous sommes précipités en avant, renversés sur le pont. Je manque passer par-dessus bord, seul un réflexe bienvenu me permettant de me rattraper *in extremis*. Sissy est la première debout ; elle tourne sur elle-même, tentant de prendre la mesure de la situation.

Je vois ce qui nous a immobilisés. Une corde traversant d'une rive à l'autre, désormais tendue par le bateau. Le truc que transportaient les chasseurs devait être un harpon. Ils s'en sont servis pour tendre leur piège au niveau d'une courbe.

– Je crois que je me suis fêlé les côtes, gémit Epap en serrant les dents, ses mains délicatement croisées devant lui, comme s'il berçait un bébé invisible. Je n'arrive plus à respirer, ça me fait trop mal…

– Sissy ! Donne-moi une dague ! Il faut couper la corde !

Des bruits de pas martèlent le pont, et Sissy dérape jusqu'à moi, faisant gicler de l'eau. Elle plonge les yeux dans la rivière, aperçoit le piège. Une moue d'horreur lui déforme le visage. Elle se penche pour commencer à scier, marque une pause.

– Coupe-la, Sissy !

– Et s'ils se cachaient dans l'eau ?

– Ils ne savent pas nager en immersion !

– Alors, où ils sont ?

– Je ne sais p…

Quelque chose tombe dans la rivière à quelques mètres de nous, provoquant une immense gerbe d'eau.

– C'était quoi, ça ? s'écrie Jacob.

Une autre éclaboussure, cette fois plus proche du radeau.

– Est-ce qu'ils sont dans l'eau ? reprend Jacob en s'éloignant du bord. Ce sont eux ?

– Non ! je réponds. Ils ne savent pas nager !

– Alors, qu'est-ce qu…

Un violent craquement se produit juste sous mon pied,

faisant jaillir du pont un geyser d'échardes. Un gros grappin en fer, noir comme la nuit et doté de quatre griffes aussi tranchantes que des rasoirs, est à moitié enfoncé dans le bois. Il est attaché à une corde le reliant à la berge. C'est là que je les repère. Les chasseurs. Ils sont en partie dissimulés derrière un monticule herbeux, mais la corde tendue les désigne telle une flèche.

Je me saisis aussitôt du grappin. Une texture gluante le recouvre : leur salive. Je recule hâtivement les bras.

– Ne touchez pas les crochets ! je hurle à pleins poumons. Ils les ont imprégnés de salive !

– Ce n'est pas le moment de faire le délicat ! me tance Sissy en retour. Il faut les retirer !

Je l'observe, surpris par tant d'ignorance. Après tout, il est possible qu'elle ne sache pas qu'une goutte de salive sur une plaie ouverte ou sur une simple irritation suffit à contaminer notre sang. Si cela devait se produire, c'en serait fini de nous. La mutation débuterait. Je retire ma chemise, l'enroule autour de l'un des crochets. Je leur crie :

– Veillez à ce que ça ne touche pas votre peau ! Servez-vous de vos vêtements.

Je n'arrive cependant pas à ôter le grappin, trop profondément enfoncé.

Son jumeau vient percuter le pont à ma droite, manquant d'un cheveu la tête de David.

Les chasseurs sortent en masse de la pénombre, tirant sur les cordes avec brutalité. L'esquif dérive vers la berge avec une inquiétante rapidité.

– Sissy ! Coupe la corde !

Mais elle ne m'entend pas, toute à son effort d'arracher l'autre grappin ; celui-ci est enfoncé encore plus profondément, elle n'y parviendra pas. Je me penche vers sa ceinture, dégaine une dague, puis m'incline au-dessus de l'eau. Dès que je touche la corde du harpon plaquée contre le radeau, mon cœur cesse de battre. Elle est faite d'un matériau synthétique que je sais instinctivement résistant à toute tentative de cisaillement. Il me faudrait au moins un quart d'heure pour en venir à bout avec cette lame. J'essaie de pousser la corde vers le bas, espérant que cela suffira à libérer notre embarcation, mais elle est trop fermement ancrée contre le bois.

Nous sommes déjà à mi-chemin de la berge, assez proches pour que j'entrevoie un chasseur – sifflant, dans l'eau jusqu'aux chevilles – lancer un nouveau crochet.

– Attention !

Ben est si occupé à tenter de retirer le premier grappin qu'il ne voit pas celui-ci plonger vers son crâne. Epap, qui se tient toujours les côtes, parvient néanmoins à le clouer au sol une fraction de seconde avant que le métal retombe. Ils roulent tous deux devant la cabine. Epap est inerte ; j'avise une vilaine balafre sur sa joue, à l'endroit où un crochet a dû l'atteindre. Du sang s'en écoule.

Les chasseurs hurlent de plaisir dans la nuit.

La seconde corde repose sur son corps, et je me précipite pour l'en écarter avant qu'elle ne le plaque douloureusement au pont ou, pire encore, qu'elle ne lui sectionne un membre. Trois grappins servent désormais à nous haler. Nos traqueurs déploient une telle force que le bord opposé du bateau se soulève de plusieurs dizaines de centimètres. Avec un angle pareil, notre dérive s'effectue plus vite encore, comme si nous étions propulsés vers la grève par un moteur latéral.

Sissy tente de couper l'un des filins mais finit par capituler. Ils sont du même matériau que celui du harpon. Son visage trahit une profonde réflexion ; elle effectue des centaines de calculs, envisage une dizaine de possibilités qu'elle rejette une à une, jusqu'à la dernière. Elle agrippe alors David et Jacob sans ménagement, les pousse dans la cabine où Ben et moi sommes encore affalés. La poitrine d'Epap, toujours inconscient, se soulève et se creuse à toute allure.

– Écoutez-moi, dit-elle, le visage ruisselant d'eau. Je vais rejoindre la rive. Je vais plonger de ce côté de la cabine et nager sous l'eau pour qu'ils ne me repèrent pas. Pendant ce temps, vous devrez faire diversion. Continuez à tirer sur ces crochets.

– Sissy, non ! objecte Ben.

– C'est notre seule chance.

– Il y a forcément autre ch…

Elle le saisit par les bras, serre assez fort pour le faire grimacer.

– Non, Ben.

– Dans ce cas, laisse-moi y aller, j'interviens. Je suis bon nageur, je peux y arriver.

– Non ! tranche-t-elle en rengainant sa dague.

– Alors, allons-y tous les deux, dis-je, insistant.

– Non, répète-t-elle en récupérant l'arme que je lui ai empruntée, qu'elle remet brusquement dans sa ceinture.

– Sissy…

Elle me toise alors d'un regard féroce exprimant autant de colère que d'étonnement. Elle me fixe une seconde de plus que nécessaire.

– « Ne laissez pas mourir Gene », chuchote-t-elle enfin.

Et sur ce, elle m'écarte de sa route et disparaît sous l'eau presque sans un bruit.

David fond en larmes. Je le remets debout, ainsi que Jacob et Ben, sachant que tous trois auront besoin les uns des autres.

– Écoutez-moi, les garçons, dis-je avec toute la conviction dont je suis capable de faire preuve. Sissy vous a confié une mission. Retirez ces fichus crochets de notre bateau. Servez-vous de vos vêtements, ne les touchez pas à mains nues. C'est bien compris ?

Jacob opine. Je prends délicatement la tête de David en coupe entre mes paumes. Il est trop fragile, pas fait pour vivre dans un monde pareil. Je lui transmets tout mon courage par le regard. Il acquiesce à son tour.

– Allez-y !

Je les encourage en les poussant sur le pont.

Ils s'empressent de rejoindre chacun un crochet.

Je saute alors du radeau, disparaissant dans la rivière.

Un élément froid et noir. Le courant m'entraîne par le fond. Je me débats, luttant contre les tourbillons qui menacent de me faire chavirer. Si je tournoie sous la surface, je suis sûr de perdre tout sens de l'orientation. Je nage puissamment, abandonnant toute velléité de navigation raisonnée, ne cherchant qu'à me propulser avant que mes poumons ne m'abandonnent.

La rive m'atteint telle une vilaine gifle. Des rochers tranchants s'enfoncent dans mes paumes, me lacèrent les doigts. Je sors de l'eau, dégoulinant. Je me force à me remettre debout, sur mes pieds. J'avise le radeau. Il est plus loin que je ne l'aurais cru. Le courant m'a entraîné près de cinquante mètres en aval. Un liquide chaud me coule sur la main. Avant même de regarder, je comprends de quoi il s'agit. Mes plaies saignent.

Des grondements s'élèvent dans la nuit, suffisamment aigus pour fêler les étoiles, faire trembler la lune. Les chasseurs m'ont senti.

Les trois lignes de grappins ramollissent subitement, et le rebord surélevé du radeau retombe bruyamment à la surface. Les chasseurs ont lâché prise. Ils se dirigent vers moi.

– Sissy ! Où es-tu ?

– Ici. Viens vite.

Elle est debout près d'une pile de matériel abandonnée au sol. On y trouve d'autres cordes, plusieurs grappins, un fusil à harpon chargé. Nos poursuivants ont dû apporter des outils supplémentaires, au cas où. Si jamais nous parvenions par quelque miracle à échapper à leur première embuscade, ils n'auraient plus qu'à courir jusqu'ici pour en tendre une autre.

– Ils arrivent, Sissy.

– Je sais.

Je ramasse le fusil. J'essaie, du moins. Il pèse une tonne. Je ne pourrai jamais le porter, ni même m'en servir. Pas tout seul, en tout cas.

– Sissy, viens m'aider. À nous deux, on devrait pouvoir le soulever.

Elle ne répond pas.

Je lève le nez. Elle a disparu.

De nouveaux hurlements croissent dans ma direction, à une proximité terrifiante. Je cours jusqu'au faîte d'une colline ; là, accroupie au clair de lune, se trouve Sissy. Elle tient sa dague serrée fermement entre ses doigts aux jointures blanchies. Deux chasseurs bondissent vers elle. Des heures d'efforts ont consumé toute leur masse graisseuse. Leur cage thoracique émerge de leur poitrine émaciée, et une peau membraneuse flotte autour de leur silhouette squelettique comme des vêtements séchant sur une corde à linge. Aucune trace, en revanche, du troisième chasseur.

Sissy est immobile. Ils seront sur elle dans vingt secondes, et elle met à profit le temps qui lui reste pour calculer le meilleur angle sous lequel lancer ses dagues. Néanmoins, elle ne les comprend pas aussi bien que moi. Je connais leurs tactiques.

– Sissy, dis-je en me précipitant vers elle, tire maintenant.

– Non, chuchote-t-elle. Trop loin.

– Ils vont se séparer bientôt. L'un vers la gauche, l'autre vers la droite, afin de te prendre en sandwich. De te désorienter. De te tomber dessus à revers. Tu vas viser l'un tandis que l'autre te sautera sur le dos. Maintenant, Sissy !

Elle me fait confiance. En une fraction de seconde, elle jette sa dague à droite de nos assaillants. Sans cesser de courir, ils tournent la tête vers la lame en rotation. Ils suivent du regard l'arc de cercle lent et langoureux qu'elle dessine vers la rivière avant de revenir vers eux.

Au dernier moment, ils bondissent par-dessus l'arme qui leur fonçait droit dessus.

Ils se retournent vers nous en émettant un miaulement victorieux. Ils savent. Quelqu'un leur a parlé des dagues de Sissy.

Cependant, ils ignorent autre chose.

Ce n'est pas la seule dague en vol.

Tandis que leurs yeux étaient rivés sur la première, la seconde les prend complètement au dépourvu.

L'un d'eux est brusquement projeté de côté, comme frappé par un violent coup de fouet invisible. La lame s'est enfoncée dans son cou ; sa peau fondue tel du fromage n'offre que peu de résistance, et l'acier la pénètre presque jusqu'au bout du manche. Le monstre gît sur le dos, battant l'air des quatre membres, à l'instar d'une tortue retournée. Il lutte vainement pour se remettre debout. La dague lui a perforé la trachée.

L'autre chasseur hurle dans la nuit. Pas de peur. Pas de chagrin pour son compagnon mort. Mais de joie. Sa part d'homiféré vient de doubler. Il fond sur Sissy dans un afflux de salive hystérique.

Elle tend la main vers sa ceinture. Il ne lui reste que trois couteaux. Elle lance le premier sur sa droite. Tous les yeux – y compris ceux du chasseur – se tournent dans cette direction. Mais elle s'est jouée de nous. La lame est toujours dans sa main. Puis elle ne s'y trouve plus. Elle vient de la jeter à l'opposé, tel un boomerang.

Sans prendre le temps d'apprécier son lancer, elle dégaine une autre dague et tire droit devant elle, visant le chasseur à la tête. Deux lames fendent la nuit tandis qu'il regarde ailleurs, tentant de repérer l'arme jamais lancée. Il ne se doute de rien. Il va subir une double lacération.

Sauf que, cette fois, c'est nous qui ignorons quelque chose.

Le chasseur sait. Il sait depuis le début que le premier jet n'a pas eu lieu.

À la dernière seconde, il se laisse tomber à terre, glissant sur le côté. Les deux lames se percutent avec fracas juste au-dessus de sa tête dans une explosion d'étincelles dont la luminosité fait couiner notre agresseur. C'est malheureusement la seule douleur qu'il endure. Il se relève déjà, les yeux braqués sur nous. Il lève le poignet et se le gratte profondément de ses longs doigts. Ses prunelles dansent de bonheur et d'hilarité.

Il ne reste plus qu'une dague à Sissy.

Le chasseur bondit vers nous. Il n'est qu'à quelques secondes.

Sissy arme son bras, s'apprête à tirer une dernière fois. Elle commet toutefois une erreur rare. Une erreur fatale.

Alors qu'elle bascule la main en arrière, la lame lui glisse entre les doigts et file dans notre dos.

Le chasseur hurle de ravissement. C'est le son le plus proche d'un rire que je les aie jamais entendus émettre. Un son indécent et pervers.

Sissy pivote tandis que la dague fend la pénombre. Son mouvement est calculé, déterminé, comme si chaque fraction de seconde qui vient de s'écouler faisait partie d'un plan parfaitement coordonné. L'arme est facile à repérer. Elle apparaît par contraste au cœur de la pleine lune.

Je ne suis pas le seul à l'observer. Le chasseur lève lui aussi la tête pour suivre son ascension. L'éclat de la lune le prend par surprise, le frappant de plein fouet. Il plisse les yeux, puis les ferme avec un glapissement. Il est momentanément aveuglé.

Je viens de comprendre. Au sommet de sa parabole, la lame replonge en diagonale dans notre direction. Droit sur moi.

Sissy saute en l'air, la saisit en plein vol. Dans son élan, sans même avoir retouché terre, elle la lance sur le chasseur ; celui-ci, les paupières toujours closes, ne la voit pas arriver.

La dague le frappe sur le côté du crâne, s'enfonce directement dans la partie plus molle de la tempe. La lame s'y faufile comme dans du beurre, provoquant des dégâts invisibles, mais irréversibles, au cerveau et aux orbites. Du jus de globe oculaire éclaté coule entre les paupières fermées. Notre traqueur tombe de tout son long et, dans sa panique agrémentée de douleur, gigote tant qu'il finit par s'infliger des blessures plus graves encore. Il bat férocement des bras, donne de violents coups de pied dans l'herbe.

Sissy s'est réceptionnée de son saut en position accroupie. Je place mes mains sur le haut de ses bras. Ils sont pris de minuscules tremblements autour de ses triceps fins mais harmonieux. Je n'ai jamais touché de bras plus solitaires et courageux.

– Viens, je vais t'aider, lui dis-je.

– Il en reste encore un.

Elle redresse le dos, s'appuie brièvement contre moi, puis part en courant.

– Sissy ! Qu'est-ce que tu fais ?

Elle parcourt cinquante mètres, se penche pour ramasser ses deux dagues, qu'elle rengaine rapidement. Puis elle revient vers moi à la même allure, en jetant un regard aux chasseurs agonisants. Aux poignards qui sortent de leur corps. Elle veut les récupérer, mais est suffisamment lucide pour ne pas tenter le sort.

Un unique vagissement menaçant s'élève d'un rocher sur notre gauche. Notre troisième adversaire est là, tapi au clair de lune. Il nous a observés silencieusement pendant tout ce temps pour nous étudier, comprendre nos tactiques.

Sissy recule jusqu'à se trouver derrière moi.

– Celui-ci est différent. Plus dangereux.

Lustré et félin, le chasseur se coule vers le sol, apposant délicatement ses pattes sur la surface rocheuse et ridée. Je le reconnais. Je *la* reconnais. Lèvres Écarlates. L'une des gagnantes de la loterie. Son visage est désormais tout déformé, comme plaqué contre une vitre, et ses lèvres habituellement rouges sont tellement retroussées qu'elles se fondent dans ses joues. Pourtant, même avec un corps à mi-chemin entre la bouillie d'avoine et le plastique fondu, ses gestes sont gracieux, et elle se meut avec une fluidité à la fois sauvage et sensuelle.

– Viens derrière moi, me chuchote Sissy. Je m'en occupe.

– Tes dagues ne suffiront pas. Pas avec elle. Elle nous a longuement observés, elle connaît tous tes trucs.

Sissy ouvre un peu les mains puis raffermit sa prise sur les manches de ses armes.

– Continue à reculer, je murmure. J'ai un plan.

Lèvres Écarlates saute de son rocher et s'approche de nous tel un reptile au ralenti. Ses bras et ses jambes s'agitent deux à deux, jambe gauche et bras gauche, jambe droite et bras droit, les pieds venant à chaque pas se poser à l'endroit précis où se trouvaient les mains l'instant précédent.

– Et c'est quoi, ton plan ?

– Le harpon.

Sissy secoue la tête.

– Il est trop lourd.

– Pas si on s'y met à deux. Maintenant !

Et je fais volte-face avant de sprinter vers la pile de matériel que nous avons vue plus tôt.

Sissy ne se laisse pas distancer. Nous glissons chacun d'un côté du harpon, bien aidés dans notre dérapage par la rosée qui commence à recouvrir l'herbe. Lèvres Écarlates saute dans notre direction.

– Aide-moi !

Sissy soulève déjà son côté de l'arme. Je joins mes forces aux siennes et, ensemble, nous parvenons à la faire décoller. Elle pèse le poids de trois hommes bien charpentés. Je place deux doigts sur ceux de Sissy, déjà posés sur la détente.

En apercevant le harpon, Lèvres Écarlates freine des quatre fers.

– C'est ça, recule ! lui hurle Sissy.

La chasseuse incline la tête. Elle plonge d'un côté, puis fonce sur nous comme une flèche en poussant un hurlement à nous vriller les tympans.

Sissy et moi appuyons ensemble sur la gâchette.

Il nous faut combiner toute la force de nos quatre doigts. La corde se tend, puis se relâche violemment et tressaute en expédiant son projectile. Notre visée n'est pas parfaite, mais suffisamment précise. Lèvres Écarlates lève la main en un réflexe inutile, et le fer affûté lui transperce les doigts. Deux morceaux de chair – l'index et le majeur ? – décollent dans la nuit, tandis que le carreau vient se ficher dans son épaule gauche. Lèvres Écarlates est terrassée par l'impact. Son cri d'agonie est insoutenable.

– Viens, on y va ! m'encourage Sissy en me prenant par la main.

Nous décrivons un large cercle autour de notre victime, qui se tortille sur le côté en tentant de retirer la pointe. Sans succès. Ainsi lestée et faiblissant rapidement, elle s'autorise une grimace de douleur. Nos regards se croisent.

– Ta désignation est Gene ? me demande-t-elle.

Je me fige sur place. Le roulement de mon nom sur ses lèvres me gèle jusqu'à l'os.

– C'est le mot qu'elle n'arrêtait pas de répéter, poursuit-elle.

– Qui ça ? je m'enquiers en faisant un pas vers elle.

Mais j'ai déjà compris.

– Plus près, m'invite-t-elle d'une voix plus faible et rauque. Viens plus près, Gene.

Sissy me retient par le bras.

– Non, Gene ! Elle cherche à nous retarder. D'autres sont peut-être encore à nos trousses.

Les yeux de Lèvres Écarlates se rivent aux miens.

– La fille que tu as laissée à l'Institut homifère, complète-t-elle en laissant mollement retomber sa tête de côté. Quand tout a enfin été terminé, elle n'arrêtait pas de murmurer « Gene, Gene, Gene ».

Je me sens blêmir. « Quand tout a enfin été terminé »... Je cille plusieurs fois pour refouler mes larmes, la terre bascule sur son axe.

Sissy me gifle au visage.

– Nous devons partir. Tout de suite !

Et elle me tire à sa suite, me forçant à courir.

Le cri de Lèvres Écarlates nous suit jusqu'au bateau. Les garçons ont réussi à ôter les trois grappins, mais le radeau est toujours entravé par la corde du harpon. En la longeant, nous parvenons à remonter à son point de départ : le fusil est coincé entre deux gros rochers.

– Aide-moi, Gene, me dit Sissy. Eh, ressaisis-toi ! C'est quoi, ton problème ?

Elle commence à malmener le fusil à coups de pied, espérant le faire basculer entre les pierres.

Depuis le pont du bateau, David nous apostrophe :

– Le chasseur revient !

Il ne pouvait trouver meilleur encouragement. Dans un accès de fureur, Sissy décoche un violent coup qui fait passer le fusil de l'horizontale à la verticale. L'instant d'après, l'arme a disparu dans l'interstice.

Nous sautons à l'eau, nageons pour rejoindre l'embarcation. La piqûre du froid me tire de ma torpeur, et je bats puissamment des bras et des jambes pour exprimer ma fureur. Les garçons nous hissent à bord, et nous nous laissons tomber sur le pont, incapables de faire autre chose que de contempler les étoiles au firmament. Elles sont si immobiles qu'elles nous donnent l'impression de ne pas bouger. Seule la perte d'intensité des cris de Lèvres Écarlates me confirme que nous avançons.

Epap reprend doucement ses esprits en grognant. Les garçons se précipitent vers lui, mais je suis déjà debout pour les en empêcher. Je m'exclame :

– Ne l'approchez pas, ne le touchez pas !

– Qu'est-ce qui se passe ? s'inquiète Sissy.

– Il est peut-être infecté. Je crains qu'il ne se transforme.

À leurs regards inexpressifs, je comprends qu'ils n'ont pas la moindre idée de ce dont je parle.

– Il a reçu l'un des grappins sur la tête. Ils étaient couverts de leur salive.

Je rallonge délicatement Epap sur le dos et entreprends de vérifier ses signes vitaux.

– Si la moindre gouttelette de leur salive pénètre dans votre organisme, vous muterez. Vous vous transformerez. Vous deviendrez l'un des leurs.

Tous observent désormais Epap avec nervosité ; celui-ci me scrute de ses prunelles brûlant de peur et de perplexité.

– Vous n'en avez pas entendu parler parce que les mutations sont très rares. La plupart du temps, on ne survit pas à leurs assauts, car ils nous dévorent entièrement.

– Et combien de temps dure cette… mutation ? s'enquiert Sissy, rongée d'angoisse.

– C'est rapide. Ça peut prendre deux minutes ou plusieurs heures. Tout dépend de la quantité de salive. Et en cas d'infection par plusieurs salives différentes, ça n'en est que plus rapide.

J'examine la peau d'Epap, en quête de la moindre griffure ou coupure.

– Je crois que tu vas bien, Epap. Habituellement, les symptômes apparaissent immédiatement, et tu n'en présentes aucun.

– Quel genre ? demande-t-il avec nervosité.

– Peau froide, frissons, transpiration abondante, emballement du rythme cardiaque. Mais ça va. Tu as eu de la chance.

Ben se jette sur Epap pour le prendre dans ses bras.

– Ne m'approche pas, lui dit ce dernier en s'asseyant. Nous ne sommes pas encore sûrs que j'aille bien.

– Tu vas bien, je lui assure.

Tous les garçons lui sautent alors dessus, le faisant de nouveau basculer. Au milieu d'un enchevêtrement de bras, je vois le visage d'Epap se fendre d'un sourire. Une main jaillit de la mêlée – celle de Jacob ? – et m'agrippe. L'instant d'après, je suis attiré malgré moi dans cet amas de sanglots de soulagement.

Le radeau poursuit sa progression, gagnant de la vitesse au fil du courant. Devant nous, l'imposante silhouette des montagnes de l'Est semble se rapprocher.

5

Plusieurs heures plus tard, je suis encore éveillé. Je me rends à la poupe, loin des bruyants ronflements émanant de la cabine et de Sissy, qui barre en proue. J'ai besoin d'être seul. Rien ne bouge sur les plaines baignées de rayons lunaires. Tout semble figé, comme sur une photo en noir et blanc. La rivière est comme un ensemble de muscles nerveux, désormais ; divers tendons en barrent la longueur en un flot rapide. L'eau bouillonne, peut-être d'impatience ou de colère.

Je pense à Ashley June.

Les mots de Lèvres Écarlates résonnent encore dans ma tête. « Quand tout a enfin été terminé… »

La dernière fois que j'ai vu Ashley June, c'était sur l'écran d'un moniteur de contrôle à l'Institut homifère. Penchée sur le plan de travail des cuisines, elle griffonnait un mot rapide. Je l'ai toujours dans la poche, encore tout détrempé, déchiré aux coins. Elle a risqué sa vie, s'est réfugiée au cœur de l'Institut, croyant en une chance infime de me voir revenir la sauver.

J'ai regardé son message un nombre incalculable de fois.

Je connais la forme de chaque lettre, de chaque courbe, de chaque point. Je sors alors le papier tout humide. L'encre a coulé, rendant son écriture floue.

J'sui ds l'Intro. Je t'atten
N'oublie jamais.

Je laisse une dernière fois courir mes doigts sur ses lettres cursives. Une brise s'élève, froide et brutale, et je sais déjà quoi faire. Je ferme les yeux, incapable de me regarder déchirer un petit coin de la feuille. Je le lâche dans le vent. Il s'envole tel un papillon de nuit et disparaît dans les ténèbres. J'arrache un autre morceau, puis un autre, et encore un autre. Sous la lune de plus en plus haute, je jette une centaine de millions de confettis dans le vent, et la taille du message d'Ashley June décroît entre mes doigts. Il ne reste désormais plus que l'équivalent d'un bout d'ongle. Je ne peux pas le déchirer davantage. Je m'y accroche désespérément pendant de longues minutes. Puis, avec un cri de chagrin étouffé, je le lâche et il disparaît. Ma main est tout à fait vide.

6

On me secoue pour me réveiller. J'aperçois le visage blême de David, penché au-dessus du mien. Je lui demande :

– Qu'est-ce qu'il y a ? D'autres chasseurs ?

Il fait encore nuit. David secoue la tête.

– Non. Autre chose.

– Epap ? Il va bien ?

– Oui, répond-il avant de marquer une pause. C'est autre chose… On ne sait pas exactement…

Je me lève d'un bond. Le courant est désormais plus vif, véritable torrent, comme si la rivière avait soudain perdu patience. Des éclaboussures s'élèvent en geysers, retombent sur le pont, le parsemant d'empreintes similaires à celles de mains, doigts écartés. Le ciel est aussi sombre et déchaîné que les flots, parcourus de croûtes noires agglomérées.

Tous m'observent. Leurs lèvres pincées et leurs yeux écarquillés trahissent une grande peur. Pour apaiser leurs nerfs en pelote, je leur explique :

– Le courant est plus rapide à cause des dernières pluies. Ça ne m'inquiète pas plus que ça.

– On a perdu les perches. La rivière nous les a arrachées des mains.

– Quoi ?

– Mais ce n'est pas pour ça qu'on t'a réveillé, reprend David. Tu entends ce bruit ?

Je ne perçois tout d'abord que le claquement de l'eau sur le radeau. Toutefois, peu à peu, je commence à discerner un léger sifflement, comme des interférences sur une radio, distant et pourtant dérangeant. Je ferme les yeux pour me concentrer.

– Droit devant nous. Un peu en aval.

– Je l'ai entendu pour la première fois il y a une dizaine de minutes, m'informe calmement Epap. Ça allait et venait, fluctuant. Mais maintenant, écoute… C'est de plus en plus fort. De plus en plus proche.

Je scrute la pénombre jusqu'à la limite de mon champ de vision. Dans ces ténèbres, il ne s'étend que sur une cinquantaine de mètres. Même les berges ne sont plus en vue. La peur me parcourt l'échine, tel un ongle sale.

– Ça ressemble à un bruit de cascade, devine Epap. Le Scientifique nous a appris qu'elles émettaient une sorte de sifflement quand on les approchait.

Il se tourne vers moi, le visage dégoulinant de gouttelettes.

– Qu'est-ce que tu en penses, Gene ?

– Je n'y connais rien en cascades. Avant aujourd'hui, je pensais qu'on n'en trouvait que dans les romans fantastiques.

Je recommence à inspecter la nuit. Le sifflement s'est lentement mué en une sorte de grésillement. Plus fort, plus menaçant.

– Je crois qu'on fonce droit vers une cascade, insiste Epap. On devrait rejoindre la berge à la nage.

Il quête mon approbation. Je hoche la tête.

– Je vais détacher la corde des amarres, décide-t-il.

Durant le quart d'heure qui suit, la fureur des flots s'intensifie. Le radeau tourbillonne tel un manège incontrôlable. Des gouttes de pluie nous cinglent férocement. Et le sifflement omniprésent s'accroît sans cesse. Nous nous rassemblons autour d'Epap. Il enroule la corde autour de nous, nous attachant solidement. Nous plissons les yeux pour lutter contre les embruns et le vent, tentant de garder notre équilibre sur l'esquif dansant maladroitement sur l'eau.

– Regardez-moi, dit Epap. Regardez-moi tous. Nous allons devoir sauter, puis nager jusqu'à la rive…

– Epap, je ne suis pas sûr, intervient Jacob. La rivière est trop rapide ! On pourrait être emportés, séparés, attirés par le fond…

– Nous n'avons pas le choix ! Accrochez-vous bien à la corde. Si vous coulez, ou si vous dérivez, cramponnez-vous aussi fort que possible !

– Ça ne nous empêchera pas d'être emportés ! réplique Jacob en secouant la tête.

– Non ! aboie Sissy en retour. Epap a raison. On doit sauter.

Nous nous approchons du bord à pas prudents, la corde enroulée autour de la poitrine et fermement nouée sous les aisselles. Sissy se tourne vers moi, plaque sa bouche sur mon oreille.

– Toi et moi. On doit rester ensemble.

Elle s'assure que je suis bien arrimé, tire sur la corde de ses mains mouillées aux phalanges blanchies.

– Les autres ne savent pas vraiment nager, explique-t-elle. David et Jacob, un peu, mais Ben et Epap ne seront guère plus que des poids morts. Tu comprends ?

J'opine. Le radeau file désormais à une allure terrifiante.

L'espace d'un instant, il décolle même, puis retombe lourdement.

– Tous ensemble ! s'écrie Sissy. Rappelez-vous : ne lâchez surtout pas la corde ! Battez des pieds, ne vous servez pas de vos bras. Vos mains ne doivent jamais quitter la corde, c'est bien compris ? Jamais !

Je scrute l'eau tumultueuse. Ça ne va pas marcher, on va tous être emportés. Jacob a raison. Le courant est trop fort, désormais.

– Trois… crie Sissy.

Dès que nous tomberons dans l'eau, nous serons aspirés vers le fond puis entraînés dans toutes les directions par des courants sous-marins dévastateurs. Nous nous apprêtons à sauter dans un trou sombre et plein d'eau, où seule la mort nous attend.

– Deux…

Je sens Jacob se raidir à côté de moi, comme s'il venait de se rendre compte de quelque chose.

– Un !

Sissy ploie les genoux, s'apprêtant à plonger. En bout de cordée, les autres ne sont que des taches grises prêtes à la suivre.

Je prends moi aussi mon élan, saute…

– Stop ! hurle Jacob en s'écartant du bord.

La corde se tend, me rattrapant en vol. Je suis précipité en arrière, le souffle coupé, et je m'étale à plat dos sur le pont. Quelques fractions de seconde plus tard, comme en écho, les autres s'affalent tour à tour.

– Jacob ! s'emporte Sissy. Qu'est-ce qui te prend ?

– Nous sommes censés passer par-dessus la cascade ! s'écrie-t-il. Nous devons rester sur la rivière !

– De quoi tu parles ? tempête Sissy, le visage fouetté par la pluie.

– Les chasseurs ne savent pas nager, explique Jacob, les yeux brillant d'excitation. Ils se noieraient. C'est ce que le Scientifique nous a expliqué. Tu te rappelles ? Il nous a dit qu'ils étaient pris de panique dès que l'eau leur arrivait au menton. Ils se figent, et se noient en quelques secondes.

– Et alors ?

– Alors, réfléchis. Pour eux, une cascade est synonyme de mort certaine. Ils ne s'aventureraient jamais plus loin que ça, ce serait du suicide. Mais ce n'est pas – pas forcément, du moins – le cas pour nous. Nous savons nager. Nous pouvons survivre à un tel obstacle. C'est comme une serrure que nous seuls pouvons ouvrir. Un pont vers la liberté que nous pouvons franchir, et pas eux. C'est pour ça que la tablette nous indique de rester sur la rivière.

– Je ne sais pas… hésite Sissy.

Jacob ne se laisse pas décourager.

– Je crois que c'est pour ça que le Scientifique nous a parlé des cascades. Pour nous y préparer. Mais souviens-toi, il les décrivait toujours de façon pittoresque, merveilleuse. Comme l'entrée du paradis.

Il agite les bras, tout à son excitation, et je me rappelle soudain le dessin sur lequel Epap travaillait hier. La cascade était effectivement magnifique, véritable oasis de beauté.

– Nous devons rester sur la rivière, insiste Jacob. Et descendre les chutes d'eau.

– Tu n'as pas les idées claires, Jacob, tempère Sissy. Ce que nous avons devant nous est une cascade !

– Je sais, je sais, je sais… convient-il en fermant les paupières de toutes ses forces, serrant et desserrant les poings. Mais nous devons rester sur le bateau ! J'en suis convaincu.

– Mais de quoi tu parles ?

– « Restez sur la rivière » ! hurle-t-il. C'est ce qu'indique la tablette. C'est ce que le Scientifique nous demande de faire. Continuer à suivre le courant.

– Dans les limites du raisonnable ! le contre Sissy. Nous approchons d'une cataracte ! Ta proposition est complètement dingue.

– Je t'en prie, Sissy, plaide Jacob. Gardons le cap. Suivons les instructions du Scientifique. Restons sur la rivière sans dévier notre course. C'est cela qui nous mènera à la Terre promise. Au lait. Au miel. Aux fruits et au soleil. Aux rues pleines d'autres humains, aux stades de sport, aux terrains de jeu, aux parcs d'attractions où des milliers d'enfants font les fous. En suivant ses instructions, on y arrivera, dit-il en secouant violemment la tête, des larmes plein les yeux. Ça vaut le coup de courir ce risque. S'il te plaît, Sissy…

Elle se mordille la lèvre inférieure, scrute la rivière en aval, plus concentrée que jamais. Elle se tourne vers Jacob.

– Nous resterons toujours tous ensemble, pas vrai ? demande-t-elle aux autres.

– Toujours, Sissy, confirme Jacob, la voix chargée d'émotion.

– Alors, quoi que je décide, nous le ferons tous ensemble, c'est ça ? demande-t-elle, et Jacob acquiesce. Donc tu me fais confiance ?

– Oui.

Elle prend une profonde inspiration.

– On descend de ce radeau. Tout de suite.

Les épaules de Jacob s'affaissent.

Un éclair zèbre soudain le ciel, dessinant les contours des montagnes de l'Est, colosses noirs et voûtés désormais si proches que je sens le musc de la forêt d'acajou qui les recouvre. Durant un millième de seconde, je vois la rivière. Des bandes d'eau inépuisables s'écoulent à une allure terrifiante. Nous chevauchons à présent une véritable bête sauvage, ruant et se cabrant et écumant de rage en arrivant dans la montagne. Elle ne la contourne pas, pas plus qu'elle n'emprunte quelque rapide. Non, elle s'enfonce littéralement en plein cœur de ces ténèbres minérales.

Je pose une main sur le bras de Sissy et secoue la tête.

– Il est trop tard, Sissy. Cette rivière est une tombe. Nous nous noierions.

Elle étrécit les yeux pour me toiser à travers la pluie et le vent. Elle avance le menton en signe de contrariété. Elle sait que j'ai raison. Il n'y a rien à ajouter. Les flots se mêlent aux bourrasques tranchantes, nous inondant la figure. Nous regardons droit devant nous, sans trop savoir à quoi nous attendre.

Cinq minutes plus tard, la pluie cesse brusquement et la température dégringole. La nuit, maintenant plus épaisse, nous enveloppe de son manteau d'encre. La rivière nous gronde désormais aux oreilles en un roulement de ténor continu.

Nous sommes entrés dans une sorte de tunnel. À l'intérieur des montagnes de l'Est.

– On n'y voit rien, on n'y voit rien… murmure David tout près de moi. On est dans la montagne, on est dans la montagne… Je ne sais pas comment ça se fait, mais on est dans la montagne.

Je ferme les yeux… les rouvre. Cela ne fait aucune différence : toujours le même noir impénétrable, et encore du noir, et toujours du noir, et du noir à l'infini. Je suis si désorienté que cela en devient douloureux. Tout est plus sombre, plus rapide, plus humide et plus bruyant désormais. Le grondement de la cascade est assourdissant.

– Tenez-vous prêts, tout le monde ! commande Sissy.

Nous nous accroupissons à l'unisson, reliés par la corde.

– Posez un genou par terre ! ordonne-t-elle encore. Restez baissés. Soyez prêts à sauter vers l'extérieur…

Sa voix est soudain noyée. Je me redresse légèrement, soulevant Ben à côté de moi. Une brume épaisse me mouille le visage. La chute est imminente.

– Dès qu'on basculera, sautez aussi loin du bateau que vous pourrez, ai-je crié sans savoir s'ils m'entendent. Roulez-vous en boule et ne lâchez pas la corde. Où que l'on atterrisse, ne lâchez pas la corde !

Je tourne la tête pour voir si quelqu'un a bien reçu mes consignes, mais je n'y vois goutte. Je ne sens que la crispation de leurs corps, les vagues de peur qui irradient d'eux.

Nous arrivons sur la cascade. Le tumulte est assourdissant.

J'ouvre la bouche pour hurler, mais même la peur m'a déserté.

Le radeau bascule en avant et, dans l'instant qui précède notre chute et cette sensation de vide sous nos pieds, je n'aspire qu'à une chose : saisir la main de Sissy. Et, d'une façon ou d'une autre, dans la pénombre, nous entrelaçons nos doigts et serrons à nous en faire mal. C'est ce contact entre deux êtres de sang chaud qui nous rend si parfaitement humains. Puis la cascade est derrière nous et nous plongeons dans un abîme de pénombre.

Notre chute semble durer une éternité.

7

L'impact sur l'eau – juste au moment où je commençais à désespérer de toucher le fond – est aussi violent qu'il l'aurait été sur un trottoir en béton.

Puis je me retrouve dans l'obscurité trouble des fonds marins, au milieu d'un tourbillon de bulles, au cœur du barattage assourdissant du liquide ainsi remué. La corde autour de mon torse est raide comme du métal et m'immobilise brutalement, faisant basculer ma nuque en arrière. Un bras me lacère le visage, une jambe me percute violemment. Je ne distingue plus le haut du bas.

Suis le chemin des bulles, me dis-je. C'est ce que je fais, en battant fortement des pieds. Je sens de nouveau la corde se tendre autour de ma poitrine. Ils sont tous en dessous de moi. Je remonte à moi seul toute cette chaîne humaine.

J'atteins finalement la surface, passant du liquide noir à l'air noir. Je me débats comme un forcené. Je ne distingue aucune autre forme que quelques vagues silhouettes. Je tends la main vers une obscurité plus sombre que les ténèbres environnantes. Mes doigts heurtent une surface solide, et j'ai l'impression d'être sauvé. Je m'y accroche des deux mains et me hisse dessus.

Je fais volte-face et tire sans plus attendre sur la corde. Et comme par miracle, ils refont surface l'un après l'autre, crachant, pleurant, jurant, toussant…

Vivants.

8

Cette nuit, nous dormons en tas sur ce dur rocher de calcaire. Nous ignorons jusqu'à sa taille et ne songeons même pas à l'explorer. Nous sommes déjà tout heureux d'être vivants, et c'est blottis les uns contre les autres que nous laissons échapper nos sanglots de soulagement.

– Attendons demain matin, décide Sissy. Attendons le lever du jour.

Nul ne pipe mot. Ni à cet instant ni durant les quelques heures qui suivent. Je sais toutefois ce que nous pensons tous… Et si Sissy se trompait ? Et si le jour ne se levait pas ? Et si, dans ces ténèbres, le matin n'offrait aucun répit à cette obscurité implacable ?

– Waouh ! s'exclame David, le premier à se réveiller.

En fait, nous ne nous trouvons pas sur un rocher isolé, mais sur le bassin de pierres recueillant l'eau de la cascade. Tout autour de nous, d'innombrables rayons de soleil nous éclairent depuis des ouvertures dissimulées au plafond. Ces rayons sont si bien définis qu'on croirait des piliers tangibles destinés à soutenir cette grotte imposante. Imposante est un terme un peu faible : gigantesque serait plus approprié. De nouveaux rayons apparaissent et se mettent à pleuvoir sur des centaines de mètres dans toutes les directions, exposant l'intérieur de la caverne.

La cascade est loin d'être aussi haute qu'elle en avait l'air lors de notre chute de la nuit dernière. Les éclaboussures qu'elle provoque ont fait naître d'épaisses couches de mousse sur les roches en surplomb. Même si notre radeau semble avoir disparu, nous repérons quelques-uns de nos sacs, échoués sur la rive.

– Regardez ! s'exclame Ben en levant un doigt.

Des stalactites plongent du plafond à plusieurs centaines de mètres au-dessus de nos têtes, semblables à des crocs dans l'éclat rouge orangé que leur confère le soleil. Des plantes grimpantes pendent entre les stalactites, tels des résidus de nourriture coincés entre des dents. D'immenses colonnes de calcite s'élèvent du sol selon des angles divers, autour desquelles s'enroulent fougères et palmes. Des stalagmites plus fines jaillissent sur cinquante mètres. Cependant, ce sont les dimensions gargantuesques de la grotte qui nous éblouissent le plus.

– On pourrait faire tenir une ville entière là-dedans, dis-je, criant pour couvrir le vacarme de la cascade. Construire des gratte-ciel de vingt ou trente étages. Des blocs d'immeubles sur un kilomètre de longueur.

Personne ne me répond, personne ne m'entend. Je m'éloigne de la chute d'eau pour retrouver un peu de calme.

Les autres m'emboîtent le pas et nous nous rassemblons au cœur d'un large cercle ensoleillé. Sa chaleur est un bienfait. Les rayons nous blanchissent la peau, nous faisant luire avec une effervescence presque radioactive.

– Et maintenant ? demande Epap.

Toutes les têtes se tournent vers Sissy.
– On explore, décide-t-elle.
– Est-ce que c'est ça ? s'enquiert Ben. La terre de miel et de lait, de fruits et de soleil ?
– J'espère que non, répond Epap en secouant la tête. Cet endroit est une véritable décharge. Je préfère encore le Dôme. Et je n'ai vu ni lait, ni miel, ni fruits. Il y a du soleil, par-ci par-là, mais il y en avait davantage au Dôme.
– Voilà ce qu'on va faire, intervient Sissy. Nous allons nous séparer en deux groupes, pour chercher le moindre indice, n'importe quel signe. Le Scientifique a dû nous laisser d'autres indications.

Elle lance un regard circulaire, puis s'aventure vers les profondeurs de la grotte, Ben et Jacob à sa suite.
– Très bien. Vous deux ! nous lance Epap, à David et à moi, allons par là. Et on ouvre grand les yeux.

Nous partons à la perpendiculaire de la direction empruntée par Sissy, le long de la berge, selon le lit de la rivière.

Après des heures d'efforts, nous n'avons rien découvert. Le terrain complique notre progression, notamment à cause de ces cailloux qui nous roulent sous les pieds dans le seul but de nous fouler une cheville. David, Epap et moi avançons lentement pour être sûrs de ne rien manquer, mais nous passons l'essentiel de notre temps les yeux rivés au sol afin d'éviter les pierres et les plaques de mousse glissantes. Et même si nous nous dirigeons vers ce que nous espérons être la sortie de la caverne, nous n'apercevons toujours pas la moindre lumière au bout du tunnel après deux heures de marche. Si tant est qu'il existe une sortie. La rivière plonge parmi une succession de grosses cuvettes à trois niveaux ; là, la descente s'accentue, devient périlleuse. À plusieurs reprises, nous sommes contraints d'effectuer de grands détours pour contourner quelque énorme rocher. Nous glissons régulièrement sur la pierre couverte de lichen, battons alors des bras pour recouvrer l'équilibre et nous rattrapons à des colonnes de calcite ou à de hautes roches à la surface irrégulière. Finalement, nous nous retrouvons bloqués par une paroi de calcaire cannelée, haute de dix étages et luisante de son manteau visqueux. Le cours d'eau sinue par une ouverture assez étriquée qui débouche sur une nouvelle succession de cascades. Nous faisons demi-tour, ployant sous le triple fardeau de la fatigue, de la faim et du découragement.

À notre retour, nous retrouvons nos trois compagnons assis dans un cercle de soleil. À en juger par leurs épaules voûtées et leur mine sinistre, leur tentative n'a pas non plus été couronnée de succès. Ils nous tendent notre part du repas : quelques baies glanées en chemin, que nous avalons voracement.

– Sympa la terre de miel et de lait, de fruits et de soleil, commente sombrement Epap. Ni nourriture, ni lait, ni miel. Pas même le moindre morceau de bois pour faire un feu.

– On devrait aller vers l'extérieur, propose Jacob. Suivre la rivière jusqu'à la sortie.

– C'est ce qu'on vient de faire, je réplique. D'essayer de faire, en tout cas. C'est plus loin et plus compliqué que tu ne l'imagines.

– C'est notre seule chance, insiste Jacob en observant la cascade. Nous ne pouvons pas revenir en arrière : il nous faudrait grimper le long de la chute d'eau, et les parois sont trop raides et trop glissantes. Et on ne peut pas non plus rester ici les bras croisés. On a besoin de nourriture. On devrait partir sur-le-champ.

– Non, tranche Sissy sans nous regarder. On reste ici.

– Sissy…, commence Jacob.

– Écoute, moi, je reste, déclare-t-elle d'un ton cassant. Tu fais comme tu veux, mais je ne bouge pas d'ici.

Jacob se referme, telle une huître, piqué au vif.

– Je voulais juste…

– Je refuse de me disputer avec toi, ou avec n'importe lequel d'entre vous ! Nous n'avons que deux choses à faire, d'accord ? Trouver un indice laissé par le Scientifique, et garder Gene en vie. C'est assez simple pour toi ? Voilà notre vie réduite à ces deux éléments de base. Trouver un indice, le garder en vie. Deux choses, les garçons !

Nous restons assis en silence, stupéfaits par son accès de colère. Elle s'éloigne d'un pas lourd, haletante, et disparaît derrière un rocher.

Je la suis. Elle contemple la cascade, les bras croisés sur la poitrine.

– Hé ! dis-je, aussi doucement que possible.

Je me faufile par l'étroit sentier ménagé entre deux pierres.

Elle ne me répond pas, se contentant de se mordiller la moitié de la lèvre inférieure ; l'autre moitié est tristement retroussée. Ses paupières sont mi-closes, et une larme coule lentement sur sa pommette. Elle ne se détourne pas, contrairement à ce que je craignais. Elle lève la main – pour s'essuyer la joue, je suppose –, mais l'immobilise devant sa bouche. Elle la saisit entre ses doigts tremblants. Maintenant qu'elle s'effondre, elle tourne la tête.

La pression est trop forte. Le poids de toutes nos vies repose sur elle seule.

Je pose une main sur son épaule. Elle ne s'écarte pas, s'appuie au contraire dessus, et son omoplate s'imbrique parfaitement au creux de ma paume. Sa peau est douce, j'y perçois néanmoins une certaine tension, entre le muscle contracté et l'os saillant. Elle se tourne vers moi et me regarde avec intensité. Le genre d'attention que mon père m'a toujours appris à éviter. Soutenir le regard de quelqu'un vous met au centre de ses préoccupations ; il faut le fuir, s'y dérober, s'éloigner.

J'en suis cependant incapable. Je n'avais encore jamais remarqué la profondeur et la beauté de ses prunelles.

– J'ai l'impression de manquer à tous mes engagements, Gene.

– C'est ridicule. On serait tous morts, si tu n'avais pas été là. Je suis avec toi, Sissy. Je veux le retrouver tout autant que toi. Si ce n'est plus.

Je me rapproche d'elle jusqu'à sentir la chaleur émanant de son corps.

L'espace d'un instant, un air doux de renoncement traverse son regard.

C'en est trop pour moi. Je détourne les yeux.

Nous restons muets quelques secondes. Puis elle secoue la tête.

– J'ai l'impression de passer à côté d'une évidence, déclare-t-elle. Qu'il nous a laissé un indice, un signe, et qu'il est là, juste sous notre nez. Un peu comme dans ces jeux qu'on partageait.

Une jalousie étrange naît en moi. Ainsi, il a donc joué avec elle aussi. Je pensais être le seul.

– Tout va bien, Sissy ? s'enquiert Epap depuis l'autre bout de l'étroit passage.

Sissy s'écarte de moi tandis qu'il se faufile entre les rochers.

– Tout va bien ? répète-t-il en l'étudiant avec intensité.

Elle essuie rapidement sa joue mouillée de larmes.

– Oui, murmure-t-elle en repartant par où il vient d'arriver.

Resté seul avec moi, Epap me toise avec colère. Je baisse la tête et passe devant lui. Quand je rejoins le groupe, Sissy est déjà assise à côté de Jacob, à lui ébouriffer les cheveux, tout sourire. Jacob est hilare.

Nous sommes trop fatigués pour repartir. Les rayons de soleil sont encore présents, mais impossible de dire pour combien de temps.

Une heure s'écoule. Certains, parmi nous, dérivent doucement vers le sommeil.

Sissy s'assied brusquement.

– Oh, quelle idiote ! s'exclame-t-elle en se frappant le front.

– Sissy ? s'étonne Epap.

Elle ne réplique pas, se contentant de retourner vers la cascade. Elle longe avec précaution le périmètre inondé du bassin. Si elle venait à tomber si près de la chute d'eau, elle pourrait bien se retrouver attirée au fond par des courants sournois.

Les autres garçons se réveillent peu à peu.

– Qu'est-ce qu'elle fait ? s'étonne Ben.

Plaquée contre la paroi jouxtant la cascade, Sissy s'arrête. Puis elle avance encore d'un pas et disparaît dans le rideau d'eau.

– Sissy ! s'écrie Ben.

Dans la seconde qui suit, nous voici tous à courir vers le bassin. Ben est si inquiet que nous devons nous y mettre à deux pour le retenir. Nous jetons un coup d'œil angoissé à travers les flots verticaux.

– Là ! hurle Jacob en désignant un endroit où la coulée est moins dense.

La silhouette de Sissy n'est qu'une forme brumeuse

derrière le voilage cristallin. Elle sort d'abord les bras, puis la tête, rentrée dans les épaules pour lutter contre la force du jet. Quand elle réapparaît complètement de notre côté, elle est trempée jusqu'à l'os. Elle arbore néanmoins un sourire des plus étincelants.

– Vous venez ou quoi ?

– Hein ? bredouille Epap.

– Allez, n'ayez pas peur, nous taquine-t-elle. J'ai trouvé une autre grotte, là, derrière.

– Attends, Sissy, lui dis-je. Comment peux-tu être sûre que c'est là qu'on doit aller ?

– Simple supposition, réplique-t-elle dans un éclat de rire. Cela dit, il y a tout un jeu de vêtements secs et une échelle de corde…

Il fait sombre, dans cette nouvelle caverne. Seule une colonne de lumière trouble en éclaire l'intérieur. Nos vêtements détrempés nous font déjà frissonner.

– Où sont les habits secs dont tu nous as parlé ? je demande en claquant des dents.

Sissy sourit et nous mène jusqu'à un panier dissimulé dans la pénombre. Il y a là de quoi vêtir plus de dix personnes de toutes les tailles.

– Comment as-tu pensé à regarder derrière la cascade ? je m'étonne en changeant de tenue.

Elle enfile une paire de chaussettes en laine.

– Pour empêcher les chasseurs de trouver la terre de miel et de lait, quoi de plus efficace qu'une chute d'eau ? Aucun d'entre eux, si tant est qu'il parvienne à survivre à la cataracte, ne penserait à regarder derrière. Le Scientifique est assez malin pour tout prévoir, dit-elle avec une étincelle dans les yeux. Essaie de suivre, d'accord ? ajoute-t-elle avec un sourire.

Lorsque nous nous retrouvons tous au sec, elle nous réunit dans le cercle lumineux et tend un doigt vers le ciel. Je ne vois d'abord rien d'inhabituel, juste ce faisceau semblable à celui d'un projecteur émanant d'un plafond parcouru de plantes grimpantes. Puis je l'aperçois, à peine visible au milieu du lierre : une échelle de corde.

En plein cœur de la colonne de lumière. Au seul endroit où un chasseur ne penserait pas à regarder– ou n'oserait pas. Un nouvel obstacle insurmontable pour nos poursuivants.

Epap aide Sissy à se hisser jusqu'à l'échelle. Elle parvient à en saisir le dernier barreau, puis y monte les jambes et se tient la tête en bas, les chevilles fermement ancrées autour des échelons suivants. Elle tend les bras et attrape Ben, qu'Epap a fait grimper sur ses épaules. Elle parvient non sans mal à le faire monter. Puis, comme si nous avions fait ça toute notre vie, nous entamons l'un après l'autre notre ascension, sans nous soucier de savoir combien de temps elle va durer, ni à quel point elle sera difficile. Si nous l'avions su, nous n'aurions sans doute pas démarré sur un tel rythme.

Une petite demi-heure plus tard, tandis que l'excitation laisse place à la fatigue, le tube formé par les parois se resserre autour de nous. La claustrophobie nous gagne rapidement. Comme je suis le plus large d'épaules, c'est moi qui en souffre le plus. Mes coudes heurtent sans cesse les murs irréguliers, mes bras sont tout éraflés. Le conduit est si étroit que nous sommes tentés d'abandonner nos sacs. Lors d'un passage particulièrement resserré, je crains de m'être coincé : même en tendant les bras au-dessus de ma tête, je ne parviens pas à me faufiler. Epap doit me pousser par en dessous, les deux mains sur les fesses. Une situation on ne peut plus gênante.

Le soleil dans son long puits vertical est très éphémère, ne se prolongeant que d'une trentaine de minutes. Puis la lumière remonte le long de l'une des parois, d'abord lentement, puis de plus en plus vite, jusqu'à disparaître bel et bien. Nous voilà désormais plongés dans une épaisse pénombre. S'ensuit une brusque chute de température. C'est une sensation étrange : les ténèbres grandissantes et le froid croissant nous donnent l'impression de descendre sous terre, et non de grimper vers la surface.

– Sissy, tu vois quelque chose de là où tu es ? demande Epap, sous mes pieds.

– J'aperçois un point lumineux, pas plus gros qu'une tête d'épingle. Trop petit pour que je parvienne à estimer la distance. Mais ça a l'air vraiment très loin.

Après plusieurs heures d'escalade, nous nous octroyons une longue pause. Nous entortillons nos membres autour de l'échelle pour nous assurer de ne pas tomber. Nos bras sont tétanisés, et nos mains à vif à force de frottements. Nous nous faisons passer avec précaution les quelques baies qui restent. Ben, au-dessus de ma tête, ne parvient plus à se maintenir.

– Mes bras tremblent, me dit-il. Je ne peux pas les en empêcher.

Ses coudes sont râpés jusqu'au sang.

Nous avons le corps en compote, le moral en berne.

Dix minutes plus tard, nous reprenons notre progression. Et en moins de cinq secondes, toutes nos douleurs reviennent. Comme si nous ne nous étions même pas arrêtés.

9

Il fait nuit noire. Un air glacial descend l'étroit conduit. Je suis tout congestionné. Mon front brûlant fait fondre la glace qui recouvre les parois avant de couler, tel mon nez plein. Nous allons par paires : Ben est avec Sissy, Jacob et moi sommes juste en dessous, David et Epap encore plus bas. Jacob est suspendu en face de moi, de son côté de l'échelle. Mes bras sont glissés sous les siens. L'étroitesse du puits nous aide à nous maintenir.

– Ça va ? chuchote Sissy avant qu'un long silence ne s'installe. Psst, Gene. Tu es réveillé ?

– Oui. Je croyais que tu parlais à Ben.

– Nan, il est KO. Comme un bébé. Comment va Jacob ?

– Il dort profondément. Epap et David aussi.

– Tant mieux. Ils sont bien accrochés ?

– Ouais. J'ai vérifié deux fois.

– Bien. Très bien, dit-elle, et la corde craque légèrement tandis qu'elle change de position. Demain, on sera sortis d'ici.

– Tu penses ?

– J'en suis sûre, murmure-t-elle. Je sais une chose que tu ignores.

– Dis-moi.

– Il neige.

– Non. Vraiment ?

– Ouais. Ça a commencé il y a une dizaine de minutes. Juste quelques flocons. Je les ai sentis sur mon visage, ça m'a chatouillé le nez. On doit être plus proches du sommet qu'on ne l'imaginait. La neige ne peut pas flotter si longtemps.

– Je n'ai rien vu ni senti.

– Je crois que je dois la bloquer.

– Ouais, ton cul d'hippopotame bouche le passage.

– Ha, ha, trop marrant…

– Vu d'ici, tu as vraiment des hanches larges. On dirait que c'est toi qui as causé cette éclipse totale.

Elle ne répond rien.

– Un peu plus, et même l'air ne circulerait plus, j'ajoute.

L'échelle remue un peu. Elle explose, incapable de se retenir davantage.

– Arrête ! supplie-t-elle en gloussant. Tu es mal placé pour parler. Ton cul à toi est tellement énorme qu'on dirait une personne à part.

– Non, c'est Jacob que tu regardes.

– Arrête, je t'ai dit.

Elle rit encore sous cape.

Nous tombons dans un silence confortable. Ben et Epap ronflent en rythme, tandis que Jacob me souffle bruyamment sur l'épaule.

– Hé… chuchote Sissy quelques minutes plus tard.

– Quoi ?

– J'ai l'impression qu'on a plus de lumière.

– C'est déjà le matin ?

– Non. La lumière est argentée. Ça doit être la lune.

Elle se tait un long moment. Quand je lève la tête, je n'aperçois que les ténèbres.

– Ça tombe vraiment, maintenant, déclare-t-elle.

– La neige ou les rayons de lune ?

– Les deux. Attends.

La corde remue alors qu'elle se déplace.

– Vas-y, lève la tête, et dis-moi si tu vois quelque chose.

Je distingue le contour de ses jambes appuyées contre le mur, et qui laissent filtrer un timide rayon argenté. Quelques flocons en profitent pour s'immiscer. L'un d'eux m'atterrit sur la pommette. Cela me picote la peau. Je le touche du bout du doigt, sens comme une goutte d'eau. Les minutes s'égrènent. D'autres flocons tombent, chimériques, tels des copeaux de lune. J'ai l'impression qu'on m'ôte un poids de la poitrine. L'espace s'étend lentement autour de moi, ralentit. Le monde est plus pur, les angles plus nets.

– Hé, tu peux me dire un truc ? me demande Sissy d'une voix douce comme le clair de lune.

– Je t'écoute.

– Quand on a été attaqués sur la rivière, l'un des chasseurs a parlé d'une fille.

Elle marque une pause.

Je reste moi aussi silencieux.

– Pardon, dit-elle, ça ne me regarde pas.

– Non, ce n'est pas le problème. J'essaie juste de trouver les mots.

– Je n'aurais pas dû poser la question, c'est ton…

– Elle s'appelle Ashley June. Comme moi, elle a survécu dans la métropole en se faisant passer pour l'une des leurs.

Les mots m'échappent à toute allure, comme si je les avais tus trop longtemps.

– Nous nous connaissions depuis très longtemps, sans savoir que nous étions pareils. Nous l'avons découvert il y a quelques jours seulement, quand on était tous les deux à l'Institut. Quand on a su quelle était notre véritable nature, elle s'est sacrifiée pour me sauver la vie.

– Je suis sincèrement navrée, Gene. Je ne sais pas quoi te dire.

– Je ne voulais pas l'abandonner. J'ai essayé d'aller la chercher. Mais je n'ai pas eu le choix, je n'ai rien pu faire. Ils étaient bien trop nombreux. Ç'aurait été du suicide d'y retourner…

– Tu as raison, répond-elle avec douceur. Tu ne pouvais rien y faire, Gene. J'étais là, j'ai vu les vagues de chasseurs déferler sur nous. Tu as fait la seule chose que tu pouvais faire : fuir.

Jacob me gémit bruyamment dans l'oreille. Je me rends compte que je le serre trop fort. Je relâche légèrement mon étreinte autour de sa poitrine.

Après de longues secondes de silence, Sissy reprend :

– Tu ne pouvais absolument rien faire, Gene.

– Je sais.

– Je suis vraiment désolée.

Nous nous taisons alors. La corde grince, s'immobilise.

– Sissy ?

– Ouais ?

– Tu veux que je te dise autre chose ?

Une pause.

– Quoi ?

– Au sujet du Scientifique.

– Vas-y.

– Je t'ai caché quelque chose.

– Je crois savoir ce que c'est, répond-elle après réflexion.

– Non, ça m'étonnerait. Pas ça.

– C'est ton père, pas vrai ?

Ma bouche s'ouvre grand, ma mâchoire inférieure semblant tomber jusqu'au fond du puits.

– Comment tu le… Quoi ?

– Chut… tu vas réveiller les autres.

– Est-ce qu'il t'a parlé de moi ?

– Non. Jamais.

– Alors, comment as-tu…

– À ta façon de te déplacer. Tu lui ressembles beaucoup. À ta manière de t'asseoir par terre, une jambe tendue, l'autre pliée, le menton sur le genou. À la couleur et à la forme de tes yeux. À l'expression sur ton visage quand tu es plongé dans tes pensées. Même à ta façon de t'exprimer.

– Est-ce que les autres s'en doutent ?

– Ha ! Ils l'ont deviné à la seconde où ils t'ont vu.

– Pas possible…

Elle rit délicatement.

– On a peut-être toujours vécu enfermés, mais on n'est pas aveugles pour autant. Tu crois… qu'il est là-haut ?

L'échelle s'agite légèrement quand elle change de position.

– Tu veux dire au paradis ?

– Non, là-haut, là où ce puits débouche.

– Il a intérêt. Rien ne compte plus à mes yeux que de le retrouver.

Je me surprends moi-même par cet aveu inattendu. C'est pourtant vrai. Depuis que nous avons découvert la tablette, depuis que j'y ai lu mon nom, je ne pense plus qu'à ça. Je lève les yeux et dis :

– J'irais au bout du monde pour le rejoindre, Sissy.

Elle garde le silence, comme pour m'encourager à poursuivre.

– Je peux te poser une question ? demande-t-elle enfin.

– Quoi ?

Elle hésite.

– Dis-moi comment c'était. Votre vie commune. Tu avais des frères et sœurs ? Ta maman était vivante ? Vous étiez une famille heureuse ? Parle-moi de ton existence au milieu de ces monstres.

Je laisse s'écouler une minute de silence.

– Ma sœur et ma mère sont mortes quand j'étais petit. Elles sont parties un matin avec mon père et, quelques heures plus tard, lui seul est rentré. Elles ont été dévorées. Des gens ont parlé pendant des années de cette découverte miraculeuse d'une fillette et d'une femme homifères, surprises en pleine ville au crépuscule. On disait que la fille avait eu les jambes brisées par un chariot, que sa mère était bêtement restée à son côté, se refusant à l'abandonner. Et quand la meute est tombée sur elles, la mère a couvert sa petite de son corps. Tout a été terminé en quelques secondes. Le festin, en tout cas.

La corde craque.

– Excuse-moi, Gene. Je ne te parlerai plus jamais de ça.

Je pense que la conversation va s'arrêter là. Je me surprends pourtant de nouveau en reprenant la parole. Je bafouille d'abord quelques mots hésitants, un, puis deux, une phrase entière. Puis quelque chose s'enclenche, et pensées et souvenirs jaillissent de mes lèvres en un flot continu. Je n'ai bientôt plus l'impression de parler, mais de me livrer à une véritable catharsis, une confession. Quand j'en ai enfin terminé, ma voix se brise et Sissy ne répond rien. Je crains qu'elle ne se soit endormie.

Puis elle chuchote :

– J'aimerais pouvoir te tenir la main.

Quelques flocons tombent délicatement devant mon visage, puis disparaissent en s'enfonçant plus avant dans le puits.

10

Sissy avait raison. Nous atteignons la surface le lendemain, surpris de découvrir l'ouverture du puits si proche.

Quelques minutes après que le soleil a commencé à illuminer le conduit, nous nous réveillons et reprenons notre avancée. Nos bras et nos jambes sont froids et raides, mais la lumière qui tombe nous recouvre et nous réchauffe, lubrifie nos articulations. Bien vite, nous oublions nos ampoules et nos doigts ensanglantés et nous concentrons sur le fait d'agripper le barreau suivant. Et celui d'après. Jusqu'à ce que, tels des nouveau-nés, nous émergions dans une clairière, inspirant à pleins poumons l'air frais des montagnes, plissant les yeux pour lutter contre ce soleil qui nous aveugle.

Nous nous trouvons au cœur d'une vallée verdoyante. Des falaises de granit pur s'élèvent en de longs doigts robustes tout autour de nous. Une légère brume plane sur la combe, suintant des bois sombres qui nous encerclent. Des arbres émergent du brouillard, tels les laquais de cet arrière-pays venus nous accueillir… ou nous conseiller de partir.

Le sommet de la montagne domine les environs. Il se dresse, droit et arrogant, nous présentant son visage noueux taillé à la serpe, paraissant lui aussi loucher furieusement contre la puissance du soleil. Il nous toise du haut de ses larges épaules. À mi-hauteur, une lointaine cascade jaillit de la paroi, tombe en guirlande sur plusieurs milliers de mètres, puis se fond dans la brume au pied de l'à-pic. Un arc-en-ciel discret égaie les gerbes d'eau.

Exposés comme nous le sommes, nous n'en ressentons que davantage la morsure du froid. La brise, bien que légère, s'immisce par nos vêtements et notre peau poreuse, nous gelant la cage thoracique. Je suis pris d'une nouvelle quinte de toux qui me plie en deux. J'ai l'impression que des punaises d'acide m'obstruent la trachée. Je me touche le front. Il est aussi chaud que du fer à marquer, rouge et crépitant d'étincelles. Le sol bascule, tremble, la montagne et le ciel tournoient autour de moi ; je subis ma propre avalanche intérieure.

– Dans les bois, dis-je. À l'abri du vent.

– Attends, répond Sissy.

Elle s'agenouille au sommet du puits et en étudie la circonférence.

– Qu'est-ce que tu fais ? lui demande Ben.

– Par ici, venez voir, explique-t-elle en désignant la seule partie du rebord où l'herbe est écrasée. La, ou les personnes qui utilisent ce tunnel arrivent et repartent dans cette direction. Je suggère qu'on aille dans le même sens qu'elles à travers la forêt.

Les bois forment un nid de chaleur. Le vent meurt presque aussitôt que nous avons mis le pied entre les arbres. De délicieux effluves de caramel et de vanille nous font gargouiller l'estomac. Nous piétinons un peu avant de découvrir, dans un lit d'aiguilles de pin, un semblant de chemin. Nous l'empruntons, l'excitation grandissant.

Après une quinzaine de minutes seulement, nous nous arrêtons pour reprendre notre souffle contre un tronc couvert de lichen. Nous n'avons pas l'habitude de l'air raréfié des montagnes. Un geai s'éveille dans les hautes branches, agitant rapidement sa tête noire d'un côté puis de l'autre. Il nous gronde de son cri râpeux, comme pour nous reprocher notre manque de vigueur. Rapidement refroidis, nous reprenons notre route à un rythme plus soutenu. Vingt minutes plus tard, nous marquons une nouvelle halte.

– Le sentier vient de disparaître, constate Sissy en lançant alentour des coups d'œil angoissés.

– On devrait trouver un endroit pour la nuit, propose Epap en claquant des dents. Allumer un feu ?

– On doit se dépêcher, renchérit Sissy. Un froid pareil va nous poser problème.

– Toi et moi, on va chercher du bois. Ben et Gene restent ici…

– Non, l'interrompt Sissy. À partir de maintenant, nous restons toujours groupés. On ne se sépare plus, même pour une seconde. C'est bien compris ? Cette forêt veut nous égarer, je le sens.

Nous le sentons tous. Nous progressons de façon compacte. Nos bras se frôlent, nos épaules se heurtent, mais nous n'en avons cure.

Puis, alors que la forêt menace de devenir noire et dense comme la poix, nous atteignons une clairière. Le rideau d'arbres et de ténèbres se déchire. À l'autre bout de la trouée, le terrain s'effondre en une falaise abrupte. De là où nous sommes, j'aperçois des lacs glaciaires et les prairies de la vallée en contrebas. Mais ce n'est pas ça qui retient mon attention.

Au milieu de la clairière, baignée de soleil, trône une cabane en rondins.

11

Les fenêtres de la cabane sont obturées à l'aide de volets sombres posés contre les carreaux. La porte d'entrée, peinte en noir, semble hermétiquement close.

Sissy avance d'un pas dans la clairière, laissant son empreinte dans la neige pelucheuse.

– Sissy ! chuchote Epap.

Elle se retourne, nous fait signe de ne pas la suivre. Tandis que les garçons partent se réfugier dans les bois, je m'empresse de la rejoindre.

– Tu t'y prends mal, je murmure.

Elle s'arrête.

– Comment ça ?

– Ne t'approche pas de la porte d'entrée…

– Tu me prends pour qui ? Ce n'est pas comme si j'allais frapper.

– N'avance même pas jusqu'au perron. Il y a des chances que le plancher grince, dis-je et même si elle reste coite, je sais qu'elle m'a écouté. Je passe par la droite, et toi par la gauche. Dans cinq minutes, si on n'a pas entendu de bruit, on se retrouve à l'arrière. Et là, seulement si l'arrière est dégagé, on essaiera la porte.

Elle acquiesce, et nous nous séparons.

La neige forme une croûte craquante sur le sol, et je m'assure d'y avancer à pas de loup. Arrivé sur le côté de la maison, je me glisse précautionneusement jusqu'à la fenêtre. J'attends de longues secondes avant de coller l'oreille au volet. Pas un bruit.

La cabane semble déserte.

Cinq minutes plus tard, je me rends discrètement à l'arrière. Sissy s'y trouve déjà, l'oreille collée à la fenêtre obturée. Elle lève les mains en secouant la tête. *Il n'y a personne.* Elle hausse les sourcils. *On entre ?*

Malgré tous nos efforts, le plancher du perron grince à notre arrivée. Quand nous atteignons la porte, Sissy en saisit la poignée, tressaille légèrement à cause du contact froid, puis affirme sa prise. Elle tourne le poignet, et le battant s'ouvre dans un silence étonnant.

Nous entrons, refermant hâtivement derrière nous. Mieux vaut éviter autant que possible de laisser filtrer la lumière. Ne jamais réveiller le monstre qui dort. Nous pénétrons dans un couloir sombre et étroit, puis attendons que nos yeux s'accommodent. Nous redoutons des sons que nous ne voulons surtout pas entendre : des bruits de course, des grattements, des sifflements. Nous ne percevons que le silence.

Des formes émergent progressivement. Nous nous dirigeons à pas feutrés vers la porte tout de suite à notre gauche, mais ne pouvons empêcher le parquet de craquer. Nous commençons par observer le plafond de la pièce : si nous croyons y distinguer quiconque en train de dormir, nous ferons immédiatement demi-tour et partirons à toutes jambes. Mais il n'y a rien d'autre que des poutres. Une table nue et un gros meuble de rangement équipent la pièce autrement vide.

Nous nous aventurons précautionneusement de l'autre côté du couloir. Le plafond est tout aussi vierge de corps suspendus. Un tabouret en bois est posé dans un coin, son assise circulaire semblable à un œil scrutateur. La pièce est délabrée, dépourvue de toute autre trace d'ameublement, imprégnée d'une odeur de moisissure. Nous sommes sous un long avant-toit, curieusement angoissant. *Il s'est passé quelque chose de terrible ici*, me dis-je en frissonnant. Nous retournons dans le couloir.

Il ne reste plus qu'une salle, à l'autre extrémité de ce dernier. Sissy me devance de deux pas et se retourne vers moi en entrant. Son visage rayonne d'espoir.

Un lit. Un matelas en piteux état reposant sur un cadre fragile, une petite couverture froissée contre l'oreiller, telle une mue de serpent.

Je m'approche des fenêtres, trouve un levier actionnant les volets. Ils remontent en crissant bruyamment. La lumière du jour inonde les lieux ; je ne me la rappelais pas si puissante, malgré les nuages obscurcissant le ciel. J'aperçois maintenant un bidule étrange suspendu au mur opposé. Cela ressemble à un énorme cerf-volant, une phalène monstrueuse clouée à la cloison.

Sissy, près du lit, examine le matelas.

– Qu'est-ce que tu en penses ? je lui demande.

– À mon avis, cet endroit n'a plus servi depuis longtemps, répond-elle en reniflant, tentant de reconnaître les odeurs rémanentes. On s'abrite ici pour la nuit. On essaie de chasser, on allume un feu, on reprend des forces avec une bonne nuit de sommeil. Et demain, dès l'aube, on explorera les alentours, pour voir si on trouve autre chose.

– Et si c'était ça ? La terre de miel et de lait ?

Elle s'approche de la fenêtre pour regarder dehors.

– Alors, ce serait ça.

Je me tourne vers le lit.

– Mais dans ce cas, *où est-il* ?

12

Plus tard dans la nuit. Ils sont tous endormis dans la chambre : les garçons blottis les uns contre les autres sur le matelas, les pieds dans le vide, Sissy roulée en boule sur une chaise en bois. Je retourne dans l'une des autres pièces. Nous avons longuement hésité après le dîner – composé de deux marmottes rôties – à fermer ou non les volets. Finalement, nous nous sommes résolus à prendre le risque de les laisser ouverts, pas encore tout à fait remis de notre expérience étouffante dans le puits. Je suis content que nous ayons pris cette décision. Le paysage hivernal, baigné d'un halo lunaire, est apaisant. Un calme majestueux émane même du pic menaçant de la montagne.

Je m'emmitoufle fermement dans une parka, me régalant de sa chaleur. Ce n'est que l'un des nombreux vêtements que nous avons découverts dans un coffre en bois. Ben l'a trouvé poussé sous le lit et a laissé échapper un cri de joie en en sortant des manteaux doublés de fourrure de lapin, des écharpes, des chaussettes de laine et des gants ; une veste d'aspect étrange, lestée de crochets et de mousquetons, attachés de haut en bas.

La maison grince constamment, les poutres en bois bougent sous l'effet de la baisse de température. Ben avait peur de tous ces bruits – des craquements parfois très forts – quand il s'est couché.

Tout va bien, Ben. La voix de Sissy résonne encore dans ma tête. *Tout va parfaitement bien.*

Elle a peut-être raison. Peut-être que nous y sommes. Au bout, à notre destination, à la Terre promise. Cette cabane, cette clairière, cette montagne. Et d'un instant à l'autre, mon père va rentrer d'une randonnée dans les bois.

Des bruits de pas dans le couloir me font sursauter. En me retournant, je m'érafle les doigts sur le rebord de fenêtre. Je retire ma main avec une pointe de douleur. De chaudes gouttelettes de sang se mettent à perler.

C'est Epap. Il jette un regard endormi dans la pièce, le visage éclairé par un rayon de lune. Je suis tapi dans l'ombre ; il ne me voit pas. Sa figure se plisse de perplexité. Il s'apprête à faire volte-face, quand il avise quelque chose à l'extérieur.

Il se décompose littéralement, soudain blafard. Il se laisse tomber à genoux.

– Epap ? je m'inquiète en avançant dans la lumière.

Il tressaille au son de ma voix, mais au lieu de me réprimander il m'intime de me taire en se posant l'index sur les lèvres. Puis il indique la fenêtre d'un mouvement du menton. Je m'accroupis et m'approche de lui.

Quelqu'un est debout dans la clairière.

Une frêle silhouette sombre se dessine sur la neige immaculée. Une fille.

Ses yeux sont rivés sur nous.

13

Elle est aussi impassible que nous.

Une jeune fille. Je lui donne treize ou quatorze ans. Elle ressemble à un elfe des bois, avec ses cheveux blancs de fée et sa silhouette d'enfant misérable. Une écharpe noire lui ceint le cou, aussi sombre qu'une carapace de scorpion. Elle nous contemple tour à tour, le visage dénué d'expression.

– Ne fais pas de mouvement brusque, je chuchote à Epap en m'efforçant de garder les lèvres aussi serrées que possible.

– Il faut fermer les volets.

– Pas le temps. Elle serait sur nous en deux secondes si cela lui prenait.

Nous restons complètement immobiles.

– Et maintenant ? demande Epap.

– Je ne sais pas.

Elle fait un pas vers nous. S'arrête. Lève une main, lentement, pointe un doigt droit sur moi. Laisse retomber son bras.

– Je sors la voir, dis-je d'un ton décidé.

– Non !

– Je suis obligé. Cette cabane offre autant de protection qu'un lampion. Si c'est nous qu'elle veut, elle va nous avoir.

– Non…

– Elle ne sait pas ce que nous sommes. Sans quoi, elle se serait déjà ruée sur nous. Je sors faire diversion. Puis on lui tombe dessus.

– Ça ne marchera pas…

– C'est notre seule chance. Maintenant, va réveiller Sissy. *Doucement.*

Je me faufile par la porte d'entrée.

J'ai vécu parmi eux toute ma vie. Je connais leurs manies, je sais les imiter à la perfection. Je sors très calmement, sans laisser paraître ma peur. Je descends les marches du perron et marque une pause à la lisière des ténèbres avant de pénétrer dans les rayons de lune. J'abaisse à moitié les paupières pour donner le change. Je m'élance d'un pas léger sur la neige, m'efforçant de ne pas en faire gicler. J'arbore une expression aussi neutre que la lune. Je laisse mes bras pendre le long de mon corps, sans les remuer.

Puis je me rappelle.

Le sang sur ma main.

Elle tressaille convulsivement. Elle m'observe désormais avec un intérêt renouvelé. Elle plie les bras, incline la tête de côté, étrécit les yeux avant de les écarquiller.

Elle fait un pas vers moi, puis un autre, et un troisième, puis elle se met à courir.

Elle se précipite vers moi, le visage rayonnant, tranchant la poudreuse et l'air nocturne tel un juron chuchoté.

Je m'arc-boute, me préparant à l'impact. Elle va viser mon cou. C'est toujours ce qu'ils visent en premier.

J'entends Epap derrière moi, par la porte restée ouverte :

– Sissy, réveille-toi réveille-toi réveille-toi !

Sa voix est aussi lointaine que les étoiles.

Et la fille…

Quelque chose ne va pas.

Elle court toujours. Elle n'a pourtant pas encore couvert la moitié de la distance. Elle active ses bras en l'air, au lieu de cavaler à quatre pattes. Sa poitrine se soulève de fatigue, elle projette de petits nuages de neige.

Je comprends soudain. Je l'étudie à mesure qu'elle se rapproche, et mes soupçons se confirment.

Je ne suis néanmoins pas tout à fait convaincu. Il reste un dernier test. C'est quitte ou double.

Je dresse un doigt, celui qui saigne.

Elle contemple ma main, s'immobilise le temps d'une seconde interminable. Puis elle reporte les yeux sur mon visage, indifférente.

Elle n'est pas l'une des leurs. Elle est l'une des nôtres.

– Hé ! je m'écrie, sans savoir quoi dire d'autre. Hé !

Elle reprend sa course. J'entends derrière moi des bruits de pas sur le plancher ; ils se rapprochent.

Je fais volte-face, lève les bras. Sissy dévale le couloir à toutes jambes. Je distingue son ombre imprécise, la silhouette d'un bras dressé, l'éclat de la dague qu'elle dégaine.

– Sissy, attends !

Trop tard. Elle franchit le seuil, ancre un pied au sol et lance son arme. Comme je suis dans sa ligne de mire, elle a dû tirer de côté, appliquer une trajectoire de boomerang.

Je ne perds pas un instant, n'ai pas le temps de tergiverser. La trajectoire courbe m'a tout de même fait gagner trois secondes.

Je bondis en avant en direction de la fille. Elle s'approche de moi, je m'approche d'elle. J'entends un bruissement qui s'éloigne, puis se rapproche.

La dague. Elle fond sur elle. Sur nous.

Je me jette sur la fille, la plaquant au sol au niveau de la poitrine. Nous nous effondrons dans la neige. Moins d'une microseconde plus tard, la dague file au-dessus de nos têtes.

Je me ressaisis instantanément.

– Sissy ! Non !

Elle a déjà armé son bras, prête à tirer derechef.

– Elle est comme nous ! *Elle est comme nous !*

La main de Sissy se fige. Elle l'abaisse lentement. Les garçons sortent de la cabane ténébreuse. Ils ouvrent des yeux ronds comme des soucoupes, ont le front sillonné de surprise.

La fillette se lève, essuie la neige de ses vêtements.

– Où est l'Origine ?

Elle m'examine, puis se tourne vers les autres. Ses prunelles perçantes, d'un bleu de glace, sont dépourvues de toute trace de chaleur.

Nous la dévisageons en retour, muets de stupeur.

– L'Origine, où est l'Origine ?

Enfin, après un autre instant de silence, Ben prend la parole.

– De quoi tu parles ?

Et voilà que c'est elle qui nous étudie avec la plus grande confusion.

– L'Origine. Vous êtes censés avoir l'Origine.

Ben pose alors la question qui nous tarabuste tous.

– Qui es-tu ?

14

C'est seulement quand nous sommes rentrés et que nous nous tenons, gênés, autour de la table, qu'elle nous le dit.

– Clair. Comme l'air.

Sissy la dévisage sans cacher son scepticisme et poursuit l'interrogatoire :

– Tu habites ici ? C'est ta maison ?

La fillette secoue la tête.

– *Nayden, nark*, réplique-t-elle.

Nous la contemplons sans comprendre.

– Pardon ? demande Sissy.

Cependant, Clair se désintéresse d'elle et se tourne vers moi.

– Vous avez l'Origine ?

– De quoi tu parles ? C'est quoi, cette histoire d'origine ?

Le menton de la petite fille tremblote. Elle cligne des yeux puis sort de la pièce en courant. Elle enfile le couloir, fouillant les lieux du regard, puis atteint la chambre. Le temps que nous la rattrapions, elle a déjà retourné le sac d'Epap, répandant sur le lit ses vêtements et son carnet de croquis.

– Hé, qu'est-ce que tu fais ? s'exclame Sissy en lui arrachant le sac des mains.

– Dites-moi où est l'Origine ! insiste la fillette.

– On ne sait pas de quoi tu parles ! rétorque Epap.

– Mais si ! Krugman a annoncé votre arrivée. Il a dit que vous aviez l'Origine.

– *Qui* a dit ça ? s'étonne Epap. Qui est Krugman ?

Ils continuent à harceler la fillette de questions. Pas moi. L'estomac noué, je récupère le carnet de croquis et en tourne les pages jusqu'à trouver le portrait de mon père. Je le brandis juste sous son nez.

– C'est lui ? C'est Krugman ?

J'ai crié. Tout le monde se tait et se tourne vers moi.

La fille louche sur le dessin. Ses prunelles s'écarquillent, comme si elle le reconnaissait. Pourtant, elle se contente d'un :

– Non, ce n'est pas lui.

Tous mes espoirs retombent.

– L'homme qui t'a parlé de nous, intervient Sissy, ce Krugman. Il habite ici ?

Elle secoue la tête.

– Non, il vit loin d'ici.

– Alors, mène-nous à lui, dis-je d'un ton décidé.

– Montrez-moi d'abord l'Origine.

La voix de la petite fille, bien que légère et aérienne, traduit une opiniâtreté certaine.

– Après seulement je vous emmènerai le voir.

– Non, emmène-nous d'abord, et ensuite nous te la montrerons.

Ben me scrute d'un air interrogateur.

Elle marque une pause.

– D'accord, réplique-t-elle, non sans une pointe de suspicion. On partira au lever du soleil.

– *Nayden, nark*, je réplique. On part tout de suite.

Clair m'étudie longuement. Les pensées se pressent derrière ses yeux perçants, mystérieux et indéchiffrables. L'espace d'une fraction de seconde, elle semble me reconnaître.

– Très bien. Allez chercher vos affaires. Il y a une trotte.

Nous lui emboîtons le pas, fourmillant de questions à lui poser. Néanmoins, les efforts que nous devons fournir pour suivre son rythme nous empêchent de discuter. Je comprends pourquoi elle voulait attendre le lever du soleil. Le trajet est bien plus long que je ne l'avais imaginé. Nous traversons les ténèbres le long d'un petit ruisseau gargouillant, puis sortons des bois. Nous prenons de l'altitude, laissant loin derrière nous la limite des arbres, et affrontons une étendue de granit nu apparemment interminable. Nous passons des heures sur ces dômes de pierre irréguliers, dont la surface étonnamment lisse reflète les rayons de la lune aussi bien qu'un crâne chauve et lustré. D'ici, la vue est imprenable, entre les chutes d'eau dévalant des à-pic ou la luxuriante forêt de conifères qui orne la vallée ; malheureusement, je suis trop fatigué pour en profiter. Trop malade, aussi. La tête me tourne, je suis brûlant de fièvre, et le vent glacial me fait frissonner tout entier à chaque souffle. L'altitude n'arrange en rien mon état, provoquant vertiges et étourdissements.

Puis le sentier débouche sur une paroi particulièrement raide. Deux câbles métalliques sont rivés dans la pierre, ce qui nous aide à grimper. Nous nous arrêtons à mi-chemin pour reprendre notre souffle. Depuis notre point de vue imprenable, j'aperçois la rivière Nede luire tel un fil d'argent incroyablement petit et insignifiant. Nous reprenons notre chemin et atteignons la crête dans un état d'éreintement total. Clair reste fraîche comme un gardon ; elle nous attend en trépignant, tandis que nous tâchons tous d'avaler de grandes goulées d'air. Elle tape du pied dans des cailloux, observant longuement chacune des sacoches que nous transportons. Elle cherche évidemment l'Origine, quoi que cela puisse être.

Enfin, alors que l'aube approche et que nous avons les jambes en compote après une descente interminable, elle bifurque brusquement à gauche, et se faufile sur un étroit chemin sinuant entre de gros rochers. Lorsque nous émergeons de l'autre côté, nous avons l'impression de nous retrouver sur une tout autre planète.

Au lieu des vents violents qui fouettaient le flanc de la montagne, nous sommes accueillis par le calme d'une forêt de séquoias. Nous y pénétrons avec bonheur, foulant aux pieds l'herbe verte ; au milieu du brun fier des bois, se dessine parfois une gerbe de chrysanthèmes. Le délicat bruit de l'eau croît lentement. Lorsque nous en découvrons enfin la source – un simple ru de montagne –, Clair nous conseille de boire. Son goût est incroyable : sucré et agrémenté d'une certaine fraîcheur cristalline. Notre soif enfin apaisée, nous reprenons notre marche plus vaillamment, parvenant à adopter une allure plus soutenue.

– On y est presque, annonce Clair.

Le soleil commence à filtrer à travers les feuillages. Les couleurs et les formes sont plus nombreuses, plus chaleureuses. Des oiseaux pépient, invisibles, au sommet des arbres. Au détour d'un virage, Clair met ses mains en coupe autour de sa bouche et commence à yodler. Je n'avais encore jamais rien entendu de tel. Ben ne peut s'empêcher de la dévisager.

– Je préviens la Mission que je vous ai trouvés, explique-t-elle.

– La Mission ? je répète.

Elle ne répond pas. Nous marchons encore pendant dix ou quinze minutes.

Et puis… la forêt disparaît soudainement. Nous nous immobilisons brusquement.

Une véritable muraille se dresse devant nous, haute de plusieurs étages. Elle est faite de gros rochers hâtivement scellés à l'aide d'un amoncellement fibreux de béton, de métal et de troncs d'arbres. L'aube colore la cime des montagnes, révélant au grand jour l'état de délabrement de la forteresse. Seule l'une de ses tours paraît bien entretenue, équipée de plaques lisses d'acier sombre. Une grande vitre en parcourt la circonférence. L'intérieur est éclairé.

– C'est le bureau de Krugman, nous indique Clair.

Elle nous fait franchir le portail ouvert, composé de deux gigantesques pièces métalliques épaisses de quinze centimètres et hautes comme trois hommes. À en juger par la quantité de rouille sur le sol, les battants n'ont pas dû être refermés depuis un bon bout de temps. Peut-être des années. Clair remet les mains en porte-voix et pousse un nouveau cri.

Nous sommes désormais entre les murs.

– Waouh ! s'exclame doucement Ben, comme craignant de dissiper ce mirage en faisant trop de bruit.

Toute une communauté est installée à l'intérieur. La lumière de l'aube illumine le village, embrasant les toits de chaume de son éclat rougeâtre. Les masures, aussi pelucheuses que des coussins, luisent de l'éclat intérieur de leur âtre. De la fumée monte sereinement des hautes cheminées ornementales. Une fenêtre s'ouvre ; j'aperçois une tête, bientôt rejointe par une autre.

Un ruisseau limpide glougloute devant nous. Un petit pont orné de pavés taillés à la main l'enjambe ; ses pierres étincellent dans le jour naissant, tels des yeux chaleureux se mettant à pétiller à notre arrivée.

D'autres fenêtres s'entrouvrent. Des silhouettes, grandes et petites, apparaissent dans les chambranles. Des huis pivotent à leur tour, d'où sortent plein de gens.

Ben saisit la main de Sissy.

– Sissy ? murmure-t-il tout excité.

Elle lui sourit, étreint doucement ses doigts.

– Je crois que tout ira pour le mieux, désormais.

Les habitants sortent de leurs demeures tels des poissons multicolores ; même leurs vêtements sont lumineux et accueillants. Ni vite ni lentement, ils s'approchent de nous, clopinant bizarrement d'un pied sur l'autre, les prunelles scintillantes.

– Combien y a-t-il d'habitants ? s'enquiert Epap.

– Environ deux cents, répond Clair.

Nous nous arrêtons au pied de la passerelle. De l'autre côté, les villageois font de même. Pendant une minute, nous nous dévisageons. Leurs figures sont rondes et replètes. Nombre d'entre eux sont encore en pyjama, les cheveux en bataille. Une chaleur rosée colore leurs joues.

Un homme charpenté vient se poster à l'avant de la foule, précédé de son ample bedaine. Mon cœur cesse de battre – mais seulement un instant. À l'évidence, ce grand bonhomme corpulent n'est pas mon père. Il nous étudie un moment, puis se penche en arrière, les mains sur les hanches, et éclate d'un rire tonitruant. Un grondement enthousiaste, retentissant et joyeux. Il approche, gagnant encore en taille en gravissant le pont. À mi-chemin, au sommet de celui-ci, il ouvre grand les bras et rayonne.

– Bienvenue à la Mission, nous dit-il de sa voix profonde et sonore. Nous vous attendions.

Il fait quelques pas de plus, nous submergeant de sa présence ; son charisme nous dégoutte dessus, comme de la pluie basculant du rebord d'un parapluie. Sa silhouette imposante nous cache le soleil levant. Dans son ombre, la température baisse de quelques degrés. Mais fugacement. Il change bien vite de position, comme en proie à une soudaine prise de conscience. Son visage tremblote tandis qu'il nous observe. Il cherche à déterminer qui est le meneur de notre petite expédition. Son regard glisse sur Epap, puis sur Sissy, avant de s'attarder sur moi, de retourner vers Epap et, finalement, de s'immobiliser sur ma personne. Il recommence à sourire.

– Moi, c'est Krugman. Je suis extrêmement heureux de vous rencontrer. Délicieusement, indescriptiblement ravi !

Il fait disparaître ma main dans la sienne, bien en chair et musclée. Cependant, sa peau est douce et lisse, presque féminine.

– S'il vous plaît... dit-il en s'écartant légèrement.

D'un geste du bras, il nous invite à grimper sur cet arc-en-ciel de pierre, nous permettant ainsi de rallier cette mer de sourires.

À pas d'abord prudents, puis de plus en plus empressés, nous entreprenons de traverser. Sissy et les garçons ayant vécu toute leur vie dans un Dôme, ils n'ont encore jamais affronté de foule ; leur méfiance les fait s'arrêter à mi-chemin. Du haut du pont, nous humons de délicieuses odeurs de nourriture qui m'étaient jusqu'alors inconnues. Nos ventres gargouillent.

– C'est forcément ça ! s'exclame Ben. La terre de miel et de lait, de fruits et de soleil, dit-il en tirant impatiemment sur la manche de Sissy. C'est ça, pas vrai ? Le lieu où le Scientifique nous a promis de nous emmener ?

Elle ne répond rien, mais ses yeux sont baignés de larmes.

– C'est ça ? insiste David.

Elle lui adresse enfin un hochement de tête à peine perceptible.

– Peut-être. On doit encore…

Cela suffit toutefois à David et à Jacob. Ils nous saisissent soudain les mains et nous forcent à reprendre notre avancée.

La foule s'écarte, bien que très légèrement, pour nous laisser passer. Alors que nous nous faufilons, les villageois tendent les mains pour nous toucher, nous tapotant gaiement le dos et les épaules, dodelinant joyeusement de la tête, voire sautant d'excitation, exhibant leurs dents d'une blancheur parfaite. Tout autour de nous, nous ne voyons que regards de bienvenue et mines satisfaites. Ben me tire le bras. Il est désormais tout sourire, ne retient plus les larmes qui ruissellent sur ses joues ; il me parle, mais la clameur ambiante m'empêche de l'entendre. Je me penche vers lui et perçois un bout de phrase – « terre de miel et de lait, de fruits et de soleil, on doit… » – avant que ses mots ne se fondent dans le tumulte.

Je crois qu'il a raison. Tandis que le soleil poursuit sa course, répandant chaleur et lumière sur les montagnes, sur le village, sur tous ces visages souriants, j'entends rire si fort que j'en tremble. Sissy m'adresse un sourire aussi pur qu'un ciel immaculé, et j'éprouve soudain un sentiment incomparable.

J'ai l'impression d'être de retour au pays.

15

Krugman nous fait traverser le village par le sentier principal, pavé de briques et de dalles. Il se révèle un guide fort enthousiaste, qui prend occasionnellement le temps de nous enseigner le nom de nouvelles choses ou de nouveaux sons. Vu de près, il paraît évident que les chaumières ont été bâties avec soin, sur de solides fondations pierreuses. La partie supérieure des façades est à colombages. Des fleurs sauvages repiquées dans de petits vases en céramique ornent les balcons en des compositions colorées de lis, lupins, géraniums, soucis et résédas. Tout est propre, net, lumineux, bien rangé. Des visages – appartenant exclusivement à des jeunes filles, apparemment – nous observent depuis les hautes fenêtres à meneaux. D'autres fillettes nous suivent ; certaines, plus vieilles, me regardent en chuchotant.

Depuis notre arrivée, Epap ne fait qu'opiner du chef. Il n'a jamais vu d'autre fille que Sissy, et cette majorité féminine lui procure une sorte de surcharge sensorielle. Il les dévisage, bouche bée, les yeux écarquillés et l'air hagard, sans se départir d'un léger sourire nerveux.

Krugman nous montre tous les bâtiments d'importance :

les entrepôts, la clinique, la baraque du charpentier, la maternité, la réserve de vêtements. Toutes ces bâtisses sont plus grandes que les habitations. Alors que nous quittons l'extrémité nord du hameau, ces dernières disparaissent complètement, et le chemin pavé cède la place à une sente naturelle de poussière et de terre arable. Une odeur flotte dans l'air : un mélange de sang, de viande et d'excréments animaliers. « La boucherie », annonce Krugman sans même regarder. Nous dépassons plusieurs champs, plantés de rangées bien nettes de maïs, de patates ou de têtes de chou, puis des enfilades de pommiers, poiriers ou pruniers. Nombre de silhouettes se meuvent entre les cultures, grosses comme des fourmis.

Après que Krugman nous a fait contourner des mûriers puis un champ de seigle, nous découvrons soudain un lac glaciaire dont rien n'annonçait la présence. L'eau est parfaitement transparente ; une multitude de pierres colorées scintillent au fond du bassin. Une brise de montagne en fait alors onduler la surface, déformant les reflets des sommets, des nuages et du ciel. Quelques bateaux sont amarrés au petit ponton en bois flotté. Nos ventres gargouillent plus que jamais. Cela fait sourire Krugman, qui nous ramène à la place du village en coupant à travers prés.

On nous guide alors vers une grande salle à manger où sont alignés quantité de tables et de bancs. Des jeunes filles nous apportent des assiettes tout droit sorties de la cuisine, et nous jettent quelques regards à la dérobée en annonçant le nom des plats. Nous engloutissons le tout en un rien de temps. Malgré une violente quinte de toux, je ne peux m'empêcher de manger. J'ai les larmes aux yeux, le nez qui coule jusque dans mon assiette, et la tête qui tourne pire qu'un moustique ivre. Malgré tout, je ne cesse de m'empiffrer. De la bouillie d'avoine, des œufs brouillés avec du bacon, des petits pains, ce sont les noms des mets que l'on nous propose. Les villageois restent à l'extérieur, le nez collé aux vitres pour nous épier. Ils sont si jeunes et si beaux.

Je remarque alors de nouveau cette incongruité : presque tous les habitants sont des habitantes, et jeunes.

J'observe les visages juvéniles massés devant les fenêtres. Des bambins, des enfants n'ayant pas tous atteint la puberté, essentiellement des filles. Les quelques rares garçons n'ont jamais plus de sept ou huit ans.

L'intérieur de la salle à manger est un modèle de contraste : on y trouve une grosse dizaine d'hommes de quarante ou cinquante ans commençant à se dégarnir et à gagner en volume. Aucun d'eux ne ressemble à mon père, même de très loin. Eux sont plutôt rondouillards et barbus, tandis que lui a toujours été musclé et rasé de frais. Dans le coin opposé, deux hommes particulièrement ventripotents sont postés de part et d'autre de Krugman. Toute gaieté semble avoir déserté celui-ci. Il arbore un air morne, les bras croisés devant lui. Il prononce un mot ou deux, et l'un de ses voisins quitte la salle.

Alors seulement j'avise les portraits. Il y en a une douzaine, répartis sur toute la longueur du mur, en alternance avec de hautes fenêtres. De magnifiques peintures à l'huile, suspendues à bonne hauteur et mises en valeur par des cadres en bois sculptés à la main. J'observe chacun des hommes représentés avant de m'intéresser de nouveau à mon assiette.

Je me fige.

Mon cœur bat la chamade. Je recule ma chaise et me lève. Ni Sissy ni les garçons ne semblent le remarquer, trop occupés qu'ils sont à se remplir la panse.

Je n'ai jamais marché si lentement et si loin. Je m'efforce néanmoins de mettre un pied devant l'autre, sans jamais quitter des yeux l'unique portrait dissimulé dans l'ombre. Soudain, toute la salle devient silencieuse ; chacun me regarde approcher la peinture, comme hypnotisé.

Je tousse, une toux grasse qui m'arrache les bronches. Je continue cependant d'avancer, et l'homme du portrait se rapproche, son visage semblant, dans ma transe, flotter jusqu'à moi. Et à mesure que les contours se précisent, les ténèbres se dissipent en volutes, tels des bras de brume se dénouant autour de la cime d'une montagne. Le visage qui émerge me toise d'un air qui m'est familier, à la fois tendre et autoritaire ; je reconnais également ces joues creuses et sombres. De larges pommettes sont posées sur cette figure taillée au couteau ; les cheveux grisonnent, désormais, et les pattes d'oie cernant les yeux sont plus prononcées.

Mon père.

De lourds bruits de pas s'arrêtent quelques mètres derrière moi.

– Tu le connais ? demande Krugman.

Je réponds par une question :

– Qui est-ce ?

– Le Sage Joseph.

Joseph. Joseph. Je me répète inlassablement ce nom, espérant sans doute invoquer quelque souvenir. Rien. La tête me tourne, mes tempes palpitent ; je suis de plus en plus fiévreux.

– Où est-il ? intervient Sissy.

Elle est juste derrière moi, livide. Les garçons sont toujours attablés, bien qu'à moitié debout, les prunelles rivées sur le portrait.

– Comment le connaissez-vous ? nous demande Krugman.

Et je pose la seule question qui compte, celle que je

me suis répétée incessamment pendant des années dans un silence oppressant et des ténèbres implacables.

– Où est-il ?

La voix de Krugman se fait soudain râpeuse et maussade.

– Il n'est plus parmi nous.

– Où est-il ?

Cette fois, c'est Sissy qui repose la question, d'un ton plus pressant, des sanglots dans la voix.

Krugman se tourne lentement vers elle, son corps imposant dérivant tel un continent.

– Il est mort. Un… accident tragique.

Je recule d'un pas. Je ne sens pourtant pas bouger mes pieds. Ils ne reposent plus sur rien.

Une pointe de douleur me transperce la tête, comme si on venait de m'ôter une partie du crâne afin de frotter une planche pleine d'échardes tout contre mon cerveau à nu. La pièce s'illumine alors d'une lumière rouge qui clignote de façon envoûtante. Je m'effondre en une rotation effroyablement lente, durant laquelle j'aperçois leurs visages ainsi qu'une myriade d'étoiles et de lunes blanches virevoltant au milieu d'un monde désormais vide.

16

Mon père m'avait réveillé en me secouant par l'épaule.

– Qu'est-ce qu'il y a ? avais-je demandé.

Je n'avais pas peur ; lui semblait plutôt excité.

– On sort, avait-il répondu.

– Ah bon ? Pourquoi ?

– Viens.

– On est obligés, Papa ? Je ne veux pas aller au soleil…

– Fais ce que je te dis.

Et, bien sûr, je m'étais exécuté. J'avais consciencieusement enfilé mes chaussures, avant de me badigeonner les bras et le visage de crème, et de m'enfoncer si profondément mon chapeau sur la tête qu'il me recouvrait les sourcils. Nous avions pris le soin d'emporter nos faux crocs dans nos poches. Au cas où. Quand nous avions ouvert la porte, la lumière du jour nous avait fait l'effet d'une giclée d'acide dans les yeux.

Nous avions arpenté les rues sans lunettes de soleil. C'était le genre de trucs qu'on apprenait au fil des années : surtout éviter toutes les marques de bronzage. Pour la même raison, nous ne portions pas de montre. Toutes ces règles étaient sacro-saintes, en toute circonstance. Cependant, ce jour-là, mon père en avait brisé une sans raison apparente : dans la mesure du possible, on ne sortait jamais en pleine journée quand il n'y avait aucun nuage pour barrer les rayons du soleil. J'avais donc interrogé mon père du regard. Il n'avait rien ajouté.

Nous marchions dans l'ombre des gratte-ciel autant que faire se pouvait, nous plaquant contre la paroi de ces immeubles immenses. Évidemment, les rues étaient désertes, et un profond silence emmitouflait les trottoirs en béton, les bâtiments chromés, et les entrées déverrouillées des cafés, boutiques et épiceries fines. La fontaine devant le centre des congrès était d'un calme plat, si bien que le bassin reflétait à l'identique le ciel azuréen.

Mon père avait décidé d'entrer par la porte-tambour de l'immeuble du Domaine, le plus haut de la ville avec ses soixante-trois étages. Le ministère des Sciences et l'académie de la Conjecture historique étaient tous deux sis à l'intérieur. Aussi loin que je m'en souvienne, mon père avait toujours travaillé là. Je l'avais suivi jusqu'à l'atrium de cinquante-huit étages. Le soleil se déversait dans ce spacieux vestibule de verre, ses rayons se concentrant de façon aveuglante sur les poutrelles teintées d'arcs-en-ciel.

– Par ici, m'avait-il dit en se plaçant devant la cage d'ascenseur transparente.

La cabine permettait de grimper jusqu'au sommet de l'atrium. Même si nous savions que personne ne pouvait nous surprendre ni dans l'immeuble ni même dans la ville, nous parlions d'une voix feutrée.

– Qu'est-ce qu'on fait là, Papa ? avais-je demandé.

– C'est une surprise. Voilà des semaines que je travaille dessus.

La porte de l'ascenseur s'était ouverte, et mon père avait tapé un code permettant d'accéder à l'étage du haut, réservé à la direction. Seule une poignée de personnes jouissait de l'autorisation de s'y rendre. Je l'avais contemplé, surpris, et il avait baissé les yeux sur moi en se grattant le poignet. La cabine s'était rapidement élevée, et j'avais dû déglutir à plusieurs reprises pour me déboucher les oreilles.

Nous avions dépassé nombre d'étages remplis de salles de lecture, de laboratoires scientifiques, de salles de conférences ou d'innombrables alcôves gouvernementales. Nous étions passés devant le mystérieux quarante-quatrième étage, fermé depuis des lustres. Enfin, l'ascenseur s'était immobilisé en sonnant. Les portes s'étaient ouvertes. Un déferlement de soleil plus puissant encore nous avait instantanément éblouis. Mon père m'avait attrapé par les épaules pour me faire sortir dans la lumière cinglante. Je m'étais laissé faire, émergeant un centimètre après l'autre.

La lumière ne m'avait pas surpris. J'étais déjà monté à cet étage au moins une dizaine de fois par le passé, tant mon père était fier de me montrer son lieu de travail. C'est là que je fais ma pause déjeuner, disait-il (tout seul sur l'escalier, papa ?), c'est là que l'on range les balais, la serpillière et l'aspirateur, c'est là que je lave les serviettes, c'est là que j'entrepose les produits détergents, ça, c'est le vide-ordures. Il connaissait les moindres recoins. En sortant de l'ascenseur, il se déplaçait sans hésitation malgré la lumière aveuglante, me guidant doucement vers la gauche.

Nos chaussures couinaient sur le sol transparent. Des éclats de soleil se reflétaient sur les poutrelles métalliques, réfractés par les grandes vitres qui nous entouraient. Une preuve étincelante du professionnalisme et du zèle avec lesquels mon père s'acquittait de sa tâche de concierge. Il arborait un masque de fierté en déambulant dans les couloirs rutilants comme une piscine de diamants. Cet étage, où étaient conservés les archives et les documents les plus secrets, était l'endroit le plus sûr de la ville : le point culminant de la cité, surplombant les douves de soleil brûlant qui l'entouraient durant la journée. Nul ne pouvait y pénétrer. Sauf nous.

La seule zone ombragée de tout ce niveau était une sorte de petit placard aménagé dans le coin nord-est. Surnommée la « pièce de survie », elle était isolée par des cloisons d'un verre spécial, gris translucide, destiné à neutraliser la toxicité des rayons solaires. Une précaution supplémentaire, pour le cas fort improbable où quelqu'un se retrouverait coincé par inadvertance à l'étage supérieur au lever du jour. Sur simple pression d'un interrupteur, le sol de la salle se rétractait sur un conduit plongeant dix étages plus bas. On disait parfois qu'il s'agissait du lieu le plus privé, isolé et sécurisé de toute la métropole durant la journée ; évidemment, nul n'avait jamais eu l'occasion de l'essayer.

Ce niveau ne comportait que huit grands bureaux, chacun séparé de ses voisins par des cloisons de verre. Les tables et les chaises de travail étaient toutes en Plexiglas. Cela donnait l'impression de se trouver au milieu d'un aquarium : où que l'on soit posté, on y voyait d'un bout à l'autre de l'étage. À la nuit tombée, les occupants de chaque bureau étaient visibles par tous – et ne pouvaient dissimuler leurs activités. L'on raillait alors un « gouvernement transparent ». Les huiles et l'élite de la Nation travaillaient là, passant leurs nuits à dominer la ville tout en observant leurs moniteurs de bureau, décryptant les téléscripteurs déroulant leurs serpentins devant eux, tournant la tête de gauche à droite et de droite à gauche, parfois à l'unisson. Ils discutaient entre eux avec détachement, tout en prenant décision importante après décision importante. La seule rupture dans la monotonie de leur quotidien était le déjeuner, durant lequel mon père leur apportait des pièces de viande crue baignant dans des mares de sang.

« J'ai quelque chose à faire », m'expliquait-il chaque fois que nous nous promenions là dans la journée. Et je le regardais passer rapidement d'un bureau à l'autre, allumant les tablettes, parcourant les dossiers, griffonnant parfois quelques notes dans son carnet. En contemplant son dos voûté, la nervosité qui agitait son corps, je savais qu'il faisait quelque chose d'illégal. Le genre de chose qui, s'il était arrêté, le conduirait droit devant le peloton d'exécution.

Ce jour-là pourtant, mon père ne se glissait dans aucun bureau ni ne me demandait de patienter à la réception. Nous avions traversé le couloir des ascenseurs et rejoint une volée de marches montant plus haut encore. Les murs nous dominaient, menaçants ; les ténèbres nous bordaient de nouveau. Je ne m'attendais pas à ce vaste espace qui nous avait accueillis quand mon père avait ouvert la porte en haut de l'escalier. J'avais eu l'impression d'être propulsé au ciel.

Mon père se déplaçait désormais avec excitation ; il m'avait guidé jusqu'au bord avec une impatience qui ne lui ressemblait guère. Je voyais les bureaux gouvernementaux juste sous nos pieds, à travers les plafonds en verre que nous foulions.

– Papa ?

– Bien, arrête-toi ici.

Nous n'étions plus qu'à quelques mètres du rebord, suffisamment proches pour apercevoir la rue.

– Ferme les yeux.

– Papa ?

– Ferme les yeux.

Il s'était éloigné.

J'avais clos les paupières. C'était mon père, je n'avais rien à craindre. Une minute plus tard, je l'avais entendu se rapprocher.

– Très bien, tu peux rouvrir les yeux.

Je m'étais exécuté. Il tenait dans ses bras un gros bidule ailé, recouvert de panneaux métalliques lustrés. Les prunelles de mon père pétillaient, tandis qu'il guettait la moindre de mes réactions.

– Qu'est-ce que c'est ? avais-je demandé.

– Un avion. Tu te rappelles que je t'ai expliqué ce que c'était ?

Je contemplai l'objet, intrigué.

– Le truc qui vole dans l'air. Tu te rappelles ?

Il semblait déçu.

– Mais il ne vole pas, avais-je fait remarquer. Est-ce qu'il est mort ?

– Mais non, idiot. Il est téléguidé, m'avait-il expliqué en brandissant le boîtier à manette qu'il tenait, un dispositif carré doté d'une longue antenne. Vas-y, lève-le haut au-dessus de ta tête. Non, mets tes mains là, sur les ailes. Voilà, maintenant hisse-le bien haut. Quoi qu'il arrive, ne le lâche pas. Tu es prêt ?

– Prêt.

Il avait alors pressé un bouton sur sa télécommande. L'avion avait aussitôt vrombi entre mes doigts, soudain ressuscité, chauve-souris luttant pour se libérer de mon étreinte.

– Si tu voyais ta tête, m'avait-il dit en se grattant le poignet de ses deux doigts libres.

– Je peux lâcher ?

– Non, tiens-le encore. Quand je te dis *maintenant*,

lance-le aussi fort que tu peux. Vers le ciel, en diagonale, de toutes tes forces. Compris ?

– Compris.

Il avait alors patienté calmement, mais bientôt les vibrations avaient commencé à me fatiguer les bras. Alors que j'étais sur le point de les abaisser, il m'avait dit :

– Prépare-toi !

J'avais alors senti le vent souffler dans notre dos, m'ébouriffant les cheveux, faisant gonfler mon tee-shirt telle une baudruche. Mon père attendait encore. Puis une bourrasque soudaine m'avait complètement débraillé, menaçant de m'arracher l'avion des mains.

– Maintenant ! avait crié mon père.

J'avais lancé l'avion vers le ciel. Il avait décollé maladroitement, les ailes sifflant follement. J'étais convaincu que l'appareil piquerait du nez et tomberait comme une pierre, pourtant il s'était stabilisé et avait pris le vent.

– Waouh ! Papa, il vole !

Il avait hoché la tête, effectuant de minutieux réglages du bout des doigts. Ses lèvres frémissaient légèrement, malgré lui. Je scrutais son visage. Je ne l'avais jamais vu si près de sourire.

L'avion prenait de l'altitude, décrivant des courbes de plus en plus larges. Mon père m'avait mis la télécommande dans les mains. J'avais failli la lâcher, non pas de surprise mais de peur. Il avait resserré ses doigts autour des miens.

– Appuie sur ce bouton, m'avait-il dit.

– À quoi il sert ?

– À enclencher le pilotage automatique.

Nous avions regardé l'appareil devenir de plus en plus petit, jusqu'à n'être plus qu'une étoile scintillante dans le ciel ensoleillé.

– Où est-ce qu'il va, papa ?
– Là-bas.
– Vers les montagnes de l'Est ?

Il avait opiné. Puis il avait prononcé des mots qui m'avaient terrorisé.

– N'oublie jamais cet instant.
– D'accord.

Cela ne lui avait pas suffi.

– N'oublie jamais où cet avion se dirige. Je veux que tu t'en souviennes pour toujours, d'accord ?

– D'accord, avais-je répondu, rivant alors mes yeux aux siens. Mais où va-t-il, exactement ?

Le silence s'était prolongé si longtemps que je crus qu'il ne m'avait pas entendu. Puis il avait chuchoté deux mots, si bas que je ne crois pas que j'étais alors censé les entendre.

– Chez nous.

L'espace d'un instant, il avait semblé sur le point d'en dire plus. Pas seulement un mot ou une phrase de plus, mais tout un torrent de pensées soudain relâché. La peur m'avait étreint le cœur. Car, en dépit de ma curiosité naturelle, je me surprenais à ne pas vouloir savoir, à ne pas vouloir entendre ces confessions nauséabondes qu'il me taisait depuis si longtemps, ces secrets trop bien gardés. *Je ne veux pas de tout ça,* avais-je pensé, *je n'en veux pas du tout.*

Et puis mon père avait fermé les yeux et, quand il les avait rouverts, ses prunelles affichaient de nouveau une profonde détermination.

– Rappelle-toi où va cet avion, d'accord ?

Ce jour-là, la direction empruntée par l'appareil ne m'avait pas semblé si remarquable. Comme si mon père l'avait choisie au hasard, ou avait laissé les vents décider de la course à suivre. Plus tard pourtant, des années plus tard, j'avais compris que ça avait très certainement été volontaire. Dans n'importe quelle autre direction, l'appareil aurait fini par s'abîmer au milieu du désert infini. À l'est, en revanche, il connaîtrait une autre fin : il s'écraserait dans les plaines verdoyantes des montagnes, entre le bleu des lacs glaciaires et le blanc des neiges éternelles reflétant le rouge de l'aurore.

17

Des voix imprécises, puis le silence… Une couverture grossière posée délicatement sur mon corps gelé et frissonnant. Je la serre entre mes mains brûlantes. Je m'évanouis…

Je reprends connaissance dans une chaleur grise, les vêtements trempés de sueur. Malgré la fièvre, j'ai conscience du passage du temps, de la succession des nuits et des jours, des levers et des couchers de la lune et du soleil. On tamponne mon front brûlant d'une compresse froide, une fois, deux fois ; j'ai l'impression que ma peau grésille à chaque contact. Des murmures montent des ténèbres avant de se taire. Une main douce se glisse dans la mienne, rafraîchissante et agréable, tel du marbre bien lisse. Je l'étreins fermement en replongeant dans ma fosse de chaleur et de froid…

Des heures – peut-être des jours plus tard – je parviens à ouvrir les yeux. La chambre, aplatie comme une toile en deux dimensions, ondule tel un drapeau agité par le vent. Quelqu'un est penché sur moi. C'est Ashley June, le teint blafard. Elle n'a pourtant pas la même couleur de cheveux. Puis son visage adopte les contours de celui de Sissy. Ses yeux marron trahissent son inquiétude. La pièce tangue et je serre fermement les paupières. J'entends non loin le bruit délicieux de l'eau qui éclabousse. Une serviette humide atterrit sur mon front en fusion. Le monde vire au noir…

J'ouvre avec peine mes yeux chassieux. Une journée et une nuit se sont écoulées depuis que je les ai ouverts la dernière fois. Presque immédiatement, je me sens retomber dans un puits noir. J'ai toutefois le temps d'aviser Sissy, tournée vers la fenêtre et ignorant tout de mon réveil, la figure baignée par les rayons de lune, les traits tirés par l'angoisse. Et la peur. Quelque chose ne va pas. Je dérive…

Je me réveille. J'ai l'impression d'une renaissance : pour la première fois depuis des jours, je suis lucide et maître de mon corps, bien que faible. Je me touche le front. Il est frais et sec. La fièvre est tombée. J'inspire, sentant encore les mucosités qui m'encombrent la trachée.

Le soleil scintille à travers les voilages. Je me trouve dans une petite chambre lambrissée, qu'une large alcôve agrandit. Sissy est assise dans un fauteuil en cuir, profondément endormie. Sa bouche est entrouverte, et la couverture qui la recouvre monte et descend au rythme de sa respiration.

Je me redresse avec peine, sans forces.

– Doucement, lentement mais sûrement, m'encourage Sissy, sans doute réveillée par mes efforts.

Elle est à mon chevet en un clin d'œil, la main glissée derrière ma nuque pour me soutenir.

– Combien de temps ? je croasse.

Ma voix, rauque et râpeuse, ne semble pas m'appartenir.

– Tu es resté inconscient pendant trois jours. Les deux premiers jours, tu étais si brûlant qu'on a craint pour ta vie. Honnêtement, on a même cru que tu ne t'en remettrais pas.

Tiens, bois un peu, dit-elle en portant un petit bol à mes lèvres. La fièvre est tombée la nuit dernière.

– C'est bon, je le tiens.

Mais le bol pèse une tonne, et je manque de le renverser. Sissy me tient les mains pour m'aider. J'avale quelques gorgées, puis repose ma tête sur l'oreiller. Une vague de chaleur me parcourt le corps.

Sissy semble épuisée ; ses cheveux sont tout emmêlés, quelques mèches paraissent même incrustées dans sa joue. Elle a de grosses poches sous les yeux et les traits tirés. Quelque chose ne va pas.

– On est le matin ou l'après-midi ? je demande.

Ma question la surprend.

– Je ne sais pas. J'ai perdu le fil, réplique-t-elle en jetant un coup d'œil par la fenêtre. Plutôt l'après-midi, on dirait.

Elle se tourne vers l'ouverture ménagée dans le mur d'en face et ajoute :

– Ouais, l'est est de ce côté, c'est donc bien l'après-midi.

– Où est passé tout le monde ? Les garçons ?

– Dehors.

– Ils vont bien ?

Elle acquiesce.

– Plus que bien. Ils se sentent ici comme chez eux, dit-elle en tentant de sourire, mais ses lèvres sont figées par l'angoisse. Ils adorent cet endroit. Ils ne pourraient pas être plus heureux.

– Alors c'est donc bien ça, hein ? La terre de miel et de lait ?

Elle opine, reste cependant coite.

– Sissy, qu'est-ce qui ne va pas ?

– Non, rien. C'est génial. De fruits et de soleil. La Terre promise.

Elle fuit désormais mon regard.

– Dis-moi…

Je l'encourage avec douceur.

Elle se mordille la lèvre inférieure, s'agite sur son fauteuil. D'une voix étouffée, elle déclare :

– Quelque chose ne tourne pas rond, ici.

Je m'assieds bien droit.

– Comment ça ?

Je suis soudain pris d'une quinte de toux. Elle me tapote délicatement le dos.

– Sissy, explique-moi.

Elle secoue la tête.

– Tu dois te reposer.

Je lui prends la main.

– Dis-moi !

Elle hésite.

– Je n'arrive pas trop à mettre le doigt dessus. Ce n'est rien de particulier, plutôt une accumulation de détails.

– Les garçons ont la même impression ? Epap ?

Un éclair de contrariété lui traverse le regard.

– Il y a bien trop de nourriture, de distractions. J'ai essayé de lui en parler hier, c'est tout juste s'il m'a écoutée. Il m'a dit de laisser tomber, d'arrêter la paranoïa. De me détendre et de profiter. Pourtant, il y a un truc.

À cet instant, des bruits de pas nous parviennent depuis l'autre côté de la porte qui s'ouvre avec fracas. Un homme grand et légèrement voûté, comme embarrassé par sa taille, entre en trébuchant. Sissy se raidit.

– Qu'est-ce que tu fais là ? l'apostrophe-t-il. Ce n'est pas bien. Pas bien du tout !

– Qu'est-ce qu'il y a ? je demande.

L'homme se tourne vers moi.

– Tu es réveillé ! s'exclame-t-il en vacillant.

– Oui.

Il cligne longuement des paupières.

– Je suis le Sage Northrumpton. Je me suis occupé de toi.

Il peine à articuler, ses yeux sont injectés de sang. Même depuis mon lit, je sens les exhalaisons d'alcool de son haleine. Il titube jusqu'aux fenêtres, se débat avec le loquet. Puis il se penche à l'extérieur, yodle quelques notes, les mains en porte-voix. Même son yodel semble bredouillé. Il fait alors volte-face.

– Prépare-toi, s'il te plaît, me dit-il. On dîne dans quelques minutes. Un groupe de filles ne va pas tarder à t'emmener à la salle du banquet.

Il me désigne un placard.

– Il y a des vêtements chauds à ta taille. Je te laisse te changer. Mais dépêche-toi.

– Il devrait rester au lit, intervient Sissy. Il est encore faible. On pourrait sans doute lui apporter de quoi manger ici.

Les sourcils du vieux sage se froncent d'irritation.

– Il doit dîner avec nous autres dans la salle du banquet. Le Grand Sage Krugman sera trop heureux de voir Gene sur pied. Ravi des soins que je lui ai prodigués, décrète-t-il en s'humectant les lèvres et en considérant Sissy. Mais qu'est-ce que tu fais dans sa chambre ? Tu n'es pas censée être ici.

Sissy se crispe, mais ne répond rien.

– Sors d'ici. Tout de suite.

Il quitte la pièce en laissant la porte ouverte derrière lui. Aucun bruit de pas n'accompagne son départ. Il s'est arrêté juste sur le seuil, attendant dans le couloir que Sissy le rejoigne.

Elle se penche vers moi, le regard aigu.

– Écoute, il faut que tu saches quelque chose, chuchote-t-elle rapidement.

– Quoi ?

– C'est au sujet de ton pè… commence-t-elle, jetant un coup d'œil vers la porte. Au sujet du Scientifique.

À ces mots, j'ai l'impression que tout l'oxygène a subitement déserté la pièce. Je me rappelle, désormais : les grosses lèvres de Krugman s'ouvrant, l'odeur fétide de son souffle sur mon nez, les paroles résonnant à mes oreilles.

« Il est mort. Un… accident tragique. »

Mon père. Mort.

Encore. Pour la deuxième fois de mon existence, je dois faire mon deuil de lui, vivre sans lui, me sentir abandonné par lui. Subir le vide laissé par son absence.

J'ai dès lors du mal à respirer.

Sissy entremêle ses doigts aux miens. Ce doux contact m'est familier. Je me rends alors compte qu'elle m'a tenu la main pendant ces derniers jours et nuits, oasis de fraîcheur sur ma peau brûlante. C'est elle qui m'a ramené à la vie.

Je la presse…

– Quoi ? Qu'est-ce qu'il a ?

Une latte de plancher craque dans le couloir ; le vieil homme réapparaît dans l'embrasure.

– Tout de suite ! aboie-t-il.

Sissy se lève, fait mine de partir, mais je la retiens par la main. Je dois savoir.

Elle marque une pause, comprenant que je suis déterminé à découvrir la vérité, puis saisit le linge humide pour faire semblant de me tamponner le front une dernière fois. Ce faisant, elle se penche vers moi et plaque ses lèvres à mon oreille.

– C'était un suicide, chuchote-t-elle. Ils disent qu'il s'est pendu dans cette cabane en bois.

Quoi ?

– Je suis vraiment désolée, murmure-t-elle.

Un violent grincement nous signale l'arrivée du sage.

– On en reparle plus tard, me dit Sissy en me serrant la main avant de prendre congé.

Ils s'éloignent bruyamment dans le couloir. Je reste seul dans un silence oppressant.

Cette histoire de suicide n'a aucun sens. Mon père chérissait la vie. Il m'a inculqué son caractère sacré depuis mon plus jeune âge. Durant l'existence infernale que nous avons menée dans la métropole, il a toujours refusé l'issue facile que lui offrait la mort ; au lieu de quoi, il se battait inlassablement pour survivre, jour après jour. Et s'il s'est si longtemps efforcé de tenir bon dans cette cité maudite, pourquoi venir se suicider ici, en pleine Terre promise ?

Un chœur de voix féminines flotte soudain par la fenêtre, interrompant mes réflexions.

« Le vent fait tinter les clochettes,
Le soleil sur les verres se reflète
Dis-le-nous, dis-nous tout,
À l'heure de manger un sublime dîner. »

Leurs voix se mêlent en un gazouillis incessant. Je tire les rideaux et les découvre, juste devant la fenêtre. Deux rangées de dix me font face, formant un demi-cercle. Elles me donnent la sérénade. Leurs visages récurés étincellent, comme cueillis directement dans l'air frais des montagnes. Tout sourires, elles ont le menton relevé pour me voir à l'étage.

Je m'écarte de l'ouverture, me plaque contre le mur pour disparaître. Leurs voix continuent à me parvenir. Je voudrais fermer les fenêtres. Les ténèbres qui m'habitent contrastent violemment avec l'éclat du soleil, leur mine joyeuse et leur harmonieuse mélopée.

Trois chansons plus tard, je sors d'un pas mal assuré. Le soleil me picote agréablement le visage. Ça et l'air frais des montagnes qui me nettoie la peau me confèrent un regain d'optimisme. Sissy se tient sur le côté, les bras croisés. Je pensais que la chorale se tairait à mon arrivée, mais la mélopée se poursuit même après que j'ai prié les chanteuses d'arrêter. Leurs visages ronds et angéliques s'empourprent dès que nos regards se croisent, ce qui ne les empêche pas de me détailler. Leurs yeux écarquillés, leurs bouches grandes ouvertes leur donnent l'air d'être en perpétuel ahurissement.

Le docteur renifle.

– Tout est question de beauté, de paix et d'harmonie, ici. C'est l'essence même de la Mission.

À la fin du dernier morceau, la chorale se disperse autour de nous. Une fille vient à ma rencontre.

– S'il vous plaît, joignez-vous à nous pour le dîner.

– Ouais, je crois que j'avais compris, dis-je en m'efforçant d'adopter un ton enjoué et reconnaissant.

Ses joues virent à l'écarlate.

– Par ici, alors, dit-elle.

Le groupe de filles nous escorte, Sissy et moi, le long de la rue pavée. Elles sont disposées en croissant de lune. Chacune d'elles sourit avec exubérance, exhibant ses dents blanches au soleil. Sur le chemin de la place principale, elles se dandinent et oscillent de la plus étrange manière.

– C'est leur façon de marcher, m'explique Sissy. Je les ai interrogées à ce sujet, mais elles ont répondu à côté. Comme à chacune de mes questions, précise-t-elle en chuchotant : Je crois que ça a un rapport avec leurs pieds. Ils sont tout petits.

Elle a raison. Leurs chaussures, lorsqu'elles sortent de dessous leurs robes, sont minuscules.

D'autres filles jouxtent la rue, presque toutes replètes. Je me rends compte alors que ce que je prenais pour de l'embonpoint est en réalité fort différent : elles sont enceintes. En réalité, maintenant que j'y regarde de plus près, je constate qu'elles sont nombreuses à agiter leur ventre rondelet à diverses étapes de grossesse. Au moins une sur trois. Toutes sourient jusqu'aux oreilles, afin de découvrir deux belles rangées jumelles de dents éclatantes.

– Ça va ? s'inquiète Sissy en me lançant un regard de côté.

– Ouais, je réponds en secouant la tête pour me remettre les idées en place. Où sont les garçons ?

– Sans doute déjà dans la salle à manger. Ils n'arrêtent pas de boulotter depuis que nous sommes arrivés ici. Leur bedaine naissante peut en attester.

Je m'apprête à dire : « Comme celle de tous les habitants de ce village », quand nous entrons dans la salle du banquet.

On m'entraîne vers l'autre bout de la pièce pour me faire grimper sur une estrade. Les garçons y sont installés à une table. Sissy a dit vrai : ils ont tous pris du poids. Leur visage est plus rond, et ils arborent un air languissant et reposé. Ils sont heureux de me voir. Ben, David et Jacob accourent pour me prendre dans leurs bras.

– Ben ! dis-je comme nous nous asseyons. Regarde tes joues ! Elles sont grosses comme des ballons !

Tout le monde éclate de rire. Jacob en rajoute une couche :

– On dirait que tous les kilos qu'il a pris sont allés droit dans ses joues.

Il tend la main et pince joyeusement l'objet de notre hilarité.

– On est là depuis combien de temps ? je demande. Trois jours ou trois mois ? Vous avez tous tellement grossi !

Ben renverse la tête en arrière et éclate de rire.

– On n'y est pour rien, il y a bien trop à manger ici.

Notre table n'est pas la seule à trôner sur l'estrade. Une autre, plus robuste, aux pieds si imposants qu'ils semblent directement sortir du sol, est plus en avant. De l'argenterie rutile à côté d'une vaisselle scintillante sur la nappe copieusement amidonnée.

– C'est la table des plus anciens, m'explique Jacob en surveillant la porte des cuisines.

Comme par magie, un groupe d'anciens entre dans la salle. Tout le monde se lève alors, baissant la tête par déférence. Les sages avancent d'un pas nonchalant, leur ventre proéminent pendant par-dessus leur ceinture. Krugman est le dernier à faire son entrée ; et seulement après qu'il s'est assis, nous l'imitons tous. Tout se déroule dans un calme surprenant. Même les bancs raclent le sol avec un bruit négligeable. Puis nous restons tous ainsi, parfaitement immobiles. Enfin, Krugman saisit une coupe et se relève.

À ce moment-là, je me rends compte que Sissy n'est pas attablée avec nous. Maintenant que j'y pense, je ne l'ai plus revue depuis que nous sommes entrés dans la pièce.

– Nous sommes de nouveau réunis ici ce jour pour célébrer la venue de nos vigoureux visiteurs. Ils ont voyagé longuement et affronté bien des dangers pour parvenir jusqu'à nous. Une arrivée aussi miraculeuse mérite d'être célébrée, encore et encore. Car nos frères, autrefois perdus, nous sont revenus.

Un tonnerre d'applaudissements comble la pause marquée par Krugman. Il nous observe tous les cinq avec tendresse.

Je me penche vers Epap.

– Où est Sissy ? je chuchote.

– Chut ! répond-il sans tourner la tête.

– Ceux d'entre nous, reprend ce dernier, qui ont eu la chance de converser avec eux peuvent en attester : ce sont des êtres gentils, intelligents, sérieux et sensibles, qui savent aussi se battre. Nous les accueillons tels des membres de notre famille : chaleureusement, les bras grands ouverts pour les étreindre joyeusement dans la communauté de la Mission. Notre bonheur est complet aujourd'hui, poursuit-il d'un ton plus appuyé, car Gene, le courageux meneur de ce groupe d'aventuriers, s'est complètement remis de sa terrible maladie. Nous en remercions le Sage Northrumpton, dont l'expertise et la persévérance ont permis son prompt rétablissement. Je suis heureux de vous annoncer que ce jeune homme va quitter la clinique pour s'installer dans l'une des masures, encore à déterminer.

Northrumpton incline le chef en guise de reconnaissance.

– Prions, déclare Krugman, et toutes les têtes se baissent à l'unisson. Grand Pourvoyeur, nous Te remercions ce jour pour l'abondance de nourriture, de boisson, de bonheur et de soleil que Tu nous apportes loyalement chaque jour. Nous Te rendons grâce d'avoir accordé la santé à notre nouveau frère, Gene. Nous prions pour qu'en Ta grande sagesse Tu nous confies en temps voulu la charge de l'Origine. Grande est Ta foi, grande est Ta miséricorde, grande est Ta bonté, grande est Ta protection sur notre communauté bien-aimée.

Il a un mouvement du menton vers la fille debout sur le seuil des cuisines, et instantanément un flot de plats s'écoule vers nous, porté par des serveuses se dandinant.

– Où est Sissy ? je demande à Jacob, mon autre voisin.

Il ne m'écoute que d'une oreille, hypnotisé par la vue de la nourriture.

– Assise en bas avec les autres filles, murmure-t-il avec indifférence. Elles n'ont pas le droit de monter sur l'estrade.

– Vous auriez dû insister pour que Sissy…

Mais il ne m'écoute plus du tout. Il a carrément tourné la tête pour se pencher vers David, lui désignant les premiers mets à nous parvenir.

Je parcours des yeux les rangées de filles. Là. Au fond, perdue au milieu d'un océan de fillettes. Sissy est silencieusement installée au milieu d'un banc. Nos regards se croisent brièvement. Puis des serveuses s'approchant de nous me bouchent la vue.

La nourriture, promptement servie, est presque aussi vite avalée. Elle est vraiment succulente. Les plats, tout chauds et fumants, portent des noms exotiques que l'on nous annonce en déposant notre assiette devant nous. Les garçons se jettent dessus avant même que les serveuses soient reparties.

– Epap ! je m'exclame. On devrait faire monter Sissy avec nous.

Il secoue la tête, les joues gonflées.

– Elle va bien. Les filles mangent en bas, c'est la règle.

Les mots se précipitent hors de sa bouche pleine. Il s'empiffre de plus belle, incapable de soutenir le rythme de la déferlante d'aliments. Bientôt, j'en fais autant. Je me rends compte que je suis réellement affamé, preuve s'il en faut que je suis bien rétabli. Les plats sortent brûlants de la cuisine ; à l'écureuil succèdent le lapin, le porc et le bœuf, tous accompagnés de sauces aussi incroyables que délicieuses.

– D'où vient toute cette nourriture ? je demande, sans m'adresser à quelqu'un en particulier.

Et c'est heureux, car je ne reçois pas de réponse. Après deux desserts, nous nous affalons dans nos sièges, repus. Une cloche tinte à l'arrière de la salle. Dans la seconde, chacun repose ses couverts. Les bancs raclent le sol tandis que les villageois se lèvent comme un seul homme. Seuls les sages restent installés, finissant leur repas.

Une fille s'agite au milieu de la pièce.

– Lecture du règlement, proclame-t-elle d'une voix claire et puissante. Numéro un.

– Toujours rester par groupe de trois au moins, s'époumonent les autres à l'unisson. La solitude n'est pas autorisée.

– Numéro deux ! braille la grande fille.

– Toujours sourire dans la joie du Pourvoyeur.

– Numéro trois.

– Obéir aux sages comme au Pourvoyeur en personne.

Tous restent debout tandis que l'un des anciens, qui n'a pas fini de mastiquer, se lève à son tour.

– Nous avons de grandes nouvelles. Nous célébrons ce jour les anniversaires de Cassie, Fiona et Sandy. Cassie et Fiona dormiront cette nuit dans les chambres de la taverne. Sandy fera une sieste ici cet après-midi.

Aucune réponse des intéressées.

Le sage se rassied. Enfin, les villageoises sont menées vers l'extérieur, rangée après rangée. Un grand tableau noir a été installé près de la sortie. Alors que les filles passent devant, elles ralentissent pour le déchiffrer.

– Qu'est-ce que c'est ? je m'étonne.

– Leurs corvées quotidiennes, m'explique Epap. Chaque jour, chaque villageoise doit se rendre dans une masure différente pour y effectuer une tâche spécifique : la couture, la nourrice, la cuisine, et que sais-je encore. Les anciens disent qu'il est bon de devenir expert en toute chose. Les corvées quotidiennes sont réparties au hasard. On ne sait jamais avec qui on va travailler, ou à côté de qui on va s'endormir. Car on passe la nuit dans la chaumière dans laquelle on a travaillé. Si c'est à la fabrique de tissus, tu y dors aussi. Cela aide à instaurer un sens de la communauté. Cela permet de se mêler les uns aux autres.

Après le dîner, Krugman et une poignée d'anciens m'emmènent faire un tour. Epap et les autres garçons, qui connaissent déjà bien la disposition de la Mission, partent de leur côté. Je ne vois Sissy nulle part. Quand je demande de ses nouvelles, les sages se contentent de hausser les épaules. Contrairement aux villageoises, ils ont le pas sûr et effectuent de longues enjambées naturelles, battant le pavé avec une confiance véhémente.

– Dans ce village, nous nous targuons de deux choses, déclare Krugman en agitant ses bras grassouillets d'avant en arrière. Manger et chanter.

Comme pour confirmer, l'un de ses pairs émet un rot sonore empestant l'œuf pourri et le lait fermenté. L'odeur plane jusqu'à nos narines.

– Ce n'est pas ce qu'on appelle chanter, souligne l'un d'eux tandis que les autres s'étranglent de rire.

– Ceci, déclare Krugman une minute plus tard, est la section culinaire du village. Il suffit de renifler pour savoir que nous y sommes. On pourrait prendre du poids rien qu'en humant ces effluves. (Il embrasse les chaumières environnantes d'un grand geste de la main.) Viens, allons jeter un œil à l'intérieur.

Nous pénétrons dans la bâtisse la plus proche, la boulangerie. Les odeurs de pain cuit, de beignet ou de croissant emplissent l'air. Je suis le premier à entrer, et dans la seconde précédant l'instant où les filles se rendent compte de ma présence, j'ai le temps de découvrir leur véritable expression. Elles sont tristes et sinistres au cœur de cette cuisine grisâtre d'où toute couleur semble avoir été ôtée. Puis elles sourient et babillent joyeusement, comme si notre arrivée avait actionné une sorte d'interrupteur.

– Bienvenue ! Quelle merveilleuse surprise ! s'exclame l'une des filles les plus proches, à grand renfort de gestes aériens.

– Préparez des petites douceurs pour vos invités de marque, et que ça saute ! crie Krugman d'une voix stridente.

De la farine est agitée par son souffle, telle de la brume en plein hiver.

On nous fait goûter de petits gâteaux et soufflés, plus délicieux les uns que les autres. Lorsque nous repartons, les filles s'inclinent en joignant les mains devant elles, nous remerciant de notre visite. Tout le monde sourit.

– Où trouvez-vous toute cette nourriture ? je demande à Krugman tandis que nous descendons la rue.

Nous croisons un groupe de jeunes filles portant des seaux remplis d'une eau clapotante. Leurs visages s'illuminent et elles nous adressent une petite révérence à notre passage.

Comme Krugman ne répond pas, je reprends :

– Tous ces ingrédients qu'elles utilisent ? Je n'ai quasiment pas vu de champs, où poussent-ils tous ?

Krugman me regarde d'un air radieux, comme si la joie de vivre était en soi une réponse.

– Ça vient forcément de quelque part… je poursuis.

– Le Grand Pourvoyeur est fidèle, me coupe Krugman. Il nous apporte de nouvelles provisions chaque matin, tous les matins.

– Je ne pense pas…

– Ah ! nous voici à notre deuxième étape. Le secteur des chansons !

Krugman se détourne. Deux des anciens me dévisagent avec une affabilité corrosive.

– Ces chaumières, explique Krugman, sont comme la prunelle de mes yeux. C'est ici que nous entraînons notre chorale. Seules les plus douées sont autorisées à se former ici. Écoute, tu ne les entends pas ?

Il pousse une porte, et la musique cesse instamment.

– Sage Krugman, nous sommes ravies que vous daigniez nous rendre visite, l'accueille la fille au piano.

À en juger par la taille de son ventre, elle doit être enceinte de sept mois.

Krugman sourit.

– J'expliquais justement à notre invité quel groupe d'exception vous faisiez. Je vous fais confiance pour ne pas le décevoir dans les jours à venir.

– Cela n'arrivera pas.

Ils échangent encore quelques banalités. Leurs voix roucoulent, leurs visages sont figés dans le plus doux et ensoleillé des sourires.

Il en va de même dans chacune des autres masures que nous visitons : la charpenterie, l'ébénisterie, les fabriques de tissu ou de vêtements, où les filles apprennent le tricot, le crochet, la broderie, le macramé, le point de croix… Partout nous sommes accueillis par des révérences et des échanges guillerets. Même les filles que nous rencontrons en route adoptent la même immuable gentillesse, toutes dents dehors, souriant jusqu'aux oreilles. Seuls les bébés de la maternité, où l'on trouve des rangées entières de berceaux pleins, ne participent pas à ces simulacres de conversations, pleurant et criant leur profond mécontentement.

La visite se termine à la tombée du jour. Le crépuscule se dépose tel un voile de poussière pourpre sur les montagnes, puis cède la place à la nuit. Presque tous les anciens nous abandonnent avant le terme, prétextant un rendez-vous pour se rendre à la taverne. Seuls deux sages mornes et silencieux m'accompagnent encore. Des réverbères s'allument en clignotant.

– Nous allons te montrer ton nouveau logement, me dit l'un d'eux.

– Où sont mes amis ?

Ils secouent la tête.

– Il n'y a pas de place pour toi avec eux. Nous avons reçu l'ordre de t'emmener ailleurs. Ça va te plaire. C'est une chaumière toute neuve, où personne d'autre n'habite. Beaucoup d'intimité.

– J'aimerais mieux m'installer avec mes amis. Je ne vois pas pourquoi je devrais rester seul.

– Viens. Tu ne seras pas le seul à rester seul. La fille, comment s'appelle-t-elle ? La petite peste… Sissy, elle est seule à la ferme.

Je m'immobilise.

– Elle ne dort pas avec les garçons ?

– Elle a des grands pieds. Les filles avec des grands pieds n'ont pas le droit de rester en ville. Les grands pieds doivent dormir à la ferme. C'est le règlement.

– Quand on parle du loup… intervient l'autre. La voici.

Sissy se trouve avec une dizaine d'autres filles. Un ancien, posté juste derrière elle, la toise d'un air scrutateur. Il a des bras rondelets qui dépassent de sa veste sans manches, telles des boules de lard poilues.

– Salut, Sissy, dis-je.

– Salut, s'empresse-t-elle de répondre. Gene…

Je perçois une sorte de plainte dans sa voix. Le sage qui la surveillait la force alors à avancer. Le groupe emprunte le chemin pavé. Je les regarde disparaître dans la pénombre avant de réapparaître, plus petits, dans le cône de lumière dispensé par le réverbère suivant. Au dernier lampadaire, elle se retourne pour me regarder. Son visage est blême. Elle articule quelques mots silencieux. « Viens me rejoindre. » Puis elle se fond dans la nuit qui l'avale tout entière.

18

Ashley June vient me trouver dans mon sommeil, lors d'un rêve étrange qui joue avec les frontières troubles d'un cauchemar à proprement parler. Je suis de retour à l'Institut homifère, dans la bibliothèque isolée qui me servait de logement. L'odeur nauséabonde de renfermé, de poussière, de livres pourrissants et de pages jaunies sature l'air. Ashley June émerge des ténèbres, vêtue d'une robe de mariée à crinoline. Elle descend du plafond, son visage d'un blanc irisé marqué d'une tristesse indicible. Ses yeux sont extraordinairement grands et dégoulinent d'eye-liner noir et de larmes. Toutefois, elle ne pleure pas quand elle me prend la main. Non, ce n'est pas ma main qu'elle saisit, mais mon poignet, ce qui suffit à me faire comprendre que quelque chose ne va vraiment pas.

Nous flânons le long du chemin en brique menant à l'Institut. De part et d'autre du passage, des membres du personnel nous regardent passer, la mine sombre et indifférente, le corps accablé de fatigue. Comme s'ils attendaient notre venue depuis une éternité. Nul ne pipe mot. Même le vent qui fait jaillir des goules de sable dans le désert le fait dans le plus grand silence. Nous pénétrons ensuite dans le bâtiment principal. Lorsque nous foulons le tapis du vestibule (le contact de la soie sous mon pied nu est agréable, chacun des fils semblant m'en masser délicatement la plante), les chasseurs sont là pour nous accueillir dans un calme empreint de respect. Ils sont suspendus la tête en bas, se grattent paisiblement le poignet en se balançant aussi lentement que des carcasses mises à sécher dans la brise. Les plaies infligées lors de notre dernier affrontement sont encore béantes, à la cuisse, à la poitrine, à la tête. Lèvres Écarlates est immobile, toujours empalée sur son harpon. Sa bouche, plus rouge que jamais, susurre inlassablement « Gene, Gene, Gene ». Pour sa part, Ashley June me tient encore par le poignet, pas par la main, et ses ongles étonnamment acérés m'éraflent la peau. Comme si toute cette histoire n'était qu'une plaisanterie hilarante prolongée à l'infini. Son maquillage a recommencé à couler au coin de ses yeux désormais secs et dénués d'expression.

Elle me fait descendre une volée de marches, aussi souplement que si nous ne touchions pas le sol. Le froid hivernal s'intensifie, la pénombre se resserre tant et si bien que nous semblons traverser une sorte de gelée froide et noire. La robe de mariée d'Ashley June, dans son éclatante virginité, me fait l'effet d'une flamme blanche plongeant dans un puits sans fin.

Dans la salle d'Introduction, elle m'attache à un poteau. Elle semble s'ennuyer alors qu'elle noue méticuleusement la corde autour de mes chevilles et poignets, m'entravant parfaitement. Je n'ai pas peur, pas du tout. Elle est avec moi. Elle contrôle les nœuds puis flotte loin de moi, rejoignant la trappe qui mène à son antre, la Fosse. Le battant s'ouvre comme par magie à son approche, et elle disparaît à l'intérieur, tel un génie retournant dans sa lampe. La lumière de sa robe s'éteint quand la trappe se referme, et l'arène est subitement plongée dans une nuit impénétrable.

Maintenant, j'ai peur.

Je lutte contre mes liens, et suis tout étonné de les voir tomber tels des lambeaux de lard fondu. Je m'efforce de retrouver l'ouverture de l'antre d'Ashley June, mais je suis totalement aveugle. Je tends les bras devant moi, doigts écartés.

Ashley June.

Tout s'embrouille alors dans ma tête. Je bafouille son nom.

June Ashley.

Non, non, me dis-je en secouant la tête. *Ash Junely. Ash July. Viens m'aider.*

Je me retrouve soudain dans son antre, dans la Fosse. Je le comprends à la proximité des cloisons humides, ma présence pareille à celle d'une langue sèche dans une bouche minuscule. Je crie :

– July Ash ! July Ash !

Elle fend la pénombre ; je ne distingue que son visage. Il a cependant les traits de quelqu'un d'autre, et je ne sais plus. Je me rends alors compte que c'est elle, mais l'image bouge et évolue sans cesse ; les yeux rapetissent et changent d'angle, les pommettes s'élargissent et lui tombent sur les joues, l'arête de son nez grossit avant de décroître, la couleur de ses prunelles oscille du vert au jaune puis au noir. C'est elle. Puis c'est Robe Fleurie. Puis Abdos. Puis Lèvres Écarlates.

Elle parle. « Gene, Gene, Gene », murmuré encore et encore, avec insistance et crainte. Puis une résignation certaine vient entraver son élocution. « Gene, Gee, Ge… »

Bientôt, cela ne ressemble plus à la voix d'Ashley June, mais à un amalgame de celles des filles du village, d'abord bruyantes et souriantes, puis dotées d'une énergie quasi frénétique, tel un auditoire psalmodiant. De plus en plus vite, de plus en plus fort, les voix se fendant en éclats pour adopter un timbre fiévreux.

Je secoue la tête, tentant de m'éclaircir les idées. Cependant, la pénombre de la Fosse m'a contaminé les synapses. Je ne comprends plus, ne me rappelle plus. C'est là toute l'horreur du moment, qui finalement me tire de mon cauchemar.

Je ne me souviens plus de son visage. J'ai oublié le son de sa voix.

19

Je me réveille en hurlant. Les séquelles du cauchemar me rongent l'intérieur du crâne, telle une rouille acide. Pendant quelques secondes, je crains que la fièvre ne soit revenue, mais mon front est sec et frais. Je referme les yeux dans l'espoir de me rendormir. Malheureusement, le sommeil est déjà loin, chassé par ce mauvais rêve, et je ne le retrouverai pas de sitôt.

« Viens me rejoindre », m'a dit – silencieusement – Sissy.

Les étoiles brillent puissamment. Rien ne bouge, pas un bruit ne monte des masures environnantes tandis que j'emprunte le chemin pavé. Je dépasse la salle à manger, la cuisine, humant les effluves de viande grillée qui s'attardent encore dans l'air. Les dalles disposées devant l'infirmerie sont plus larges, presque autant que des troncs d'arbre. Plus tôt dans la journée, j'ai vu Ben sauter de l'une à l'autre, comme s'il traversait une rivière à gué, les bras tendus à l'horizontale pour ne pas perdre l'équilibre, s'esclaffant d'un rire léger et ravi.

Un cri lacère soudain la nuit, aussi sûrement qu'un poignard.

Il est si proche que j'en ai la chair de poule. Avant même que j'aie recouvré mon calme, la porte de l'infirmerie s'ouvre à la volée juste devant moi. Je me plaque contre le mur, m'efforçant de me fondre dans une traînée de pénombre.

Une silhouette sombre, voûtée et encagoulée, referme en sortant, passe devant moi sans me voir. Je perçois l'étrange odeur de fluides corporels qui en émane. Elle tient quelque chose dans ses bras, dans une sorte d'écharpe. Puis elle disparaît. J'ai toutefois eu le temps d'entrapercevoir un petit morceau de chair pâle émerger du ballot. La jambe d'un nouveau-né, aux orteils potelés gros comme des têtards, fumant dans la fraîcheur nocturne. Un léger braillement étouffé émerge de l'écharpe.

La silhouette voûtée enfile alors le chemin pavé d'un pas pressé. Déjà, les pleurs du bébé décroissent.

Je suis cet étrange couple à prudente distance. L'ombre quitte le sentier et se dirige vers un bâtiment de forme étonnante et dépourvu de fenêtres, érigé à l'écart des maisons. De guingois, la bâtisse s'élève bien haut d'un côté, mais plonge de l'autre tel un toboggan de jardin d'enfants.

Dans un éclat de lune, l'inconnu se retourne brusquement, tournant son visage blême vers moi.

Je le reconnais instantanément à ses paupières tombantes, à son nez aquilin et à ses bajoues vérolées : c'est l'un des hommes de main de Krugman.

Je m'abrite derrière un mur, espérant que la pénombre me permettra de passer inaperçu. Des pas légers s'approchent rapidement de moi. Je retiens mon souffle, n'osant pas faire le moindre geste, pas même jeter un coup d'œil au-dessus du rebord. Les pas s'arrêtent. Après quelques secondes, ils reprennent, mais dans l'autre sens.

Quand j'ose enfin m'assurer que je ne risque plus rien,

la rue est déserte. Je tends l'oreille en quête de pleurs éventuels, mais je ne perçois aucun son. Je progresse lentement dans le silence, restant tapi dans l'ombre. Tout est calme, tout est vide.

Malgré la fraîcheur de l'air, mon dos ruisselle de sueur.

Plusieurs minutes plus tard, et même après que j'ai quitté la rue pour retourner vers la ferme, je reste à fleur de peau. Mes pas sont rapides et nerveux, et la pointe de mes bottes est tout humide de rosée. À mi-chemin, je risque un coup d'œil en arrière. En dehors de la ligne argentée laissée sur l'herbe couchée dans mon sillage, rien n'indique une présence. À ma droite s'étend le lac glaciaire, moucheté de taches de lune.

La ferme est silencieuse. Je n'ai pas encore bien repéré les lieux quand j'aboutis dans le poulailler. Seules quelques volailles sont éveillées, à agiter la tête en se dandinant. L'odeur nauséabonde des plumages m'emplit les narines. Je me dirige vers la petite baraque où je suppose que Sissy est logée. Je fais cependant demi-tour dès que j'entends les cochons fouiller et grogner à l'intérieur.

Une cabane isolée jouxte les pâturages, je tente donc ma chance dans cette direction. Plusieurs vaches y paissent, tout juste des ombres. Étrangement, leur simple présence est apaisante. Les nuages de vapeur provoqués par leur souffle s'élèvent délicatement de leurs naseaux comme d'une cheminée par une nuit d'hiver.

Je n'ai pas encore fait la moitié du chemin que la porte s'ouvre sur Sissy, qui quitte la chaumière en courant. Elle ne ralentit pas en m'atteignant, mais me saute dans les bras pour m'étreindre de toutes ses forces.

– Bon sang, je suis contente de te voir, dit-elle tout contre mon oreille. Quand ils t'ont déplacé, je ne savais plus où fureter pour te rendre visite. Tu es installé où ?

– Qu'est-ce qui ne va pas ?

Elle secoue simplement la tête.

– Rien. J'avais juste envie de te voir. Disons que j'ai pris l'habitude de passer prendre de tes nouvelles tous les soirs. De m'assurer que tu n'es pas mort.

Elle recule la tête et me martèle la poitrine de coups de poing avant d'ajouter :

– Qu'est-ce qui t'a retenu si longtemps ? Je t'attends depuis des heures !

– Je suis désolé. Je suis encore en convalescence, je crois que j'avais besoin de repos.

Elle m'attire doucement vers les bois.

– Il faut qu'on parle. Mais pas ici, ajoute-t-elle en lançant un regard méfiant vers la masure.

Nous progressons dans un silence confortable sur l'herbe argentée, en direction des bois. Sissy glisse sa main dans la mienne, entrelaçant nos doigts. Sa peau est fraîche, douce, délicate. À son contact, je reçois à nouveau une décharge. Après une brève hésitation, je serre sa main en retour. Elle m'adresse un sourire en coin, tandis que sa queue-de-cheval sautille derrière elle.

Sous le couvert des arbres, le noir et le silence nous entourent tel un dôme. Comme nous n'avons nulle part où nous asseoir, nous allons nous poster près d'un grand séquoia. Nous sommes l'un en face de l'autre, presque collés pour nous tenir chaud. Et il y a autre chose. Nos visages sont si proches que les volutes de vapeur que nous exhalons se mêlent.

Une petite larme pointe au coin de son œil. Je lève la main pour l'essuyer.

– Ça va ? dis-je, inquiet.

Elle se mordille la lèvre en acquiesçant.

– Je n'arrive pas à croire qu'ils t'aient séparée des garçons, reprends-je. Qu'ils t'aient mise à l'écart comme ça.

– C'est dans leur règlement.

– Leur précieux règlement ! Les garçons ne voulaient pas que tu restes avec eux, peut-être ?

– Bien sûr que si. Ils ont même insisté.

– Alors, pourquoi…

– Les anciens ont insisté davantage. Et je ne voulais pas causer de problème, ni me les mettre à dos. Rappelle-toi, ça s'est passé durant les premières heures suivant notre arrivée, et je ne savais pas encore à quoi j'avais affaire. Il me semblait plus judicieux de jouer le jeu. J'ai donc dit à Epap et aux autres que ce n'était pas grave.

– Je n'arrive pas à croire qu'Epap n'ait…

– Non, c'est ma faute. J'ai insisté.

– Il aurait quand même pu se battre un peu pour toi.

Elle secoue légèrement la tête.

– Ne sois pas si dur avec lui. Avec aucun des garçons. Ils ont passé toute leur vie dans un dôme, rien d'étonnant à ce qu'ils perdent un peu la tête, dit-elle en souriant. On les a gavés de nourriture, de boissons et de loisirs. Et Epap attire l'attention d'un nombre incalculable de filles. Ils sont tous complètement envoûtés par cet endroit.

– Ce n'est pas une raison, Sissy. Après tout ce que tu as fait pour eux, après que tu les as à toi seule amenés jusqu'ici sans même une égratignure, tu pourrais t'attendre à davantage de loyauté de leur part.

Elle me presse la main.

– Je n'ai pas réussi toute seule, réplique-t-elle.

– Eh bien, dis-je, détournant la tête en me sentant rougir, je t'ai donné un petit coup de main, mais tu as fait le gros du travail.

Elle fronce les sourcils.

– Je parlais de ton père. Tout ce qu'il a fait pour nous, la carte, le radeau, la tablette.

– Ah oui, mon père… Évidemment.

Elle glousse. C'est un son étrange, comme un dérapage, un accident. Elle me caresse les cheveux.

– Tu as cru que je parlais de toi ?

Elle m'adresse un large sourire.

– Non, je savais bien que tu pensais à lui.

Puis notre humeur change. Peut-être à cause de l'éclat de tristesse dans mes prunelles, de mes épaules qui s'affaissent. Toujours est-il que son sourire s'évanouit. Elle me caresse toujours les cheveux, mais plus doucement, plus lentement.

– Je suis désolée pour ton père, déclare-t-elle.

– C'est un coup dur pour toi aussi.

– Mais encore plus pour toi. C'était *ton* père, dit-elle, et la brume de son haleine s'élève entre nous. Ils disent qu'ils l'ont retrouvé dans la cabane en rondins. Qu'il n'y avait pas de lettre de suicide. J'ai eu du mal à y croire, ajoute-t-elle en secouant légèrement la tête. Ça lui ressemble tellement peu.

– Qu'est-ce qui a bien pu le pousser à une telle extrémité ? Cet endroit est bizarre.

Je regarde d'un air distrait les lumières du village.

Elle m'étreint les mains de plus belle.

– Gene, il est même plus que bizarre.

J'opine lentement.

– Oui, j'ai remarqué. Tu as vu ces pieds minuscules, et toutes ces filles enceintes ? Les anciens qui se pavanent comme des paons ? Toutes ces lois et tous ces préceptes. Et où sont tous les garçons adolescents, ou les femmes adultes ?

– Et encore, tu n'as quasiment rien vu, s'exclame-t-elle. Tu es resté inconscient presque tout le temps. J'ai été plusieurs fois tentée de te gifler pour te réveiller, juste histoire d'avoir quelqu'un à qui parler.

– Et Epap et les garçons ? Ils n'ont rien remarqué ?

Elle s'agite soudain, visiblement contrariée.

– Tous les garçons, même Epap, *surtout* Epap, restent complètement inertes. *Inertes.* Ils sont trop captivés par cet endroit, inconscients de ce qui s'y passe dit-elle en serrant les dents. Et quand je m'en suis ouverte à Epap, il m'a accusée d'être parano.

Je hoche la tête, me rappelant qu'elle m'en a déjà parlé, plus tôt dans la journée.

– C'est incroyable qu'il t'accuse, *toi*, d'être parano ! Tu es la personne la plus lucide que je connaisse.

Elle éclate de rire, et je l'entends presque se dénouer de soulagement.

– Oh, Gene, ils ont même réussi à me faire douter de moi. Honnêtement, j'ai passé beaucoup de temps à me demander si tout ça était effectivement bizarre, ou s'il s'agissait d'une norme à laquelle je n'étais simplement pas habituée. Après tout, j'ai passé toute ma vie sous une coupole de verre. Alors, qu'est-ce que je connais du vrai monde ? demande-t-elle avec une moue, avant de me tambouriner de nouveau sur la poitrine. Ne tombe plus jamais malade ! Ne t'avise plus jamais de me laisser toute seule !

Soudain, le vent siffle entre les arbres, agitant leurs branches. Une goutte d'eau, piégée dans une feuille, atterrit droit sur la tempe de Sissy et roule le long de sa joue. J'essuie du bout des doigts sa peau délicate.

Elle m'assène toujours des coups de poing, sans plus de force toutefois. Bientôt, sa main ne m'atteint plus, reste suspendue entre nous. Je la regarde droit dans les yeux. Ces yeux autrefois marron, qui semblent aujourd'hui adopter toutes les couleurs de la forêt, les teintes de la châtaigne, des fruitiers ou du cyprès.

Je laisse doucement glisser ma paume et la referme autour de son poing. Elle s'apprête à parler.

Puis je détourne les yeux, libère sa main.

Après un instant d'hésitation, elle baisse le bras. Nous restons là, immobiles et silencieux.

– Tu disais que je n'avais quasiment rien vu, dis-je enfin.

– Quoi ?

– À propos de ce village. Qu'est-ce que j'ai raté ?

Elle regarde autour d'elle.

– Ah oui…

Elle laisse échapper un petit rire, qui ressemble plus à un raclement de gorge ou à une façon de détourner la conversation.

– Viens par ici. Je me suis pris les pieds dans un truc vraiment étrange l'autre soir. Je ne sais pas trop de quoi il s'agit.

Elle me guide à travers les arbres, se penchant de temps à autre pour éviter les branches les plus basses. Nous nous arrêtons à l'orée d'une clairière inattendue. Un talus particulièrement raide scinde la forêt en deux.

– C'est là-haut, annonce-t-elle en commençant l'escalade.

Nous franchissons le remblai dans une cascade de cailloux et de mottes de terre. Deux étroits rails métalliques parfaitement parallèles s'élancent, à un corps d'enfant de distance. Ils semblent infinis, et longent tout le talus jusqu'à disparaître de part et d'autre dans les ténèbres. Des planches de bois sont disposées perpendiculairement à ces rails, à intervalles réguliers, les reliant comme une échelle couchée.

Un frisson plus froid que la glace me tétanise soudain.

Je me penche pour saisir l'une des barres. Une autre vague de froid me parcourt tandis que j'en évalue la longueur.

– Tu sais ce que c'est ? me demande Sissy. Une sorte de sentier pour un jeu bizarre ?

Je me relève, tourne la tête de l'autre côté. Mon cou se raidit à mesure que la terreur m'envahit.

– Ça s'appelle une voie ferrée. J'ai vu ça dans un bouquin quand j'étais petit. C'est là-dessus que roulent les trains.

– Les trains ? C'est quoi, un *train* ?

– Quelque chose d'énorme, j'explique à mi-voix. Une locomotive qui sert à voyager. Ça permet de couvrir des distances inimaginables, des centaines de kilomètres. Le tout sur ces poutrelles d'acier. Et à une vitesse incroyable.

J'ai beau m'efforcer de dissimuler mes émotions, le chevrotement dans ma voix trahit ma peur.

– Des *centaines* de kilomètres ? s'étonne Sissy alors qu'elle fait un pas vers moi, le visage blême. Et pourquoi y aurait-il une voie ferrée ici ?

– Je n'en sais rien.

Elle regarde les lointaines chaumières constituant la Mission.

– Gene… chuchote-t-elle, les yeux écarquillés. C'est quoi, cet endroit ? Où sommes-nous ?

20

Même si je suis resté debout presque toute la nuit, je suis déjà sur pied dès le lever du soleil. Je suis dans ma chambre, mais pas dans mon lit. Sissy y est confortablement installée, assoupie, le visage détendu posé sur l'oreiller. En revanche, son corps est tout crispé, même dans le sommeil, comme si le souvenir des dernières heures – voire, dans son cas, des derniers jours – occupait sans cesse son esprit.

Alors que nous nous trouvions encore près de la voie ferrée, elle m'a dit vouloir rester avec moi. Je lui ai demandé si ça pourrait nous attirer des ennuis, si son absence à la ferme ne risquait pas d'être remarquée, si ça n'allait pas à l'encontre du règlement…

– On s'en fout, du règlement, m'a-t-elle rétorqué.

À la vérité, je n'avais pas non plus envie de rester seul. De retour dans ma masure, je n'ai pas eu le temps d'allumer le feu – il faisait un froid de canard – qu'elle s'était déjà endormie. Instantanément, comme si elle n'avait pas fermé l'œil depuis plusieurs jours.

Me refusant à la réveiller, je reste discrètement assis sur le canapé à regarder les braises mourir dans l'âtre. La fenêtre sur ma gauche est orientée plein est, et les rideaux sont bordés d'un liseré orangé. Mon corps et mon esprit, saturés d'adrénaline, ne souffrent d'aucune langueur. Il ne me faut que quelques secondes pour enfiler ma veste et sortir.

La douce caresse du soleil gagne en puissance alors que je déambule dans les rues encore désertes. Le sommet de la montagne, qui culmine derrière le village, est vierge de neige, excepté son pic. J'inspire l'air pur à pleins poumons.

Le chemin trace un fer à cheval autour du village, et non une boucle complète. Lorsque j'en atteins l'extrémité, je suis soudain attiré par le ruisseau qui gargouille à ma gauche. Un sentier bien piétiné mène à la rive, où une large plate-forme en bois est bordée de fils à linge. Des planches à laver et des seaux sont proprement empilés sous un banc. N'étant pas contre une gorgée d'eau, je m'approche du ruisseau.

Il est translucide et frais, froid même. Après avoir étanché ma soif, je me débarbouille le visage et me mouille les cheveux. Des gouttes ruissellent dans mon dos, vivifiantes. Mes pensées se cristallisent, je suis brusquement sur mes gardes.

Quelqu'un m'observe depuis l'autre berge.

– Salut, Clair, dis-je, surpris. Clair comme l'air.

Elle ne répond pas, se contente de me fixer.

– Tu ne devrais pas être là ! lance-t-elle enfin d'une voix cassante. C'est contraire au règlement.

– Toi non plus, je lui rétorque, avant de l'encourager d'un geste de la main : viens ici.

Elle hésite un instant. Puis elle cède, bondissant de pierre en pierre presque sans mouiller ses bottes.

Surpris par sa dextérité, je m'exclame :

– Hé ! comment tu as fait ça ?

Elle paraît surprise.

– J'ai sauté d'un rocher à l'autre, tu m'as bien vue.

– Non, je veux dire, tu n'es pas comme les autres fillettes. Tu ne clopines pas, tu ne te dandines pas. Tu es… normale.

– Tu veux dire moche.

– Quoi ?

– J'ai des horribles pieds de garçon. Dis-le.

Je contemple ses bottes, légèrement brunies par l'eau.

– Je ne vois pas ce que…

– Si, si, je sais, ils sont énormes. J'ai des pieds de garçon. J'ai compris. Ils n'ont pas encore été transformés en magnifiques pieds de lotus[1]. Pas la peine de les regarder comme ça, dit-elle en arborant une moue dégoûtée. Mais ça va venir. J'aurais dû suivre la procédure l'année dernière, mais on m'avait confié une mission.

– Quelle mission ? De quoi tu parles ?

– Je suis ramasseuse de bois. Il me faut des pieds de garçon pour marcher dans la forêt, afin de trouver de bonnes bûches. C'est ça, ma mission.

– C'est pour ça que tu étais si loin du village. À la cabane en rondins.

Elle ouvre de grands yeux paniqués et inspecte rapidement les environs.

– Tu n'as qu'à le répéter à tout le monde, tant que tu y es.

Puis, se rapprochant de moi :

– Ne le dis à personne, d'accord ? Je ne suis pas censée m'éloigner autant. Plus maintenant, en tout cas.

– La cabane en rondins. C'était la retraite du Scientifique – du Sage Joseph – quand il était encore en vie, n'est-ce pas ?

Elle opine, baissant la tête.

---

1. Pieds de lotus, aussi appelés « pieds bandés » ; il s'agit d'une antique tradition chinoise qui visait à réduire la taille des pieds des jeunes filles artificiellement en les contorsionnant dans des bandes d'étoffe. (N.d.E)

– Pourquoi habitait-il là-bas ? Si loin de la Mission ?

– Je dois y aller, maintenant.

– Non, je t'en prie. Tu sembles être la seule personne à qui je puisse parler. Qu'est-il arrivé au Scientifique ?

Elle étrécit les yeux, suspicieuse.

– Il est mort. Il s'est pendu. Personne ne te l'a dit ? demande-t-lle, en me regardant attentivement.

– Ce n'était pas un suicide, pas vrai ?

Elle s'assombrit soudain, et ses globes oculaires semblent disparaître au fond de ses orbites.

– Je dois y aller, répète-t-elle. On enfreint la première règle, là : toujours rester par groupe de trois au moins. La solitude n'est pas autori…

– Je connais le règlement. Oublie-le une seconde, tu veux ? je la coupe, puis me radoucis. Cet endroit me fiche les jetons. Tu peux me le dire, Clair. Qu'est-il arrivé au Scientifique ?

Une lueur vacille fugacement dans ses prunelles.

– Il ne s'est pas suicidé, n'est-ce pas ?

J'ai insisté, adopté un ton plus pressant.

Elle commence à céder. Elle se décontracte, ouvre la bouche pour répondre…

Des chants s'élèvent derrière nous, s'extasiant sur le soleil et la grâce de cette magnifique journée naissante. Une file de villageoises, les bras lestés de paniers de linge, apparaissent au bout du chemin. Surprises, elles s'immobilisent en m'apercevant sur la plate-forme.

Je me retourne. Clair a disparu. Je scrute les bois, tentant de la repérer.

– Clair ?

Elle n'est plus là.

Agacé, je repars en direction des arrivantes. Elles s'inclinent profondément, les lèvres retroussées sur leurs dents blanches en un simulacre de sourire. Même mes pires rictus me semblent plus crédibles.

– Bonjour ! carillonnent-elles, bonjour, bonjour !

Certaines ont déjà les manches retroussées, prêtes à plonger leurs bras dans l'eau. J'avise une vilaine cicatrice toute plissée à l'intérieur d'un poignet. Une grosse balafre en X, deux traits rose pâle, telles deux sangsues superposées. Je m'apprête à poursuivre mon chemin sans rien dire, quand je remarque la même chose sur une autre fille. Elle en a même deux identiques.

Je m'arrête, examine les stigmates. Comprends de quoi il s'agit. Comprends ce qu'on a infligé aux petites.

On les a marquées.

La fillette me voit la détailler et s'empresse de tirer sur sa manche pour dissimuler son avant-bras. Juste la gauche, en revanche, la droite restant à hauteur du coude. La peau y est pourtant également marquée. Pas d'une cicatrice, mais d'un étrange tatouage :

℧

– Comment tu t'appelles ?

Elle tressaille au son de ma voix. Elle se fige un instant, elles se figent toutes.

– Bonjour, monsieur… répond-elle en souriant à l'adresse du sol, la voix chevrotant de terreur.

– Comment tu t'appelles ? je redemande aussitôt, d'un ton aussi doux que possible.

– Nous ne sommes pas censées vous parler, répond-elle avec un mouvement de recul.

– Pourquoi pas ? dis-je d'un ton étonné, m'efforçant de

parler calmement. Je voudrais juste savoir ton nom, c'est tout. Comment tu t'appelles ?

– Debby, marmonne-t-elle après une pause.

– Debby…

Elle sursaute en entendant son propre prénom franchir mes lèvres.

– Qu'est-ce que c'est ? je lui demande en tendant le doigt.

Elle comprend que je désigne le tatouage.

– C'est ma marque de Mérite, explique-t-elle en recommençant à scruter ses pieds.

– Qu'est-ce que c'est, une marque de Mérite ?

Elle reste coite. Quelques-unes de ses mèches tremblent au vent.

– Qu'est-ce que tu as ? Pourquoi tu ne veux pas…

– Laissez-la tranquille.

Toutes retiennent leur souffle. Les têtes s'inclinent plus bas encore. Sauf celle de la fille qui vient de parler. Elle ne me quitte pas des yeux. J'y lis de la crainte, ainsi qu'une colère froide. Cela ne dure cependant qu'une seconde. Après quoi, elle baisse à son tour la tête et contemple ses pieds.

Je la considère de près. Elle est la plus grande du groupe, mais aussi la plus maigre. Une nuée de taches de rousseur lui éclabousse le nez et les joues. Ce n'est pourtant pas là son point le plus distinctif : son bras gauche est orné de quatre X marqués sur sa peau. Aussi grossiers et horribles que les instruments employés pour les apposer.

Son regard soutient de nouveau le mien. Sans timidité. Sans honte.

Au lieu de quoi, je distingue une minuscule et fragile lueur… d'espoir.

– Qu'est-ce que c'est ? je demande en lui montrant les X.

– Des preuves de Démérite.

J'observe alors son bras droit, vierge de tout visage souriant ou autre tatouage.

– Pourquoi portes-tu ces… preuves de Démérite ? Qu'est-ce qu'elles signifient ?

Je n'obtiens pour réponse qu'un :

– S'il vous plaît…

Sa voix est douce, mais affirmée.

– Quoi ?

– En répondant à vos questions, je transgresserais le règlement, explique-t-elle. Et si je transgresse le règlement, nous sommes toutes responsables. Telle est la loi. *Coupables par association.* Nous serons toutes punies, pas seulement moi.

Elle m'adresse un long regard suppliant.

– Plusieurs d'entre nous risquent de perdre gros avec une nouvelle preuve de Démérite. Alors, s'il vous plaît, dit-elle en baissant la voix, laissez-nous vaquer à nos occupations. Laissez-nous tranquilles.

Je recule d'un pas, incertain de la marche à suivre.

Elle fait mine d'avancer.

– Venez, les filles, dit-elle, et elles la suivent toutes sur la plate-forme en bois, leurs pieds résonnant tristement sur les planches.

Je remonte le sentier, perplexe. Un nombre incalculable de questions se bousculent dans ma tête, auxquelles je sais que je n'aurai jamais de réponse. Les couleurs du village m'éclaboussent le visage, les robes lumineuses d'autres fillettes, le rouge éclatant des cheminées en brique, le jaune tapageur des encadrements de fenêtres.

Avant de bifurquer sur le chemin pavé, je me retourne vers la plate-forme. Les filles sont penchées au-dessus du ruisseau, lavant le linge qu'elles ont apporté. Une seule est debout : celle aux taches de rousseur. Bien que sa tête soit tournée, je sais qu'elle me regarde en coin. Puis elle s'agenouille à son tour et s'attelle elle aussi à la tâche.

Je passe la matinée à me balader, aussi naturel et détendu que d'habitude. Pourtant, je suis aux aguets, traquant… je ne sais trop quoi. Quelque chose. N'importe quoi d'étrange. Cependant, rien n'a changé : des groupes de filles s'affairent à leurs corvées quotidiennes, transportent des sacs de farine jusqu'à la cuisine, surveillent une ribambelle de bambins au jardin d'enfants, fabriquent de nouveaux meubles à la menuiserie, apportent des bouteilles de lait à la maternité pour nourrir toutes les rangées de bébés braillant dans leurs berceaux. Comme je commence à avoir mal aux jambes, je m'assieds sur la place du village et observe ces diverses activités depuis un banc. Ainsi alangui au soleil, j'entends le cri occasionnel d'un aigle à basse altitude, les babillages des petits, les bruits de vaisselle. Il est facile de se laisser bercer par le rythme provincial, les couleurs chaudes, les arômes mielleux émanant des cuisines. J'arrive presque à comprendre qu'Epap et les garçons se soient si facilement laissé leurrer.

Mes pensées dérivent vers mon père. Chaque fois que je foule un pavé, je me demande à quelle fréquence il a marché dessus ; quand je tourne une poignée ou bien utilise une fourchette, j'imagine le nombre d'occasions qu'il a eues d'y poser les doigts. Ses empreintes sont partout. Mais invisibles. Je le sens errer dans ces rues, les yeux posés sur moi, comme s'il essayait de me dire quelque chose.

Quand Sissy vient me rejoindre, je suis assoupi et, malgré tout, presque heureux. Elle est sur les nerfs, s'installe à côté de moi du bout des fesses.

– Je ne trouve pas les garçons, m'annonce-t-elle d'un ton agacé.

– Tu es allée voir dans la salle à manger ? je marmonne. Ben y est toujours fourré.

– Il n'y est pas, soupire-t-elle. Ça a été comme ça toute la semaine. Chaque jour, ils découvrent une nouvelle activité dans un nouveau recoin. Je n'arrive jamais à les suivre. Gene, j'ai l'impression d'être en train de les perdre.

– Ils vont bien.

– Je sais, puis elle reprit d'une voix plus faible. Tu en es sûr ? Et nous ?

Je me redresse, clignant des paupières pour réhabituer mes prunelles à la lumière.

– On devrait demander à quelqu'un où ils sont.

Sissy ricane.

– Bon courage ! Les filles refusent de répondre à mes questions. Elles ne veulent même pas me regarder en face. Sauf pour me lancer un œil sombre quand elles pensent que j'ai le dos tourné, sans doute parce que je transgresse encore un article de leur précieux règlement.

À cet instant, nous entendons Epap pousser un cri d'excitation. Son corps dégingandé nous apparaît sur le chemin.

– Sissy ! Il faut que tu voies ça, c'est obligé !

Il s'arrête devant nous dans un dérapage, propulsant en l'air un nuage de poussière.

– Qu'est-ce qu'il y a ? s'étonne-t-elle. Calme-toi.

– Tu peux me croire, je ne risque pas de me calmer après avoir vu un truc pareil, réplique-t-il, haletant.

Il ne m'accorde même pas un coup d'œil en refermant les mains sur les poignets de Sissy.

– Viens, dit-il en la tirant derrière lui.

Elle se libère d'une secousse.

– Sûrement pas.

Epap se retourne, blessé. Cette fois, il me regarde, puis reporte son attention sur Sissy.

– Il faut absolument que tu voies ça.

– Mais quoi ?

– Sérieux, c'est dingue. Je suis tombé sur des jeunes enfants en sortie éducative. Je me suis joint à eux, et tu ne croiras jamais ce que j'ai découvert.

– Bon d'accord, j'arrive, mais arrête de me déboîter le bras.

Il hausse les épaules et s'éloigne. De temps à autre, il jette un regard derrière lui pour s'assurer que Sissy suit toujours. Il nous mène sur le sentier, au-delà de l'école.

– Où est-ce qu'on va ? je demande.

Il ne me répond pas, et accélère la cadence en direction du bâtiment de guingois que j'ai vu dans la nuit. Celui vers lequel l'ancien emportait le nourrisson.

– Epap, qu'est-ce qu'il y a à l'intérieur ?

Il reste muet.

Presque vingt enfants font la queue devant la double porte close. Deux filles plus âgées – les institutrices ? – conversent calmement avec un sage. Tous les regards se braquent sur nous à notre arrivée.

– Tu ne croiras jamais ce qu'il y a là-dedans, assure Epap en s'humectant les lèvres.

J'interroge l'ancien en passant devant lui.

– C'est la maternité ?

– Pardon ?

– Ce n'est pas ici que l'on amène les nouveau-nés ?

Son visage se fige.

– Pas du tout. La maternité est par là-bas, s'offusque-t-il en désignant vaguement la place du village. Ceci est le Vastenarium.

– Le *Vastenarium* ? J'ai vu quelqu'un y amener un bébé la nuit dernière.

Il me fusille du regard.

– Nous ne parlons jamais des naissances. C'est contre nos préceptes.

Il me tourne le dos.

Je fronce les sourcils. Je m'apprête à revenir à la charge quand la porte à double battant s'ouvre grand. Un flot d'écoliers clignant des yeux en émerge. Ils sont pâles, terrifiés, comme s'ils venaient de voir un film d'horreur qui ne leur était pas destiné.

– Epap, quel est cet endroit ? je demande, inquiet.

Il est cependant trop occupé à se rapprocher de Sissy pour m'écouter.

Le jeune sage parle à l'un de ses aînés à l'intérieur, lui chuchotant quelques mots en lorgnant dans notre direction. Puis ils hochent la tête de conserve et nous font tous entrer en rang d'oignons.

Les portes doublées de fer sont refermées derrière nous, nous plongeant dans la pénombre. Un vrombissement métallique glisse le long de la porte, puis le silence revient. Nous voilà enfermés dans cette baraque.

– N'aie pas peur, n'aie pas peur, chuchote Epap d'une voix débordant d'excitation. Sissy, ça va être génial.

L'une des institutrices prend la parole.

– Dans un instant, les prochaines portes s'ouvriront. Elles mènent à un petit auditorium. Avancez avec précaution, car il y fait encore plus sombre. Asseyez-vous au deuxième rang. Nous vous fournirons un bâton fluorescent en entrant ; ne le déclenchez pas avant mon signal.

Les portes s'ouvrent avec fracas. Nous entrons tous à la file. On me glisse dans la main un objet que je saisis. C'est mou, long d'une trentaine de centimètres, tel un tube de plastique. Il doit s'agir du fameux bâton fluorescent.

Nous entrons en traînant les pieds, suivons un long banc incurvé, puis nous asseyons. Une silhouette sombre et menaçante se penche vers nous.

– Venez avec moi, tous les trois, nous dit l'institutrice. Nous disposons de fauteuils VIP pour des invités aussi éminents que vous. Généralement, seuls les anciens sont autorisés à s'y installer, mais pour vous nous allons faire une exception.

Sissy, Epap et moi nous levons et avançons jusqu'au premier rang. La banquette y est plus large et rembourrée d'une assise en velours.

La voix de l'institutrice nous parvient de l'arrière.

– Bienvenue à notre visite bimestrielle du Vastenarium. Comme d'habitude, le but de cette séance est de nous rappeler à quel point le monde que nous devons surveiller est cruel, afin de ne pas oublier le but de notre mission et de raviver la flamme de notre dévouement. De rendre réel ce qui, sans quoi, pourrait vite devenir abstrait et purement théorique.

À côté de moi, Epap sautille littéralement d'excitation.

– Maintenant, reprend notre guide, sortez vos bâtons lumineux. Cassez-les et lancez-les à vingt mètres devant vous.

Un chapelet de craquements retentit derrière nous, puis un halo de lumière verte inonde la pièce. Moins d'une seconde plus tard, des lames colorées nous volent par-dessus la tête pour aller s'écraser sur une paroi de verre devant nous. Les bâtons explosent sous l'impact, répandant un fluide fluorescent. Le liquide dégouline, éclairant la vitre… et ce que la chambre de verre scellée, de la taille d'une salle de classe, renferme. Une jeune fille minuscule est debout à l'intérieur, élancée et gracile ; ses longs cheveux de jais lui dissimulent la moitié de la figure. Ses yeux félins sont d'une intensité incroyable, ses lèvres à peine dessinées. Elle redresse lentement la tête, comme à contrecœur. Elle contemple sans grand intérêt les rangées d'élèves ; cependant, quand elle nous aperçoit tous trois au premier rang, sa tête s'incline méchamment de côté. Elle nous dévore du regard.

– Que se passe-t-il ? demande Sissy d'une voix inquiète. Qu'est-ce que cette fille fait là-dedans ?

Epap peine à réfréner son enthousiasme. Il sourit jusqu'aux oreilles et se penche vers Sissy.

– Qu'est-ce qui te fait croire que c'est une fille ? Qu'est-ce qui te fait croire qu'elle est humaine ? réplique-t-il, avant d'inspirer une fois, deux fois, bruyamment et rapidement. C'est l'une des leurs. Une « crépusculaire ». C'est ainsi qu'ils les appellent, ici. Ça leur va bien, vu qu'ils ne sortent qu'à la tombée de la nuit. Je regrette qu'on n'y ait pas pensé avant. Ç'aurait été bien de pouvoir le leur cracher au visage, pendant toutes ces années qu'ils ont passées à nous observer.

Sissy tressaille, les traits ravagés de stupeur. Elle saisit à pleines mains l'avant du banc. Je vois ses os saillir, tant son étreinte est puissante. Ses prunelles sont rivées à celles de la fillette emprisonnée. La *crépusculaire*. Je chuchote ce mot.

– Crépusculaire…

Qu'est-ce qu'elle fait là-dedans ? Comment l'ont-ils attrapée ?

Epap craque à son tour son bâton fluorescent. Son visage grave est soudain nimbé de vert. Il bondit sur ses pieds et jette avec rage son gadget qui vient s'éclater en plein centre de la paroi. Il lève les bras en célébration, puis avise le bâton toujours éteint dans mon giron. Il me l'arrache, l'active et le balance avec un hurlement. Le tube percute la glace juste devant le nez de la fillette. Elle ne cille même pas. Elle nous scrute. Elle *me* scrute.

Derrière nous, tout le monde s'est tu. Pas un bruit ne s'élève du groupe de jeunes enfants.

Epap se rassied enfin.

– Attendez de voir ce qui va se passer, nous annonce-t-il, le souffle court.

Des bruits de bottes retentissent dans l'allée centrale. Une institutrice descend, tenant dans ses bras un bocal en plastique fermement bouché et rempli presque à ras bord d'un liquide sombre qui y clapote. La crépusculaire se redresse soudain, arque le dos, les yeux rivés sur le récipient.

– Nous ne devons jamais oublier, jamais cesser de craindre la faim et la soif de chair et de sang intarissables des crépusculaires, chuchote l'institutrice. Observez bien et souvenez-vous-en, les enfants.

Elle se place devant une petite ouverture dans la vitre, grosse comme la main. Elle marque une pause. La crépusculaire, comme par un accord tacite, se dirige vers l'autre bout de la geôle, sans quitter le bocal des yeux. L'institutrice attend que la fillette se mette à quatre pattes, puis glisse le récipient par l'ouverture et referme la trappe. Quand celle-ci est verrouillée, l'équivalent bascule vers l'intérieur. La crépusculaire bondit dans l'instant et traverse sa prison en un éclair. Elle ne ralentit pas, mais se jette sur la cloison avec assez de violence pour écraser une dizaine de crânes. Elle fouille dans l'ouverture des mains et des pieds, comme si chacun de ses membres était en concurrence directe avec les autres.

Derrière moi, une élève hurle. Un autre cri déchirant provoque une vague de sanglots parmi les enfants.

La crépusculaire arrache le couvercle avec ses dents, puis

se vide le liquide dans la gorge. En quelques secondes, elle a tout avalé et récupère, à coups de langue agiles, les rares gouttes de sang qui lui ruissellent à la commissure des lèvres. Elle se tourne de nouveau vers moi. Une étonnante tristesse emplit son regard, une expression de honte court sur son visage. Elle fait volte-face et part se réfugier dans le coin opposé de sa cage. Dans la seule zone encore cachée par les ténèbres.

– Et encore, ça n'était que du sang de cochon, murmure l'institutrice, juste assez fort pour couvrir les pleurs des enfants. Lors des rares occasions où on lui donne du sang humain, elle est d'autant plus sauvage et hystérique.

Du sang humain ? me dis-je, glacé à cette simple évocation.

L'institutrice s'approche de l'endroit où la crépusculaire est recroquevillée. Elle casse un nouveau bâton fluorescent et le brandit vers la fillette.

– Voyez comme la lumière la dérange, déclare-t-elle tandis que la misérable détale en s'abritant les yeux. Les crépusculaires sont sensibles à presque toutes les sortes de luminosité connues. Ils fuient même les rayons de la lune.

– Comment l'avez-vous attrapée ? s'enquiert Sissy d'une voix nerveuse.

– Pas de questions, rétorque l'autre. Elles ne sont pas autorisées dans l'enceinte du Vastenarium.

– Pourquoi pas ?

Une pause.

– C'est comme ça.

Cette fois, c'est une voix masculine qui se fait entendre. L'ancien. Debout près de la double porte, il est tapi dans les ténèbres.

– Je voudrais juste savoir…

– Reprenez, commande le sage à l'institutrice, d'un timbre clair interdisant toute discussion.

Epap se penche vers Sissy.

– C'est le meilleur moment, murmure-t-il, au comble de l'excitation.

L'autre institutrice descend à son tour, traînant derrière elle une lourde toile à sac dégouttant de sang. Elle longe une paroi de la pièce vitrée, passant devant une porte que je n'avais pas remarquée jusqu'alors. Pas étonnant : on ne distingue qu'un fin contour rectangulaire dans le verre, doté d'une minuscule poignée en métal à l'extérieur. Un verrou électronique en empêche l'ouverture.

Je bondis sur mon siège.

– Pas possible ! Dites-moi que vous n'allez pas ouvrir cette porte !

L'institutrice cesse brièvement de traîner son fardeau.

– Bien sûr que non. Ne soyez pas ridicule.

Elle reprend sa route, dépasse la porte.

– Est-ce que cette porte fonctionne ? je demande, étonné.

– Hein ? dit l'autre, essoufflée.

– Cette porte. Avec le code d'accès.

– Elle est sécurisée, ne vous en faites pas. Verrouillée en permanence. Seuls les sages de haut rang connaissent la combinaison.

– À quoi sert-elle, alors ? N'est-ce pas infiniment trop risqué de…

– Pas de questions ! tempête le sage.

L'institutrice tire le sac jusqu'à l'angle opposé. La crépusculaire l'observe d'un regard en coin et se précipite vers une petite ouverture pleine d'eau tout contre la vitre. Je ne l'avais pas encore remarquée. La surface est lisse comme un miroir, et forme un carré parfait de moins d'un mètre de côté. Elle s'arrête juste devant, y faisant glisser de la terre dans son empressement.

– Les crépusculaires adorent la viande humaine, explique l'institutrice, mais ils dévoreront tout aussi volontiers n'importe quel animal. Aujourd'hui, nous lui avons apporté du cochon.

Je remarque alors une autre ouverture carrée. Celle-ci, identique à la première, symétriquement disposée par rapport à la cloison, se trouve à l'extérieur de la cage, aux pieds du professeur. L'institutrice laisse tomber le sac dans le trou qu'elle domine et, à ma grande surprise, son ballot disparaît avec force éclaboussures, avant de remonter de l'autre côté comme un bouchon.

– Ce puits est en forme de U, nous explique l'institutrice. Les deux boyaux verticaux s'enfoncent de dix mètres sous le sol où ils se rejoignent. Comme vous pouvez le constater, les ouvertures se situent de part et d'autre de la vitre. Ce conduit est entièrement rempli d'eau. Puisque les crépusculaires ne savent pas nager – ces imbéciles pourraient se noyer dans une flaque –, il n'y a strictement aucun risque. En réalité, ils ont une telle aversion pour l'eau qu'il s'agit peut-être de la partie la plus sûre de cette pièce. Selon moi, une idée aussi simple et brillante relève du génie. Cela nous permet de faire passer au captif des morceaux de nourriture trop gros pour la petite trappe – ce cochon, en l'occurrence.

Elle saisit une longue perche dissimulée sous une rangée de sièges et la plonge dans le puits pour pousser le sac tout au fond. Quand son outil a presque entièrement disparu sous la surface, elle l'incline vers la cloison et le secoue légèrement. Puis, satisfaite, elle retire la perche de l'eau.

– Voilà, le sac est dans l'autre conduit, il remonte. Nous n'avons plus qu'à attendre. Cela ne devrait plus tarder.

La crépusculaire, à quatre pattes, scrute intensément la surface, le menton presque planté dans l'eau. Son corps tout entier vibre d'excitation ; des filets de salive dégoulinent dans le puits. La lumière commence à faiblir, et l'institutrice active quelques bâtons supplémentaires. La créature tressaille devant ce regain de luminosité, mais ne s'enfuit pas pour autant. Ses cheveux noir corbeau sont rabattus sur ses yeux, dissimulant son visage. Comme si elle avait honte. Puis ses hanches se soulèvent et sa figure se rapproche encore de la flaque. En un clin d'œil, elle plonge une main dans l'eau jusqu'à l'épaule, le menton basculé de côté.

Dès qu'elle parvient à extraire le ballot, elle entreprend d'en déchirer la toile. Salive et gouttes d'eau volent en tous sens, mouchetant la vitre devant elle. Avec un grognement, la crépusculaire plonge son groin dans la viande froide et humide.

C'en est trop pour Sissy, qui se lève pour quitter les lieux. L'ancien qui attend à la porte tente de la retenir, mais elle le bouscule sans ménagement. Les portes s'ouvrent à la volée et un concentré de lumière inonde la salle avant de disparaître. Quand je la rattrape, elle a les yeux levés vers le ciel et inspire de grandes goulées d'air, plissant les paupières pour lutter contre la luminosité du soleil.

C'est alors qu'Epap me pousse pour se précipiter à son côté.

– Sissy, qu'est-ce qu'il y a ? demande-t-il.

Elle se détourne.

– Fiche-moi la paix !

– Qu'est-ce qu'il y a ?

Il semble sincèrement perplexe. Ses prunelles naviguent entre Sissy et le Vastenarium, puis se posent sur moi.

– Qu'est-ce que tu lui as fait ? Tu as profité de la pénombre pour la tripoter ?

– De quoi tu parles ? dis-je avec colère.

– Sérieusement ? Tu l'as touchée ?

– Arrête ça, Epap ! gronde Sissy d'une voix pourtant résignée. Personne ne m'a touchée.

– Alors, quoi ? s'inquiète-t-il.

Elle s'éloigne sans répondre, les jambes inhabituellement flageolantes. Epap la rattrape sans peine, pose des mains hésitantes sur ses épaules. Elle se tortille pour se libérer, repousse les bras maigres du garçon. Cela le met en rage.

– Dis-moi ce qu'il y a, Sissy !

Elle se retourne brusquement pour lui faire face.

– Comment as-tu pu me faire une chose pareille ? Pourquoi m'as-tu emmenée là-dedans ?

– Quoi ?

– Comment as-tu pu croire que cela me ferait plaisir de voir ça ?

– Non, non… Tu ne comprends pas. Tu ne risques absolument rien. Cette cloison de verre est aussi impénétrable que le Dôme. Et la porte est verrouillée de l'extérieur. Quant au puits, tu as entendu l'institutrice : il est plein d'eau. Les crépusculaires ne peuvent pas y plonger. Jamais je ne te mettrais en danger, Sissy, tu le sais…

Elle écume de colère.

– Ce n'est pas de ça que je parle !

– Sissy ! Je ne comprends pas, Sissy, dit-il en se passant une main dans les cheveux. Je pensais que ça te plairait. Non ? Après tout ce qu'ils nous ont fait endurer, c'est comme si on leur disait : « Prenez ça, les crétins ! Alors, qu'est-ce que ça vous fait d'être coincé dans une prison de verre pendant qu'on vous observe comme des bêtes de foire ? »

À présent, il hurle presque :

– Pourquoi ça ne te plaît pas ?

Elle secoue la tête puis revient me chercher et me prend par le coude.

– Tu m'accompagnes ? demande-t-elle doucement. On doit tirer tout ça au clair.

Epap n'en croit pas ses oreilles. Il ne sait plus quoi faire de ses bras ballants, de sa tête trop lourde, de son corps qui s'affaisse. Ses yeux se posent sur la main de Sissy qui me touche, puis se plantent dans les miens avec une souffrance évidente.

– Qu'est-ce qu'il a de plus que moi ? aboie-t-il en me montrant du doigt.

Comme elle ne lui répond pas, il trottine pour nous rattraper.

– Qu'est-ce qui te plaît tant chez lui ? Il suffit qu'il siffle pour que tu te mettes à genoux devant lui.

Epap lui saisit le bras, la force à se retourner, à me lâcher. Elle arme son bras, s'apprête à lui assener un coup de poing au visage. À lui casser le nez, à l'assommer pour de bon.

Elle parvient néanmoins à se retenir. Son poing tremble à son côté.

Epap ne se laisse pas intimider.

– Regarde après qui les filles de la Mission en ont toutes. Regarde qui elles observent à la dérobée. Regarde qui les fait rougir. C'est moi, Sissy ! Moi ! Pas lui ! Tu ne les as donc pas vues, Sissy ? Tu n'as pas remarqué comme elles me suivent, comme elles parlent de moi, comme elles me reluquent ? Tu devrais peut-être faire plus attention. Tu arrêterais peut-être de me considérer comme un acquis, et tu commencerais à me *voir* vraiment.

Sissy serre les dents, lui lance un regard noir.

– Qu'est-ce que je dois faire, Sissy ? Toutes ces années passées ensemble – une vie entière ! – ne comptent-elles pas ? Ce petit nouveau s'incruste dans nos existences et, subitement, tu te pâmes devant lui. Qu'est-ce qu'il a que je n'ai pas ? Je me mets en quatre pour toi, je fais tout pour te plaire, et toi tu me détruis en retour. Tu me *détruis* !

Il s'approche d'un pas, empiétant sur sa sphère d'intimité. Elle ne recule pas pour autant, bien campée sur ses talons.

– Tu ne te rends donc pas compte de tout ce que je peux t'offrir ? Elles me veulent toutes, mais c'est *toi* que je veux… C'est à toi que je suis prêt à tout donner.

Une courte pause, durant laquelle Sissy s'adoucit. Elle fait un pas vers lui, et les prunelles d'Epap s'éclairent brièvement… Puis elle le dépasse.

Il se décompose.

– Je suis désolée, Epap, dit-elle.

Elle me reprend par le coude et m'invite doucement à la suivre. Nous nous éloignons, bras dessus, bras dessous. Elle ne jette pas un regard en arrière.

21

– Où on va ? je demande à Sissy tandis qu'elle me mène d'un pas vif dans la rue.

– Je veux découvrir le fin mot de l'histoire, Gene.

– Dis-moi à quoi tu penses.

– Je vais trouver Krugman. Il a intérêt à me donner des réponses.

Dix pas plus tard, je reprends :

– Sissy, on doit avancer avec précaution.

Elle s'arrête. Ses yeux brûlent de rage.

– Nous savons l'un comme l'autre que quelque chose ne tourne vraiment pas rond dans ce village. La crépusculaire en captivité. La voie ferrée. Bon sang, un truc a même poussé ton père au suicide ! dit-elle en secouant la tête. Fini les précautions !

– Je sais tout ça, Sissy. Mais laisse-nous un peu de temps pour mener l'enquête discrètement. Je ne pense pas qu'il soit très judicieux de faire part de nos soupçons à Krugman.

Elle donne un coup de pied dans la terre.

– Tu oublies une chose : si tout cela est nouveau pour toi, voilà cinq jours que je le subis. Et j'en ai marre de fureter, de jouer au détective. J'arrête d'avancer à pas feutrés, décrète-t-elle, se passant une main dans les cheveux. Tu sais quoi ? J'irai seule, s'il le faut. Mais je préfère t'avoir à mon côté, Gene.

Je lis la détermination dans son regard. Elle a peut-être raison. Il se peut que la confrontation directe soit le seul moyen d'obtenir des réponses. Je repense aux blanchisseuses de ce matin, à leurs tatouages et à leur marquage. À leur refus de me parler. J'acquiesce silencieusement. Ses prunelles s'éclairent de soulagement.

– Où est Krugman ? demande Sissy à un groupe de villageoises que nous croisons.

Elles secouent la tête, un sourire inexpressif figé sur les lèvres.

– Où est le Grand Sage Krugman ? je demande à d'autres jeunes filles.

Elles s'inclinent, secouent la tête, refusant de croiser mon regard.

– Ça ne sert à rien ! fulmine Sissy.

– Hé, vous !

J'ai apostrophé un sage à travers une fenêtre ouverte.

Il est vautré dans un fauteuil, les pieds sur une table, une tasse à la main.

Il cille, les yeux brumeux. La mousse de sa bière déborde de sa chope.

– Quoi ?

– Dites-moi où est Krugman !

J'ai crié, conscient d'attirer l'attention.

J'avise les autres clients – tous des anciens –, dans ce qui semble être la taverne. Ils me scrutent, les yeux humides, l'air amusé.

– Tu n'es pas en droit de poser la question, rétorque l'homme.

– C'est urgent. Je dois lui parler.

Je m'approche de la fenêtre.

– Oui, comme nous tous, bredouille-t-il.

L'auberge est remplie de sages à divers degrés d'ébriété. Chopes de bière, verres de vin ou timbales de whisky occupent des doigts maladroits et potelés. Les vapeurs d'alcool se mêlent à la fumée du tabac, ajoutant à la fétidité de leur haleine.

Je m'écarte de l'embrasure. Comme ils ne me voient plus, ils pensent que j'ai jeté l'éponge. On murmure un commentaire qui provoque une vague de rires. Sissy et moi les prenons de court en entrant par les portes battantes quelques secondes plus tard. Leurs sourires narquois meurent aussitôt sur leurs lèvres.

– J'ai dit qu'il fallait que je parle à Krugman. Où est-il ?

Un sage au comptoir tourne les épaules dans ma direction.

– Quel est le problème ? Je peux peut-être t'aider, propose-t-il d'une voix efféminée et empressée que je devine moqueuse.

L'éclat de rire général qui s'ensuit confirme mon intuition.

J'ai néanmoins eu le temps d'apercevoir un ancien trop zélé jeter un coup d'œil inquiet vers une porte close derrière le bar.

– Est-ce qu'il est là derrière ? je demande en la désignant.

Cela coupe court au fou rire. La taverne semble brusquement privée d'oxygène, la tension saturant l'air.

– Il est là, c'est ça ?

Et déjà je m'approche de la porte, Sissy sur mes talons.

Tous se lèvent alors comme un seul homme, oubliant leur ivresse, raclant au passage chaises et tabourets sur le sol. Sans un mot, ils s'empressent de nous barrer le passage. L'un d'eux tend le bras, me barrant la poitrine.

– Pas un pas de plus, joli garçon, dit-il.

– Il est là-dedans. Je dois lui parler.

– Impossible.

– Alors, dites-lui de sortir.

– Non. Tu dois…

– Krugman ! je crie. Krugman ! Il faut que je vous parle. Tout de suite !

Les autres ne perdent pas une seconde. En un clin d'œil, ils m'attrapent par la peau du cou, m'empoignent les bras et les jambes…

– Tout ce raffut est-il vraiment nécessaire ? intervient alors Krugman en sortant de sa tanière.

Il referme le battant derrière lui, caressant du bout des doigts les panneaux de bois. Son timbre est doux, naturel. Il reboutonne son pantalon, rentre sa chemise à l'intérieur. Ses yeux clairs et doux sont d'un calme olympien.

– À vous entendre, on jurerait qu'il y a eu une avalanche reprend-il, interrogant ses pairs du regard. Ce n'est pas le cas, quand même ?

– Non, non, répond l'un des autres. Juste un jeune garçon et sa bonne amie qui font une montagne de pas grand-chose.

– Dites-nous pourquoi vous retenez l'une d'entre eux, une crépusculaire, dans le village, déclare Sissy.

– Oh ! Je vois que vous avez eu l'occasion de visiter le Vastenarium, commente Krugman. Je comptais vous y emmener personnellement, mais j'ai l'impression que ce ne sera plus nécessaire. Et par pitié, n'importe quel terme serait mieux que *village*. Ça donne à la Mission un côté si… provincial.

– Pourquoi y a-t-il une crépusculaire ici ? j'insiste.

Krugman adresse un signe du menton à une personne au bar. Quelques instants plus tard, on lui apporte deux timbales de whisky. Il en prend une dans chaque main.

– Vous n'étiez donc pas attentifs durant la présentation au Vastenarium ? La crépusculaire est là à des fins éducatives. Elle sert à rappeler à nos enfants, par tous les moyens possibles, le danger qui les guette au-delà de nos murs. Vraiment, vous auriez pu écouter.

Il tend la main vers moi, m'offrant l'un des verres. Je ne le prends pas.

– J'ai tout écouté. Et à présent, c'est vous qui allez m'écouter, dis-je d'un ton sans appel, et Krugman écarquille les yeux. J'ai vécu dans leur monde. Personne n'est mieux placé que moi pour savoir de quoi ils sont capables. Ils sont prêts à tout pour une goutte de sang humain. En capturant cette crépusculaire, vous avez vous-même fait entrer le loup dans la bergerie.

– Sa prison est parfaitement sûre, affirme Krugman, troublé. Si tu connaissais la qualité de ce verre, tu saurais qu'il est incassable. Vois-tu, il…

– Je sais tout ce qu'il y a à savoir sur ce genre de matériau. Et sur les crépusculaires. Cette fillette semble peut-être faible et docile, mais à l'heure où nous parlons elle planifie son évasion. Et vous pouvez me croire, elle va y parvenir.

Soudain, Krugman semble se crisper. Sa poitrine se soulève, raidie, puis retombe d'un coup. Cependant, quand il repose les yeux sur moi, il me sourit avec douceur, le menton relâché. Un gros grain de beauté noir émerge du pli juste sous sa bouche, tel un œil cyclopéen parfaitement centré. Quelques poils en jaillissent.

– La Mission est une machine parfaitement huilée. Les

citoyens y vivent des existences pleines et enrichissantes. Pour ne rien gâcher, ils sont heureux. Il n'y a qu'à les voir sourire ou les entendre chanter. Leur bonheur, à dire vrai, nous importe plus que tout. *Plus que tout.* Nous nous faisons un devoir de nous assurer qu'ils connaissent une enfance magique et merveilleuse. Nous répondons à tous leurs besoins. En abondance.

Ses prunelles reflètent un mélange d'humour et de haine.

– Depuis votre arrivée, vous n'avez manqué de rien. Nous vous avons nourris, soignés, blanchis, divertis, dit-il, ses lèvres s'étirant en un sourire mauvais. Mais peut-être as-tu d'autres désirs que nous aurions négligés ?

– Je ne suis pas sûr de comprendre.

– Bien sûr que non, se moque-t-il avec un clin d'œil. Je ne doute pas que la nourriture t'ait plu. Le logement aussi, d'ailleurs. En revanche, ajoute-t-il avec un regard pour les autres sages, tu pourrais également profiter des filles, si tu le désirais. Cela peut s'arranger facilement.

Certains hommes ricanent. Des petits gloussements idiots.

– Ton frère d'armes, Epap, ne se fait pas prier. Et il y en a plus qu'assez pour vous deux. Je suis sûr que tu as remarqué combien elles étaient jolies. Les moins… attirantes sont retenues à la ferme, en sécurité.

– Loin des yeux, loin du cœur, suggère un autre sage, ce qui provoque une nouvelle crise d'hilarité.

– Tu vois, reprend Krugman après un instant, c'est là que tu es censé rire avec nous. Que nous sommes supposés te taper dans le dos, te prendre par les épaules pour t'emmener à la salle d'exposition.

– Je ne comprends pas ce que vous voulez dire.

– La pauvre petite chose n'est pas encore initiée.

L'ancien qui a dit ça, un grand homme aux yeux

d'écureuil, tapote sa bedaine proéminente. Les autres éclatent de rire en chœur.

– Ce malheureux gamin est un peu complexé, intervient Krugman. À force de frustration, il est tout tourneboulé. Nous aurions dû faire plus attention à ses besoins. Nous allons y remédier, d'accord ? On va à la salle d'exposition ? Il s'y trouve des filles en abondance.

Sissy reprend la parole derrière moi.

– Je ne pense pas, non. Mais en parlant d'abondance… comment faites-vous pour avoir autant de nourriture ? Où trouvez-vous toutes vos réserves ? Sans parler des médicaments, des outils, de l'argenterie, de la verrerie…

– Je vois que vous avez nombre de questions, l'interrompt Krugman en nous jaugeant de ses yeux froids.

Il y a un silence prolongé. Puis il recommence à sourire, avec son air avenant, recouvrant son charisme.

– Et vous ne serez pas satisfaits avant d'avoir obtenu des réponses, poursuit-il d'un ton nullement désagréable. Vous êtes comme des petits chatons. Deux petits chatons curieux. À miauler tels des chats de gouttière en pleine canicule.

L'un des sages sourit, entrouvrant les lèvres.

Krugman renifle, scrute le mur de la forteresse au-dehors.

– Dans ce cas, suivez-moi, dit-il en nous indiquant la sortie. Je vais me faire un plaisir de répondre à toutes vos exigences. Mais allons régler ça dans mon bureau, voulez-vous ? Il est situé dans la tour du rempart. C'est à deux pas d'ici.

À cet instant, la porte close derrière Krugman s'ouvre. Une jeune fille échevelée en sort, longeant le mur. Elle sursaute en avisant tous les hommes, resserre la couverture qui lui ceint le corps, s'empresse de la remonter sur son épaule dénudée.

Elle baisse alors les yeux, marmonne quelques mots d'excuse, puis repart par où elle est arrivée en refermant derrière elle.

Nul ne pipe mot. Krugman se retourne alors pour faire face à la salle, rayonnant.

– Eh bien ! s'exclame-t-il en me soufflant au visage son haleine vinaigrée, en voilà une qui a été initiée !

Le grondement de rires que sa phrase déclenche fait trembler la taverne. Et même après que nous en sommes sortis, les gloussements nous poursuivent. De part et d'autre de la rue, des filles aux yeux de biche s'arrêtent et s'inclinent respectueusement devant nous.

22

Alors que Krugman et deux de ses acolytes nous font traverser la place pavée, le premier lève le doigt vers le ciel. Un long filin s'étend du toit d'une masure voisine jusqu'au mur de la forteresse.

– Ce câble permet d'alimenter mon bureau en électricité, nous explique-t-il. Pour tous les jouets et les gadgets que j'y garde. La façon la plus simple de trouver mon bureau est de lever les yeux et de suivre la flèche !

En effet. Le fil électrique s'éloigne des grappes de chaumières, du chemin pavé, survole la prairie et mène droit au bureau de Krugman, situé dans une tour au coin de la muraille.

Nous grimpons un escalier en colimaçon étroit qui disparaît dans le rempart ; nos bottes résonnent sur les degrés en métal tandis que nous tire-bouchonnons vers le sommet. Arrivés là-haut, nous enfilons un long couloir qui aboutit dans son bureau. Ce dernier est impressionnant. Des baies vitrées courent sur presque toute la circonférence de la salle, offrant une incroyable vue panoramique. L'aspect austère et immaculé de l'intérieur est adouci par la présence de meubles traditionnels. Des étagères rustiques en chêne bordent un côté de la table ; elles sont étrangement dépourvues de livres, que remplacent des dessins encadrés – manifestement réalisés par des enfants – représentant arcs-en-ciel, couchers de soleil ou poneys. En face, se trouve une grosse cheminée en pierre. Un tapis ovale, couleur de blé et cerclé de fleurs, est disposé devant. Au-dessus de l'âtre est suspendue une représentation naïve d'une verte prairie, de lacs bleus, de fleurs et d'un soleil bien rond et bien jaune.

Une fillette d'à peine treize ans approche d'un pas. Elle offre à chacun des sages une timbale de whisky.

– Asseyez-vous, nous dit Krugman en nous désignant un canapé d'une forme étrange.

Nous hésitons.

– Cela s'appelle une méridienne, explique-t-il en me voyant observer le siège. C'est la désignation classique, mais, évidemment, vous ne pouviez pas le deviner. Regardez cette base d'algues tressées à la main. Écoutez le délicat craquement lorsque vous vous installez dessus. Et elle se transforme en lit deux places, bien qu'il faille se serrer pour ne pas tomber. Ce rembourrage pelé, cette apparence organique… Je l'adore, dit-il en souriant. Mais vous n'êtes pas venus ici pour parler décoration, je me trompe ? Alors, quelles questions vous taraudent ?

Sissy et moi nous regardons. Je m'apprête à parler, puis me ravise. Je ne sais pas par où commencer.

Krugman, remarquant mon incertitude, m'adresse un sourire affable. Il baisse la tête, faisant naître un double menton. Son grain de beauté en profite pour ressortir, ses poils jaillissant telles les moustaches d'un rat. Il se rencogne confortablement dans son fauteuil en cuir.

– Je vous écoute, déclare-t-il. Je suis prêt. Dites-moi.

Je m'éclaircis la voix.

– Tout d'abord, nous voudrions vous remercier pour tout. Votre hospitalité est inespérée, nous n'aurions jamais pu rêver d'un meilleur accueil. La nourriture, les chants, le…

– Où mène la voie ferrée ? m'interrompt Sissy.

Les yeux de Krugman se tournent lentement d'un air charmeur. Il ferme les paupières avec langueur avant de les rouvrir. Ses prunelles se rivent sur elle tels deux aimants. On dirait presque qu'il attendait depuis longtemps l'occasion de la fixer sans relâche.

Sissy ne s'en émeut pas.

– Et ce n'est que la première de nos questions. Dites-nous aussi pourquoi notre arrivée ne vous a pas plus surpris que ça. Si je vivais ici et que six voyageurs se matérialisaient subitement, j'en serais plus qu'étonnée. Alors que vous sembliez au contraire nous attendre. Expliquez-nous.

– D'accord. Cela va prendre un peu…

– Et dites-nous-en plus sur le village. Où trouvez-vous toute cette nourriture ? Et les meubles, le verre, le foutu piano… Ici, dans les montagnes, vous devriez avoir toutes les peines du monde à survivre. Pourtant, vous baignez dans le luxe. Cet endroit a peut-être captivé Epap et les autres, mais pour moi il suscite davantage de soupçons que d'admiration.

– Parlez-nous aussi du Scientifique, du Sage Joseph, je renchéris. Comment est-il mort ? Qui était-il ? Quand…

Krugman sourit comme si…

– Nos questions vous amusent ? s'étonne Sissy d'un ton cassant.

Krugman bascule la tête en arrière et part d'un rire tonitruant qui fait soubresauter sa bedaine. L'œil cyclopéen qui lui orne le menton semble nous toiser derechef.

– *Nayden nark, nayden nark*, dit-il, les larmes aux yeux.

Ce n'est pas du tout ce que je pense. C'est juste que vous faites un très beau couple, à compléter chacun les pensées de l'autre. C'est si mignon.

Il adresse un signe de tête à la domestique. Celle-ci quitte immédiatement la pièce, repassant devant les deux autres anciens.

– En vérité, reprend Krugman après qu'elle a refermé la porte derrière elle, j'avais l'intention de m'entretenir de tout cela avec vous. Avec Gene, tout au moins. En tant que mâle le plus âgé du groupe, il est de fait votre meneur, non ?

Il se lève soudain et nous tourne le dos.

– Le plus simple serait de tout reprendre depuis le début. J'ignore ce que vous savez, je vais donc partir du principe que vous ne savez rien, dit-il regardant vers l'extérieur pendant de longues secondes avant de reprendre : Vous allez peut-être avoir du mal à… l'accepter. Si, à un moment donné, vous préférez que je…

– Nous sommes prêts, assure Sissy. Dites-nous tout.

Il s'incline de côté, sans quitter le paysage du regard. C'est ainsi qu'il s'exprime, s'adressant non pas à nous mais au monde alentour.

– Nous les appelons des *crépusculaires*… ces créatures qui veulent vous dévorer et boire votre sang commence-t-il, se retournant vers nous. Je crois que vous le saviez déjà. Comment les nommiez-vous ? Je suis curieux, à vrai dire.

– Aucunement, réponds-je. Enfin, pour nous, ils étaient juste… des gens. Nous sommes les anomalies, les monstres. Les homiférés.

Je crache ce dernier mot avec mépris.

– Ce que je m'apprête à vous révéler va vous… stupéfier, faute de terme plus approprié. Je suis désolé que tout vous tombe dessus d'un seul coup, mais je crains qu'il n'y ait pas d'autre façon d'éclairer votre lanterne.

Il se tourne de nouveau vers la fenêtre, scrutant avec intensité les lointaines montagnes.

– Il y a des siècles, pour des raisons trop complexes pour être expliquées, le monde était déchiré par un schisme irréconciliable entre des nations en guerre. Les principales superpuissances – appelées l'Amérique, la Chine ou l'Inde – amassaient un arsenal étourdissant d'armes nucléaires, cybernétiques et biochimiques. Les plus petits pays, craignant de se retrouver exclus, se voyaient contraints de prendre parti et de s'aligner. Dans un monde saturé d'armes de destruction massive, auxquelles s'opposait une quantité équivalente d'armes défensives, il devint très vite évident que personne n'allait presser la détente le premier. Ç'aurait été suicidaire et aurait causé la fin de notre planète en quelques heures, voire quelques minutes. Tout le monde en serait sorti perdant, il n'y aurait pas eu de vainqueur.

« S'en est ainsi ensuivi une tout autre sorte de course à l'armement, l'objectif n'étant non plus la quantité mais la nouveauté. Il fallait mettre au point une arme secrète si originale et imprévue qu'elle permettrait d'éliminer les rivaux et de sortir triomphant du conflit. Mais à quoi pouvait bien ressembler une telle arme, comment pouvait-elle fonctionner ?

L'un des sages s'approche de Krugman, une bouteille de whisky à la main. Il lui remplit sa timbale, que Krugman serre à s'en faire blanchir les phalanges. Il penche la tête en arrière et vide son gobelet d'un trait avant de reprendre la parole.

– Un petit groupe de scientifiques renégats, sur une petite île nommée Sri Lanka, a essayé de mettre au point une arme d'un nouveau genre. Ils s'autoproclamaient les Ceylonites, un nom grandiloquent ne désignant pourtant rien d'autre qu'une bande de jeunes diplômés ayant trop de temps à tuer et d'emprunts à rembourser et qui, en ces temps de crise mondiale, ne risquaient pas de laisser s'envoler la chance de leur vie. Ils se sont donc mis en tête de développer un équipement militaire qui ne soit ni nucléaire, ni cybernétique, ni biochimique, mais génétique.

Il part d'un petit rire de fausset, comme s'il doutait lui-même du comique de la chose.

– Une arme génétique. En bref, un super soldat génétiquement modifié. Résistant aux retombées radioactives. Résistant à toute forme d'armement biochimique connue de l'homme. Et entièrement fait de chair, dépourvu de composants électroniques, résistant aux attaques cybernétiques. Pas uniquement résistant, d'ailleurs : quasi invulnérable. Un super soldat capable d'attaquer, non pas à travers les canaux surprotégés que sont le ciel, l'air et l'Internet, mais à pied, sur la terre ferme. Quelle nation a maintenu un système de défense terrestre ? Tous sont aujourd'hui tombés en désuétude, véritables lignes Maginot aussi vigoureuses et utiles que les toiles d'araignées qui les emplissent. Une campagne terrestre menée par des super soldats ultrarésistants serait à la fois brutale, surprenante et dévastatrice. Et si la génétique permettait de créer de tels super soldats ?

Krugman se sert un autre verre. Il fait tourner le whisky dans sa timbale, ne semblant pas remarquer les gouttes qui s'en échappent.

– La question est en suspens. Nous ne le saurons jamais. Les investisseurs ont pris peur, et décidé de couper les fonds pour cette opération. Néanmoins, un membre fanatique des Ceylonites, un homme de vingt-sept ans nommé Ashane

Alagaratnam, était obsédé par ces expériences. Et même après la fermeture du labo, il est parvenu à voler des fournitures et du matériel. Désavoué par le conseil des Ceylonites, Alagaratnam a poursuivi ses recherches dans son laboratoire secret. L'imbécile…

« Les autorités sont finalement intervenues en arrêtant toutes les personnes impliquées. Sauf Alagaratnam. Alors en cavale, il avait complètement disparu de la circulation. Nous ignorons presque tout de ce qui s'est passé durant les années suivantes. Nous savons en revanche qu'il a fini par manquer d'argent, et n'avait même plus de quoi s'acheter des souris pour tester ses découvertes. Il s'est donc servi du seul cobaye qu'il avait sous la main.

– Lui-même… dis-je.

Krugman confirme d'un hochement de tête.

– Quelque chose a mal tourné. Horriblement mal tourné. Sauf qu'il ne s'en rendait pas compte. Les changements se produisaient en lui, sous sa peau, à l'abri des regards. Il a donc poursuivi ses expérimentations, sans se douter de ce qu'il était en train de créer. Les premiers symptômes ne sont apparus que lentement. Une sensibilité accrue à la lumière du soleil, un dégoût grandissant pour les légumes et un attrait de plus en plus prononcé pour toutes les viandes, surtout crues et saignantes. Puis un jour…

– Ses symptômes sont devenus plus criants, suppose Sissy.

Krugman ricane, fermant brièvement les paupières.

– C'est rien de le dire… Ils sont carrément devenus *cataclysmiques*. Alagaratnam tenait un journal vidéo, désormais conservé comme relique historique. On peut suivre à l'écran sa décrépitude. Les dégâts empiraient d'heure en heure. Ce qui n'était d'abord qu'une marque pas plus grosse qu'un bouton minuscule sur son visage a fini en… explosion cauchemardesque, en moins d'une journée.

Il vide un autre verre.

– Par bonheur, tout cela s'est déroulé sur la petite île du Sri Lanka. Évidemment, la nation a été dévastée, toute sa population s'étant transformée en moins d'une semaine. Mais, au moins, l'épidémie était endiguée. Tous les avions en partance ont immédiatement été abattus, les bateaux aisément coulés. Il n'en fallait pas plus pour y mettre un terme, il suffisait de surveiller la mer et les airs. En attendant que le soleil se charge de les éliminer. Finalement, ces mutants ne sortirent plus que la nuit. D'où leur nom de « crépusculaires ». Ce n'étaient pas des hordes de zombies sauvages incapables de réflexion et dépourvus de toute conscience de soi, ni des brutes animées de tendances hédonistes ou lubriques. En dehors de leur besoin de chair et de sang humains, ils étaient plutôt… civilisés. Intelligents. Ils savaient qui ils étaient, parlaient et réfléchissaient en conséquence. Lorsque la nourriture a commencé à manquer – quand il n'y a plus eu ni humains ni animaux –, ils ne se sont pas transformés en cannibales : ils sont simplement morts de faim. Ou se sont mis à courir en plein soleil, en meutes suicidaires.

– Et c'est ainsi que cela s'est terminé ? je demande.

Krugman serre de nouveau les paupières, puis son corps tout entier commence à tressauter. Aucun bruit ne s'échappe de sa bouche. Des rus de larmes coulent sur ses joues rebondies. Les poils de son grain de beauté y trempent, tout lisses.

– Vraiment ? *C'est ainsi que cela s'est terminé ?* Enfin, quoi ? Comment seraient arrivés tous les autres crépusculaires, dans ce cas ? Et pourquoi, plusieurs siècles plus tard, n'en aurait-on pas encore fini avec eux ? (Il cesse brusquement de rire et reprend d'une voix mal articulée). Il est impossible d'éradiquer une contagion.

– Que s'est-il passé, alors ? s'impatiente Sissy.

– À ce jour, répond-il en séchant ses larmes, nous ne savons toujours pas comment le mal s'est répandu. Pas avec certitude, en tout cas. Certains suspectent qu'un oiseau aurait pu voler du Sri Lanka jusqu'en Inde, avec quelques gouttes de salive crépusculaire sur le plumage. Et qu'alors un enfant au grand cœur aurait recueilli la bête blessée et que la salive aurait pu… couler dans un doigt entaillé par une feuille de papier ? Qui sait ?

Il suit le rebord de sa timbale du bout de l'index.

– Pendant quelque temps, la situation a semblé désespérée. Des continents entiers ont été envahis par les crépusculaires, seuls quelques rares humains ont survécu dans des coins reculés de la planète. Le pôle Sud, avec ses vingt-quatre heures d'ensoleillement quotidien, est devenu très prisé. Du moins jusqu'à la fin de l'été et le début de la nuit éternelle… dit-il, pinçant les lèvres. Ça a été une période très sombre, partout sur le globe. Jusqu'à ce que la fin de l'humanité semble inéluctable et imminente.

– Et qu'est-il arrivé alors ?

– Un miracle. Les détails historiques restent vagues, mais un élément perturbateur est venu bouleverser la donne.

– Un élément perturbateur ?

– Plutôt un perturbateur de destinée, se corrige-t-il. C'est en tout cas l'impression que ça a donné. Tout est venu d'une petite île au large de la Chine, nommée Cheung Chau. Une jeune femme, une certaine Jenny Shen, travaillait seule et se terrait dans un petit village autrement désert. À force d'héroïsme, elle a trouvé un antidote. Je n'ai pas le temps d'entrer dans les détails, mais disons que ça a fonctionné.

Au fil des décennies, la courbe s'est inversée. Nous avons réussi à mettre les crépusculaires en fuite. Jusqu'à ce que quatre-vingt-dix-neuf virgule quatre-vingt-dix-neuf pour cent de leur population soit éradiquée.

– Et le centième de pour cent restant ? demande Sissy.

Krugman marque une pause.

– Ils étaient immunisés. Pour une raison mystérieuse, au lieu de les éliminer, l'antidote les a rendus plus forts, plus résistants. Plus rapides. Plus effrayants. Toutefois, ils étaient si peu nombreux que nous avons réussi à les capturer, à les emprisonner. À deux semaines de leur date d'exécution programmée, de généreux libéraux et des culs-bénits s'en sont mêlés, dit-il en crachant littéralement ces derniers mots. Cela formait un drôle de mélange, vous pouvez me croire. D'une seule et même voix, ils ont clamé que si effectivement nous nous revendiquions d'une espèce éclairée, nous ne devions pas avoir le droit de décider de leur mort. La gauche extrême a mis en avant les droits inaliénables des crépusculaires. La droite cléricale estimait que leur âme pouvait encore être sauvée. Bla bla bla… Des imbéciles, dans les deux camps. Et l'opinion publique également, pour avoir gobé ces sornettes.

« Bref, les derniers crépusculaires restants – tous les deux cent soixante-treize – ont vu leur condamnation à mort commuée en exil. Les tribunaux internationaux ont finalement décidé de les laisser s'établir dans le désert. Dans une cité abandonnée, pour être exact, une prison idéale où maisons, hôtels et bâtiments étaient déjà construits, prêts à l'emploi. Nous avons effacé leurs souvenirs avant de les expédier là-bas. Nous leur avons offert des matières premières. Nous étions à peu près certains que des centaines de kilomètres de désert sous un soleil de plomb suffiraient à nous isoler les uns des autres pour de bon. Et en effet, cela s'est révélé plus efficace qu'une cloison de béton, la prison la plus sûre du monde. De véritables douves d'acide, un mur invisible mais infranchissable entre nos deux communautés.

Il darde sa langue pour humecter ses lèvres purpurines.

– Le seul problème est que nous ne suspections pas qu'ils seraient si…

Il pousse un profond soupir, propulsant quelques postillons.

– En les envoyant là-bas, nous espérions que l'espèce s'éteindrait d'elle-même, qu'ils finiraient par mourir d'une manière qui n'affecterait pas les bien-pensants. Nous ne pensions pas qu'ils seraient si combatifs. Ils se sont montrés extrêmement courageux et pleins de ressources. Et ils ont réussi à survivre. En réalité, au fil des siècles, ils ont même fait mieux que ça. Ils ont pullulé. Ils se sont reproduits. Comme des rats. Ils ont bâti une véritable métropole, développé leurs propres technologies. Tant et si bien que nous sommes aujourd'hui contraints de garder un œil sur eux tout en restant parfaitement invisibles. Si ces crépusculaires nous hument, s'ils soupçonnent même notre présence, ils traverseront le désert pour venir nous dévorer, dussent-ils affronter l'enfer ou le soleil.

Krugman contemple sa timbale. Il la repose, ramasse la bouteille de whisky et boit directement au goulot. Ses yeux sont désormais injectés de sang et pleins de larmes.

– Et voilà, mesdames et messieurs, pourquoi nous sommes ici aujourd'hui. Pourquoi la Mission existe. Pour servir de poste de guet à l'humanité. Un poste d'avant-garde, destiné à surveiller nos prédateurs. Car, croyez-moi, ces crépusculaires sont aussi vifs qu'une meute de chiens. Et à présent, si nos estimations sont exactes, ils doivent être environ cinq millions. Nous devons donc les surveiller. Nous assurer qu'ils ne développent pas une technologie leur permettant de traverser le désert, dit-il avant de renifler. Vous serez heureux d'apprendre que, après des siècles d'observation, nul n'a jamais signalé la moindre tentative. Ils abhorrent vraiment le soleil.

Je me tourne vers Sissy. Elle est aussi choquée que moi, à peine capable d'enregistrer ce flot d'informations. Elle reste bouche bée, blême. Elle me regarde. Nos prunelles se soutiennent comme dans une étreinte rassurante.

Je prends la parole d'une voix faible.

– Expliquez-moi le rôle du Sage Joseph dans tout ceci.

Krugman marque une longue pause. Je pense qu'il va mettre un terme à notre entretien, tant il se dandine d'indécision. Il répond enfin, doucement, comme pour lui-même.

– C'était un scientifique brillant, l'un des esprits les plus clairvoyants avec lesquels j'aie eu l'honneur de travailler. Il était jeune, effronté, prodigieux. Nous avons bien sympathisé, les premiers temps.

– Les premiers temps ? dis-je, étonné.

– Avant qu'il… commence Krugman, secouant la tête. Avant qu'il ne fasse le grand saut. Déjà à l'époque, il montrait des signes d'instabilité. Il s'enfermait pendant des heures dans son laboratoire, avec un zèle qui confinait à l'obsession. Il a fini par croire qu'un remède pouvait être mis au point pour les crépusculaires. Une sorte de décoction qui permettrait d'inverser – oui, d'inverser – les mutations dans leur séquence génétique. Une chose qu'il nommait l'Origine, dit-il en posant brièvement les yeux sur nous. Cependant, pour mieux comprendre leur physiologie, le Scientifique devait prélever certains échantillons. Ainsi en est-il arrivé à la conclusion qui l'a finalement mené à sa perte : il était convaincu d'avoir besoin de se rendre en personne dans la métropole crépusculaire.

« Une idée ridicule, bien sûr, et je crois qu'au fond il l'a toujours su. Pendant des années, il a repoussé l'échéance, tentant de trouver un autre moyen de concevoir l'Origine. Puis il a compris qu'il n'y avait pas d'autre solution. Il devait s'aventurer sur place. Mais pas seul : pour récolter tous les échantillons nécessaires, il devait partir avec toute une équipe. Un projet dingue, auquel nul n'aurait dû adhérer. Pourtant, il était éloquent comme personne et jouissait d'un charisme hors pair. Il a joué sur la fibre religieuse, prétendant qu'il était de notre devoir spirituel de le faire. Que c'était pour le bien de l'âme des crépusculaires. Bien vite, il a convaincu trente hommes – trente ! – de l'accompagner. De traverser le désert pour se jeter dans la gueule du loup.

– Quand ça ?

– Il y a, quoi ? Vingt, trente ans ? Ils se sont infiltrés en ville, pensant y passer deux semaines au maximum. Mais ils avaient grandement sous-estimé la… ténacité des crépusculaires. Et l'inimaginable s'est produit. Ou le parfaitement prévisible, selon le point de vue. Nos gars ont été séparés, certains dévorés en quelques jours, voire quelques heures. Les lignes de communication ont été coupées, les voies d'accès détruites. Ils ont été contraints de se terrer et, bientôt à court de nourriture, n'ont eu d'autre choix que de se mêler à la population, de feindre d'être comme eux. Des années, des décennies se sont écoulées sans qu'on ait de nouvelles. Franchement, nous les pensions tous morts.

« Et puis, il y a quelques années, le Sage Joseph est revenu. Comme un spectre de chair et de sang. Il est sorti de ces bois, a traversé ces portes, est entré dans la Mission. Un miracle tombé du ciel. Ou une malédiction. Car nous avions bien sûr affaire à un homme brisé, au regard hagard, en proie à des idées fantasques. Il a insisté pour rester ici, à l'avant-poste, pour poursuivre ses recherches dans le labo. Il a refusé d'être remercié avec les honneurs et renvoyé à la Civilisation.

Sissy redresse la tête à cette évocation.

– Attendez… Qu'est-ce que vous entendez par-là ?

Krugman semble surpris.

– Il voulait rester. Quel…

– Non, non ! le reprend Sissy en secouant la tête. L'histoire du retour à la civilisation.

– Eh bien, explique-t-il, confus, ici, ce n'est pas la Civilisation. La Mission n'est qu'un avant-poste, comme je vous l'ai dit. Tu n'écoutais donc pas ? Un univers entier s'étend au-delà de nos remparts – quatre-vingt-dix-neuf virgule neuf neuf neuf neuf pour cent du reste du globe – dans lequel vit notre peuple, dans nos villes. Nous avons dû tout reconstruire depuis l'invasion des crépusculaires, et nous n'avons pas encore rattrapé notre point de départ, mais nous en approchons lentement.

Sissy est aussi abasourdie que moi.

– Que croyiez-vous qu'il y avait, au-delà ? s'étonne-t-il en nous scrutant de ses yeux vitreux.

– Je pensais que la Terre était peuplée de gens – de crépusculaires, réponds-je. Je ne pensais pas que nous étions encore si nombreux, qu'il subsistait peut-être quelques poches de population isolées.

En vérité, jusqu'à il y a trois semaines, j'étais même convaincu d'être le dernier représentant de mon espèce. Et puis j'avais découvert le groupe du Dôme. Et Ashley June m'avait révélé sa véritable nature. Et le Directeur avait divulgué – presque par inadvertance – la présence de centaines d'autres humains, emprisonnés comme du bétail au palais du Patron.

Krugman nous observe, incrédule.

– Venez ici, nous invite-t-il avec un geste de la main.

Du whisky jaillit du goulot de la bouteille.

– Venez voir à la fenêtre, je vais vous montrer quelque chose, dit-il en y plaquant la pulpe de son index. Par là, au loin. Juste en dessous de la ligne de crête, là où la terre plonge dans un profond ravin.

Nous l'apercevons. Un pont à bascule, dont les deux battants s'élèvent haut dans le ciel, telles des sentinelles postées de part et d'autre du gouffre.

– Tous les quinze jours environ, nos provisions nous sont livrées. Par train. De la nourriture, des meubles, des produits agricoles, des médicaments… C'est ce que vous vouliez savoir, n'est-ce pas ? Tout nous arrive par train. Nous abaissons le pont. Le train traverse. Nous déchargeons à la gare. Puis nous renvoyons le train. Ça prend environ quatre jours dans chaque sens, un peu moins au retour vers la Civilisation, à cause de la pente. Le train file comme une balle. Et tout est automatique. C'est une merveille de simplicité : il suffit de presser quelques boutons et il démarre, le pont s'abaisse, et le convoi disparaît en bas de la montagne. Les portes restent verrouillées jusqu'à destination, à l'aller comme au retour. Généralement, nous le renvoyons avec une liste de besoins autres que les rations habituelles. Et en de rares occasions, il repart avec un passager. Ou deux.

Sissy et moi nous tournons vers lui dans un même élan.

Il confirme d'un hochement de tête, les prunelles luisant d'un éclat morne.

– Pour services rendus, pour ceux qui ont beaucoup œuvré pour la Mission… une récompense les attend sous la forme d'une décharge avec les honneurs. Ceux-là gagnent le droit de grimper dans le train et de retourner à la Civilisation, où ils seront grassement récompensés d'une retraite gouvernementale jusqu'à la fin de leurs jours. Mais cela se mérite.

– D'où les marques de Mérite, dis-je, comprenant soudain.

Krugman opine, avec un étrange mélange de surprise et de respect.

– Rien ne t'échappe. Oui, les marques de Mérite. Il en faut cinq pour obtenir son ticket de retour. Cela requiert généralement une décennie de bons et loyaux services.

– Et comment les obtient-on ? je demande.

– Oh, de bien des manières… En respectant le règlement à la lettre, en respectant les sages et les citoyens de la Mission, en donnant le jour à un enfant en bonne santé. En s'attelant avec diligence à ses corvées quotidiennes. Ce genre de choses.

– Et qu'en est-il des preuves de Démérite ? Comment sont-elles attribuées ?

Un silence pesant s'installe.

– Ah oui… Les preuves de Démérite. Eh bien, tout simplement, désobéir au règlement est une preuve de Démérite. Voire deux, selon la gravité de la transgression. Mais il n'est pas question de cela, à la Mission. Nous préférons nous concentrer sur le positif, les marques de Mérite…

– Laissez-moi deviner, dis-je en repensant aux marques et aux tatouages sur les bras des fillettes. Les preuves de Démérite sont soustraites aux marques de Mérite. Une croix annule un petit visage souriant. C'est d'autant plus difficile d'arriver à cinq.

Et que se passe-t-il quand on obtient cinq preuves de Démérite ?

Je me pose la question quand Krugman m'interrompt dans mes pensées.

– Effectivement, on pourrait parler d'une soustraction. Mais ici, à la Mission, nous préférons y voir une *addition* par soustraction. Penser positif aide à garder le moral, à encourager la citoyenneté, explique Krugman en souriant, posant les mains sur mes épaules qu'il presse de façon rassurante avant de poursuivre : Je comprends ce qui te pose problème. Tu t'inquiètes pour ta copine, ajoute-t-il en désignant Sissy du menton. Du nombre de règles qu'elle enfreint. Ne t'en fais pas. Nous n'allons pas les porter à son débit. En réalité, tu ne devrais même pas songer aux marques de Mérite ou aux preuves de Démérite. Vous allez tous bénéficier d'un traitement de faveur. Vous n'aurez pas à attendre, ni dix ans, ni une année, ni un mois, ni même quinze jours : en réalité, un train va arriver ici dans la soirée. Il nous faudra plusieurs heures pour tout décharger. Et si tout se passe bien, vous embarquerez tous les six en fin de journée demain, direction la Civilisation. Votre havre de paix bien mérité.

Sissy appose le bout de ses doigts sur la vitre, puis la paume entière. Elle secoue la tête.

– Désolée, tout cela est si rapide.

– Je comprends.

Pendant une minute, nous contemplons le pont dans un parfait silence, nous efforçant d'intégrer cette avalanche d'informations.

– Pourquoi avez-vous décidé de nous accorder un traitement de faveur ? demande Sissy.

Krugman éclate de rire, adresse un regard entendu à ses deux compagnons.

– Comme si j'avais eu voix au chapitre !

Il ouvre l'un des tiroirs de son bureau, en sort une

enveloppe ornée d'un épais sceau de cire rouge brisé. Il en extrait un papier à en-tête embossé qu'il me tend.

– Une lettre émanant du siège de la Civilisation. Vas-y, lis-la-lui.

Je ne me donne pas la peine de lui expliquer que Sissy n'est pas analphabète. Je me contente de déplier la lettre et d'en parcourir l'écriture cursive. Sissy se penche vers moi pour la déchiffrer sans attendre.

« La Civilisation a récemment appris, de source crédible, qu'un groupe de six jeunes gens, âgés de cinq à dix-sept ans, s'est échappé d'une prison crépusculaire. Nos agents nous ont informés qu'ils se dirigent probablement vers la Mission. S'ils arrivent à destination, veillez à ce qu'ils soient traités avec les plus grands égards. Ils doivent impérativement embarquer à bord du premier train pour rejoindre au plus vite la Civilisation. Il est primordial qu'ils reviennent avec "l'Origine".

Bien à vous, la Civilisation. »

– Nous avons reçu cette lettre il y a seulement quelques semaines, explique Krugman. C'est pourquoi nous n'avons pas été complètement abasourdis de vous trouver à notre porte. Nous vous attendions, vous comprenez.

Sissy retourne la feuille. Le verso est vierge. Elle lève les yeux vers Krugman.

– Nous allons donc grimper dans ce train demain ? demande-t-elle avec dans la voix une pointe de suspicion. Et quand comptiez-vous nous en informer ?

Le sage éclate d'un rire qui se transforme en toux. Je devine malgré tout son agacement.

– Eh bien, dès que le jeune Gene aurait repris des forces.

Nous ne voulions pas vous donner de faux espoirs s'il s'était révélé inapte à voyager. Rappelle-toi qu'il était encore entre la vie et la mort il y a deux nuits de cela. Alors qu'à présent, enchaîne-t-il en me désignant, il est l'incarnation même de la vitalité et de la bonne santé, pas vrai ? Vous pourrez donc partir demain avec notre bénédiction et, à n'en pas douter, les plus doux souvenirs.

Pendant une minute, nous n'entendons que le tic-tac, tic-tac de l'horloge de parquet.

– Et le Scientifique ? je demande. Pourquoi n'a-t-il pas été renvoyé à la Civilisation ? On pourrait supposer qu'il aurait bénéficié du même traitement de faveur que nous. Et s'il s'est donné la mort, nul doute qu'il ne comptait plus poursuivre ses recherches.

L'air devient irrespirable. Je vois à leur reflet les deux autres sages – restés jusque-là silencieux – se raidir. Enfin, Krugman répond.

– Pour faire simple… nous n'avons jamais reçu la moindre directive émanant de la Civilisation.

– Et pour faire compliqué ? insiste Sissy.

Krugman s'esclaffe bruyamment.

– C'est très complexe !

– Expliquez-nous quand même, j'insiste à mon tour. Dites-nous tout. Racontez-nous ce qui l'a poussé au suicide.

Krugman renifle impatiemment.

– Vous devez comprendre une chose : à son retour, le Sage Joseph n'avait plus toute sa tête. Il s'est révélé fort peu… coopératif.

– Comment ça ?

– Il s'est refermé sur lui-même. Il refusait obstinément de parler de sa vie parmi les crépusculaires. Personne n'avait avant lui survécu à la métropole. Lui y était resté plus de vingt ans, il constituait donc une véritable mine d'informations. Pourtant, il n'a jamais voulu les partager avec nous. Et curieusement, quand il a eu l'occasion de prendre le train pour la Civilisation, il a refusé d'y aller. Catégoriquement. Il s'est même enfermé dans son labo pour être sûr de ne pas partir. Et dès que nous insistions, il répliquait qu'il devait attendre l'Origine.

– Et qu'est-ce qu'il vous a dit sur l'Origine ? Ne l'avez-vous pas interrogé à ce sujet ?

Krugman affiche un sourire ambigu.

– Bien sûr que si. Il s'est contenté de prétendre qu'il s'agissait d'un remède. Que, durant ses années sur place, il avait réussi à accéder aux laboratoires crépusculaires et à des documents scientifiques top secret. Apparemment, il s'était fait embaucher en tant que concierge dans le bâtiment le plus sécurisé de la métropole. Bref, grâce à toutes ces informations et à un accès libre à tout le matériel nécessaire, il serait parvenu à trouver la formule. De l'Origine. Le remède permettant d'inverser les effets génétiques sur les crépusculaires, de les retransformer pour de bon en humains normaux.

– Et vous y avez cru ?

– Il était catégorique.

– Ce remède, cette Origine, chuchote Sissy, aussi dépassée que moi, il ne l'avait donc pas sur lui ?

Krugman secoue la tête.

– Il n'a pas pu l'apporter, mais clamait qu'elle arriverait un jour ou l'autre. Il est devenu tel un prophète un peu illuminé, prédisant chaque jour, armé de son bâton et de sa canne, la venue de jeunes gens transportant l'Origine. « Bénis soient les précieux pieds de ceux qui portent l'Origine », voilà ce qu'il psalmodiait sans cesse. Quand il ne travaillait pas au laboratoire, il grimpait sur les remparts pour surveiller les environs toute la nuit durant. Franchement, vers la fin, il a complètement perdu la tête. Nous avons dû l'isoler dans sa cabane, à une demi-journée de marche d'ici.

J'opine, visualisant parfaitement l'endroit.

– Combien de temps y est-il resté ?

– Pas longtemps. Deux mois, au grand maximum. Nous allions lui rendre visite tous les deux ou trois jours. Un après-midi, nous l'avons retrouvé pendu à une poutre.

Krugman nous observe d'un air sombre et conclut :

– Vous vouliez savoir, voici la vérité brute. Ça fait mal, n'est-ce pas ?

J'élude…

– Mais qu'est-ce qui a pu le pousser à se donner la mort ?

Son regard vitreux retrouve un regain de vicacité. Il se tourne vers l'extérieur. Quand il repose les yeux sur moi, son visage s'est durci.

– Vous avez remarqué ?

– Quoi donc ?

– Cette conversation. Elle est un peu à sens unique. Franchement, je commence à me lasser du son de ma voix. J'aimerais vous entendre un peu, à présent.

Sissy et moi nous regardons, perplexes.

– À quel sujet ? l'interroge-t-elle.

– L'Origine, dit-il en reniflant. Je pensais que le Sage Joseph avait complètement perdu les pédales, puis je vous ai vus débarquer tous les six, ainsi qu'il l'avait prédit. Et manifestement, non seulement la Civilisation a eu vent de cette théorie, mais elle semble encline à y croire. Alors… dites-moi. De quoi s'agit-il ? Et plus important : où est-elle ? J'aimerais la voir, s'il vous plaît.

– Désolé, réponds-je, nous ne savons pas ce que c'est. Nous ne l'avons pas. C'est la vérité.

Krugman sourit comme pour lui-même.

– Je comprends que vous soyez quelque peu circonspects, voire méfiants… Mais, franchement, nous sommes amis désormais, non ? Quasiment de la même famille.

– Nous ne l'avons pas, réplique Sissy. Ce n'est pas une question de confiance.

Krugman se triture le menton, faisant rejaillir son grain de beauté.

– Vous savez en quoi je crois ? reprend-il avec une pointe d'excitation. Je crois en la réciprocité. Un prêté pour un rendu. Vous voyez ce que je veux dire ?

Je secoue la tête.

– Je crois aux échanges équitables. Je vous donne quelque chose, vous me donnez quelque chose en retour. Je vous ai fourni des informations, j'ai répondu à vos questions. À présent, réciprocité, apprenez-moi quelque chose. Vous comprenez ? Un prêté pour un rendu. D'accord ? Je vous offre l'hospitalité, vous m'offrez l'Origine continue-t-il, sa voix s'emballant de plus en plus, tremblant d'émotion : Ce ne serait que justice…

– Nous ne l'avons pas, l'interrompt Sissy, ce qui le fait tressaillir. Nous n'avons pas la moindre idée de ce que peut être l'Origine. Nous n'en avions jamais entendu parler avant d'arriver ici.

Krugman la scrute pendant de longues secondes. Puis il se fend d'un infime hochement de tête, et les deux autres sages se dirigent vers la porte.

– Très bien. Dans ce cas, ils vont vous raccompagner à votre chaumière.

Nous tournons les talons, prêts à prendre congé. Sissy,

postée devant moi, s'arrête. Les battants sont toujours clos, les deux anciens nous en interdisant l'accès. Ils sont pourtant tout sourires, les bras croisés sur le poitrail.

– Une dernière chose ! ajoute Krugman d'une voix stridente…

23

– J'ai un service à vous demander, déclare Krugman en observant puis retirant une saleté coincée sous son ongle.

– On vous écoute, rétorque Sissy. De quoi s'agit-il ?

– Laissez-moi vous fouiller.

Elle se crispe.

– Vous pouvez répéter ?

J'interviens :

– Écoutez… Nous vous l'avons déjà dit, nous ne détenons pas l'Origine.

– Je ne vous crois pas, répond-il avec détachement.

Cependant, tandis qu'ils scrutent les miens, ses yeux ne sont en rien indifférents. Ils sont tels deux chaudrons de fierté piquée et de colère frémissante. Une rage trop longtemps contenue qui menace de déborder.

– Que vous nous croyiez ou non ne change rien au fait que nous ne l'avons pas, reprend Sissy. Vous pourriez nous fouiller de la tête aux pieds que…

– Vraiment ? l'interrompt Krugman, un éclat sinistre dans les prunelles. Comme c'est amusant, j'allais justement vous le proposer. De la tête aux pieds.

Sissy fronce les sourcils. Elle m'interroge du regard.

Qu'est-ce qui se passe ?

Nous entendons le plancher craquer derrière nous. L'un des sages s'approche de Sissy.

– Retirez vos vêtements. Jusqu'au dernier. Nous devons examiner votre peau.

Je les défie silencieusement, puis me tourne vers Krugman.

– Dites-leur de nous laisser sortir.

– Non, répond-il doucement en louchant brièvement sur Sissy, avec une tendresse écœurante. Nous avons de bonnes raisons de penser que l'Origine pourrait être une sorte de signe typographique inscrit quelque part sur votre corps. Un lettrage. Peut-être une équation, ou un code. Déshabillez-vous.

– Je ne crois pas, non, je réplique sans laisser le temps à Sissy de le faire elle-même. Nous allons plutôt partir.

– Tu peux y aller, intervient l'autre sage avec un grognement. *Toi.* Elle reste. Elle est la seule que nous n'ayons pas encore fouillée, explique-t-il avec un léger sourire qui anime ses yeux. Les quatre garçons y sont déjà passés. Et toi aussi, pendant que tu étais inconscient. Vous n'avez rien.

Son regard glisse de nouveau vers Sissy. Il lève une main.

– Ne me touchez pas ! s'écrie-t-elle.

Seul le bruyant tic-tac de l'horloge rompt encore le silence.

– C'est le problème avec les filles aux pieds d'hommes, roucoule Krugman. Tant que leurs pieds n'ont pas été magnifiés, que leurs glandes pédestres n'ont pas été brisées et continuent à sécréter des hormones mâles… ça fait d'une princesse une bête plus têtue qu'une mule. Une créature refusant d'accepter son rôle dans la société, qui croit à tort pouvoir marcher comme un homme, parler comme un homme, avoir des opinions comme un homme. Qui se permet de dire non à un homme. « Tel un anneau doré accroché au groin d'un cochon », comme dit le dicton.

– Regardez-moi ces pieds immenses, renchérit l'un des sages. Comment être sûr qu'il s'agit bien d'une fille ?

Une pause un peu longue. Je réfléchis à toute vitesse, envisageant différentes options, considérant quelques imprudences.

– Parfois, chuchote l'ancien, on est en droit de douter.

– Mieux vaut s'en assurer, réplique l'autre en saisissant la balle au bond.

Ses yeux trop rapprochés dévorent le corps de Sissy.

– Il y a plusieurs façons de procéder, poursuit-il avec un rictus concupiscent. De *dévoiler* la vérité.

Tous deux s'approchent d'elle.

Je m'interpose sans élégance, mais avec force et conviction. Je les repousse violemment, et leurs dos rembourrés s'écrasent contre la porte. Ils rebondissent, cramoisis de fureur. L'un d'eux arme son bras, prêt à m'assener un violent coup de poing, mais Sissy se rue sur lui et lui enfonce un coude dans le sternum. Il se plie en deux, le souffle coupé.

J'ignore ce qui se serait alors passé si Krugman n'avait pas éclaté de rire. Pas un rire ordinaire : un véritable éclat tonitruant venu des tripes, un rugissement nous faisant grincer la cage thoracique. Il s'écroule dans son fauteuil, en subissant le contrecoup. À présent, son ventre gargouille sombrement.

– J'ai dit un prêté pour un rendu, articule-t-il entre deux secousses, pas un face-à-face.

Son trait d'humour improvisé le pousse à s'esclaffer de plus belle.

– Plus de conversation privée, d'accord ? Fini la récréation.

Il est rayonnant. Sissy me touche la main du revers de la

sienne. Peau contre peau, nous entrelaçons nos doigts, ajustant parfaitement nos paumes fraîches l'une contre l'autre.

Krugman sourit toujours, sa barbe remontant le long de ses joues comme si deux petites souris y avaient trouvé refuge.

– Allons, dit-il enfin en glissant ses pouces dans sa ceinture, ce n'est pas le rôle de la Mission. Nous ne sommes que soleil, sourires et bonheur. Ni dissension ni violence.

– C'est à s'y méprendre, raille Sissy à mi-voix.

– Persifle, petite harpie ! s'exclame l'un des sages. Les vilaines filles comme toi, on devrait les jeter à la…

– Suffit ! intervient Krugman.

Sa voix est douce, ses yeux pétillants d'humour ; cependant, ses larmes semblent faites d'acide, désormais.

– Je crains que tout soit ma faute. J'ai négligé votre état de fatigue et tout le stress que vous avez enduré. Veuillez pardonner mon erreur dit-il alors que son sourire s'élargit, et il conclut : Passons l'éponge, d'accord ? Laissons couler de l'eau sous les ponts. Le passé, c'est le passé. Ce genre de choses…

J'opine. Méfiant.

– Nous aimerions partir, à présent.

– Comme vous voulez, convient Krugman.

Il fait signe à ses acolytes, qui s'écartent. Nous nous faufilons entre eux comme dans une mer de lard. Krugman marmonne quelque chose dans sa barbe.

– Vous disiez ? demande Sissy.

– Non, rien, murmure-t-il.

Sur le chemin pavé, nous croisons des groupes de filles souriantes aux dents parfaitement blanches, qui se rangent sur le côté. Des nuages noirs et inquiétants dérivent rapidement dans le ciel. Quelques instants plus tard, une pluie glaciale et cinglante s'abat à l'oblique. Sissy et moi accélérons le pas, sans nous lâcher la main. Nos paumes sont tel un petit foyer chaleureux nous permettant de lutter contre le froid. Je ne lui répète pas ce que Krugman a grommelé quand nous sommes partis. Surtout parce que je ne sais pas trop qu'en penser, doutant encore de la menace pourtant à peine voilée.

« Tout vient à point à qui sait attendre », a-t-il dit.

24

Le temps d'atteindre ma chaumière, et nous sommes trempés jusqu'aux os. Sissy attrape mon sac resté sur le canapé, et en vide le contenu sur le lit. Des restes de nourriture, le carnet de croquis d'Epap, le journal du Scientifique et diverses babioles se répandent sur la couette.

– Tu vois un truc qui pourrait être l'Origine ? me demande-t-elle.

– Je suis sûr qu'ils ont déjà fouillé là-dedans, réponds-je. Et puis, ils ont l'air convaincu qu'elle est gravée sur notre peau. Que c'est une sorte de lettre, ou un truc dans ce genre.

Elle ramasse le journal, le compulse rapidement, puis le rejette sur le lit, manifestement agacée. Elle frissonne. Nous sommes tous les deux gelés. Je m'approche de l'âtre, tente de démarrer un feu de mes doigts tremblants.

– R-r-regarde, dit Sissy en claquant des dents.

Elle me montre la table basse. On y a déposé un plateau-repas et, à en juger par la fumée qui monte des bols de soupe en terre cuite, il est arrivé là il y a peu.

– Tu as ta propre chambre avec cheminée, douche chaude *et* room-service ? s'offusque-t-elle.

Je tâte la miche de pain. Elle est encore chaude.

– Tu devrais manger, je lui conseille. Il va peut-être me falloir un peu de temps pour allumer ce feu, la soupe te réchaufferait en attendant.

Elle accepte volontiers et s'installe sur le canapé pour vider son bol bruyamment. Elle fronce le nez.

– Il y a un problème ?

Elle secoue la tête.

– Non, c'est juste très salé. Mais bon. Et chaud.

Je m'affaire près du foyer, utilisant les brindilles empilées sur le côté. Malheureusement, le petit bois est un peu humide et j'ai du mal à faire naître les flammes. Sissy termine son bol, tremblant toujours comme une feuille.

– Va prendre une douche chaude, ça va t'aider.

Elle a trop froid pour décliner. Elle se lève, et je sors de la commode quelques vêtements propres.

– Ils sont sans doute trop grands pour toi, mais au moins ils sont secs.

Elle referme la porte de la salle de bains derrière elle. J'en profite pour me changer. Quelques minutes plus tard, un feu chaleureux crépite dans l'âtre. Je m'assieds sur le sofa, reposant mes os rompus sur la banquette confortable. Les flammes lèchent la pénombre et projettent leur lumière dansante dans la pièce, transformant les murs en un incendie rouge et orange. J'entends le bruit de l'eau s'écoulant dans la douche.

Malgré le feu et ma tenue sèche, j'ai toujours froid. Je vais chercher la couette pour l'étendre sur mes jambes. Je me perds dans la contemplation des flammes. Les méandres du brasier sinuent autant que mes pensées tortueuses. Ma soupe est tiède désormais, et effectivement trop salée. Je la repose après en avoir bu la moitié, et regarde par la fenêtre.

Une chape d'obscurité s'est abattue sur le village, masquant les plumets s'élevant des cheminées, avalant le chaume des toits. Bien vite, la nuit a même dissous les chemins serpentant devant notre porte. Une bourrasque occasionnelle agite la Mission, emmitouflée dans les amas de nuages flottant, invisibles, au firmament. Des gouttes de pluie barrent le carreau en autant de balafres.

Je suis toujours préoccupé par ce que Krugman nous a dit. Une autre forme de froid – plus dérangeante, perturbante – m'envahit.

Sissy sort de la salle de bains, les cheveux encore mouillés.

Elle va les sécher directement devant l'âtre, les lissant entre ses doigts. Ses mèches s'embrasent du doré des flammes.

– La douche m'a fait beaucoup de bien, merci. Mais elle m'a aussi donné sommeil, j'ai failli m'endormir dessous.

Elle vient s'asseoir à mon côté. Nous restons un moment silencieux, bercés par le crépitement et la douce chaleur du foyer. Elle s'assied sur ses talons, remonte la couette sur son giron.

– Ces deux derniers jours ont été assez dingues, dis-je.

– Et cette dernière heure, encore pire.

Elle se laisse aller contre le dossier, fait craquer ses doigts.

– Je commençais tout juste à m'habituer à ce village, à être entourée de tous ces humains. Et voilà qu'on découvre que nous peuplons un monde entier. Je crois que mon esprit a encore du mal à s'y faire… C'est comme d'essayer de se rattraper à des sables mouvants.

J'acquiesce.

– Ça fait beaucoup de choses auxquelles s'habituer.

Une bûche claque, provoquant une gerbe d'étincelles.

– Qu'est-ce qu'il y a ? s'inquiète Sissy. Tu me caches quelque chose ?

Je me tourne pour lui faire face.

– Krugman nous ment peut-être, Sissy.

Elle ne répond rien, mais me regarde intensément.

– Il nous a dit que le train rejoignait la Civilisation. C'est peut-être le cas. Mais…

– Nous ne savons rien de la Civilisation, complète-t-elle.

– Rien d'autre que ce qu'il nous en a raconté. Il prétend que c'est un paradis, un endroit incroyable. Et s'il mentait ? Et si…

– Quoi ?

Je prends ses mains entre les miennes. Je sens la chaleur de sa peau, son pouls battant sous mes doigts. Je n'ai soudain plus envie du tout de lui dire ce que je sais devoir lui dire. Je n'ai qu'un désir : que cet instant dure une heure, une journée, une année, une décennie, seul avec elle, sans que nous soyons interrompus par qui que ce soit. Comme elle me considère avec espoir, je dis enfin :

– Et si le train nous menait droit aux crépusculaires ?

Elle cille à peine, mais je sens sa main se contracter.

– Quand j'étais à l'Institut homifère, le Directeur a évoqué le palais du Patron. Il a dit que des centaines d'homiférés y étaient secrètement détenus dans des enclos souterrains, comme du bétail. Pour que le Patron puisse en disposer selon son bon vouloir.

Je contemple les flammes, puis le visage blême de Sissy.

– Et si la voie ferrée aboutissait au palais ?

– Et nous serions le bétail ? Ça expliquerait qu'ils nous engraissent…

Elle lance un regard dédaigneux à son bol de soupe vide, à la miche de pain à moitié dévorée.

Je serre les dents.

– Je n'en sais rien. Je suis peut-être parano. Si ça se

trouve, la Civilisation est exactement telle qu'il l'a décrite. Un paradis. La destination promise par mon père depuis le début, je reprends en poussant un soupir de résignation. Cet endroit est bizarre, ça ne fait aucun doute. Mais que sait-on de l'étrangeté ? Ou de la normalité ? Après tout, j'ai passé toute ma vie à me faire passer pour un crépusculaire dans un monde de crépusculaires. Qu'est-ce que je connais du monde des humains ?

Je me retourne vers la fenêtre. Le ciel est toujours parcouru de nuages noirs. La pluie n'a pas cessé, obscurcissant un peu plus le décor. Le monde extérieur n'est plus qu'une masse informe nous cloisonnant dans cette petite pièce à l'âtre crépitant.

– J'ai passé toute mon existence le cul entre deux univers, et je n'appartiens à aucun des deux.

– Ce n'est pas moi qui vais pouvoir t'aider, Gene, dit Sissy, essayant d'adopter un ton badin, mais je sens le poids qui leste chacun de ses mots. Je suis comme toi. J'ai passé ma vie sous un dôme de verre. Je ne sais rien des mondes extérieurs, que ce soit celui des humains ou des crépusculaires.

Je raffermis mon étreinte sur sa main.

– Fie-toi à ton instinct, Sissy. Tu es la personne la plus intuitive et la plus rationnelle que je connaisse. Que te disent tes tripes ?

Elle reste longuement muette. De sa main libre, elle lisse fermement les plis de la couette.

– Nous devons découvrir où ce train se dirige, Gene. Je ne laisserai pas les garçons y monter avant de le savoir. Et toi non plus.

Elle soutient mon regard. Les flammes se reflètent dans ses pupilles. Ses yeux sont étonnamment vitreux, ses paupières lourdes.

– Nous n'avons pas beaucoup de temps, je réplique. Moins de deux jours.

– Je sais, admet-elle en étirant chaque mot, visiblement sur le point de succomber à la fatigue. On passe à côté d'un truc, non ? D'un indice évident, d'un détail vraiment criant.

Les minutes s'écoulent dans un silence agréable. Le bruit de la pluie sur le toit, rythmé et hypnotique, me plonge dans une sorte de torpeur. J'avise nos reflets dans la vitre, nimbés que nous sommes d'un halo écarlate. Pour la première fois depuis des jours, je distingue mon visage. J'ai l'air plus âgé, les traits plus tirés. Je ressemble de plus en plus à mon père.

Je suis en proie à un total engourdissement. L'instant ne s'y prête pourtant pas : entre les révélations stupéfiantes et nos hésitations relatives au train, nous devrions faire les cent pas, débattre d'une voix agitée et excitée. Au lieu de quoi, nous sommes vautrés sur le canapé à dériver vers le sommeil.

– D'une façon ou d'une autre, tout est lié à mon père, dis-je dans l'espoir de me réveiller. Si on découvre ce qui lui est arrivé, on saura où mène la voie ferrée. Il est la clé de toute cette histoire.

Je m'attends à une réponse de Sissy. Mais quand je me tourne vers elle, ses paupières sont presque closes et sa tête pend de côté. Elle cligne vainement des yeux, échoue à réprimer un bâillement.

– Hé… murmure-t-elle en contemplant son bol. Qu'est-ce qu'ils ont mis dans cette soupe ?

Ses prunelles se ternissent davantage encore. Elle s'enfonce plus profondément sur la banquette, semblant fusionner avec le cuir.

Nous restons cois. Les flammes crépitent et sifflent. Un poids m'entraîne vers les profondeurs du sommeil, lentement mais sûrement. Je ne peux lutter contre cette pression incessante. La pièce s'assombrit, puis semble danser, des déferlantes de gris forment des flaques de noir. J'observe le bol de Sissy, puis le mien, à moitié vide, dont les rebords se font flous. Un lointain signal d'alarme se déclenche dans ma tête, assourdi par la distance.

– Gene ? marmonne doucement Sissy.

– Ouais ?

Elle disparaît un peu plus dans le canapé, glisse jusqu'à venir reposer contre moi. Sa peau délicate épouse mes formes. Nous nous emboîtons parfaitement.

– Qu'est-ce qu'il y a ? je demande.

Elle reste muette si longtemps que je la crois finalement endormie. Puis elle bredouille quelques mots dans un souffle aussi léger qu'un battement d'ailes de papillon.

– Ne m'abandonne pas, d'accord ?

Ses yeux se ferment alors complètement, et sa tête bascule sur mon épaule. Je sens la peau de son front dans mon cou, tiède et délicate, les pulsations de son cœur contre ma clavicule.

Elle entrouvre les lèvres et laisse échapper un petit soupir. Elle s'est endormie. Je lui effleure délicatement le visage, suivant du bout des doigts ses pommettes, ses sourcils fauves. J'écarte les mèches qui lui retombent sur le front.

Les flammes dansent dans la pièce tels des serpents furieux. Elles sont de la même couleur que les cheveux d'Ashley June, d'un rouge sauvage et jaloux, et tourbillonnent autant. La culpabilité me fait fermer les yeux. Je caresse longuement le bras de Sissy, posé sur ma poitrine. Et chaque caresse me fait l'effet d'une trahison, d'une trahison, d'une trahison…

Le sommeil m'emporte, à mon grand soulagement.

25

Je me réveille au son de lourdes gouttes de pluie venant heurter la fenêtre. Il fait nuit noire. Le feu se résume désormais à de rares braises ; la température de la pièce a considérablement chuté. Par terre, abandonnée telle une mue, gît la couette toute froissée.

Sissy a disparu.

Je pose la main sur le coussin encore enfoncé du canapé. Le cuir est froid. Je me lève, le plancher grince à l'unisson de mon squelette fatigué. La tête me tourne, chaque chose semble s'éloigner brusquement puis se rapprocher tout aussi vivement. En titubant vers la salle de bains, je donne un coup de pied dans la table basse, renversant les bols en terre cuite.

L'eau froide me fait du bien. À l'aide de mes mains en coupe, je m'en asperge les cheveux, si bien que quand je redresse la tête, des rus glacials dévalent mon cou, mon torse, mon dos. La pleine conscience des événements – et l'inquiétude inhérente – m'atteint tel un coup de poignard.

– Sissy !

J'ai crié dans le couloir enténébré.

Je crie de nouveau, plus fort, au-dehors. L'averse a

contraint tout le monde à rentrer. Les rues sont désertes. Le sol boueux conserve de larges empreintes de bottes. Trop grosses pour appartenir aux pieds de lotus des villageoises, elles sont la preuve du passage d'hommes adultes. Des sages. Au moins trois d'entre eux, apparemment.

Je suis leur piste. Celle-ci disparaît quand je rejoins le sentier pavé. Je scrute les deux directions de celui-ci.

– Sissy ! je crie de nouveau.

Seul l'écho de la pluie sur les dalles ou le chaume des toits me répond. Je me précipite vers la place du village dans une épaisse grisaille. L'endroit, généralement grouillant d'activité, est pour l'heure désert, dépourvu de bruit, de couleur, de toute trace de vie. Les volets des chaumières sont clos comme des paupières baissées.

– Sissy ! je crie encore, les mains en porte-voix. Sissy !

La porte de l'une des masures s'ouvre. Une silhouette en sort, s'avance sous le petit auvent. C'est Epap. Sa chemise, manifestement enfilée à la hâte, n'est qu'à moitié boutonnée.

– Qu'est-ce qui se passe ? demande-t-il d'un air menaçant. Où est Sissy ?

– Elle a disparu ! Aide-moi à la retrouver !

J'ai du mal à décrypter son expression. Il m'étudie, plongé dans la pénombre, refusant de venir se mouiller.

– Epap ?

Il secoue la tête, une fois, deux fois, cille lentement. Il retourne furtivement à l'intérieur de la chaumière ; sa retraite trahit la rancœur qu'il éprouve encore à l'égard de Sissy. Je fais volte-face, aussi furieux que déçu. J'espérais plus de lui.

C'est alors qu'il jaillit hors de sa masure, une capuche sur la tête, courant sans se préoccuper des flaques de boue.

– Dis-moi ce qui s'est passé, exige-t-il.

Ses yeux luisent d'inquiétude.

– Elle a mis les sages en rogne. Et maintenant, ils l'ont emmenée ailleurs.

Il plonge son regard dans le mien, me sonde, en quête de vérité.

– C'est complètement dingue. Qu'est-ce qui te fait croire un truc pareil ?

– Ils ont mis des somnifères dans notre soupe pour nous endormir. Je n'en ai pas bu autant qu'elle… Bon, tu comptes continuer à me poser des questions, ou tu préfères m'aider à la retrouver ? Je crains qu'elle n'ait de gros ennuis.

– Tu ne crois pas que tu en fais un peu trop ? Ils ne nous veulent que du bien. Pourquoi tu ne te détendrais pas un peu, en arrêtant ta paranoïa, pour changer ? aboie-t-il en secouant la tête, un coin de sa bouche s'affaissant. Quoi, tu crois que, sous prétexte qu'elle n'est pas avec toi, elle a forcément été enlevée ? Ça ne t'a pas effleuré qu'elle puisse, je ne sais pas, ne pas avoir envie d'être avec toi ?

Il écarte les bras sous la pluie, ricane du nez.

– Et c'est pour ça que tu m'as fait sortir par ce temps ?

Je n'ai ni le temps de lui expliquer, ni celui de subir une scène. Je tourne les talons, réfléchissant à la direction à emprunter.

Epap m'attrape par le coude. Je me retourne, m'apprêtant à me dégager d'une secousse. Toutefois, son expression me fait me raviser.

– Attends, dit-il en poussant un profond soupir de frustration. Tu crois vraiment que quelque chose ne va pas ?

J'opine.

– Comment tu le sais ?

– Epap, tu es avec moi, oui ou non ? Je n'ai pas de temps à perdre à tout t'expliquer.

Il cède enfin.

– Allons la chercher, décide-t-il.

Et dès que je m'élance, il est sur mes talons. Dans notre course, nos pieds provoquent de petites explosions boueuses.

Malheureusement, les rues désertes et les chaumières enténébrées ne nous révèlent rien.

– Où sont-ils tous ? demande Epap en haletant lorsque nous nous arrêtons.

Il s'adosse à une masure, plié en deux, les mains sur les genoux.

– Allez, dis-je en m'efforçant de reprendre mon souffle, on continue les recherches.

Il acquiesce en prenant appui sur le mur pour se redresser.

– Attends ! m'apostrophe-t-il en donnant un léger coup de menton sur la droite.

Une jeune villageoise encapuchonnée sort d'une maison à petits pas rapides. Elle observe à gauche et à droite, puis se dandine vers nous aussi vite que l'autorisent ses pieds de lotus.

Epap et moi échangeons un coup d'œil, puis nous précipitons à sa rencontre. Elle s'arrête, attendant que nous la rejoignions en scrutant la rue d'un air inquiet. Dès que je suis à sa portée, elle m'attrape par le bras et nous guide jusqu'à une étroite venelle. Sa manche s'accroche à la mienne et remonte le long de son bras. Elle arbore quatre preuves de Démérite. Elle retire sa capuche. C'est la fille aux taches de rousseur.

– Il est trop tard, chuchote-t-elle. Retournez dans vos chaumières.

– Où est-elle ? je lui demande. Où l'ont-ils emmenée ?

– C'est terminé. Vous n'avez plus rien à gagner à la

chercher. Mais beaucoup à perdre. Pour votre sécurité – et pour la sienne –, rentrez.

– Est-ce qu'elle va bien ? Elle est blessée ? s'inquiète Epap.

– Elle vous sera rendue en temps et en heure.

Je saisis doucement mais fermement le bras de la fille. Elle est maigre et, sous la fine couche de peau, ses muscles sont tout contractés. Ses yeux pétillent d'intelligence.

– Tu es sortie pour nous aider, lui dis-je. Alors, aide-nous. Où est-elle ?

Elle hésite avant de chuchoter :

– Il est déjà trop tard. Mais allez à la clinique. Vous savez où elle se trouve, n'est-ce pas ?

– La clinique ? répète Epap. Je sais où elle est, mais pourquoi diable irions-nous là-bas ?

Elle se libère d'un soubresaut.

– Il est trop tard.

Elle s'éloigne en dodelinant de la tête, et disparaît dans la masure dont elle est sortie.

Epap a le visage tout froncé de perplexité et d'une angoisse grandissante.

– La clinique ? demande-t-il en se tournant vers moi. Gene, qu'est-ce qui se passe ?

Je ne réponds pas, bien qu'un soupçon horrible m'envahisse. Je m'élance de nouveau, courant plus vite que jamais cette nuit.

Nous sommes complètement essoufflés quand nous atteignons la clinique mais ne perdons pas une seconde. Epap force la porte d'un violent coup d'épaule. Il aperçoit quelque chose. Son dos se raidit tel celui d'un pantin dont on aurait subitement tiré les fils.

Sissy est au beau milieu de la pièce autrement vide,

allongée sur une espèce de fauteuil de dentiste. Un fauteuil de dentiste pourvu de sangles et d'entraves. Ses bras et ses jambes sont écartés sans grâce. Ses paupières sont closes, sa bouche pendante.

Une légère odeur de brûlé flotte dans l'air.

– Sissy ! s'écrie Epap en courant la rejoindre.

Elle a la manche gauche retroussée, révélant la peau délicate de son avant-bras. Au beau milieu de la chair naguère lisse se trouve une entité à part, un bourrelet purulent en forme de X. Elle a été marquée.

Sans un mot, nous nous empressons de la détacher. Sa respiration est courte et précipitée, ses lèvres forment des mots inintelligibles. Epap remonte tendrement sa manche, afin d'éviter que la laine brute ne frotte sur la brûlure. Je me prépare à la soulever, mais il me repousse sans ménagements. Il la hisse avec toute la force de ses bras fins et la plaque contre son torse. Il ferme les yeux, partiellement soulagé, et lui embrasse les cheveux.

– Je t'ai retrouvée, tu es en sécurité maintenant, murmure-t-il.

Quand il sautille pour s'assurer une meilleure prise sous ses genoux, le front de Sissy vient lui heurter le nez. Il retient un cri et se contente de la serrer plus tendrement encore, jusqu'à ce que sa douleur se dissipe.

Une soudaine pointe de jalousie m'aiguillonne le cœur.

Epap sort sous la pluie, qui tombe avec une violence redoublée ; nous sommes trempés en quelques secondes à peine. Malgré son fardeau, Epap court si vite que je peine à le suivre. Et à maintenir le rythme.

– Epap ! dis-je, lui saisissant le bras pour le forcer à s'arrêter. Où tu vas ?

– Je retourne dans ma chaumière.

Il essaie de se libérer.

– Non, je réponds, souteneant son regard. Tu es logé à l'autre bout du village, à dix minutes au moins. Sissy ne devrait pas rester sous la pluie si longtemps. Pas dans son état. Mieux vaut l'emmener dans la mienne, elle est bien plus proche.

Epap tremble. L'adrénaline s'est dissipée, et il commence à sentir le froid. Il s'empresse de hocher la tête.

– D'accord, je te suis.

Je marque cependant une hésitation. Une idée vient de me traverser la tête.

– On doit aller récupérer les garçons.

Epap comprend instantanément. Seuls, ils ne sont pas en sécurité. En s'en prenant à l'une de nous, ils s'en sont pris à nous tous.

– Confie-moi Sissy, lui dis-je. Va les chercher, Epap. Tu sais où ils sont, pas moi.

Il me décoche un regard méfiant.

– Non, réplique-t-il, c'est moi qui la porte…

– À travers tout le village ? je demande lui posant la main sur l'épaule. Je vais la mettre à l'abri, je te le promets, j'insiste alors qu'il me scrute, indécis. Elle va vouloir voir les garçons quand elle se réveillera. Va les chercher.

Cet argument achève de le convaincre. Il me met Sissy dans les bras. Je n'avais pas conscience de le désirer tant : l'inclinaison de sa tête contre ma poitrine, le contact de sa peau contre la mienne. Il me faut fournir un gros effort pour ne pas l'étreindre plus fort, pour ne pas plonger le nez dans ses cheveux afin d'en humer l'odeur.

Epap me toise toujours avec suspicion. Je lui explique où se trouve ma chaumière et nous partons, chacun de notre côté. Soudain, je ne sens plus la fatigue, comme si je puisais une force nouvelle en Sissy, et mes jambes s'agitent avec vigueur et vitesse. Je fends la pluie, éclatant les gouttes en des centaines de millions de particules de brume.

26

De retour dans ma chaumière, je m'affaire rapidement. Je dépose Sissy sur le canapé, sur lequel elle se blottit, toute grelottante, les lèvres bleuies et en proie à la fièvre. Je ramasse la couette et l'en enveloppe, ne laissant dépasser que son avant-bras mutilé. Cela ne suffit pas, son corps tremble toujours.

Je m'agenouille devant le foyer où, grâce aux quelques braises qui luisent encore, je parviens rapidement à redémarrer le feu. Sissy frissonne toujours. Un écoulement jaunâtre exsude de sa plaie ; la peau tout autour est d'un rouge inquiétant.

– Oh, Sissy… je murmure entre mes dents serrées.

Je repousse une mèche humide collée à sa tempe. Avant cet instant, j'ignorais que fureur et tendresse pouvaient cohabiter.

Les garçons arrivent à peine quelques minutes plus tard ; ils grimpent bruyamment les marches du perron et déboulent dans le couloir. Ils franchissent la porte du salon, le visage blême et les cheveux trempés.

– Comment va-t-elle ? s'inquiète Jacob.

Ils forment un cercle autour du canapé, lui caressent la tête, ne sachant quoi faire d'autre. David hoquette en apercevant son marquage. Ben fond en larmes.

– Va chercher une serviette humide dans la salle de bains, lui dit Epap pour l'occuper. Il faut que la blessure reste fraîche.

Ben part en courant. Epap remonte la couette, puis me lance un regard assassin.

– Espèce d'imbécile ! Ses vêtements dégoulinent. Pas étonnant qu'elle grelotte.

– Et tu voulais que je fasse quoi ? Que je la déshabille ?

Epap ne répond pas. Il distribue les tâches aux autres garçons. Il indique la commode, et Jacob court y chercher des vêtements secs. David va récupérer une serviette dans la salle de bains.

– Mettez-lui aussi des chaussettes, commande Epap tandis qu'ils entreprennent de déboutonner ses vêtements détrempés.

Epap et moi allons ensuite dans le couloir, fermant la porte derrière nous. Il se masse la nuque.

Je m'attends qu'il exprime une certaine rancœur, voire qu'il m'accuse de quelque chose. La douceur de sa voix me prend de court.

– Comment vas-tu ? me demande-t-il.

– Ça va, dis-je après quelques secondes.

Epap opine du chef, puis traverse le couloir avant de s'adosser au mur opposé. Il bascule la tête en arrière, ferme les yeux.

– Ils voulaient la fouiller, j'explique, et elle a refusé. Une fouille intégrale, Epap.

Il rouvre brusquement les yeux.

– Quoi ?

– Ils voulaient qu'elle se déshabille complètement. Pour examiner sa peau.

Il cille sans comprendre.

– Pourquoi ?

– Ils pensent que l'Origine est une sorte d'inscription tatouée sur l'un d'entre nous. Une équation, peut-être une formule. Quelque chose en rapport avec des lettres.

Il articule un « Quoi ? » silencieux avant de répliquer :

– Mais pourquoi seulement elle ? Pourquoi pas toi ou moi, ou les garçons ?

– Ils nous ont déjà examinés. Moi, quand j'étais malade. Et vous, sans doute pendant que vous étiez aux bains.

Les yeux d'Epap se révulsent, maintenant qu'il prend la mesure de la situation.

– Ils ont demandé aux filles de nous laver. Et de nous essuyer. De la tête aux pieds.

– Et vous n'avez pas protesté ? Vous ne vous êtes pas plaints ?

Il vire à l'écarlate et contemple ses orteils.

– Non. Enfin, ça n'avait rien de désagréable. J'ai trouvé qu'ils avaient le sens de l'hospitalité.

Je m'offusque sans un bruit, tire le rideau de la fenêtre du couloir. Rien ne bouge à l'extérieur, en dehors des noirs rideaux de pluie.

– Vous aviez vraiment des œillères, dis-je enfin. Tu n'as jamais eu le moindre soupçon, pas vrai ? Sur cet endroit.

Il croise les bras.

– Je suis au courant pour le marquage au fer. Ce n'est pas ce que tu crois. Il faut juste un peu de temps pour s'y habituer. Pareil pour les autres… bizarreries. C'est comme… la mousse d'une bière. Il faut passer par là pour atteindre la meilleure partie.

– Ils ont marqué Sissy, Epap. Ce n'est pas le genre de bizarrerie auquel je pourrai m'habituer. Ce n'est pas comme de la mousse de bière.

Le plancher grince sous ses pieds tandis qu'il s'agite, mal à l'aise. Il reste silencieux. Nous entendons, de l'autre côté de la porte, les garçons qui changent Sissy en chuchotant. Une longue minute plus tard, Epap m'interroge :

– Qu'est-ce que tu penses qu'on devrait faire, maintenant ? Tu crois qu'on est en danger ? Est-ce qu'on devrait partir ?

Je hausse les épaules.

– C'est plutôt moi qui devrais poser les questions : j'ai été malade et inconscient pendant plusieurs jours, tu devrais connaître les lieux mieux que moi. Mais non, tu étais bien trop occupé à plaire aux anciens, à avaler la « mousse ». Tu sais que dalle de cet endroit.

Il fait quelques pas dans le couloir, revient vers moi.

– Ce n'est pas juste.

– Je vais te dire ce qui n'est pas juste : d'avoir laissé Sissy seule dans la ferme. C'est pourtant ce que vous avez fait, les garçons et toi. Vous l'avez abandonnée. Elle a pris soin de vous jusqu'à ce village, elle vous a permis de traverser les Vastes, la montagne. Elle vous a protégés des crépusculaires, attaque après attaque. Et qu'est-ce qu'elle a obtenu en récompense ? Dès que vous avez mis le pied ici, vous l'avez laissée tomber comme un vulgaire sac de patates. Vous vous êtes promenés, le nez au vent, papillonnant avec…

– Ça suffit !

– … avec les filles du coin, sans jamais plus penser à elle.

– Sissy se débrouille très bien toute seule. Elle n'a pas besoin qu'on lui tienne la main…

– Ce n'est pas la question ! Ce qui compte, c'est de rester soudés, de…

– Ça suffit, j'ai dit ! Je n'ai pas de leçons de loyauté à recevoir *de toi* !

Il écume de rage ; toutefois, celle-ci n'est pas dirigée contre moi, mais contre lui. Il serre les poings de colère, la culpabilité lui noue les épaules.

– Tu l'as laissée toute seule, je reprends d'un ton plus doux. Tu n'aurais jamais dû. Passe encore les garçons, je comprends qu'ils se soient laissé embobiner par tout ce qu'il y a ici, qu'ils aient perdu la tête. Mais pas toi. Tu aurais dû te montrer plus lucide. Et tu n'aurais *jamais* dû laisser Sissy se débrouiller seule, Epap. Qu'est-ce qui t'a pris, de fricoter avec toutes ces filles ? Tu as fait ça pour la rendre jalouse, pas vrai ? dis-je, m'emportant soudain.

Il pince les lèvres. Il recommence à arpenter le couloir à petits pas serrés. Il ne peut détacher les yeux de ses bottes. Quand il revient, c'est à une allure beaucoup plus lente, méditative. Il s'adosse au mur et y balance un grand coup de talon.

– Ce n'était pas pour la rendre jalouse, affirme-t-il calmement. Passer du temps avec les villageoises, traîner avec elles, ce n'était pas pour jouer au jeu de la jalousie. Je n'aurais jamais fait quelque chose d'aussi… immature.

– Alors, pourquoi l'as-tu fait ?

Il réprime les larmes qui lui montent aux yeux.

– Pour *me* prouver que je pouvais très bien m'en sortir sans elle. Que je n'avais pas besoin d'elle. Qu'avec les autres filles, je pourrais l'oublier, renifle-t-il. Et au début, j'ai bien cru que j'allais y arriver. Que toutes ces filles fassent attention à moi, c'était… enivrant, tu comprends ? Mais je me trompais, avoue-t-il en jouant avec ses doigts et en soufflant bruyamment par le nez. Tu as raison, je n'aurais jamais dû la négliger. Je n'ai vraiment pas été à la hauteur, sur ce coup-là.

Il accepte enfin de soutenir mon regard ; le sien est droit, fixe, résolu.

– Je vaux mieux que ça. Je vais me rattraper. Je te le promets.

J'acquiesce rapidement, sans détourner la tête. Ça a pris plus d'une semaine, mais Epap et moi avons enfin eu notre première véritable conversation.

– Il y a un truc qui t'a fait peur, ici, reprend-il alors, semblant s'en vouloir. Qu'est-ce que j'ai raté ?

– Certaines choses que je viens d'apprendre. Et dont il faut absolument que je te parle, dis-je en indiquant le salon du menton. Mais d'abord, rentrons. Je dois aussi en informer les garçons.

Un mouvement. Devant la fenêtre, une file de silhouettes grises fend la nuit dans notre direction.

– Attends, dis-je. Quelqu'un approche.

Ce sont trois filles du village. Elles apportent des onguents médicinaux et des bandages. Agenouillées devant une Sissy toujours sans connaissance, elles s'affairent avec la compétence liée à l'expérience. Elles étalent une pommade âcre sur le marquage ; quelques minutes plus tard, elles l'essuient et la remplacent par une crème jaunâtre moins épaisse. La peau tout autour de la brûlure est bandée, mais pas la plaie elle-même.

– Appliquez une nouvelle couche toutes les heures, dit la meneuse du groupe.

Ses yeux durs sont juchés au-dessus de ses joues douces et rebondies ; ses cheveux tombent en longues tresses. Elle se lève pour partir. Les autres l'imitent, le plancher craquant sous leurs poids cumulés.

L'une des autres filles, à la voix aiguë et chancelante, ajoute :

– Les anciens souhaitent exprimer leur déplaisir. Le fait d'être allé la chercher à la clinique est une bêtise majeure. Le Grand Sage Krugman estime toutefois qu'aucune autre mesure disciplinaire n'est nécessaire. Il y a eu suffisamment de punitions dispensées pour la soirée. « Justice a été rendue, l'ordre est rétabli. »

Cette dernière phrase est récitée tel un psaume.

– Cependant, précise la troisième, une fillette au visage fin et plat, les sages insistent pour vous faire savoir qu'ils désirent tous vous voir retourner dans vos demeures respectives. Les dispositions prises pour les couchages doivent être scrupuleusement respectées. Nous allons donc escorter les garçons à leur chaumière, et ramener la fille à la ferme.

Nous échangeons des regards alarmés.

– Non, rétorque Epap, ça ne va pas se passer comme ça. Nous allons tous rester ici. Dorénavant, nous resterons ensemble.

– Les anciens insistent.

– Et moi aussi ! tranche Epap.

Les filles, n'ayant pas l'habitude d'affronter des garçons en face, se découragent rapidement. L'une d'elles rajuste sa robe et déclare :

– Je sais ce que vous pensez. Que ce qui est arrivé ce soir à votre amie Sissy est horrible.

– Et ça ne l'est pas ? je demande.

Elle retrousse sa manche. Trois marques ornent son avant-bras.

– J'étais autrefois farouche et indocile. Je ne comprenais

pas que mon indiscipline était un fléau pour l'harmonie de la Mission. Mais j'ai mûri. Aujourd'hui, je peux honnêtement affirmer que, depuis que j'ai appris que la Mission passait avant l'individu, j'ai trouvé la paix et la joie que je cherchais jusqu'alors aux mauvais endroits. Je suis plus heureuse que je ne l'aurais cru possible, surtout en sachant que j'accomplirai un jour l'un de mes plus grands rêves : obtenir un ticket pour la Civilisation.

Elle lit de l'incrédulité dans mon regard.

– Les anciens nous apprennent, et j'ai fini par découvrir que c'était vrai, que cette Mission s'épanouira ou dépérira, selon que nous accepterons ou non de vivre en harmonie avec elle. C'est pourquoi toute déviance, si petite soit-elle, doit être systématiquement corrigée. Et, malheureusement, des mesures radicales sont parfois nécessaires. Malgré tout, cette communauté est aussi paisible que merveilleuse. Vous devez cesser de voir le mal partout. Car vous vous méprenez.

– Tu as été marquée trois fois, je remarque en désignant son avant-bras. Que se passe-t-il si tu arrives à cinq ?

Elle ne répond pas, se contente de tirer sur sa manche. Son sourcil gauche tressaille légèrement.

– Il est temps pour nous de partir.

Elles ramassent leurs paniers et sortent de la pièce en se dandinant. Je les entends remonter le couloir à pas lourds.

Curieusement, l'une d'elles est restée avec nous – celle qui porte des nattes. Elle se tient là, immobile. Elle se tourne soudain pour me regarder.

– Faites très attention, murmure-t-elle d'un air terrorisé.

– Quoi ? répond Epap.

Trop fort.

Les bruits de pas cessent dans le couloir. Puis ils reprennent, mais, au lieu de s'amenuiser, ils s'amplifient.

Elles reviennent. Et vite. Tels de petits poings martelant une porte, de plus en plus fort.

– Que se passe-t-il ? je chuchote à l'oreille de la petite.

Il est trop tard. Quand cette dernière entend ses camarades arriver, elle recouvre rapidement ses esprits.

– Accepterez-vous au moins que nous vous apportions de la nourriture ? demande-t-elle à voix haute.

Les deux autres la scrutent d'un air interrogateur depuis l'embrasure de la porte.

– Non, dis-je. Pas après ce qui s'est passé avec la soupe.

La fille s'éloigne en oscillant, faisant tressauter ses tresses.

La porte d'entrée s'ouvre et se ferme. Le trio descend à l'unisson les marches du perron. Puis les trois filles disparaissent dans la nuit.

27

– Et voilà où nous en sommes, dis-je aux garçons, la voix rauque et cassée d'avoir parlé si longtemps. Nous devons décider quoi faire. Si nous voulons monter dans ce train ou non.

Au cours de la dernière heure, j'ai partagé avec eux tout ce que Krugman nous a dit dans son bureau. Sur le monde, l'histoire des crépusculaires, le Scientifique. Sur l'Origine. De temps à autre, pour les laisser digérer les informations, je me suis arrêté pour remettre une bûche dans le feu ou examiner le bras de Sissy. En outre, j'avais besoin de temps. Entre la bagarre qui avait failli éclater avec les anciens, les somnifères dans notre soupe et la recherche pluvieuse pour retrouver Sissy, je n'avais pas moi-même eu le temps de tout assimiler. Quand j'ai fait part de mes soupçons concernant la Civilisation – qu'il ne s'agissait peut-être pas de la Terre promise, mais du palais du Patron –, ma voix a chevroté, et j'ai dû m'enfoncer les ongles dans les paumes pour m'empêcher de trembler.

Epap passe un bras autour des épaules de Ben, au bord des larmes. Nous restons tous assis, silencieux, sur le tapis entre l'âtre et le canapé sur lequel Sissy repose toujours. Les garçons ont le visage fermé. J'étale une nouvelle couche d'onguent sur la brûlure de Sissy. Sa respiration est moins haletante, plus rythmée. Sa température a baissé. Les effets de la substance qu'elle a ingérée commencent à se dissiper, elle reprend peu à peu connaissance. Elle devrait se réveiller d'une minute à l'autre.

La nuit est de plus en plus épaisse.

– Mais on n'en sait rien, pas vrai ? demande Jacob. On n'a aucune certitude ? La Civilisation *pourrait* être la Terre promise. Le train *pourrait* nous mener au paradis.

– Mais souviens-toi de la fille avec les tresses : elle nous a dit de faire très attention.

– Peut-être, mais l'autre nous a dit d'arrêter de voir le mal partout, réplique Jacob. Cet endroit est peut-être vraiment l'entrée du paradis.

Sissy gémit de douleur, sans rouvrir les yeux.

– Regarde ce qu'ils lui ont fait, je rétorque. Comment peux-tu encore croire à ce qu'ils racontent ?

Jacob se lève, va se poster devant la fenêtre.

– Tu sais, j'ai fait un rêve, la nuit dernière. Sur la Civilisation.

Il marque une pause, hésitant. Quand il reprend la parole, ses joues ont légèrement rosi.

– C'était tellement réaliste. J'ai vu des stades remplis d'humains assistant à un match en plein soleil, exactement comme dans les livres qu'on a lus. Il y avait aussi des marchés extérieurs avec des centaines d'étals, des concerts en plein air sur une herbe luxuriante, des blocs d'immeubles regorgeant de restaurants, des tables dressées dans la rue, des hommes assis à manger… des salades. Il y avait aussi des parcs d'attractions, avec des parades, des châteaux magiques et des manèges géniaux. Des carrousels remplis d'enfants hilares, des bateaux magiques cernés de marionnettes chantantes, exactement comme nous l'a expliqué le Scientifique. On ne peut pas refuser d'y aller.

– Allons, Jacob, ce n'était qu'un rêve. On ne peut pas prendre une décision en fonction de quelque chose d'aussi vaseux, le morigène gentiment Epap.

– Ce n'est pas plus vaseux que vos hypothèses ! clame-t-il en se passant une main dans les cheveux. Tout ce que je veux dire, c'est que nous ne sommes sûrs de rien.

Nous nous taisons. Je jette une autre bûche dans la cheminée puis contemple les flammes, comme si les réponses à toutes nos questions pouvaient se trouver dans ces volutes lumineuses.

– Il y a bien une chose que nous savons.

C'est Ben qui a poussé ce coassement aigu. Il est assis, les jambes repliées entre les bras, le menton sur les genoux. Il redresse la tête et s'explique avec un sourire.

– L'Origine. Ce que c'est.

Nous nous tournons tous vers lui.

– Ou plutôt, *qui* c'est, corrige-t-il en tendant le bras, me désignant du doigt. *Tu* es l'Origine. C'est tellement évident.

– Moi ? Qu'est-ce qui te fait dire ça ? dis-je, étonné.

J'aimerais m'offusquer, mais j'en suis incapable. Ma peau se hérisse de chair de poule. Les garçons me dévisagent tous avec la même expression qu'il y a quelques jours. Sur le radeau, quand ils ont retourné la tablette et lu les mots gravés dessus…

– « Ne laissez pas mourir Gene », explique-t-il.

– « Ne laissez pas mourir Gene », répète Jacob, lentement et d'un ton pensif, comme pour éprouver la texture de chaque syllabe.

Quand ils croisent les miens, ses yeux s'écarquillent.

– Ben a raison. L'Origine n'est pas une chose, c'est une personne. C'est toi. C'est forcément toi.

Du bois crépite dans la cheminée derrière moi.

– Ce serait assez logique, confirme Epap en se tiraillant la lèvre inférieure. Après tout, on a tout retourné pour la retrouver. On a fouillé nos affaires, nos vêtements. On a parcouru toutes les pages du journal du Scientifique, toujours en vain. Si l'Origine était un objet en notre possession, nous aurions fini par mettre la main dessus, dit-il en jetant un regard à Sissy, toujours allongée sur le canapé. Tu disais que les sages pensaient que ça avait un rapport avec des lettres, peut-être des mots tatoués sur notre peau. Et si ça n'était pas sur notre peau, mais…

– … dans notre nom, complète Ben. *Ton* nom.

Gene.

– Et si l'Origine se trouvait dans tes *gènes* ? continue-t-il. Le Scientifique nous a si souvent parlé de l'ADN…

Tous me regardent comme s'il m'était poussé quatre autres têtes.

– Non, je réplique en secouant la tête. Ça ne peut pas être aussi simple. Si ?

Je fronce les sourcils, surprends mon reflet dans la vitre.

– Gene ! clame Epap en se levant lentement. Ton père t'a-t-il jamais expliqué ?

– Expliqué quoi ?

– Pourquoi il t'avait nommé Gene ?

Si c'est une plaisanterie, ni sa voix ferme ni son regard d'acier ne l'indiquent.

– Attends une seconde. Tu penses que je suis l'Origine parce que… c'est dans mes *gènes* ? Tu crois que le remède pour les crépusculaires se trouve dans mon code génétique ?

Leurs yeux ronds et leur bouche béante forment une réponse éloquente. Je ricane.

– Oh, allez ! Ne soyez pas ridicules. C'est un nom, juste un nom. Un son. Il n'y a aucun sens caché ! je m'emporte, me tournant vers Epap : Tu vas me dire qu'Epap a un sens ? Ou Ben ? Ou Jacob ?

– En fait, oui, s'esclaffe-t-il en se rendant compte de quelque chose. Tous nos noms en ont un. Le Scientifique a dit qu'il nous avait baptisés en fonction d'une caractéristique qui nous est propre. Ben a été nommé en hommage à Big Ben, une grande horloge mythique, parce qu'il avait des bras et des jambes bien potelés à la naissance. Jacob vient d'un personnage biblique qui traîne aussi la patte. Quant à Sissy, c'est parce qu'elle disait toujours « Si, si », quand on refusait d'obéir. Lui l'appelait seulement Sis. Et Epap…

– C'est bon, c'est bon, j'ai compris. Il vous a donné un surnom mignon à chacun. Je suis content pour vous. Cependant, il ne m'a jamais expliqué pourquoi il m'avait appelé comme ça. C'est juste un nom comme un autre. Il n'y a pas de sens caché, ni rien de ce genre.

Autant prêcher dans le désert, ils me contemplent toujours, ébahis et admiratifs.

– Pendant tout ce temps, reprend Jacob, les prunelles pétillantes, l'Origine était là, juste devant nous. Le remède pour les crépusculaires, le salut de l'humanité. Cette foutue Origine.

Je me tiens mal à l'aise devant eux. J'aimerais distraire leur attention, balayer d'un revers de main leurs suppositions infondées. Le cuir raide du canapé craque soudain.

– Finalement, il y a de l'espoir pour vous, bande d'imbéciles.

C'est Sissy qui a parlé. Nous nous tournons tous vers elle.

Elle a les yeux ouverts, la tête rehaussée sur l'accoudoir. Elle s'efforce de sourire.

– Je devrais peut-être penser à m'évanouir plus souvent, reprend-elle. À disparaître un peu du décor. Apparemment, ça vous force à réfléchir. À avoir de bonnes idées.

– C'est moi qui l'ai eue, Sissy ! s'enorgueillit Ben, tout sourire, en se précipitant vers elle. C'est moi qui y ai pensé le premier !

Elle l'embrasse sur la joue.

– Bien sûr que oui. Tu es mon petit frère, pas vrai ?

Ben me désigne fièrement.

– Et Gene est l'Origine !

28

Sissy n'est debout que depuis quelques minutes quand elle vomit violemment dans une cuvette. Elle s'essuie la bouche d'un revers de main, puis nous assure aller beaucoup mieux maintenant que son organisme s'est débarrassé du poison. L'odeur est pestilentielle, et je me charge de sortir la bassine incriminée. À mon retour, tous sont lancés dans une conversation animée.

– On devrait prendre ce train, déclare Jacob, le coude calé dans sa main. Je pense vraiment que c'est pour ça que le Scientifique nous a amenés à la Mission. Cet endroit, c'est comme la salle d'embarquement pour le paradis. Je vous l'accorde, on y trouve des trucs bizarres, le règlement est étrange et le tout est dirigé d'une main de fer, mais ça reste un passage obligé, admet-il avec un soupir de frustration. D'ici une semaine, on sera installés dans un bel appartement où on mangera à notre faim, et on paradera dans toute la ville en riant de ces soupçons idiots. On devrait se réjouir plutôt que de mettre en doute les plans du Scientifique. C'est lui qui nous a guidés vers ce train, ça me paraît évident.

– Dans ce cas, pourquoi n'y est-il pas lui-même monté ? riposte Epap.

– Il nous attendait. Il attendait Gene, l'Origine. À mon avis, il comptait embarquer en même temps que nous et nous escorter personnellement jusqu'à la Civilisation. S'il nous entendait, il se retournerait dans sa tombe, affirme-t-il, écartant grand les bras en signe d'agacement.

– Tu viens de renforcer ma position, il est effectivement dans sa tombe. S'il nous attendait, pourquoi se serait-il donné la mort ?

Jacob avale sa salive avec peine.

– Je ne sais pas, admet-il d'une voix tremblante. Il nous espérait peut-être plus tôt. Des mois, des années plus tôt. Et comme on n'arrivait pas, il s'est dit qu'il avait échoué et n'était pas digne de retourner à la Civilisation. Mais on peut encore l'honorer en allant sur cette terre qu'il nous a promise.

Un profond silence plombe la pièce.

– Je ne sais pas, Jacob, intervient calmement Sissy. Pardon, mais quelque chose me perturbe à propos de la Civilisation. Du suicide du Scientifique. Je crois que le meilleur moyen de l'honorer serait de rester sur nos gardes et de nous servir de notre tête. Il faut absolument qu'on soit sûrs de nous avant de monter dans ce train.

– Et combien de temps ça va nous prendre ? Une semaine ? Un mois ? Un an ? demande Jacob en posant les yeux sur la marque de Sissy.) On ne peut pas rester ici indéfiniment.

Sissy le voit qui l'observe et retourne sa main.

– Au moins, on est nourris et logés, contre-t-elle. Cette brûlure qu'ils m'ont faite n'est qu'une égratignure. Ça me fait à peine mal, dit-elle avec un sourire rassurant. On sera bien, ici.

Jacob baisse la tête, les larmes aux yeux.

– Tu me connais, Sissy, reprend-il, tremblant d'émotion. Je n'irai jamais à l'encontre de ta décision. Si tu dis qu'il te faut du temps pour mener l'enquête, je te crois. Mais je t'en prie, fais vite. Et promets-moi que tu ne nous forceras pas à rester plus longtemps que nécessaire.

Elle s'approche de lui, le serre contre elle. La tension de Jacob se relâche d'un coup. Il passe un bras autour de sa taille, se laissant aller à de longs sanglots. Les larmes dévalent malgré ses paupières closes.

– Pas une seconde, je te le promets. D'accord, mon grand ? Tu seras le premier informé. Allez, arrête de pleurer. Tu es trop grand pour ça, maintenant.

Jacob opine, sèche ses larmes.

– Tu es vraiment une tête de mule, tu le sais ? le taquine-t-elle en lui ébouriffant les cheveux.

29

Ils s'installent pour la nuit, les trois plus jeunes se partageant le lit, Sissy restant sur le canapé, Epap sur le tapis. Je vais chercher un haut tabouret de bois dans l'entrée et l'installe près de la fenêtre du couloir. Je leur dis préférer monter la garde, au cas où.

J'entends leurs murmures dans la pièce, leurs badinages mornes et bas. Ils se taisent enfin, puis de légers ronflements montent ; leurs respirations sont parfaitement synchrones, même dans l'inconscient du sommeil. J'envisage d'aller les rejoindre, de me ménager une petite place sur le lit. Ils se serreront pour moi, comme ils l'ont toujours fait. Mais je reste vissé sur mon siège, le regard rivé sur l'extérieur. J'ai besoin d'être seul.

La pluie, qui jusqu'alors tombait à seaux, cesse brusquement. Une heure plus tard, quand même les avant-toits ont fini de ruisseler, un silence limpide envahit la nuit. Les nuages se dispersent en partie, laissant filtrer un éclat fragmenté de lune sur la chaîne de montagnes.

Gene.

Gene.

Est-ce qu'il t'a jamais expliqué pourquoi il t'avait nommé Gene ?

Le plancher qui grince interrompt mes réflexions. Sissy, aussi pâle qu'un fantôme, flotte le long du couloir. La couette est enroulée tel un châle autour de ses épaules.

– Pourquoi tu ne reviens pas dans la chambre ? me demande-t-elle à mi-voix.

Comme je ne réponds pas, elle vient me rejoindre. Elle se tourne vers la fenêtre, effleurant mon épaule de la sienne. Sa manche est remontée, des ombres sombres dissimulent son avant-bras.

Je le saisis délicatement pour l'orienter vers la lumière. Le marquage semble encore pire maintenant, la peau plissée suppurant plus que précédemment.

– Oh, Sissy…

Son regard se durcit, mais pas de la même manière. Tout à l'heure, avec les garçons, ses prunelles étaient semblables à des boucliers visant à dissimuler sa douleur. À présent, j'y lis une profonde blessure et une colère vivace.

Elle m'affirme ne pas se souvenir de grand-chose. Elle se rappelle juste les vertiges qui l'ont saisie après la soupe, la sensation d'être emportée, puis plus rien jusqu'à son réveil sur le canapé. Où elle a découvert sa cicatrice.

– Je suis sûre qu'ils en ont profité pour me fouiller, fulmine-t-elle dans un soupir. Je ne sais pas ce qui est le pire : savoir qu'ils l'ont fait, ou être incapable de m'en souvenir.

– Je suis désolé. Je t'ai cherchée partout, avec Epap. Mais…

– On ne doit pas se laisser abattre, m'interrompt-elle avec résolution. Enfin, comprends-moi bien… Je meurs d'envie de les tabasser, mais on ne peut pas s'égarer. Notre priorité est de découvrir la vérité sur ce train. Tenter d'assouvir ma vengeance ne fera que nous compliquer la tâche.

Son souffle se dépose en gouttelettes sur la vitre. Son bras tremble légèrement entre mes mains.

– Tu es sûre que ça va, Sissy ? je demande en repoussant la mèche qui lui cache les yeux. Peut-être qu'on devrait tout simplement partir. Prendre nos affaires et mettre les voiles. Tenter notre chance dans les bois.

– Non, tranche-t-elle sans hausser le ton. Où est-ce qu'on irait ? Comment est-ce qu'on survivrait ? L'hiver approche. Et puis, Jacob a raison, peut-être que le train nous emmènerait effectivement jusqu'à la Terre promise. On ne peut pas rejeter trop vite cette possibilité, c'est peut-être notre meilleure chance d'y arriver un jour.

Nous restons silencieux. Les nuages restants s'effilochent, laissant la lune éclairer un peu plus le village. Peu à peu, Sissy commence à se détendre, et ses traits à s'adoucir. Elle s'appuie légèrement contre moi. Je suis soudain bien trop conscient du contact de nos peaux nues. Je la tiens maintenant depuis de longues minutes. Lentement, je retire mes mains. Son bras tombe à son côté.

– Qu'est-ce qu'il y a ? me demande-t-elle.

J'avale ma salive.

– Rien.

Nous nous concentrons à nouveau sur l'extérieur. Le bruit des ronflements habite encore la pièce voisine.

– On doit se reposer, dit-elle enfin, m'attrapant par le coude. Viens à côté, il y a bien assez de place, et il y fait bon. Dormir nous fera du bien. On aura les idées plus claires demain matin. On pensera à un truc.

Je secoue la tête.

Son regard me scrute avec intensité.

– Gene, le loup solitaire.
– Ça n'a rien à voir.
– Alors quoi ?
– La réponse est ici quelque part. Dans le village. Pas dans notre crâne, j'affirme en fourrant les mains dans les poches de ma parka. Tu m'as dit un jour que mon père jouait à la chasse au trésor avec toi. On y jouait aussi ensemble. Tout le temps. Il cachait un objet, et me laissait de petits indices pour m'aider à le retrouver.
Cette simple évocation fait pétiller ses yeux.
– « La réponse est devant toi. Juste sous ton nez. »
J'acquiesce.
– Je n'arrive pas à me sortir de la tête qu'il m'a laissé un indice dans le village. Juste sous mon nez. Que je n'ai plus qu'à le trouver.
Je me tourne vers elle :
– Les réponses sont là dehors, à attendre qu'on vienne les cueillir.
Elle me prend la main avec tendresse.
– Je crois savoir où regarder.

30

Nous traversons rapidement les rues baignées de lune. Les profondes flaques ont l'apparence brillante du mercure. Sissy a recouvré toutes ses forces et mène tranquillement la cadence, clapotant à mon côté sur le sentier. Des chaumières flanquent les deux rives des étroites ruelles, et nous restons muets jusqu'à ce que nous ayons quitté la route principale pour nous enfoncer sur un sentier en terre.

– Par ici, m'indique Sissy.

Nous sommes à mi-chemin de la ferme.

Je m'emmitoufle dans ma parka pour lutter contre le froid et la suis jusqu'à une bâtisse isolée, à une centaine de mètres de là, en lisière des bois. On dirait une simple boîte rectangulaire. Il n'y a pas de fenêtres, seulement une porte en métal venant rompre avec la monotonie des cloisons en béton. La moitié de la baraque est éclairée par la lune, l'autre enténébrée par les branches d'arbres en surplomb.

– Le labo du Scientifique, m'explique-t-elle, tandis que nous nous en approchons. Je suis allée y fureter un nombre incalculable de fois pendant que tu étais inconscient. Je savais que les sages avaient sans doute déjà tout retourné pour trouver l'Origine, mais je voulais voir de mes propres yeux sur quoi il travaillait.

L'intérieur sent le renfermé, la moisissure. Sissy presse un interrupteur et les néons du plafond s'allument en clignotant. Le labo comporte cinq grandes paillasses, toutes couvertes de tubes à essai, de becs Bunsen, d'éprouvettes graduées et de béchers. Des manuels de chimie et des carnets noircis d'une écriture manuscrite que je reconnaîtrais entre mille jonchent les bancs, et même le sol couvert de poussière. Les recherches de mon père.

– Il devait dormir ici, m'indique Sissy en me désignant le hamac suspendu dans le coin. Un vrai rat de laboratoire, qui travaillait jour et nuit.

Je ramasse un carnet. Chaque page est barbouillée d'équations et de formules dénuées de sens. Ou du moins, si elles en ont un, il m'échappe. À mes yeux, ce ne sont rien de plus que les travaux désespérés d'un déséquilibré au bout du rouleau.

– J'ai tout compulsé, les cahiers sont tous identiques, bourrés d'équations. Est-ce que ça t'évoque quelque chose ?

Je secoue la tête. Je longe le mur, examinant les lieux. D'innombrables fioles sont stockées dans une grande armoire en verre. La plupart sont à moitié remplies d'un liquide translucide.

– Qu'est-ce qu'il fabriquait ici ? Sur quoi travaillait-il ?

La voix de Sissy me parvient depuis l'autre bout du labo, distante.

– Je crois qu'il a découvert le liquide vert à l'intérieur des bâtons lumineux.

Elle s'approche de moi, ouvre l'armoire en verre, en sort deux fioles. Elle en vide une sur une paillasse, formant une petite flaque. Puis elle ouvre la seconde, ajoute le contenu à celui de la première, et les deux liquides ainsi mélangés émettent instantanément une lumière verte.

– D'après ce que j'ai compris en farfouillant dans ses notes, il travaillait là-dessus depuis plusieurs années. C'est une sorte de source d'énergie alternative, explique-t-elle avant de ramasser un carnet qu'elle tapote sur sa cuisse. Je me demande si ça avait un autre intérêt, un but caché.

Je déterre un autre cahier. Nouvelles équations et formules chimiques, pas une seule phrase avec sujet, verbe et complément.

– C'est tout ? C'est tout ce qu'il fichait là-dedans ? Il bossait sur un liquide débile ? dis-je en feuilletant un autre carnet, que je laisse retomber presque aussitôt. Il y a forcément autre chose.

– Je les ai tous regardés, Gene. Il n'y a rien d'autre que des formules et des équations liées à ce liquide.

Je navigue entre les paillasses, fouillant la pièce du regard. J'ouvre des tiroirs au hasard, dans lesquels je trouve des béchers et des ballons sales, des lunettes de protection presque opaques, des règles en métal piquetées de rouille.

– Un signe, un indice, quelque chose. C'est quelque part par ici.

– Peut-être, admet Sissy. Autant chercher une aiguille dans une botte de foin, mais je me suis dit que si j'étais passée à côté d'un truc important, toi seul pourrais le repérer.

Je farfouille dans des armoires vitrées, repousse éprouvettes et tubes, scrute les paillasses en quête du moindre éclat de bois, passe la main sur les murs dans l'espoir d'y trouver un trou susceptible de laisser filtrer un rayon de soleil. Malheureusement, après une heure d'efforts, tout est toujours aussi lisse, terne et vide. Comme un cri silencieux.

– Gene… On a tout passé en revue, me dit Sissy en se mordillant la lèvre inférieure. Il n'y a rien.

De rage, je balaie du bras les paillasses et leurs tubes à essai, sans me soucier de savoir s'ils se brisent au sol. Puis je renverse les tabourets, les écarte à coups de pied. J'arrache les parkas poussiéreuses et les écharpes suspendues aux patères. Je cherche mon nom, écrit, gravé à l'eau-forte, taillé dans du bois, du plastique ou du verre. Je cherche la lettre G, la lettre E, la lettre N. Je ne cherche plus du tout mon père.

– Gene…

Je me replonge dans les carnets, en tourne compulsivement les pages ; mais ils ne m'offrent toujours rien d'autre que des équations absconses et des nuages de poussière qui me font ciller et monter les larmes aux yeux. Tant de temps passé à écrire, tant de lettres griffonnées. Pourtant, jamais les lettres G, E et N ne sont combinées.

– Gene…

Je déchire alors les carnets en deux, faisant craquer leurs dos comme du cartilage, et balance les moitiés mutilées sur les armoires en verre. J'éteins ensuite toutes les lumières, espérant que les lettres et les mots vont luire dans le noir, formant un message secret adressé à moi seul. Mais il n'y a rien d'autre qu'une épaisse couche de ténèbres. J'ouvre la porte à la volée, suffoquant ; mes paupières sont plus fermement serrées que mes poings, je martèle le battant en métal, tremblant de tout mon corps torturé par une colère au goût de deuil et de désespoir.

– Gene…

Sissy surgit à côté de moi, avançant dans la petite colonne de lune qui m'éclaire. Sa silhouette argentée est surmontée d'une chevelure sépia.

Elle me touche le visage. Sans me quitter des yeux, elle

suit du doigt la courbe de mon menton. Je ressens chaque pore de sa peau, la douceur de celle-ci contrastant avec le tranchant de son ongle, tandis qu'elle laisse son index courir sur mon cou, s'attarder sur ma pomme d'Adam.

J'appuie mon visage contre le métal froid de la porte. Un silence apaisant nous entoure.

– Je me souviens d'une nuit, quand j'avais sept ans. Mon père avait dû aller chercher une dent que j'avais perdue à l'école. Il n'était parti que depuis quelques heures, mais cela me semblait déjà une éternité. Je n'étais encore qu'un enfant, et j'étais certain qu'il s'était fait dévorer. Et alors que j'allais perdre tout espoir, il était rentré et je lui avais fait promettre de ne plus jamais me quitter. Il me l'avait juré, précisant que même si j'avais l'impression qu'il n'était plus avec moi depuis des siècles, il finirait toujours par revenir. Il en avait fait le serment.

Je secoue la tête, laisse échapper un soupir d'épuisement.

– Je n'arrive pas à croire qu'il m'ait malgré tout abandonné. Et pourquoi me faire venir jusqu'ici, si c'est pour me délaisser à nouveau ? Sans même un message. Sans même un seul petit mot. Ça l'aurait tué d'écrire au moins « Cher Gene » ?

Sissy me caresse la tête, plonge ses doigts dans ma chevelure, sa main frottant le dessus de mon oreille.

– Et si je suis effectivement l'Origine, est-ce que ça signifie que je n'ai jamais rien été d'autre pour lui qu'un projet scientifique ?

– Gene… chuchote-t-elle en essuyant les larmes qui mouillent mes pommettes.

Elle se penche en avant, lentement. Nos lèvres se touchent, doucement, silencieusement, tels deux nuages se croisant dans le ciel pour n'en former plus qu'un. Je ferme les yeux.

Puis la terre se met à trembler. Tout doucement, à peine une vibration.

Quand je rouvre les yeux, ma vision se restreint à la seule chose qui compte au monde, ses iris marron aux éclats verts. Ses pupilles, sombres et dilatées, s'élargissent encore, comme pour m'aspirer. Je sens ses mains glisser dans mon dos.

Je l'étreins alors, l'attire contre moi, et nous nous enlaçons enfin pour de vrai. Nous nous collons l'un à l'autre, et le bien ou le mal de la chose m'assaillent, tant et si bien que je suis incapable de faire autre chose que me blottir contre elle. Nos tempes, plaquées l'une contre l'autre, palpitent à l'unisson. Son pouls est aussi léger qu'une plume, et les mèches de ses cheveux qui me chatouillent la peau sont des doigts délicats et apaisants.

Le tremblement devient alors plus intense, secouant même les béchers à l'intérieur. Quand elle retire sa tête, c'est comme si un univers de vide se créait entre nous.

Nous nous séparons.

– Qu'est-ce qui se passe ? s'inquiète-t-elle.

Nous nous aventurons dehors. Sous nos pieds, la terre vibre dans un léger ronron. Toutefois, c'est le bruit qui retient notre attention : un crépitement métallique, un puissant sifflement. Venant de l'autre côté des bois.

– Le train… comprend Sissy.

Autre chose nous surprend : au loin, des grappes de filles de la ferme se hâtent vers ce qui doit être la gare. Telles des fourmis noires jaillissant de leur trou, elles se mettent consciencieusement en marche, franchissant la prairie perlée d'un million de gouttes de pluie scintillantes.

31

Sissy et moi filons à la lisière de la forêt, là où nous sommes le moins facilement repérables. De l'autre côté de l'avancée, nous tombons sur une vaste clairière, au beau milieu de laquelle se dresse ce qui ressemble à une gare. Des dizaines de filles sont déjà postées sur les deux quais, s'affairant à leur tâche. Sissy et moi nous accroupissons derrière un gros épicéa. Le clair de lune filtré par les branches forme des taches blanches sur le sol.

Un train est arrêté entre les deux plates-formes. De la vapeur s'élève de la locomotive, brûlante après son long voyage ; elle siffle, cliquette et claque en refroidissant. Une grosse dizaine de wagons la suivent en enfilade, tels les maillons noirs d'une chaîne. Renforcée d'arches d'acier, chaque voiture a l'apparence d'une grosse et hideuse cage à oiseau. Les barreaux, trop rapprochés pour qu'un enfant maigrelet puisse s'y faufiler, n'en préservent pas pour autant l'intérieur des éléments : la pluie, la neige, le vent. Et, plus important encore, le soleil. En d'autres termes, ce train est complètement anti-crépusculaire. Même le sol est fait de mailles métalliques. Un crépusculaire clandestin ne pourrait donc même pas trouver refuge en dessous, au risque de se retrouver réduit, en quelques minutes à peine, en une flaque gluante s'étalant sur des kilomètres entre les rails.

Toutes sortes d'objets sont entassés à l'intérieur : des boîtes de conserve, des bouteilles ou des bocaux, stockés dans de gros cubes de plastique ; des tables et des chaises parfaitement emboîtées, telles les pièces d'un puzzle géant, protégées par de grosses bâches transparentes. Du vin, du whisky et de la bière, conservés dans des caissons de verre tempérés, dotés de suspensions à air comprimé.

Je chuchote :

– Regarde…

Sur le quai le plus proche, une fille ramasse un tuyau relié à une espèce de générateur. Elle s'arc-boute, ploie les genoux pour un meilleur équilibre, et appuie sur un bouton.

Un jet d'eau continu jaillit de sa lance. La fille recule de quelques pas à cause de la pression, puis se stabilise. Tandis qu'elle commence à arroser le contenu de la voiture, une dizaine d'autres villageoises l'imitent depuis les deux quais. Elles sont réparties sur toute la longueur du train, se partageant le travail. Nous comprenons vite que nettoyer les boîtes et bâches en plastique est une priorité absolue. Pas un centimètre carré n'est oublié. Même le dessous de chaque wagon est copieusement arrosé. Une brume d'éclaboussures se forme autour du convoi.

Des petits groupes d'anciens arpentent chaque quai, écritoire à pince à la main. S'ils comptent inventorier la cargaison, rien ne semble presser. Ils flânent jusqu'au dernier wagon, où un groupe de filles s'est rassemblé.

– Rapprochons-nous, me chuchote Sissy.

Nous nous faufilons parmi les arbres aussi longtemps que possible, puis nous glissons dans la prairie. Nul ne nous remarque, le train captant la pleine attention de chacun. En particulier la dernière voiture. Les sages qui s'y trouvent hurlent aux filles de cesser d'arroser. Le générateur est déconnecté, et les tuyaux ne crachotent plus alors que quelques gouttes. Peu à peu, le nuage de condensation se dissipe. La voiture en émerge lentement.

Sissy me prend la main, la serre fermement.

À l'intérieur de la cage encore dégoulinante, quelque chose remue.

Sissy et moi sommes les seuls à nous crisper. Sur les quais, personne ne crie ni même ne tressaille. Une silhouette s'agite, s'approche du bord. D'autres apparaissent, se levant en même temps, telles les vagues d'une mer agitée. Alors que les derniers murmures du générateur s'estompent, d'autres sons nous parviennent : des bêlements, des gloussements, des grognements de peur, de fatigue et de faim.

Je souffle bruyamment par le nez. Le soulagement m'ôte le poids qui m'écrasait la poitrine.

– Qu'est-ce que c'est ? me demande Sissy.

– Du bétail, dis-je alors qu'elle m'interroge du regard, tentant de comprendre. Les crépusculaires adorent manger certains animaux, je lui explique. Des vaches, des poulets, des cochons. Bien sûr, ils préfèrent de très loin notre chair, mais quand même… À cause d'eux, ces espèces sont en voie de disparition. Et aujourd'hui, seules les élites peuvent en bénéficier, quoique en de rares occasions. Le reste de la population n'en mange *jamais* ; la plupart se nourrissent uniquement de produits de synthèse. Sissy… je poursuis avec excitation, les crépusculaires ne céderaient jamais leur bétail. Et surtout pas à des humains.

Elle semble soudain comprendre.

– Donc, à l'autre bout de ces rails…

– … Ne se trouvent sans doute pas des crépusculaires, je confirme en lui serrant la main. C'est forcément un endroit peuplé de gens comme nous. La Civilisation est bien la Terre promise ! Jacob avait raison, on s'inquiétait pour rien.

Le regard de Sissy parcout la longueur de la voie ferrée, la regardant disparaître dans la nuit.

Je reprends la parole.

– Je pensais que la viande que nous mangions depuis notre arrivée venait de la ferme, pas qu'elle nous était livrée. Mais ça me paraît bien plus logique. Vu les quantités que nous consommons, jamais un simple élevage n'aurait suffi. Il faut donc importer.

Cependant, Sissy a toujours la tête tournée, le menton saillant telle une falaise de granit au clair de lune. Elle m'observe du coin de l'œil, puis examine son avant-bras. Sa chair marquée.

– Je ne sais pas, Gene, chuchote-t-elle en fronçant les sourcils et en se mordillant la lèvre inférieure. Je suis peut-être trop prudente, mais cela ne me suffit pas.

Nous observons silencieusement l'activité qui se poursuit sur les quais. De nouveaux sages arrivent. Ils sont hilares, le sourire béat, manifestement ravis de la cargaison. Déjà, certains d'entre eux ouvrent les coffres d'alcool, débouchent quelques bouteilles. Le rire de Krugman fend l'air nocturne une ou deux secondes avant que son visage ne m'apparaisse. Il tient deux bouteilles par le goulot, comme s'il étranglait une paire d'oies.

Les filles s'activent en silence, mécanisme bien huilé : une rangée s'éloigne de la gare, les bras lestés, tandis qu'une autre revient à vide, tel le ressac. Leurs pieds réduits les empêchent d'aller très vite, mais leur nombre fait leur force.

Elles auront fini de décharger à l'aube, au plus tard à midi. Alors le train sera prêt à repartir dans l'autre sens.

Sissy sait ce que cela signifie. Elle doit faire un choix rapidement. Toutefois, son visage exprime l'indécision.

– J'ai une idée, lui dis-je pour lui venir en aide, me plaçant face à elle et posant les mains sur ses épaules. Je vais monter à bord. Mais seulement moi. Toi et les garçons resterez ici. Non, écoute-moi jusqu'au bout. Je verrai bien ce qui se trouve à l'autre bout de ces rails. Si c'est ce que nous espérons, s'il s'agit bien de la Terre promise, je reviendrai vous chercher par le prochain train. Et nous repartirons tous ensemble.

– Et si…

– Si je ne reviens pas, vous saurez qu'il ne faut pas y aller.

Elle secoue toujours la tête, mais plus lentement. Elle semble hésiter. Mon plan tient la route, et elle le sait. Elle me regarde alors droit dans les yeux.

– Pas question.

– Sissy…

– Non. Pas question que tu joues au héros sacrificiel.

– Ce n'est pas ce que je veux. Réfléchis, Sissy… Ça vous permettrait de rester ensemble, toi et les garçons. N'est-ce pas ce que tu voulais ?

Ses prunelles vacillent un court instant.

– On reste ensemble, voilà ce que je veux.

– Les garçons s'en sortiront très bien sans moi.

Elle me pose la main sur la joue.

– Quand je dis « On reste ensemble », je veux dire toi et moi.

Mes mains quittent ses épaules.

– Sissy…

– Je ne veux pas rester sans toi, souffle-t-elle.

Une légère brise caresse la prairie, rabattant une mèche de cheveux sur son visage. Ses yeux, expressifs et intenses, ne quittent pas les miens. La lune y fait danser quelques éclats d'argent. Puis tout bruit semble cesser : le vent jouant dans l'herbe, les voix sur les quais de la gare, le bétail du train… Le seul son égayant encore l'univers est celui de sa voix.

– Je veux que rien ne nous sépare, chuchote-t-elle. Pas pour une semaine. Pas pour une journée. Pas même pour une heure, Gene.

Je repousse délicatement ses cheveux derrière son oreille, et elle pose sa tempe dans le creux de ma main, appuyant sa pommette contre ma peau. Je réfléchis intensément.

Elle doit sentir ma résolution, voir mes pupilles se contracter. Car dès que je fais mine de m'écarter d'elle, elle tend la main pour me rattraper. Trop tard.

– Gene ! Non !

Je traverse déjà le pré en direction de la gare. Je l'entends s'élancer à mes trousses. J'ai néanmoins bien trop d'avance. Je grimpe trois à trois les marches menant au quai.

– Krugman ! je m'écrie.

Il est au milieu de la plate-forme. Je me précipite vers lui, fendant les groupes de filles sur mon passage.

– Je vais monter dans le train, lui dis-je en le rattrapant, tentant de reprendre mon souffle et de parler en même temps. Mais tout seul. Les autres vont rester ici et attendre mon retour. Alors seulement nous repartirons tous ensemble.

Sissy me rejoint quelques secondes plus tard.

– Quoi qu'il vous ait dit, cela n'arrivera pas, intervient-elle en se tournant vers moi, écumant de rage. Hors de question que tu montes tout seul à bord de ce train.

– Laisse-moi faire, dis-je, insistant.

Krugman part d'un rire tonitruant, piétinant le sol tel un

lutin en pleine danse. Les sages qui l'entourent se regardent puis sourient. Certains s'esclaffent de conserve avec leur chef.

– Ah là ! là ! dit ce dernier en se donnant une tape sur le ventre. Me voilà pris en pleine querelle d'amoureux ! Je n'aurais jamais cru que ce serait si drôle à voir. C'est tellement… *dramatique !*

Il recouvre brusquement son sérieux, cesse de rire. Les autres sages en font autant, leurs lippes venant recouvrir leurs dents. Krugman nous contemple, les bajoues pendantes.

– Le fait est que cette discussion n'a aucun intérêt. Tout cela est purement spéculatif. Car vous allez *tous* monter dans ce train. Vous avez lu l'ordre officiel de la Civilisation : vous devez effectuer le voyage. *Tous ensemble.* Le débat est clos. Le train sera prêt à partir dans quelques heures.

Les paroles suivantes de Sissy sortent avec calme. Pourtant, les anciens tressaillent à chacune des syllabes qu'elle prononce.

– Ça m'étonnerait, déclare-t-elle. Personne ne va monter là-dedans.

Krugman fait saillir sa mâchoire inférieure, adressant un regard noir à Sissy.

– Puis-je savoir ce qui te met dans tous tes états ?

Elle répond dans un murmure.

– Puisque nous en sommes là, autant se dire les choses franchement. Nous nous posons des questions sur la Civilisation. Nous ne sommes pas sûrs que ce soit l'endroit que vous nous avez dépeint.

– C'est ce que j'ai cru comprendre, réplique Krugman avec un long soupir, et les glaires qu'il a au fond de la gorge se mêlent à sa mauvaise haleine. Je vais tâcher de ne pas prendre offense de ce manque de confiance évident. Je vais essayer de ne pas me sentir… trahi – le mot est-il trop fort ? Non, je ne pense pas – par cette absurde idée que j'aurais pu vous mentir au sujet de la Civilisation.

Il crache par terre une sécrétion grosse comme une fiente, qui s'écrase en un amas jaunâtre et gluant cerné de bulles minuscules.

– Après tout ce que j'ai fait pour vous, après tout ce que je vous ai donné, voilà comment je suis récompensé. Non seulement de l'ingratitude, mais de la suspicion ? Allons, qu'ai-je donc fait pour susciter pareille défiance ?

– À votre avis ? rétorque Sissy d'un ton cassant.

Il sourit, puis se penche légèrement en avant pour observer son avant-bras. Sa langue darde à la commissure de ses lèvres.

– Je crois que cela s'infecte, constate-t-il avec un rictus.

Elle arrache son bras à sa contemplation.

– Je vous ai traités comme des hôtes de marque, mais vous êtes ici *chez moi*. Il existe certaines règles que même les invités les plus prestigieux se doivent de respecter. Je suis navré que tu aies choisi de les enfreindre. Cependant, c'était *ta* décision.

Il regarde les autres filles avec un air attendri. Elles baissent toutes la tête quand il pose les yeux sur elles, s'inclinent aussi bas que possible.

– Ces règlements et ces préceptes que tu méprises tant sont la couverture qui permet à toute notre communauté de se sentir bien au chaud et en sécurité.

– Désolée, mais je ne me sens ni au chaud ni en sécurité.

– Oh là ! là ! que de commentaires palpitants, aujourd'hui.

Il claque des doigts, et une fille approche avec des timbales de whisky sur un plateau. Il en vide une, s'essuie la bouche d'un revers de la main, si maladroitement qu'il s'étale du liquide sur la joue.

– Laisse-moi te donner un petit conseil. Je veux bien

admettre que tu aies vécu des moments difficiles. Tu sembles épuisée. Pourquoi ne profiterais-tu pas des prochaines heures pour te reposer ? Si tu faisais de la Mission ta petite retraite personnelle ? Jusqu'à demain, quand viendra l'heure de monter dans ce train pour la Civilisation. D'ici là, détends-toi, arrête de poser des questions pernicieuses et profite du temps qu'il te reste dans ce lieu magnifique.

– Vous dites que la Civilisation est un paradis ?

Je suis intervenu en me plaçant devant Sissy.

L'attitude de Krugman me rend plus suspicieux que jamais. Je suis de moins en moins optimiste.

– Effectivement, confirme-t-il.

Je marque une pause.

– Dans ce cas, je suis perdu. Vous pourriez peut-être m'aider à y voir plus clair ?

– Comment cela ?

– Puisque la Civilisation est un endroit si merveilleux…

– Oui ?

– Je ne comprends décidément pas pourquoi le Scientifique n'a pas voulu y aller. Pourquoi a-t-il décidé de ne pas monter dans ce train ?

Le rictus s'efface du visage de Krugman. Les yeux de tous les sages se braquent sur moi. Leurs iris sont froids comme de l'acier.

Krugman me toise longuement.

– Nous en avons déjà discuté. C'était un homme perturbé.

Ses mots ressemblent moins à une suggestion qu'à une menace, me mettant au défi de le contredire.

– Notre erreur a été de ne pas le contraindre à rejoindre la Civilisation. Cet homme avait besoin d'un traitement psychologique. Il aurait fallu l'interner.

– Vraiment ?

– Et puis, qui peut lui reprocher d'avoir voulu rester ici, à la Mission ? Certes, ce n'est pas la Civilisation, mais ce n'est pas non plus un taudis, pas vrai ? Ce n'est pas loin d'être aussi bien, si tu veux mon avis. Une marmite d'or au pied d'un arc-en-ciel, un véritable rayon de soleil. Où les chants, les sourires et la joie sont de rigueur.

– Eh bien, cela m'amène à ma deuxième question… dis-je.

– Je t'écoute.

– Si ce village est effectivement un rayon de soleil…

– Oui ?

– Alors, pourquoi le Scientifique s'est-il donné la mort ?

Un silence.

– Fais attention, mon garçon, m'avertit l'un des anciens.

– Mais enfin, vous venez de dire que la Mission était comme une marmite d'or au pied d'un arc-en-ciel. Ce sont précisément les termes que vous avez employés. Dans ce cas, pourquoi diable s'est-il pendu ?

La réplique de Krugman ne se fait pas attendre.

– Comme je l'ai déjà dit, comment peut-on expliquer les actes d'un dément ? Il était l'exception à la règle. Tout le monde est heureux, ici. Regarde autour de toi et dis-moi que tu ne vois pas un nombre incroyable de visages souriants.

– Vous parlez des tatouages qu'elles ont sur le bras ? intervient Sissy.

– Eh bien, non… mais nous pouvons en discuter. Ces filles arborent leurs tatouages avec fierté. En réalité, elles adorent exhiber leurs marques de Mérite. Ce sont comme des trophées. C'est vraiment ainsi qu'elles ressentent les choses. Des trous à leur ceinture marquant leur progression vers leur rêve éveillé : un ticket pour la Civilisation.

– On dirait que tout le monde cherche à quitter ce lieu, rétorque Sissy.

Une vache dans la dernière voiture meugle bruyamment.

– Personne ne semble vraiment apprécier cet endroit, renchérit-elle. À cause de son règlement. À cause de…

– Ça suffit ! aboie Krugman.

– … des anciens, des…

J'avise sur ma droite l'un des sages qui avance d'un pas. Il pointe Sissy du doigt.

– Elle va trop loin ! On devrait la jeter en pâture à la cr…

– Suffit ! tempête Krugman d'une voix si puissante que je sursaute.

La peau de sa figure semble se détacher du crâne, et son grain de beauté poilu tressaute sur son menton. Les autres sages se contractent tel un muscle collectif autour de moi, se resserrant en un nœud gigantesque. Pendant quelques secondes, Krugman soupire lourdement, paraissant regretter son accès de colère. Cependant, quand il murmure sa phrase suivante, conférant à chacun de ses mots une nuance de menace, il est clair qu'aucun regret ne l'anime.

– Vous monterez tous dans ce train demain. Fin de la discussion.

– Oh non ! Nous avons encore des tonnes de choses à discuter. Mais nous en débattrons entre nous, en privé. Juste tous les six. Viens, me dit Sissy, rentrons. Cette conversation a assez duré.

– C'est nous qui décidons quand une conversation a assez duré ! aboie un ancien à la barbe poivre et sel.

– Laissez-moi vous dire une bonne chose, rétorque Sissy. Nous allons retourner à notre chaumière. Et vous allez nous laisser tranquilles. Nous déciderons seuls de grimper ou non dans ce train. Et même si nous déclinons votre offre généreuse, ne vous en faites pas, nous quitterons votre précieux village. Nous irons explorer les environs. Et nous seuls déciderons du chemin à suivre. En attendant, nous allons nous préparer tous les six et manger notre propre nourriture.

– Ça ne va pas se pas…

– Viens, Gene, on rentre ! commande Sissy en m'attrapant le bras, et nous commençons à faire demi-tour. Nous ne voulons pas qu'une chorale vienne nous réveiller en chanson. Nous ne voulons pas que des filles souriantes équipées de bâtons lumineux nous apportent le repas…

– Vous êtes de vraies plaies, vous en avez conscience ? hurle soudain Krugman, avec une puissance et une haine encore jamais perçues.

Il a complètement perdu les pédales. Comme si une personne radicalement différente avait pris possession de son corps.

Les villageoises les plus proches de nous s'empressent de déguerpir.

– Tu vas devoir apprendre à rester à ta place, fillette ! rugit-il, les oreilles écarlates. As-tu vu une autre fille m'interrompre, ou même me parler, ou me regarder dans les yeux ? Tu n'as donc rien appris ? enchaîne-t-il, et sa voix se fait plus basse, mais toujours aussi furieuse. Un marquage ne t'a pas suffi, n'est-ce pas ?

– Si quelqu'un mérite d'être marqué, c'est vous ! réplique-t-elle.

Krugman en reste bouche bée. Ses bajoues tremblent comme s'il venait de recevoir une gifle.

– Espèce d'horrible harpie aux gros pieds, murmure-t-il. Personne ne me parle comme ça devant les autres sages sans en payer le prix. Personne ne me parle comme ça devant les filles sans en subir les conséquences.

Il fait alors trois pas rapides en direction de Sissy, son menaçant battoir brandi.

Je m'interpose en hurlant :

– Ça suffit !

Krugman s'arrête en pleine course. Ses yeux sont deux cratères en furie, un magma rouge irrigue ses joues. Il respire lourdement par ses naseaux dilatés, sa poitrine se soulève et retombe avec force. Son regard assassin tente d'atteindre Sissy à travers moi.

– J'ai été gentil, dit-il. Je vous l'ai demandé poliment. Manifestement, ce n'était pas la bonne approche. Je sais aussi être brutal. C'est ce que vous voulez ? Car papa peut se montrer méchant, si vous préférez.

Il bondit soudain à une vitesse ahurissante, me bousculant jusqu'à la foule d'anciens. Je me fracasse l'arrière du crâne sur quelque chose d'atrocement dur et perds soudain toute maîtrise de mon corps. Je m'effondre sur le sol

– Gene ! s'écrie Sissy.

J'entends un claquement de peau et lutte contre l'inconscience. J'aperçois alors Sissy se faire soulever par le cou, comme un petit chien. Elle est éloignée de force par des bras poilus et gras qui l'étranglent telle une laisse.

– Emmenez-la ! ordonne Krugman. Enfermez-la dans le train.

– Ne la touchez pas !

J'ai crié, puis me suis relevé je ne sais comment et me surprends à charger droit devant moi. J'attrape le ravisseur de Sissy, si obèse qu'il en est presque liquide. Je lui décoche un coup de poing au visage. Je sens les os se briser, vois trembler le lard de sa face. Il pose un genou à terre, relâche Sissy. Il s'essuie la figure et avise le sang qui dégouline d'une plaie ouverte.

– Trop, c'est trop ! déclare-t-il d'un ton qui me glace le sang.

Je lui balance mon pied en pleine tête, et il tombe le nez dans la poussière.

Tout un groupe s'est matérialisé devant moi. Une pluie de coups s'abat sur moi. J'en pare autant que possible, mais mes assaillants sont trop nombreux. Je suis projeté de l'un à l'autre, je n'arrive plus à respirer. Ma vision se ternit. Des bras se referment autour de mes épaules, des serres s'attaquent à mon ventre.

J'entends des bruits de lames, remarque une gerbe d'étincelles.

Sissy.

Elle tient une dague dans chaque main. L'une était à sa ceinture, l'autre dissimulée dans sa botte. Elle les fait tournoyer, et ce ne sont pas des menaces en l'air. Sa résolution se lit dans son regard. Elle n'hésitera pas à trancher dans le vif. Elle fera amèrement regretter quiconque tentera d'intervenir.

Krugman la sous-estime et se rue sur elle.

Elle dresse la main droite, l'abat brusquement ; et alors que je m'attends à l'écœurant splash du métal fendant la graisse, je n'entends qu'un puissant son mat.

Sissy lui a écrasé le crâne avec le pommeau de son arme. Elle a cogné avec le manche, pas avec le tranchant.

Krugman vacille. Ses yeux se révulsent puis se ferment comme il s'effondre mollement sur la plate-forme. Son corps oscille d'avant en arrière. Il pousse un gémissement.

Maintenant que leur chef est tombé, les autres anciens se découragent.

Sissy et moi regagnons rapidement l'escalier. Les filles nous contemplent avec terreur, bien que je détecte une forme d'admiration et de respect dans les prunelles de certaines.

– Il l'a bien cherché, leur dit Sissy.

L'un des sages, au visage sinistre grêlé de vérole, réplique.

– Vous vous trompez. Vous vous trompez mortellement. Vous verrez. Mortellement.

Les autres s'esclaffent. D'abord un simple ricanement, puis un rire tonitruant, un genre de braiment qui me fait froid dans le dos.

– Ne t'arrête pas, je chuchote à Sissy. Surtout, ne t'arrête pas.

De retour sur la place du village, nous découvrons les rues désertes. Il n'y a pas âme qui vive. Même les fenêtres et les portes des chaumières sont verrouillées. Des éclats de rire graves nous parviennent depuis la gare et nous poursuivent jusqu'à ma masure.

32

Nous attendons l'aube. Blottis autour de nos sacs dans la chambre, prêts à déguerpir aux premières lueurs. Sissy, Epap et moi avons élaboré un plan : nous allons suivre les rails. À pied. Le voyage pourra durer des semaines, voire des mois ; mais au moins nous ne serons pas prisonniers à l'intérieur d'un wagon. Nous pourrons cueillir et chasser de quoi manger. Et quand nous serons assez proches de la destination, nous pourrons étudier les lieux de loin et décider de poursuivre ou de changer de direction. Être libres de nos mouvements a achevé de nous convaincre que cette stratégie est la meilleure.

Sissy veut partir sur-le-champ, mais je parviens à l'en dissuader. Dans les bois, l'obscurité serait si profonde que nous serions à la merci du moindre danger. Mieux vaut attendre le jour. En outre, nous ne pourrons pas franchir le pont avant qu'il s'abaisse demain. En attendant, mieux vaut rester au chaud et garder nos forces. Dormir un peu, si possible.

Nous contemplons les flammes du foyer. Ben se plaint d'avoir soif. Sissy et Epap se rendent furtivement à la rivière pour y remplir une cruche. Ils affirment n'avoir croisé personne, que tout est calme. La nuit s'épaissit, menaçante. Pas une lueur ne brille dans le village, pas même un éclat vert ou la lumière vacillante d'une bougie. L'impression de danger épaissit l'atmosphère.

La fatigue nous rattrape, le sommeil nous tend les bras. Nous décidons de faire des rondes d'une heure. Au moindre signe suspect, nous fuirons. Encore électrisé par la rixe de la gare, je me porte volontaire pour la première heure de surveillance. J'ai l'impression que je ne pourrai pas m'endormir avant des heures.

Je suis désormais comme seul dans la chaumière endormie. Les minutes s'égrènent. Je crois entendre un léger ronflement. Mon souffle se dépose sur les carreaux avant de se dissiper, puis de réapparaître à l'exhalaison suivante, tel un spectre éphémère.

Le son du chant arrive *crescendo*. Je crois d'abord qu'il émane de l'un des garçons dans la pièce, mais quand la mélodie gagne en puissance et que les paroles me parviennent, je comprends que cela vient de l'extérieur.

Je me penche en avant, jette un coup d'œil par le carreau embrumé. Il fait toujours nuit noire, on n'y voit goutte. J'entrouvre la fenêtre, et la voix est soudain plus claire. Il n'y a rien d'étonnant à ce que quelqu'un chante à la Mission, mais cette fois c'est très différent.

Pour commencer, il s'agit d'un solo. Extrêmement dépouillé, presque nu par rapport aux chorales habituelles. Et puis il y a autre chose : le timbre est hanté de mélancolie, contrairement à l'exubérance coutumière. Et le texte est dépourvu de l'optimisme mielleux que nous subissons ordinairement.

« Seigneur et Dieu de pouvoir,
Protège-moi et nourris-moi ce soir.
Seigneur, Dieu de pouvoir,
Ce soir, comme tous les soirs. »

Mon souffle s'accélère. Je connais ce cantique.

C'est une berceuse que ma mère me chantait souvent.

Bien sûr, la voix n'a rien à voir. Celle de ma mère – le seul souvenir que je garde d'elle – était douce et mélodieuse, tandis que celle-ci crépite comme une chaîne de métal que l'on traîne. En revanche, la mélopée est rigoureusement identique. Même les paroles, que j'ai oubliées depuis longtemps, s'imbriquent parfaitement, à l'instar d'une clé retrouvée tournant dans une serrure inusitée depuis une éternité.

En quelques secondes, je me retrouve dehors dans le froid glacial. La chanson s'arrête. J'ai tout juste le temps d'apercevoir une tache grise disparaître dans les ténèbres. Je me lance à ses trousses.

Il est rapide. Car il s'agit forcément d'un garçon : les villageoises, handicapées par leurs pieds de lotus, ne pourraient pas atteindre une telle allure.

– Hé, vous ! Attendez !

Il ne se retourne pas, ne ralentit pas non plus. Il semble au contraire prendre de la vitesse. Il s'abrite derrière une masure. Le temps que je tourne à sa suite, il s'est volatilisé. Tout n'est que silence et ténèbres. Puis… là ! La silhouette, mince comme une pelure d'oignon, coupe à travers le pré en direction de la muraille. Ses cheveux presque blancs scintillent dans la nuit. Maintenant je sais qui c'est. Je l'appelle.

– Clair !

Elle continue sa cavalcade. Je peine à garder le rythme, sur l'herbe désormais haute. En quelques minutes, elle atteint le rempart et se tapit dans son ombre telle une pierre jetée dans un lac noir. Elle est là et, en même temps, elle n'y est pas.

Quand j'atteins le mur, je touche l'acier sombre et froid. Il est parfaitement lisse. Rien n'indique la moindre ouverture. J'aperçois alors ses empreintes, petites éclaboussures argentées dans la rosée nocturne, longeant le mur en direction de la tour du coin. Je recommence à courir, découvre une porte. Je tire le battant, puis pénètre dans la tour. Ses bottes résonnent dans l'escalier en colimaçon.

– Clair, attends !

L'écho de ma voix me surprend moi-même. Je gravis bruyamment les marches métalliques.

Elle n'est pas dans la pièce au sommet. Une porte ouvrant sur la muraille à l'extérieur est entrebâillée. Quand je la franchis, je la vois qui m'attend à mi-distance, scrutant les montagnes baignées de lune.

Elle ne se retourne pas avant que je ne sois plus qu'à quelques mètres d'elle. Et même là, elle ne bouge pas, exhalant calmement un nuage de vapeur, à chacune de ses respirations contrôlées.

Quand elle pose les yeux sur moi, je les vois mouillés de larmes.

– Je savais que c'était toi, dit-elle. Tu es exactement comme t'a décrit ton père.

33

– Q… quoi ?

J'ai bredouillé. Les pensées se bousculent dans ma tête. Je m'approche d'elle sur des jambes soudain flageolantes.

– Dès que je t'ai vu, reprend-elle avec un sourire triste, j'ai su que c'était toi. Son fils.

– Il t'a parlé de moi ?

– Je savais que ça ne pouvait pas être un des autres garçons, ils sont trop jeunes. Et le plus âgé, Epap, ne correspondait pas. Mais toi… Cette même détermination qui vous anime. Ce même regard, à la fois furieux et triste.

– Clair ! De quoi tu parles ? je demande, saisissant son coude. Comment sais-tu tout ça ?

Elle semble soudain paniquée, et je relâche mon étreinte.

– Est-ce que vous avez l'Origine ? demande-t-elle. Je te promets de tout te raconter, mais s'il te plaît, dis-moi, est-ce que vous avez l'Origine ?

Je la libère complètement.

– Je ne sais pas. Je n'en suis pas certain. Mais dis-moi ce qui se passe ici. Explique-moi tout.

Elle regarde la noire prairie qui dévale la colline jusqu'au précipice. De loin en loin, de gros rochers bossellent le paysage.

– Je n'ai pas beaucoup de temps, annonce-t-elle. On nous a suivis. En fait, c'est toi qu'on a suivi. Tu as vraiment mis les anciens en boule à la gare, tout à l'heure.

– Ils s'en remettront.

– Crois-moi, ça m'étonnerait.

– Ne t'inquiète pas, d'accord ? Personne ne nous a suivis. Arrête d'imaginer des…

– Non, personne ne m'a suivie. J'ai été aussi discrète qu'une souris. Mais toi, avec ta délicatesse d'avalanche… réplique-t-elle, me désignant un groupe de masures. Regarde par là. On distingue deux personnes debout. Elles approchent.

Elle a raison. Deux taches grises suivent le sentier avec précaution, la tête rentrée dans les épaules. Ils nous pistent.

– Alors, dépêche-toi !

Elle s'exprime sans hésitation ; ses pensées sont bien organisées, comme si elle avait répété sa tirade.

– Il m'a dit que cette chanson ferait sortir son fils. Un test infaillible. Il ne s'est pas trompé, dit-elle en souriant. Depuis, je me la suis chantonnée tous les jours pour être sûre de ne pas l'oublier.

– Mais pourquoi as-tu attendu si longtemps ? Je suis ici depuis plusieurs jours.

– Crois-moi, j'ai essayé, mais je ne pouvais pas non plus l'entonner à tue-tête. Les paroles sont subversives, les anciens m'auraient mise au bûcher pour ça. Non, il me fallait attendre le bon moment.

– Cette nuit…

– Ce n'était pas l'idéal, vu que tout le monde est à cran

après ce qui s'est passé à la gare. Mais étant donné ton départ imminent pour la Civilisation, je n'avais pas le choix.

Je contemple la prairie. Les deux hommes sont pliés en deux, examinant le sol. Ils reprennent la direction de la forteresse.

– Dépêche-toi, raconte-moi tout.

Elle prend une profonde inspiration.

– La Mission a été construite il y a de nombreuses décennies.

– Abrège ! Saute les cinq premières minutes de ton exposé. Dis-moi ce qui se passe.

Elle secoue la tête.

– Ce n'est pas aussi simple. Je dois te parler de…

Je pousse un soupir agacé.

– Vite, s'il te plaît !

Elle soupire à son tour.

– Dis-moi ce que tu sais déjà, on va partir de là.

– Mon père vivait ici en reclus, je m'empresse de réciter. Apparemment, il divaguait au sujet d'un remède pour les crépusculaires, l'Origine. Finalement, il a été exilé dans une cabane, celle où tu nous as trouvés. Et c'est là qu'il s'est suicidé.

Elle ne répond pas, se contentant d'observer l'approche de nos deux traqueurs. Ils ont beaucoup progressé. Elle m'attrape par le bras et s'empresse de me faire rentrer dans la salle de la tour. Elle referme la porte derrière nous, et la pièce est aussitôt plongée dans les ténèbres. Un craquement de plastique, puis un autre. Une lumière verte éclaire les lieux.

– L'essentiel de ce que tu m'as dit est exact, reprend Clair en me confiant un bâton lumineux. Ton père a eu du mal à s'intégrer à la communauté de la Mission. Il affirmait que les choses avaient changé pour le pire, accusait Krugman de diriger une… déclare-t-elle, marquant une pause le temps de se remémorer les termes exacts… une « dictature totalitaire ». Les sages ne savaient plus quoi faire de lui. Certains estimaient qu'il était un fléau pour le moral collectif et voulaient le renvoyer à la Civilisation. D'autres estimaient qu'il avait de la valeur et que, avec le temps, il deviendrait un atout puissant. Ils ont donc trouvé un compromis : il pouvait rester, mais pas dans le village. Ils l'ont donc autorisé à s'installer dans la cabane.

– Tout seul.

Elle hoche la tête.

– Ils ont fait de moi leur coursière. Je devais me rendre là-bas deux fois par semaine, avec des médicaments et des provisions. C'est pour ça qu'ils ne m'ont pas bandé les pieds, pour que je puisse parcourir tous ces kilomètres et grimper à l'échelle de câbles. Au début, j'ai détesté ça, surtout parce que j'avais de gros pieds de garçon tout moches. Les autres filles se moquaient de moi sans répit. « Pieds d'homme, pieds d'homme, pieds d'homme… », répète-t-elle, cette simple évocation la faisant grimacer. Mais petit à petit, j'en suis venue à apprécier la solitude de mes randonnées. Et, à terme, sa compagnie. La première fois, il m'a offert un verre d'eau. Puis des goûters. Et un jour, on a commencé à prendre nos repas ensemble. Au fil des mois, nous nous sommes rapprochés. Il m'a parlé de sa famille, de sa femme, de ses enfants. De toi. Il m'a dit où il travaillait…

– Qu'est-ce qu'il t'a raconté, précisément ?

Ma voix paraît très forte dans la pièce.

– Quoi ?

– Sur moi, qu'est-ce qu'il t'a raconté ?

Les mots se précipitent maladroitement hors de ma bouche, tels des cubes de bois dévalant un escalier.

– Que tu viendrais ici un jour. Il en était certain.

Je bascule d'un pied sur l'autre.

– Autre chose ?

Elle lève les mains, exaspérée.

– Arrête de m'interrompre ! Je dois tout te dire dans l'ordre, pour être sûre de n'oublier aucun détail d'importance…

– Non. Parle-moi d'abord de ça. Dis-moi d'abord ce qu'il t'a raconté.

Elle prend une profonde inspiration.

– Bon, très bien.

Dehors, des échanges de voix encore lointains retentissent. Ils se rapprochent toutefois.

– Il a dit que tu étais né avec une mission. Que ton destin était très spécial.

– Moi ?

– Que tu avais un but, une vocation. Que ton existence avait infiniment plus de valeur que tu ne l'imaginerais jamais, complète-t-elle, retirant sa capuche. Pourquoi tu me dévisages comme ça ?

– Je ne sais pas de quoi tu parles. Mon père n'a jamais rien évoqué de tout ça. Quelle mission ?

– Je suis censée t'en informer petit à petit.

– Ces derniers temps, j'ai toujours tout découvert en bloc. Dis-moi.

Elle s'approche de moi, son regard planté dans le mien.

– Ne sois pas surpris, et n'aie pas peur de ce que je vais t'apprendre.

– Quelle est ma mission, Clair ?

– Tu ne dois pas monter dans ce train, Gene, répond-elle,

son regard ne quitte pas le mien. Pas demain ni après-demain. Jamais. Tu dois aller ailleurs.

Je scrute son visage sans comprendre.

– Quoi ? Où ça ?

– Trouver ton père, Gene. Il est vivant.

34

Ses mots me frappent avec une puissance remarquable. J'en ai les genoux tout chancelants.

– Il est vivant ? Où est-il ?

Je m'entends parler. Ma voix, à mille kilomètres de distance, est noyée sous le tumulte des pensées qui se déchaînent dans mon esprit.

Elle s'apprête à répondre, puis secoue la tête.

– Pas le temps, décrète-t-elle calmement, comme si elle s'adressait à elle-même. Viens ici.

Elle me conduit vers l'autre bout de la pièce, déplace quelques boîtes et cartons vides dissimulant une petite porte.

– Pas possible, je bégaye. Ne me dis pas qu'il est là-dedans.

– Bien sûr que non, réplique-t-elle. Ne sois pas ridicule.

Elle ouvre la porte et la franchit. Je la suis. Une seconde plus tard, j'entends le craquement familier du plastique, suivi du halo verdâtre.

Nous sommes dans un long couloir dont l'extrémité disparaît dans les ténèbres. Le long des murs, tels de gros papillons épinglés, se trouvent plusieurs bidules étranges, semblables à d'énormes cerfs-volants de large envergure.

– Nous sommes dans la muraille, à présent, m'explique Clair.

– C'est quoi, c'est trucs ?

– Ça s'appelle des Deltaplanes.

Je touche la texture du plus proche. Une sorte de plastique synthétique.

– Dans les premiers temps, poursuit-elle, quand les gens de la Mission prenaient encore leur devoir à cœur, des villageois s'en servaient pour surveiller les environs. Toujours sous la protection du soleil. Histoire de garder un œil sur les crépusculaires, de s'assurer qu'ils restaient en ville et ne s'amusaient pas à explorer les environs ou à traverser le désert.

Je contemple les dizaines de toiles qui recouvrent toute la longueur et toute la hauteur du mur.

– Pourquoi ne le font-ils plus ?

– Les anciens sont devenus trop gros et gras pour s'en servir. Et, selon la rumeur, ils en ont interdit l'usage après que quelques filles se sont envolées avec pour ne jamais revenir. Aujourd'hui, plus personne ne peut les utiliser, les sages sont encore plus obèses qu'avant, et les filles ne peuvent plus décoller à cause de leurs pieds de lotus. Mais tout le monde s'en fiche, plus personne ne se souvient même de leur existence.

Je parcours le couloir avec mon bâton lumineux, mon rectangle de lumière verte venant caresser les murs alentour, me révélant d'autres Deltaplanes couverts de poussière.

– Est-ce qu'ils sont encore en état ?

Elle arbore un petit sourire narquois.

– Tu n'irais pas bien loin, ils sont vraiment trop abîmés.

La plupart de ceux qui étaient encore utilisables ont été brûlés il y a des années.

Elle remarque mon froncement de sourcils.

– Un grand bûcher funéraire ordonné par les anciens. Ce couloir… je crois que c'était l'atelier de réparation. Ils ont oublié de détruire ceux-ci.

Je reviens sur mes pas et caresse la grande toile suspendue près de la porte. Son envergure est particulièrement ample, son matériau extrêmement coloré.

– Celle-ci semble neuve, dis-je.

Clair acquiesce.

– Relativement. C'est la seule dont je sois sûre de l'état.

– Mon père ?

Elle laisse ses doigts courir dessus avec tendresse.

– C'est lui qui l'a fabriquée. C'était le prototype. Deux personnes peuvent s'envoler en même temps. On l'a fait plusieurs fois, ton père et moi. Il m'a montré comment faire.

– Il volait souvent ?

– Oui. Toujours en secret, bien sûr. De nuit. Les anciens ne l'auraient jamais laissé faire. Dès lors qu'il a été exilé dans sa cabane, il a eu plus de liberté pour s'entraîner. Il avait un autre Deltaplane sur place.

J'acquiesce, me rappelant en avoir vu un là-bas.

– Et où allait-il ?

– Partout. Quelque part. Je l'ignore.

Je palpe une autre toile. Une idée me vient.

– Mon père s'est servi d'un Deltaplane pour s'enfuir, dis-je, soudain bouillant d'excitation. Les anciens ne pouvaient pas se permettre de laisser les villageois l'apprendre, ils ont donc concocté cette histoire de suicide. J'ai raison, pas vrai ?

Elle hoche la tête.

– Alors, où est-il allé ?

Elle secoue la tête.

– Je ne peux pas te le dire, à moins que tu fasses quelque chose.

– Comment ça ?

Elle croise les bras.

– Je ne peux pas te dire où il est ou comment t'y rendre si tu ne me montres pas d'abord l'Origine.

– Tu te fiches de moi ? Je n'ai rien à te montrer. Seulement de vagues spéculations, des théories délirantes. Maintenant, dis-moi où est mon père.

– Il m'a fait jurer de ne rien te dire avant que tu ne m'aies montré l'Origine. Car telle est ta mission, Gene. Apporter l'Origine à ton père.

Je pousse un long soupir agacé.

– Très bien, comme tu voudras. Tu l'as sous les yeux, ton Origine.

Elle reste perplexe quelques secondes, m'examinant de pied en cap.

– Où… ?

Sa voix déraille. Elle secoue la tête, commence à remonter sa capuche.

– Tu me fais perdre mon temps. Puisque tu ne prends pas ça au sérieux, je…

– Non ! Je suis très sérieux.

– Ce n'est pas possible que…

– Clair ! Je te dis ce que je sais.

Je l'interromps en agitant les bras d'un air suppliant.

– Regarde-moi, je parie que mon père t'a laissé entendre que l'Origine avait un lien avec des lettres, avec l'écriture, ou quelque chose comme ça. C'est vrai, non ?

Elle me regarde avec méfiance.

– Gene, dis-je. C'est tellement évident que personne ne

le remarque. C'est exactement le genre d'indice qu'il aimait laisser sous le nez des gens. Évident, et pourtant invisible.

– Arrête !

– Non. Je suis sérieux. C'est dans mes gènes. C'est moi. Je suis l'Origine !

Elle me scrute avec intensité, mon cou, mon torse, mes bras. Je la vois articuler le mot « origine », puis son visage pâle blêmit encore davantage.

– Maintenant, dis-moi. Où est mon père ?

Une lueur de contrariété illumine ses prunelles.

– Je ne suis censée te le dire que si je suis absolument certaine que tu as l'Origine. Et ce n'est pas le cas. Mais je n'ai pas le temps de l'être.

– J'ai compris. Dis-moi où.

– À l'est.

– À l'est ? Il n'y a rien, plus à l'est d'ici.

Je me tourne vers les Deltaplanes nous servant d'auditoire silencieux, observe à nouveau cet étrange elfe des bois aux cheveux blancs comme neige posté devant moi.

– Tu sais quoi ? Je n'ai aucune raison de te croire. Ce que tu racontes n'a aucun sens. Comment je peux être sûr que tu n'as pas tout inventé ?

– Ton père se doutait que tu ne me croirais pas. Alors il m'a dit de te montrer quelque chose.

Elle se dirige vers un petit coffre en bois dissimulé dans un recoin, en soulève le couvercle. Quand elle me fait face, elle tient entre ses doigts un avion miniature.

Ma cage thoracique se contracte, m'écrasant les poumons. Je le reconnais. C'est l'avion téléguidé que mon père avait fait décoller depuis le toit de l'immeuble où il travaillait, le plus haut gratte-ciel de la métropole crépusculaire. Il est moins gros que dans mon souvenir, sa surface chromée est cabossée, mais ça ne fait aucun doute, il s'agit bien du même appareil.

– Il m'a dit qu'il l'avait programmé pour se rendre à un endroit bien précis. Il savait exactement où il atterrirait. Et des années plus tard, quand il est revenu à la Mission, il l'a bien sûr retrouvé. En piteux état, tout piqueté de rouille, empêtré dans des branches, mais à moins de cent mètres de sa destination supposée.

Je le tourne et le retourne entre mes mains. Il a été réparé et astiqué, reverni. Et il y a quelque chose d'inscrit. Sous les ailes, avec cette même écriture cursive qui emplissait les journaux de mon père. À peine quelques mots.

– « Suis la rivière vers l'est », je lis dans un chuchotement.

– Tu dois aller vers l'est, dit doucement Clair. On doit y aller ensemble. En Deltaplane. Je nous y mènerai avec le biplace, continue-t-elle avant de baisser les yeux avec un drôle d'air coupable. On suivra la rivière. Elle ressort de l'autre côté de la montagne. Puis, cap à l'est.

– Il n'y a rien là-bas. Rien que des terres stériles et désertes.

– Ton père est là-bas. Dans ce qu'il appelait une « terre de miel et de lait, de fruits et de soleil ».

Je ne peux que retourner à nouveau l'avion entre mes mains, en sentir les froides plaques d'acier.

– C'est ton but dans la vie, Gene. C'est ce que ton père m'a révélé. Toute ton existence se résume à ceci, aller vers l'est avec l'Origine. Rien d'autre n'a d'importance. Tu es né pour ça. C'est ta mission.

Des éclats de voix résonnent non loin. Peut-être au pied du mur.

Clair reprend hâtivement.

– On doit partir cette nuit. Mais pas tout de suite. Pas

avec les anciens qui nous surveillent. Et puis, je dois retourner jusqu'à ma chambre, pour récupérer le sac de provisions que j'y ai caché. Le voyage va durer plusieurs jours. On se retrouve ici dans une heure.

– Et mes amis ? Je ne peux pas les abandonner ici.

Elle hésite, de nouveau habitée par cette culpabilité que j'ai remarquée plus tôt.

– Peut-être seulement Sissy… commence-t-elle à dire avant de secouer la tête. Non, il n'y a de place que pour deux, reprend-elle nerveusement.

Son regard trahit maintenant un mélange de mauvaise conscience et de méfait.

– Nous devons emmener les autres, je décrète. Qu'est-ce que je raconte ? J'ai trop de questions…

– Et j'aurai tout le temps d'y répondre quand nous serons en l'air.

Elle me force à sortir, laissant derrière nous nos bâtons fluorescents. Elle referme la porte, replace à tâtons les boîtes et les cartons, puis se dirige vers une meurtrière.

– Ils montent, dit-elle en se tournant vers moi. Je vais passer par là, puis traverser le mur. Toi, tu es trop gros, tu vas devoir reprendre l'escalier. Quand ils te tomberont dessus, tu n'auras qu'à dire que tu explorais les lieux, continue-t-elle en remettant sa capuche. On part ce soir. Reviens dans une heure. N'en parle à personne. D'accord ?

– Non. Pas d'accord.

Elle fait comme si elle ne m'avait pas entendu, pose un pied sur la meurtrière, s'arrête.

– Ton père m'a avoué quelque chose. Parfois, il volait jusqu'à la métropole crépusculaire. Ça lui prenait la journée entière pour faire l'aller-retour. Mais il avait envie de te voir. Même de très haut dans le ciel.

Je lui saisis le bras.

– Pourquoi es-tu restée ? Si la terre de miel et de lait est vraiment là-bas, pourquoi n'as-tu pas décollé toute seule ?

Elle se libère d'une secousse et se hisse sur la fenêtre jusqu'à se retrouver accroupie, la moitié de son corps pendant à l'extérieur.

– Parce que ton père m'a demandé de rester. Pour t'attendre, dit-elle en me regardant droit dans les yeux. C'est un homme bien. Je suis prête à faire tout ce qu'il me demande.

Puis elle disparaît dans la nuit.

35

Je croise les deux sages au bas de l'escalier en colimaçon. Leur visage est cramoisi, sans que je parvienne à déterminer si c'est dû à l'alcool ou à la fatigue. Ou aux deux. Ils ne m'adressent pas une parole, s'efforçant seulement de m'attraper par les bras. Je me dégage d'une ruade et, quand ils se rendent compte que je n'essaie pas de m'enfuir, ils se contentent de me coller aux basques. Nous n'échangeons pas un mot. Et dès que j'ai remis le pied sur le sentier pavé, ils se volatilisent. Subitement.

Je suis surpris qu'ils ne me raccompagnent pas jusqu'à ma chaumière. J'essaie de ne pas trop y penser. Cependant, mon malaise va croissant. Je m'arrête, tends l'oreille pour entendre le bruit de leurs pas. Je ne perçois pourtant que le léger bruissement du vent.

Une goutte d'eau me tombe sur le visage. Dense et d'un froid prégnant, guère avenante. En quelques secondes, une deuxième goutte puis une troisième explosent sur ma joue et mon front, jusqu'à ce que l'averse éclate bel et bien.

Néanmoins, ce n'est pas ce qui me fait me sentir gelé. J'observe les alentours. Le rideau de pluie forme une cascade de ténèbres, pleine et épaisse. Comme une neige noire et grise sur un écran de télé. La pluie bat les pavés, avec le fracas d'un millier de billes répandues.

Je reprends ma marche, me dirige vers ma masure. À vive allure, malgré la peur de glisser sur les pierres détrempées. Sur la place du village, je m'arrête de nouveau pour écouter. Le silence, l'immobilité, le martèlement de mon cœur. Quelque chose m'aiguillonne, une conviction subite me forçant à avancer. Je m'imagine débouler dans la chambre et les réveiller tous. Epap, David, Ben, Jacob, Sissy. Leur dire que nous devons partir à la seconde, pas seulement parce que je sais que la terre de miel et de lait, de fruits et de soleil se trouve à l'est de notre position, pas seulement parce que je sais que mon père est vivant et m'y attend, mais aussi parce que je sais que notre temps à la Mission est révolu. Que les derniers grains se sont écoulés dans le sablier, ne laissant dans leur sillage qu'un vide atroce et une noirceur acide. Je nous vois déjà rassemblant nos affaires, nous faufilant dans la pénombre de la forêt ; ce faisant, je tente de forcer l'allure, de me persuader que, malgré mon sale pressentiment, il n'est pas encore trop tard.

Je franchis la porte d'entrée à la volée. Je m'apprête à me ruer dans la chambre…

… quand quelque chose attire mon attention. Dans la salle à manger. Le reflet d'une flamme danse sur le mur, vacillant. Mais ce n'est pas cela qui me captive.

C'est David.

Sauf qu'il n'est pas tourné vers moi. Il est debout dans le coin, face à la paroi, les mains croisées derrière le dos, comme au garde-à-vous. Et il tremble de tous ses membres.

– David ?

Je m'approche de lui, de la salle à manger.

– David ?

Le jeu de lumière émane d'une bougie disposée sur la table. Assis derrière, le visage baigné d'or, se trouve Epap. Il avale machinalement de la soupe, si vite et grossièrement qu'il en fiche partout.

Il lève des yeux rouges et à vif. Ma présence ne semble pas le surprendre, cependant il est au désespoir. Des larmes ruissellent sur son visage, pourtant il se contente d'avaler cuillerée après cuillerée.

Dans le coin opposé se trouve quelqu'un d'autre.

Dos à moi, tête basse, frissonnant. Je l'appelle :

– Jacob ?

Mais déjà mon regard se braque sur le coin suivant.

Ben y est tout recroquevillé, le corps pris de soubresauts incontrôlables. Lui aussi se tient face à la cloison. Il a les cheveux tout ébouriffés, comme si on les avait tirés et tordus dans toutes les directions.

Je me concentre de nouveau sur Epap. La cuillère, comme renversée par mon regard, tombe sur la table avec fracas. Il observe non pas moi, mais un point au-delà de mon épaule…

J'entends le plancher grincer dans mon dos.

Je sens le froid glacial d'une présence menaçante, aussi vive et sombre qu'une aile de chauve-souris en pleine nuit. Je fais volte-face.

Un visage terne, parfaitement circulaire, aux yeux exorbités.

On dirait la lune, la pleine lune.

Néanmoins, son air ahuri est dépourvu de tout éclat. Il cille, ses paupières tombant telles des lames de guillotine au ralenti. Je me mets à hurler.

Mais avant que le son franchisse mes lèvres, quelque chose

de lourd s'abat à l'arrière de mon crâne. Une douleur fulgurante me donne l'impression d'avoir le cerveau plaqué juste derrière le front. Tout autour de moi se liquéfie en teintes noires et grises, et je tombe comme une masse molle, ne voyant, n'entendant, ne sentant plus rien.

36

L'obscurité. Aussi complète que si des milliers de couches de goudron m'avaient été étalées sur les yeux. J'ai beau ouvrir ou fermer les paupières, cela ne fait pas la moindre différence. Tout n'est que ténèbres.

Je suis incapable d'estimer combien de temps s'est écoulé. Une forme d'instinct m'incite à ne pas bouger, à maîtriser même ma respiration. À éviter un cas d'hyperventilation provoqué par la panique. Inspirer, expirer, le tout dans le silence le plus absolu. Rassembler un maximum d'informations, sans ouvrir la bouche.

Je sais ceci : je ne suis pas à l'extérieur. Je ne sens aucune goutte de pluie, n'aperçois aucune étoile, ne perçois pas la moindre brise. Lentement, je pose mes mains à plat le long de mon corps. Je repose sur une surface dure, sèche, rugueuse. Je suis à l'intérieur. Dans une enceinte. Aussi silencieuse qu'un tombeau.

Écoute, Gene. Écoute.

Rien d'autre que les battements de mon cœur.

J'avale ma salive, faisant tressauter ma pomme d'Adam.

Reste calme. Ne panique pas. Et de nouveau, cette espèce d'instinct : *Ne bouge pas.*

Puis, entre deux martèlements de palpitant, j'entends quelque chose. Un murmure, à peine présent. Il cesse aussi vite. Je l'ai peut-être simplement imaginé. Mais non, le revoilà. Un halètement.

Une respiration.

Je ne suis pas tout seul.

Reste calme. Ne te fais pas repérer.

Je n'entends plus rien, à cause du sang qui me bat aux tempes. Je m'efforce de me calmer. De lentes et profondes respirations, la bouche grande ouverte pour éviter tout sifflement malencontreux.

Où suis-je ? Et avec qui ?

Je lève les bras avec précaution, leur fais lentement décrire un arc. Je ne rencontre rien d'autre que de l'air. En redescendant, ma main gauche effleure une surface fraîche, lisse et dure. Du verre ? Une fenêtre ? Je tourne la tête, regarde dans la direction de l'objet. Je ne vois rien. Ni mes doigts ni le verre, que du noir. Et cette voix intérieure qui me serine : *Ne fais pas un bruit, reste calme, ne bouge pas.*

– Ohé ?

Ce n'est pas ma voix, mais celle de quelqu'un d'autre. À ma droite. Le son n'est qu'une volute de fumée, si léger qu'il se dissipe aussitôt.

C'est Sissy.

Ne bouge pas, ne parle pas, ne bouge pas, ne par…

– Sissy ?

Je résiste à la tentation de m'asseoir.

– Gene ? chuchote-t-elle en retour.

Très lentement, centimètre par centimètre, je me glisse vers elle.

Elle en fait autant. Sans un mot. Le même instinct lui conseille de se taire. Nos doigts se touchent, et nos mains se referment immédiatement l'une sur l'autre, tels deux aimants se tortillant au sol. Nos paumes sont glacées, notre étreinte féroce et intense.

Et, ainsi, nous restons parfaitement immobiles.

Car nous le sentons l'un et l'autre : nous ne sommes pas seuls.

Elle respire, je respire. Le silence.

Puis, au loin, de l'autre côté de son corps, un autre bruit de respiration. De légères bouffées d'air franchissent des lèvres endormies.

Sissy fait mine de se rapprocher de ce son. Je raffermis ma prise pour l'en empêcher. Elle s'arrête. Elle me presse la main. Je serre de plus belle. *Ne bouge pas.*

Elle insiste, pourtant. Je rampe jusqu'à pouvoir plaquer ma bouche contre son oreille.

– Non, je chuchote.

Elle remue alors pour mettre ses lèvres devant mon oreille.

– On est où ? souffle-t-elle.

– Sais pas. Dangereux.

Je sens une pression dans ma poche de pantalon. Je tends la main pour me débarrasser de cette gêne. Un tube de plastique. Je le tâte du bout des doigts. Ça ne peut être qu'un bâton lumineux.

Sissy baisse les bras jusqu'à atteindre ses bottes. Un frottement de cuir, suivi d'un léger tintement métallique. Elle a dégainé ses dagues.

– J'ai un bâton lumineux, dis-je alors dans un chuchotement. Je l'ai trouvé dans ma poche.

Je perçois un bruissement de vêtements, avant que Sissy ne reprenne.

– Moi aussi. Qu'est-ce qui se passe ?

– On doit rester calmes. Et immobiles.

Je la sens qui hoche la tête contre ma joue.

– N'allume pas ton bâton, décrète-t-elle. Pas encore.

Je serre sa main en signe d'acquiescement.

Nous restons allongés encore une bonne minute. J'entends de nouveau l'autre respiration, plus forte, plus erratique, moins rythmée. Sissy s'agite le plus discrètement du monde. Elle écarte les jambes, tentant de deviner ce qui l'entoure.

Qu'est-ce qui se passe ?

Nous scrutons l'obscurité, désespérant d'y distinguer quelque forme.

Puis nous discernons un bruit : une toux, brève, presque un éternuement. Sissy se raidit telle une corde que l'on bande. Le même son, qui s'achève cette fois en un grognement se muant lentement en silence.

Puis, à nouveau, les expirations endormies, plus fragiles, plus laborieuses.

Sissy resserre sa main autour de la mienne. Je comprends ce besoin, je ressens exactement le même. *Foutre le camp d'ici.* Où que se trouve *ici.*

Nous nous levons prudemment. Nous nous éloignons discrètement du bruit de respiration, les bras tendus devant nous. Nous posons nos pieds avec délicatesse, veillant à ne pas trébucher ni à percuter un objet posé là. Ma main libre touche le carreau. Un instant plus tard, celle de Sissy aussi. Elle halète.

– Gene.

C'est le cri le plus réprimé et le plus chuchoté que j'aie jamais entendu.

– Je sais où on est.

Elle me lâche la main, et je me retrouve soudain dans une mer de ténèbres.

– Sissy ?

Tout est parfaitement silencieux. Je n'entends même plus le léger ronflement.

Je tends les bras vers l'endroit où elle se trouvait. Rien, comme si elle s'était vaporisée. Je fais un pas en avant en agitant les bras, ne rencontre que le vide. Aucun signe de Sissy, pas le moindre mouvement dans la pénombre.

Un odieux grondement tranchant et gluant de salive vient briser le silence.

Un cri – la voix de Sissy – puis de petits pas rapides, immédiatement suivis d'un bruit de sable frappant le verre.

Je craque mon bâton lumineux. Un halo d'un vert écœurant m'entoure alors.

Nous sommes dans le Vastenarium.

À l'intérieur de la prison de verre.

Une masse indistincte. Qui traverse la pièce, droit vers Sissy. Ses cheveux de jais volent dans le sillage de son visage blanc, ses crocs font saillie.

Sissy lance déjà une dague. Un reflet vert se prend sur la lame tourbillonnante qui fonce vers la crépusculaire. Cette dernière se plie soudain en deux, poussant un vagissement perçant.

Un son cristallin quand l'arme de Sissy percute le verre. Elle a manqué son coup.

J'observe à nouveau la crépusculaire. Tapie sur elle-même, elle braille en s'abritant les yeux. Je comprends alors qu'elle se protège de l'éclat de mon bâton. C'est étrange : sa réaction est plus exacerbée aujourd'hui qu'hier, quand plus d'une dizaine d'entre eux l'aveuglaient simultanément. Sans doute parce que le verre en filtrait les rayons les plus nocifs, alors que là plus rien ne la protège. Elle sent comme des coups de rasoir dans les yeux.

– Ton bâton lumineux, Sissy ! Déclenche-le ! La lumière l'aveugle !

Elle s'exécute d'un geste précis. La chambre est baignée d'un flot de vert plus soutenu. La crépusculaire hurle.

Je ne perds pas une seconde. Je me tourne, cours jusqu'à la cloison. *La porte, où est la porte ?* Malheureusement, le verre est parfaitement lisse, et rien n'indique la présence d'une ouverture quelconque. Je martèle désespérément la paroi. Elle est dure comme le diamant, impossible à briser. Puis j'avise, juste devant moi, les contours d'un battant, très légers, à peine marqués. J'y fais courir mes doigts en quête d'un loquet, d'une poignée, n'importe quoi.

Aucune prise. La poignée et le pavé numérique sont de l'autre côté, comme tout le reste. À cet instant, je remarque les anciens. Et Krugman. Ils sont assis dans la salle, en spectateurs, les prunelles brillant d'excitation. Le visage tout juste illuminé de vert. Ce sont eux qui nous ont donné les bâtons pour se divertir. Pour mieux se délecter du spectacle de notre mort. Fou de rage, je tambourine des deux poings contre le mur.

– Gene !

Je fais volte-face. La crépusculaire est toujours accroupie, les paupières closes pour se protéger de la lumière, la peau verdâtre et marbrée.

– Ne parle pas, Sissy ! Tu vas révéler ta position !

Comme pour me donner raison, la crépusculaire se propulse vers moi, les bras tendus, ses doigts aux ongles noirs écartés telles dix flèches empoisonnées tirées dans ma direction. Je bascule sans grâce de côté, atterris une joue contre le sol.

La crépusculaire me passe par-dessus, m'effleurant de ses longs cheveux noirs.

Elle vient percuter le verre, sa tête rebondit violemment contre la paroi. Pendant une fraction de seconde, elle y semble collée comme une grenouille ; puis elle commence à glisser, toute molle. Et pourtant, elle agite encore les bras, plissant les yeux pour me repérer. Elle pousse un hurlement de rage à nous percer les tympans.

Je me relève avec une roulade. Sissy m'attrape et m'entraîne vers l'autre bout de la prison.

– Il n'y a qu'une sortie, me dit-elle entre ses lèvres pincées.

– Elle revient...

– Non, écoute !

Elle me tire si brusquement le poignet qu'elle manque me déboîter l'épaule.

– Nous avons une seule chance. Laisse-la venir vers moi. Je la retiendrai aussi longtemps que possible. Et pendant qu'elle sera concentrée sur moi, tu lui trancheras la gorge par-derrière avec ceci.

Elle me confie son autre dague. J'essaie de retirer ma main avant qu'elle puisse en refermer les doigts autour du manche.

– Non...

– Il n'y a pas d'autre solution ! Lacère-la très profondément.

– C'est moi qui la retiens, alors. *Toi*, tu t'occupes de lui trancher la gorge. Tu sais mieux t'en servir que moi.

– Écoute-moi, écoute-moi, écoute ! Ne discute pas. Un seul d'entre nous peut survivre. Tu le sais très bien !

– Je préfère que ce soit toi...

– « Ne laissez pas mourir Gene ! » hurle-t-elle tandis que la crépusculaire, assoiffée de sang, bondit sur nous.

Je lance instinctivement la dague, tandis que Sissy lui jette son bâton lumineux. Les deux se percutent juste devant le visage de la crépusculaire. Le bâton explose en une giclée de vert luisant, lui barbouillant le visage. *S'enfonçant* dans son visage, comme une roche en fusion sur une couche de glace.

Un hurlement effroyable résonne entre les parois de verre. La crépusculaire atterrit entre nous, roulée en boule de douleur, se grattant convulsivement les yeux. Une odeur âcre se répand, acide et corrosive. La crépusculaire a envie, a *besoin* de nettoyer ce liquide brûlant.

Je me tourne immédiatement vers la petite flaque d'eau à l'autre bout de la pièce. L'ouverture du puits en forme de U par laquelle on lui délivre sa nourriture. C'est par là que l'institutrice lui a, hier, fait glisser son sac de viande. Un conduit vertical, un petit passage horizontal, puis un second conduit vertical.

La crépusculaire rampe dans cette direction.

Alors je comprends que c'est notre issue de secours. C'était pourtant si évident… Mais la peur a dû m'obscurcir l'esprit. C'est même la *seule* issue. Et nous devons l'atteindre avant elle. Nous devrions déjà y être.

J'attrape Sissy par le bras. Pas le temps de lui expliquer.

Elle essaie cependant de ramasser la dague tombée à terre, comptant profiter de cette chance de tuer la crépusculaire. Je la soulève de terre et la porte à moitié dans la bonne direction.

– Qu'est-ce que tu fais ? s'écrie-t-elle. C'est notre seule chance…

– Je suis en train de nous sauver !

Nous voici désormais devant le puits, moins large que je me l'étais figuré. Sissy devrait pouvoir passer. Quant à moi, je verrai plus tard.

– Tu te souviens de ce puits ? Il plonge sur une dizaine de mètres, décrit un coude, puis remonte de l'autre côté.

Elle secoue déjà la tête.

– On ne passera jamais, c'est bien trop étroit, trop profond. On va se noyer.

La crépusculaire rampe vers nous, les bras tendus, oscillant de droite et de gauche. En entendant nos voix, elle pousse un sifflement venimeux. La lumière des bâtons décroît. Et avec elle, le temps qu'il nous reste. Avec elle, notre fin approche.

Sissy s'en rend compte.

– Toi d'abord, chuchote-t-elle.

– Non.

– Gene…

– Je ne partirai pas avant toi.

– Non. « Ne laissez pas mourir Gene », répète-t-elle avec une détermination féroce dans le regard.

– Et Gene ne plongera pas avant toi, je lui rétorque, non moins résolu.

– Maudit sois-tu ! crache-t-elle avant de m'attraper par le cou, plaquant sa joue délicate contre la mienne.

Puis elle se glisse sans tarder jusqu'au rebord, prend une profonde inspiration et disparaît dans le conduit, la tête la première. Je ne vois plus que ses pieds, ses orteils… plus rien.

Pendant une seconde, je ne comprends pas. Pourquoi la tête en bas ?

Puis l'explication me frappe. Bien sûr, qu'il faut plonger la tête en bas ! Les pieds en premier, le virage en U aurait été impossible à prendre, trop étroit à emprunter. Là, elle va pouvoir s'enrouler autour du coude, avant de remonter la tête en haut vers l'autre côté.

Un plongeon à quitte ou double. Sissy ne peut plus

revenir en arrière, refaire surface pour reprendre de l'air, changer d'avis.

Un grognement, des griffes et des serres grattant la poussière. Puis un silence ne pouvant signifier qu'une chose : la crépusculaire est en plein saut.

Je suis assez lucide pour ne pas perdre davantage de temps à me retourner. Je me jette sur ma droite, atterris lourdement alors qu'elle se pose à l'endroit où je me trouvais un instant plus tôt. Je me tortille pour libérer mon bras coincé sous mon dos, le brandis devant moi.

Je tiens encore le bâton lumineux. Celui-ci fonctionne à peine, braise mourante ne produisant qu'un faible éclat. Suffisant toutefois pour éclairer la crépusculaire : son visage est effroyablement proche du mien. De son œil droit tout gonflé coule un liquide blanchâtre, mais l'autre me contemple, affamé.

Il me reste une dernière carte à jouer. Je fourre le bâton dans ma bouche et le croque puissamment. Puis, d'un brusque mouvement de tête, j'en déchire la pointe. Le liquide me coule dans la bouche, gluant, collant et vinaigré.

La crépusculaire saute sur moi… me retombe dessus, à califourchon, me cloue les bras au sol. Son œil valide jubile, de la salive dégouline de sa bouche telle de l'eau jaillissant d'une bouilloire.

Elle m'a eu.

Et dans cette fraction de seconde – alors que sa tête plonge rapidement vers mon cou, les crocs en avant –, je recrache le liquide fluorescent du bâton. Des gouttes de fluide luisant se répandent sur son visage.

Elle hurle, recule d'un bond, les mains sur la figure. Un craquement déchire l'air, un grésillement. Je tente maladroitement de me relever pour gagner le puits. Je ne le trouve pas, il fait bien trop sombre. Ici ! À quelques pas, là où la surface grise ondoie légèrement. Mes doigts effleurent l'eau, et je ne perds pas un instant. Je m'immerge dans le liquide d'un froid mordant, y enfonce le crâne, le menton, le cou, les épaules.

Et petit à petit, j'y disparais entièrement. Je suis sous l'eau.

Sa froide étreinte me frappe comme une décharge, me comprime les poumons, y fige l'air emmagasiné. Ce soudain changement d'environnement est follement étourdissant.

Ça passe juste. Le conduit est à peine plus large que mes épaules. Une vague de panique m'assaille, tandis que je m'efforce d'oublier l'inconfort de me retrouver à l'envers, dans l'impossibilité de respirer, en proie à la terreur. J'ai au moins eu la présence d'esprit d'étendre les bras devant moi. Sans quoi, ils seraient collés le long de mes flancs, et je serais parfaitement pris au piège.

Cette pensée m'est toutefois d'un maigre réconfort. Et je n'ai certainement pas le temps de me féliciter, car je suis malgré tout coincé. Le bas – le haut, désormais ? – de mon corps est toujours à l'extérieur ; mes jambes battent l'air, tentant en vain de me faire avancer. Elles me donnent l'impression d'être deux tentacules indépendants, s'agitant à un millier de kilomètres de là. Je les envie d'être à l'air libre. J'aimerais respirer par elles, comme s'il s'agissait de pailles.

J'entends un grognement de désir, angoissant bien que lointain et étouffé. Son intensité se répercute jusque dans l'eau glaciale. La crépusculaire s'approche de moi. De mes jambes, en tout cas. Pendant une seconde, je suis bizarrement soulagé qu'elles me protègent. Elle peut bien les dévorer, tant qu'elle ne m'atteint pas.

Mon cerveau. Mes pensées. Irrationnelles. N'arrive pas à réfléchir.

Je commence à ruer de droite à gauche. J'ai besoin d'air. Dans l'urgence, j'ai oublié de prendre une grande inspiration avant de plonger. Je manque d'oxygène. Déjà. Je n'ai parcouru qu'une infime portion de la distance que je dois couvrir, et mes poumons me semblent déjà sur le point d'exploser.

Je me tortille et pivote, m'efforçant de libérer mon corps entravé. Je pense maintenant seulement que j'aurais dû me dépouiller de mes encombrants vêtements avant de sauter dans ce puits. Je me tortille encore, gigote. Par miracle, ça fonctionne. Ce mouvement de rotation me permet de gagner une trentaine de centimètres. Mes paumes glissent sur le conduit de métal en quête d'une prise. J'en trouve une, si infime soit-elle, peut-être un rivet insuffisamment enfoncé. Cela me suffit toutefois pour prendre de l'élan, progresser de quelques dixièmes de mètres supplémentaires.

Peu à peu, je m'enfonce davantage, jusqu'à ce que mon corps tout entier se retrouve immergé. Mais c'est trop lent, ça ne suffira pas. Même en ouvrant les yeux, je ne distingue rien d'autre que les ténèbres ; le froid prégnant me cingle de ses milliers d'aiguilles, je manque d'air. J'ai fait une erreur, je dois trouver le moyen de faire demi-tour, de remonter à la surface, de respirer à grandes goulées cet air si précieux…

Quelque chose me saisit alors le pied.

Je crie. Les dernières bulles d'oxygène qui me maintenaient en vie remontent à la surface.

La crépusculaire m'arrache ma chaussure, manquant de peu d'emporter le pied avec. Je me débats, hurlant silencieusement dans cette atmosphère noire et liquide, me propulsant vers le fond.

Je me débloque soudain. Comme par miracle. Je gagne

un mètre ou deux. Je plaque mes mains aux parois pour me tracter vers l'avant, je rentre les épaules autant que possible...

Un ongle acéré érafle la plante de mon pied dénudé.

Je rouvre la bouche pour hurler, incapable de produire le moindre son. J'ai épuisé mes dernières réserves d'air.

N'avale pas d'eau ! Surtout pas !

Une goutte d'eau dans ma trachée provoquerait un spasme fatal. Je bats des pieds, touche de la peau un os arrondi. La pommette de la crépusculaire ? En ramenant ma jambe, je sens une mèche de ses cheveux me caresser la cheville, s'enrouler autour de mon pied.

Des ondes de panique me traversent. Je me débats tant bien que mal avec le conduit lisse, cherchant désespérément à reprendre ma progression. Puis, de façon inattendue, l'ouverture s'élargit. Sans doute pas assez pour que je puisse m'y retourner, guère plus de deux ou trois centimètres de part et d'autre, mais j'ai l'impression de me retrouver dans un véritable gouffre. Je progresse de cinquante centimètres, puis de deux mètres d'un coup. Mes mains posées à plat me permettent de prendre un élan renforcé par mes battements de pieds frénétiques. Je viens de plonger sur la distance phénoménale de cinq mètres. Je sens la pression de l'eau sur mes tympans.

Me voici hors de portée de la crépusculaire, qui n'osera pas s'aventurer plus loin.

À cet instant, sa main se resserre autour de ma cheville tel un étau. Sa prise est ferme et résolue. Je tente à nouveau de crier, sans plus faire sortir de bulles. Mon coup de pied semble simplement l'inciter à raffermir son étreinte. Une nouvelle ruade, et mon talon s'écrase cette fois sur quelque chose de gros et de solide, comme une tête.

Elle a osé plonger. Et comme si elle s'en rendait compte

à son tour, elle commence à se débattre. Elle me lâche la cheville, mais sa main s'est empêtrée dans ma jambe de pantalon. Entre ses mouvements spasmodiques et l'étroitesse du conduit, elle ne parvient pas à déchirer le tissu qui l'entrave, seulement à y percer des trous qui lui emprisonnent les doigts. La panique s'empare d'elle tandis que je m'enfonce plus profondément. Son cri, étouffé par l'eau, est accompagné du claquement de ses doigts désarticulés, complètement déformés. Je sens un ultime soubresaut, puis plus rien. La crépusculaire ne bouge plus. Elle s'est noyée.

J'essaie d'apercevoir le fond. Ne distingue que du noir. Je n'ai plus qu'à poursuivre ma progression, mètre après mètre. Une horrible pensée m'assaille. Et si, au lieu de toucher le fond, je touchais Sissy ? Son corps inanimé, obstruant le conduit, ses vêtements flottant autour d'elle, son visage turgescent et figé dans la mort, cerné de ses cheveux, flottant au ralenti ?

Je ferme les yeux, comme pour faire disparaître cette vision. Et à mesure que je me rapproche du coude, la température baisse, le battement de mon pouls à mes tempes augmente…

Je n'y arriverai pas. Je n'ai plus de quoi tenir.

Air. Fini. Je suis pris d'une sorte de délire. Des griffes comme des rasoirs me lacèrent l'intérieur de la poitrine. Je ne désire rien tant que la fin de ces spasmes, que cette noyade se termine et que la tranquillité de la mort lui succède.

Puis mes doigts effleurent quelque chose. Pas la texture molle de la chair, mais la merveilleuse rudesse du métal. Le fond du puits. Je bats de tous mes membres, tentant de localiser l'entrée du coude. Je n'y parviens pas. Mais en descendant un peu plus, ma tête touche une cloison et j'aperçois l'entrée, juste devant mon nez.

Elle est terriblement étroite.

Mes épaules pourront tout juste s'y faufiler. Peut-être. Peut-être pas. Je tends les bras. Je n'ai d'autre choix que de risquer de me noyer en essayant de survivre.

La portion horizontale n'est pas très longue, et même assez courte pour que mes mains trouvent immédiatement le rebord de l'autre côté. Je tire dessus de toutes mes forces, effectuant une sorte de traction latérale, parviens à passer la tête et les épaules. Bientôt, je vois l'autre conduit vertical : celui-ci est bien plus large. Je n'ai plus qu'à m'y glisser tout entier et à battre des pieds. Quelques secondes. L'air libre n'est plus qu'à quelques secondes.

Mais je suis coincé. Quelque chose entrave ma progression. La crépusculaire. Bien que noyée, elle a toujours les doigts coincés dans mon pantalon. Je l'entraîne à ma suite, un poids mort me lestant au fond du boyau.

Je tire d'un coup sec, perçois une légère avancée. Désormais, presque tout mon corps est à la verticale. Néanmoins, une fois encore, je suis prisonnier. Sa main inerte ne se libère pas, malgré mes ruades pour la déloger. Je suis coincé. Même noyée, la crépusculaire va réussir à causer ma mort.

Voici donc ma fin. Seul dans un tombeau d'eau froide et sombre. La solitude, les déconvenues, le désespoir… Tous les ingrédients de ma vie se distillent dans cet étroit cercueil. Mon corps se détend, se libérant de toute tension. Un ultime spasme, puis plus rien. Mes muscles se relâchent. Même le sang qui me battait aux tempes ralentit, se raréfie. Mes doigts se desserrent lentement, et quand mes bras remontent en flottant, ils sont telles deux traînées de fumée s'élevant de mon bûcher funéraire.

La mort n'est pas si terrible. Elle a mis longtemps à me rattraper, voilà tout. Toutes ces années…

Un ange m'apparaît, silhouette grise. Il descend vers moi, ses yeux écarquillés plongeant comme deux colombes. Je suis prêt à le suivre quand ses longs bras doux comme de l'argile se tendent vers moi. Il tire une fois, deux fois. Je suis toujours bloqué. L'ange descend de quelques centimètres.

Quelque chose s'arrache à ma jambe, et l'ange m'extirpe. Ma libération est toutefois sans importance. Je perçois le contact chaud de son corps contre mon dos, doux et rassurant. Nous dérivons vers le haut. Ses bras passés sous mes aisselles se croisent sur ma poitrine. Les murs noirs défilent tandis que nous remontons le puits, dépassons le plafond du Vastenarium, dépassons les nuages, les étoiles et les cieux. Sauf qu'il n'y a là ni étoiles, ni chérubins chantant, ni rues pavées d'or, ni lait, ni miel, ni fruit, ni soleil. Juste les ténèbres obscures, puis plus rien.

37

Les violentes et incessantes pressions qui me secouent la poitrine finissent par me ramener à moi. S'ensuit une accalmie durant laquelle je sombre de nouveau.

Puis des lèvres de velours se posent sur les miennes, humides et douces. Une bouche vivante écrase la mienne. Son contact se durcit, devient presque douloureux.

De l'air est injecté au fond de ma trachée. L'afflux d'oxygène me brûle, et une blancheur acide jaillit dans mon esprit. J'étouffe alors, puis recrache un torrent d'eau tiède et rance qui semble avoir pourri en moi pendant des années. J'avale de grandes goulées d'air, dont la pureté m'éclaircit immédiatement les idées.

– Mets-toi sur le côté, me dit Sissy en m'aidant à me tourner. Vomis tout ce que tu peux.

Je ne pensais pas pouvoir contenir une telle quantité de liquide. Les geysers que je propulse sont si violents que j'ai l'impression qu'ils emportent avec eux des morceaux de foie, d'estomac, de rein. Je reste allongé dans cette position, trop épuisé pour bouger. Au bout d'une minute, Sissy me rassied. Ses doigts soulèvent ma chemise, explorent mon corps, m'appuient au creux du ventre.

– Sissy ?

Je postillonne son nom avec un nouveau reflux d'eau.

– Tu as été griffé ? Coupé ? Mordu ? Est-ce qu'elle t'a blessé quelque part ?

– Je ne sais pas.

– Est-ce qu'elle t'a eu, Gene ? Dis-le-moi !

Ses yeux sont deux phares terrifiés.

Et soudain, je recommence à avoir peur, et la décharge d'adrénaline m'aide à mieux réfléchir. Elle a raison : si l'un de nous deux a été ne serait-ce qu'éraflé par la crépusculaire, il risque de se transformer. Les symptômes de cette épouvantable mutation sont tout de suite visibles, même si le processus complet peut prendre des heures. Elle m'étudie avec inquiétude, les cheveux plaqués sur son visage de porcelaine, des gouttes d'eau ruisselant sur sa figure telle de la sueur.

Puis nous nous relevons ensemble, nous aidant mutuellement. Elle me retire ma chemise tandis que je déboutonne la sienne, qui lui colle à la peau comme une moule au rocher. D'ultimes éclats verdâtres nous permettent de nous examiner l'un l'autre. J'arpente son corps du bout des doigts, cherchant la moindre trace de morsure, de coupure, la plus petite égratignure.

Elle en est à explorer ma jambe droite, ma cheville. Elle tressaille.

– Quoi ? dis-je d'un ton alarmé.

– Gene, répond-elle d'une voix chargée de peur, ton pantalon est tout déchiré.

Durant les deux secondes les plus longues de mon existence, elle s'affaire à en arracher le tissu. Elle ouvre grand la bouche, horrifiée. Des longues balafres zèbrent ma peau, des lignes blanches laissées par des griffures. Il y a aussi là une grande estafilade sanguinolente. Là où les serres ont entamé le derme, ouvrant ainsi une plaie susceptible d'accueillir sa salive contagieuse.

Nos regards se croisent. Puis je recule précipitamment.

– Éloigne-toi de moi ! je crie. Sissy, cours !

Elle ne bouge pas, me scrutant avec intensité, comme pour m'injecter un remède par la seule force de sa volonté.

– Sissy ! Tu dois partir. Avant que je ne me transforme !

– Gene ! C'est en train d'arriver ?

– Quoi ?

– Tu te transformes ? Je n'en ai pas l'impression.

Sa question me laisse pantois. Je porte les mains à ma poitrine, comme si la réponse y résidait. Elle a raison. Je ne ressens aucun des symptômes contre lesquels mon père n'a cessé de me mettre en garde il y a si longtemps. Pas de tremblements. Pas l'impression que mes organes se déchirent. Ma peau ne brûle pas de fièvre.

– Tu nous as dit que les symptômes apparaissaient toujours dans la première minute. Ça fait bien plus que ça, et tu as l'air normal.

Elle m'observe des pieds à la tête. Elle se relève, se dirige vers la première rangée de sièges, où j'avais aperçu les anciens en plein spectacle. Ils sont partis, désormais, n'ayant abandonné dans leur sillage que leurs bâtons lumineux. Sissy en ramasse un neuf, le craque.

Un flot de lumière verte jaillit.

Je ne sursaute pas, ne plisse pas les paupières. Je ne cille même pas. La lumière ne m'affecte pas le moins du monde. C'est même tout le contraire : je n'ai jamais contemplé de couleur plus vive et plus magnifique. Ma vue se trouble, et je me rends compte que je pleure.

J'entends le craquement du plastique, reçois en pleine figure une gerbe de liquide.

– Hé ! je m'exclame. Arrête !

Des taches vertes luminescentes ornent mon visage et mes vêtements.

– Désolée, réplique Sissy en réprimant un sourire satisfait. Je voulais juste en être sûre.

Elle essuie les quelques gouttes qui me coulent sur les joues. Ses doigts caressent légèrement mes pommettes, s'y attardent une longue seconde.

– Gene, chuchote-t-elle, tu es vraiment l'Origine. Tu as été lacéré, tu devrais te transformer. Mais regarde-toi.

Ses prunelles pétillent d'émerveillement.

Je ne peux que la contempler, momentanément muet. La crépusculaire écumait de salive, ses mains et ses ongles en étaient couverts quand elle a plongé dans le puits à ma suite. Mais peut-être que, le temps qu'elle m'atteigne, l'eau avait déjà tout nettoyé…

– Je ne sais pas, Sissy.

– C'est vraiment ça, chuchote-t-elle comme si je n'avais pas parlé. C'est bien toi. L'Origine.

Je secoue la tête, dubitatif.

– Nous étions dans l'eau quand elle m'a griffé. Ses ongles étaient peut-être propres à ce moment-là. Ça pourrait expliquer que je ne me transforme pas. Si ça se trouve, ce n'est rien de plus que ça.

Cependant, Sissy me dévisage toujours avec ravissement.

– Je dois t'examiner, je m'empresse de lui dire. Tourne-toi.

Elle s'exécute lentement, exposant son dos mouillé à la

lumière du bâton. J'inspecte ses épaules saillantes, descends le long de son échine. Son dos est lisse et incurvé comme l'intérieur d'un coquillage. Mes doigts s'arrêtent au niveau de ses reins. Je la sens qui tressaille. Sa cage thoracique s'enfle et se contracte, plus vite, plus fort. Elle tourne la tête pour m'observer du coin de l'œil.

– Tu vas bien, je la rassure doucement. Tu n'as pas une égratignure, dis-je en ramassant son chemisier, qu'elle enfile pudiquement. Tu m'as ranimé en m'insufflant de l'air. Comment as-tu su quoi faire ?

– Le Scientifique nous l'a expliqué, répond-elle. Il avait toujours peur qu'on se noie dans la mare du Dôme.

Elle se tait, se tourne vers les portes. Elles sont bordées des premiers rayons de soleil.

– Ce n'est pas sûr, là-dehors, reprend-elle. Nous ne sommes plus en sécurité nulle part.

– Ils étaient là, dis-je. Un groupe d'anciens. Pour assister à notre mort.

Elle acquiesce.

– Je les ai vus aussi. Pourquoi nous ont-ils fait une chose pareille ? Pourquoi vouloir nous tuer ? Je pensais que l'ordre de la Civilisation nous préserverait d'un tel sort…

Je ramasse ma chemise, entreprends de l'essorer.

– Nous avons dépassé les bornes à la gare. Devant tout le village. Nous les avons physiquement malmenés, même si c'était de la légitime défense. Ils ne pouvaient pas laisser passer ça. Pas devant toutes les filles. Ils devaient faire un exemple, malgré les ordres.

– On doit retrouver les garçons, dit-elle en se boutonnant en hâte. Et puis on disparaît dans la forêt, aussi loin que possible. Plus question d'attendre que le pont s'abaisse, on part tout de suite.

Je lui pose la main sur le bras.

– J'ai quelque chose à te dire. C'est énorme.

Je lui répète tout ce que Clair m'a appris. Mes paroles se bousculent, tant je sens en permanence l'urgence de retourner chercher les garçons à la chaumière.

– À l'est d'ici ? s'étonne Sissy, estomaquée. Le Scientifique est encore vivant ?

– Je sais, ça fait beaucoup d'informations à digérer. Mais le plus urgent est de *fuir*. On réfléchira à tout ça plus tard. Dans l'immédiat, on redescend vers la rivière et on la suit vers l'est.

Sissy ne m'écoute plus. Pas plus qu'elle ne me regarde. Ses yeux sont rivés sur le puits menant à la cage de verre. Elle me le désigne, toute blême.

La crépusculaire – immobile, le nez dans l'eau – a fait surface, masse inerte. Ses cheveux noirs dessinent une toile sur l'onde, pareille à du verre fissuré. Agrippée à mon pantalon, elle m'a suivi jusqu'à ce côté de la paroi.

Sissy s'en approche.

– Elle est morte, Sissy.

– Je préfère m'en assurer, réplique-t-elle en se penchant sur elle.

La crépusculaire est gorgée d'eau. Sissy la drague avec peine par-dessus le rebord. Le haut de son corps semble pendre, telle une langue noire et morte.

Je remue sa tête du bout du pied, jusqu'à ce que son profil nous apparaisse. Ses paupières sont closes, sa bouche béante ; la pointe de ses incisives est plantée dans sa lèvre inférieure.

Elle gémit.

Sissy et moi reculons d'un bond.

Son visage commence à fumer, de légers plumets gris s'en

élèvent. Elle geint, les doigts tremblants. C'est la lumière du bâton : pas assez forte pour la tuer, mais suffisamment puissante pour lui infliger une lente brûlure.

– On doit l'achever. La détruire. Je vais la sortir au soleil.

– Sissy, ne prenons pas ce risque. Et ne perdons pas plus de temps.

– Je ne pourrai jamais dormir tranquille en sachant qu'une crépusculaire hante ces montagnes.

– Sissy, j'insiste, c'est trop dangereux. Elle va reprendre connaissance.

Comme d'habitude, elle n'en fait qu'à sa tête. Elle attrape la crépusculaire sous les aisselles, la hisse hors de l'eau, puis la traîne à reculons. Toutefois, la charge est trop lourde. Après quelques pas seulement, elle lâche la crépusculaire qui grogne en heurtant le sol.

Je la saisis à mon tour, la porte sur mon épaule. Sa tête pend devant mon omoplate, ses crocs dangereusement proches de ma peau. Préférant les garder sous surveillance, je la fais basculer dans mes bras, la portant comme une jeune mariée. Sa figure recèle une fragilité insoupçonnée. Ses longs cils noirs contrastent profondément avec sa peau blafarde. Elle continue à se décomposer en une fumée pestilentielle.

Nous atteignons la porte. Le jour filtre autour de l'embrasure.

– Elle pourrait se réveiller. À cause de la douleur. Fais attention, surveille sa bouche, ses dents.

Sissy se poste tout contre moi.

– Je lui tiens les bras, dis-je. Surveille sa bouche et ses crocs.

– Compris.

Je serre fermement la crépusculaire contre ma poitrine et pars en courant vers la double porte.

Les deux battants s'ouvrent à l'impact, rebondissant contre le mur extérieur. La lumière du jour nous aveugle, nous assaille de plein fouet. Sissy et moi ne nous arrêtons pas pour autant. Nous continuons à courir, alors même que la crépusculaire commence à se tortiller entre mes bras, alors même que sa peau crépite sous l'œil rageur du soleil. Nous sprintons aussi vite et aussi loin que possible, nous éloignant de l'intérieur enténébré du Vastenarium où elle pourrait vouloir trouver refuge.

Baignée de la lumière de l'aube, la crépusculaire pousse un cri à glacer les sangs. Sa mâchoire claque, produisant un bruit de marbre brisé.

Je trébuche, sans savoir si c'est sur une pierre ou en m'emmêlant tout seul les pinceaux. Toujours est-il que j'effectue un véritable vol plané, renversant Sissy au passage. Le sol gelé me coupe le souffle à l'atterrissage. Plié en deux, incapable de respirer, je me rends à peine compte que la crépusculaire m'a échappé.

– Gene !

Ses incisives me manquent de peu. Une masse trouble et lustrée me passe par-dessus, puis s'éloigne en bondissant.

Je me relève une demi-seconde plus tard pour la prendre en chasse. Elle est rapide, mais pas au mieux de sa forme : déjà affaiblie par sa presque noyade, la voilà malmenée par le soleil. Elle ralentit perceptiblement, puis elle chancelle, ses jambes fondant comme du beurre dans une poêle, ses os se muant en gélatine. Son corps s'affaisse, de moins en moins reconnaissable maintenant que le muscle et l'os se carbonisent.

Je lui saute dessus pour la plaquer au sol. Elle ne lutte plus. Emportée par mon élan, elle perd de gros morceaux de chair brûlante et s'écrase comme une masse. Nous glissons.

Quand nous nous arrêtons, je suis couché sur elle, les mains appuyées sur sa tête pour empêcher ses mâchoires de se refermer sur moi. Mes paumes transpercent le crâne en décomposition, désormais aussi mou qu'un œuf mollet.

La crépusculaire n'offre plus la moindre résistance. Pas un muscle ne subsiste pour activer ses membres ; elle n'a même plus le désir de vivre ou de manger. Sa poitrine se soulève et s'abaisse faiblement. Elle se ratatine sous mes yeux ; seule sa chevelure de jais est épargnée par le soleil. C'est terminé.

Et pourtant elle gémit, et pourtant elle murmure.

Sissy s'approche, s'agenouille à côté de moi. La crépusculaire continue de fondre ; des effluves jaunâtres se répandent autour de nous. Une puanteur de chair brûlée envahit l'air.

– Attention à ses crocs ! m'avertit Sissy.

– Ça va, ça va, elle a capitulé.

La bouche de la crépusculaire s'ouvre soudain en grand, comme si elle bâillait, révélant une rangée d'incisives acérées. Sa mâchoire tremble, vibre, grelotte. Des sons ténus en sortent.

– D-d-dé… chuchote-t-elle, tentant d'articuler un mot.

Sissy et moi nous regardons, troublés et horrifiés.

– Dé-dé… murmure-t-elle encore, à peine audible.

Je penche l'oreille vers sa bouche.

– Non, Gene. C'est une ruse…

Je repousse sa main.

– Ça va aller, je souffle à l'intention de la crépusculaire. Ça va aller. C'est fini, maintenant.

J'incline encore la tête, jusqu'à ce que mon oreille touche ses lèvres.

Elle prend une ultime inspiration, ouvre les paupières aussi grand que des bouches béantes. Je remarque alors son bras, ou du moins ce qu'il en reste : il porte cinq preuves de Démérite, qui se désintègrent au soleil.

Elle parvient enfin à murmurer sa dernière parole.

– Désolée…

Puis elle ferme les yeux.

Nous restons muets. Je passe la main dans les cheveux noirs de la crépusculaire et, d'abord hésitant, en lisse toute la longueur. Mes doigts peignent sa chevelure encore humide, jusqu'à ce que la misérable créature soit tout à fait silencieuse, en paix, disparue, jusqu'à ce qu'il ne reste plus d'elle que ses cheveux.

38

Nous traversons le village au pas de course. La journée commence pour tous, et les fillettes envahissent déjà les rues. Sissy et moi abandonnons tout espoir de passer inaperçus et filons droit sur la route principale. Les villageoises se retournent sur notre passage.

Nous entrons sans un bruit dans ma chaumière et remarquons le silence qui y règne, la vacuité de la salle à manger. En évitant les lattes qui grincent, nous allons à la chambre. Je jette un coup d'œil prudent par la porte entrouverte. Les garçons sont tous dans le lit, les poignets de chacun noués à un pied différent. Seul David me remarque ; il écarquille les yeux. Je pose un index devant mes lèvres. Il cligne outrageusement les paupières et indique du menton un coin aveugle de la pièce.

Ils ont posté une sentinelle.

Un homme robuste, mais endormi. Une bouteille de vin vide gît à côté de sa chaise. La bouche de l'ancien est grande ouverte ; le ronflement qui naît dans sa gorge ne franchit jamais tout à fait ses lèvres. Visiblement, les sages ne s'attendaient pas à une quelconque résistance, ni à une opération de sauvetage.

Sissy se glisse dans la pièce à ma suite, une dague à la main, et entreprend de trancher les liens des garçons. Désormais tous réveillés, ils ont suffisamment de jugeote pour ne pas dire un mot. Je me plante face à l'ancien, sa bouteille vide à la main. S'il fait mine de se réveiller, je la lui éclate sur le crâne.

En moins d'une minute, les garçons sont libres. Les sacs que nous avons préparés hier soir nous attendent toujours devant la porte, et nous nous en emparons en quittant la chambre. Nous refermons derrière nous, sans attirer l'attention du ronfleur.

Dehors, nous survolons littéralement le chemin. Nous avons désormais l'avantage : à l'air libre, nous pouvons sans difficulté distancer ventres obèses et pieds de lotus. Ils ne peuvent plus nous rattraper. Les filles que nous croisons nous dévisagent, bouche bée. Nous dévalons la rue pavée, bifurquons sur le sentier en terre. Les villageoises qui font la lessive sur la plate-forme près de la rivière s'interrompent pour nous regarder courir. L'une d'elles se lève, fait plusieurs pas rapides dans notre direction. C'est la fille aux taches de rousseur. Elle agite son bras tendu, nous demandant de nous arrêter. Nous n'avons cependant pas de temps à perdre et la dépassons comme des flèches, traversons le cours d'eau et nous précipitons vers la forêt. Ils ne peuvent dès lors pas plus nous atteindre que si nous étions à cent kilomètres de là.

Nous ne nous arrêtons pas de courir avant un bon quart d'heure. Un ruisseau gargouillant nous offre un prétexte pour faire une pause ; nous remplissons nos gourdes, heureux de pouvoir reprendre notre souffle. Sissy examine le crâne de

Ben, qu'un ancien a cogné plus tôt. Il a une petite bosse, mais rien d'alarmant. Epap, lui, souffre de quelques contusions et griffures sur les bras et le visage. Il affirme avoir dispensé nombre de coups de poing avant d'être maîtrisé.

Il s'agrippe soudain à sa veste et titube derrière un arbre. Nous l'entendons vomir, puis cracher de la bile. Quand il revient, il est aussi pâle que son haleine est nauséabonde. Il s'agenouille près du cours d'eau et se débarbouille rapidement.

– Ça va mieux ? lui demande Sissy.

– Encore un peu groggy. À cause de cette soupe qu'ils m'ont forcé à avaler. Ils ont menacé de s'en prendre aux autres si je refusais. Et ils ont promis de te ramener si je la terminais, ajoute-t-il avec une grimace en secouant la tête. Tout ce que ça m'a rapporté, c'est de m'endormir. Mais l'eau froide m'a fait du bien. Et suer aussi.

Il se relève.

– Waouh ! Trop vite. J'ai la tête qui tourne. Donnez-moi quelques secondes.

Nous les lui accordons volontiers. J'en profite pour partager avec eux tout ce que j'ai appris de Clair sur la Mission, sur mon père, sur la nécessité d'aller vers l'est. Ils m'écoutent en faisant les cent pas, lançant de temps à autre des coups d'œil inquiets en direction du village.

Seul Jacob est partagé. Il ramasse lentement son sac, le laisse retomber aussitôt.

– Alors nous sommes vraiment tout seuls, cette fois.

Sissy se tourne vers lui.

– On peut y arriver, Jacob. Si on reste soudés, on survivra.

Il shoote dans un petit caillou, qui atterrit dans le ruisseau.

– Donc on se contente de suivre la rivière ?

– Jusqu'à atteindre la terre de miel et de lait.

– Et combien de temps ça va nous prendre ? Quelques jours ? Des semaines ? Des mois ? Une année entière ?

– Je n'en sais rien, Jacob.

Son visage tremble d'émotion.

– Qu'est-ce qu'il y a, Jacob ? s'enquiert Epap.

– Pourquoi on n'irait pas vers l'ouest ? demande-t-il en nous observant, l'un après l'autre. Vers la Civilisation ? Il suffirait de suivre les rails. Au moins, on sait qu'il y a une destination. Et même si ça nous prend des semaines, on est au moins sûrs qu'il y a une lumière au bout du tunnel. Un endroit où vivent des vaches, des poules, un lieu où on pourra trouver de quoi manger. Et des gens. La Civilisation.

– Mais ce n'est pas là que nous devons nous rendre, interviens-je. Ce n'est pas ça, la terre de miel et de lait, de fruits et de soleil.

– D'après qui ? Cette fille étrange ? Peut-être qu'elle se trompe. Peut-être qu'elle ment. Pourquoi la croire ?

– Tu préfères faire confiance aux anciens ? je riposte vertement. Pardon, mais ce sont eux qui ont essayé de nous tuer, Sissy et moi. Rappelez-vous qui vous a attachés dans le but de vous faire monter de force dans le train ?

Les joues de Jacob virent à l'écarlate ; c'est la gêne qui le fait rougir, pas la colère. Je culpabilise un peu de lui avoir crié dessus.

– J'ai juste envie d'atteindre la Terre promise, explique-t-il en contemplant honteusement ses pieds. Là où le Scientifique a promis de nous conduire. Voilà tout.

Je reprends, d'une voix plus douce.

– Et elle se trouve à l'est, Jacob. Je vais vous y mener. C'est promis.

Il lève vers moi ses yeux baignés de larmes. Il hoche rapidement la tête, mais je comprends que ce mouvement fugace lui sert à me transmettre une chose fragile et délicate : sa confiance.

– Très bien, intervient Sissy. Reprenons la route. Je voudrais arriver à la cabane en rondins avant la tombée de la nuit.

Nous recommençons à courir à travers bois vers le soleil levant, plein est.

La route est difficile. Après quelques minutes, nous cessons de courir et optons pour une marche rapide, conscients de la courte foulée de Ben et de son jeune âge. Il fait de son mieux, suant à grosses gouttes sous son bonnet, les joues roses de fatigue. Peu à peu, le sol jonché d'aiguilles de pin laisse place à une terre nue. Bientôt, les derniers arbres sont derrière nous, et nous foulons directement la roche dure des montagnes. Le soleil se reflète sur des kilomètres de granit légèrement ondulé, nous brûlant les yeux.

Nous nous octroyons une nouvelle pause, au bord d'une falaise abrupte. L'échelle de câble que nous avons utilisée à l'aller est toujours là. La descente est vertigineuse et éprouvante, et Sissy tient à ce que nous l'entreprenions aussi reposés que possible. Nous nous asseyons sur la surface inconfortable, les jambes étendues devant nous, adossés à nos sacs. Un vent violent s'engouffre entre les dômes, siffle entre les ravines.

Sissy fouille dans ses affaires, en sort une paire de jumelles. De là où nous sommes, nous jouissons d'une vue panoramique sur les environs. Elle inspecte la terre plissée comme une couverture. Sur notre gauche, le fil argenté de la Nede reflète les rayons du soleil. Sissy braque ses jumelles vers l'est. Si elle espère découvrir quelque chose à l'horizon, quoi que ce soit suggérant la présence de la Terre promise, elle n'en dit rien.

– Je peux regarder ? demande Epap.

Sissy fait mine de ne pas l'entendre, se tourne vers la gauche.

– C'est encore loin ? s'inquiète Ben.

– Je dirais qu'on est à mi-chemin, répond Epap. On devrait atteindre la cabane dans quatre heures environ. Hé, Sissy, passe-moi les jumelles, tu veux ?

C'est comme s'il parlait à un mur. Elle est subjuguée. Son index joue avec la molette pour faire le point. Seuls ses sourcils froncés apparaissent au-dessus des deux optiques. Soudain, son dos se raidit.

– Tout va bien ? je demande.

Elle ouvre grand la bouche. Elle abaisse les jumelles, scrute à l'œil nu. Elle arbore un air à la fois inquiet et incrédule.

Elle se lève. Nous l'imitons tous. J'imagine qu'elle a vu un groupe d'anciens descendre de la montagne. Pourtant, les jumelles étaient braquées sur l'étendue en bas.

– C'est impossible… articule-t-elle.

Le vent étouffe sa voix, la transformant en un murmure effrayé.

Epap lui prend les jumelles. Il ne voit d'abord rien. Puis ses sourcils se lèvent tels des cerfs-volants décollant en plein ciel. Il sursaute en arrière, manquant lâcher les jumelles.

– Qu'est-ce qu'il y a ? demande David.

Lui aussi regarde dans cette direction.

Epap secoue la tête, comme pour s'éclaircir les idées.

– Je ne sais pas. Ce n'est pas possible.

– Mais quoi, à la fin ?

– C'est mon esprit qui me joue des tours, c'est…

– Des bateaux, complète Sissy. Qui descendent la rivière.

J'arrache les jumelles des mains d'Epap. Il me faut quelques secondes pour repérer le cours d'eau, et je n'aperçois d'abord que la surface scintillante de ce fin filet sinueux baigné de lumière. Ce kaléidoscope de soleil est très déconcertant, et je crois d'abord qu'Epap et Sissy ont vu un mirage.

Puis je l'aperçois.

Un bateau circulaire, en forme de dôme, repoussant les rayons grâce aux plaques chromées qui l'abritent. Il tournoie et vacille au gré du courant puissant, à la merci des flots. Des cordes pendent sur toute sa circonférence, telles les pattes d'un insecte. Au bout de chacune, flotte comme un petit ballon. Je zoome dessus.

Lesdits ballons sont en réalité des chevaux noyés, inertes et flasques, flottant dans l'eau au bout de leurs cordes tels des pendus à leur gibet. Auparavant, les bêtes devaient servir à faire avancer l'embarcation durant la journée, tandis que les crépusculaires restaient tapis à l'intérieur. Trois chevaux par berge, chacun attaché au bateau, le guidant le long du lit de la rivière. Quand le courant avait forci, ils avaient dû accélérer progressivement, jusqu'à galoper. Puis, incapables de tenir le rythme, ils s'étaient effondrés et, depuis, étaient eux-mêmes traînés par l'embarcation.

– Qu'est-ce qu'il y a ?

La voix de Ben brisa le silence, à quelques millions de kilomètres de là.

Je remonte le courant et découvre d'autres bateaux. Autant de dômes traînant au bout de cordes des chevaux noyés.

– Vous avez vu un crépusculaire ? s'écrie Ben, hystérique.

Je règle la visée d'un doigt tremblant. Toute une flotte descend en réalité la rivière. Le courant les emmène vers la grotte dans la montagne. Vers nous. J'abaisse les jumelles.

Ben me dévisage.

– C'est ça, pas vrai ? C'est un groupe de chasseurs, comprend-il d'une voix chevrotante.

Je secoue la tête.

– Pas seulement un groupe. Il y en a toute une armée.

Sissy se penche en avant, les mains sur les genoux, comme si elle venait de recevoir un coup au foie.

– Vous vous souvenez de la fois où on a été attaqués avec les grappins, sur la rivière ? Je vous ai dit qu'ils étaient de plus en plus rusés et de plus en plus forts, dit-elle en secouant la tête. Je ne croyais pas si bien dire.

– Mais comment est-ce possible ? s'étrangle Epap. Comment ont-ils pu fabriquer ces bateaux si vite ?

Il se tourne vers moi, comme si j'avais la science infuse.

– Peut-être que… Je ne sais pas, admets-je.

– Ça aurait dû leur prendre des mois, des années. Toi qui as vécu parmi eux si longtemps, tu les as déjà entendus évoquer la construction d'une flotte ?

– Non, jamais.

– Concentrons-nous sur ce que nous savons, intervient Sissy, luttant pour empêcher sa voix de trembler. Nous savons que d'ici deux petites heures, les crépusculaires entreront dans la grotte. À mon avis, la cascade va en tuer un certain nombre, mais je pense qu'ils seront nombreux à survivre. Et puis il fait sombre dans la caverne. Les rescapés s'y terreront jusqu'à la nuit.

– Et ensuite ? s'inquiète Ben.

– Ensuite ils nous traqueront, répond David.

Il semble plus petit que jamais, avec ses bras frêles qui tremblent le long de son corps.

– Non, je le corrige. Ça m'étonnerait.

Ils se tournent tous vers moi.

– Regardez le vent, il souffle d'ouest en est.

– Et alors ? demande Ben.

– Alors ils sentiront d'abord la Mission. Tant que nous nous dirigerons vers l'est et dans le sens du vent, tout ira bien. Et puis ils sont des centaines au village. Nous ne sommes que six. La Mission est une véritable éruption d'odeurs, nous sommes à peine un fumet. Nous devons donc mettre le maximum de distance entre le village et nous, et rester dans le sens du vent. Tant qu'on court, on survit. Et on finira par atteindre la Terre promise.

– Ils nous y suivront.

Je secoue la tête.

– Ils vont se repaître de chair humaine, être saturés d'odeurs fraîches… Ils ne nous sentiront pas à des dizaines de kilomètres de distance.

Je me tourne vers la rivière. Même sans les jumelles, je distingue maintenant les taches noires que forment les bateaux.

– Mais on doit repartir. C'est le moment ou jamais de se dépêcher.

J'attrape mon sac, le hisse sur mon épaule. Je suis le premier à l'échelle, les garçons me suivent de près. Epap se propose de descendre en premier, attache le sac de Ben sur son ventre.

– Ne regardez pas vers le bas, dis-je aux plus jeunes. Restez concentrés sur les barreaux devant vous. Lentement mais sûrement, d'accord ?

Epap agrippe le poteau, pose le pied sur le premier échelon, puis marque une pause.

– Sissy ? appelle-t-il.

Elle n'a pas bougé. Elle est toujours figée au même endroit, manifestement partagée.

– Allez, Sissy ! je crie. Vite !

Elle se détend alors, semblant avoir résolu son conflit intérieur. Elle me contemple avec des yeux humides. J'insiste :

– Viens ! On repart.

– Ce n'est pas aussi simple, déclare-t-elle.

– Quoi donc ?

– De fuir.

– Quoi ?

– On doit y retourner.

– À la Mission ? Tu as perdu la tête ?

– On doit les avertir de l'arrivée des crépusculaires.

Je m'approche d'elle.

– Si on y retourne, on meurt. Si on part tout de suite, on survit. Je trouve ça simple, moi. Si on part maintenant, on va découvrir la Terre promise. Revoir mon père. Il n'y a rien de plus simple.

– Je retourne à la Mission, décrète-t-elle.

Je la dévisage avec fureur.

– Dans quel but, Sissy ? Ils sont déjà morts de toute façon. Même si nous arrivons à les prévenir, où penses-tu qu'ils vont aller avec leurs gros ventres et leurs pieds de lotus ?

– Je ne peux pas, Gene. Je ne peux pas les laisser se faire massacrer.

Je me tourne vers Epap.

– Tu veux bien essayer de la raisonner ?

Il regarde cependant Sissy d'un air incertain.

– Oh non ! Tu ne vas pas t'y mettre aussi, Epap ?

Sissy désigne la rivière.

– Le Scientifique nous a dit de ne jamais abandonner les nôtres. Si nous leur tournons le dos en sachant ce qu'on sait, nous trahirons tout ce qu'il nous a enseigné.

Je brandis vers l'est un doigt rageur.

– Le Scientifique veut que nous allions vers l'est. Le Scientifique veut que nous découvrions la terre de miel et de lait, de fruits et de soleil. Le Scientifique nous y attend. Cap sur l'est ! C'est *ça*, la volonté du Scientifique. Alors, ne viens pas me dire ce que tu crois qu'il pense !

Sissy me répond sur un ton presque aussi virulent.

– Si nous partons, nous aurons leur sang sur les mains. Celui des villageoises, des bébés. Celui de centaines de personnes. Je ne pourrai pas vivre avec ça sur la conscience.

– Oh, allez, Sissy, ils l'auront cherché !

– Non ! hurle-t-elle. C'est nous qui avons attiré les crépusculaires jusqu'ici. Tu ne comprends donc pas ? dit-elle en cherchant mon regard. C'est à cause de *nous* qu'ils se retrouvent menacés. Si nous n'étions pas venus, les bateaux ne seraient jamais arrivés si loin. Sans nous, ces monstres n'auraient jamais découvert la Mission.

Le vent siffle entre les dômes de granit. De longues mèches de cheveux lui balaient le visage, sans qu'elle réagisse.

– J'y retourne, tranche-t-elle. C'est la seule chose à faire. Je vais les avertir. Je vais les convaincre de tous monter dans le train, de partir sur-le-champ. On risque d'être un peu serrés, mais on se débrouillera.

– Tu es devenue folle ? Sissy, nous ignorons où va ce train ! C'est précisément pour ça qu'on a quitté le village.

– Et c'est précisément pour ça qu'on va monter à bord. Parce qu'on ne sait pas. Peut-être qu'il va nous mener à la délivrance ? dit-elle d'une voix ferme et résolue. Elles ont déjà la vie assez dure. Je ne peux pas les laisser se faire dévorer par les crépusculaires en restant les bras croisés. Je ne me le pardonnerais jamais.

Je lui jette un regard noir.

– Sissy, ne fais pas ça.

Elle ne tient aucun compte de ma requête, s'adresse aux garçons.

– Partez avec Gene. Aidez-le à retrouver le Scientifique. Ne vous en faites pas pour moi, tout ira bien.

– Non.

Epap cligne plusieurs fois des yeux pour refouler ses larmes. Il fait un pas vers Sissy.

– Je t'accompagne, Sissy. Tu as raison.

– Moi aussi, intervient David en s'essuyant les yeux. Retournons à la Mission.

– Et moi aussi, renchérit Jacob d'une voix chevrotante, en parvenant néanmoins à afficher un petit sourire courageux. Je viens avec toi.

Ben s'élance alors vers elle pour la serrer dans ses bras. Elle ébouriffe les petits cheveux qui dépassent de son bonnet. Elle m'interroge silencieusement.

Je détourne la tête. Le vent souffle, et même si la bourrasque n'est pas plus forte que les précédentes, elle me transperce comme si j'avais été vidé de toute substance. Je shoote dans un caillou, qui bascule par-dessus la falaise.

– C'est ça, ce que vous voulez ? Être chassés, traqués ? Rester des proies toute votre vie ? Naître proies, mourir proies, dis-je en les considérant tour à tour. Vous avez une chance de changer de condition. D'échapper à tout ceci. Pourtant, vous décidez d'y replonger, tel un animal en fuite retournant droit dans sa cage.

Aucun ne me répond. L'amas de points sur la rivière grossit à vue d'œil.

– On pourrait être libres !

Ma voix se brise. Je désigne le soleil levant d'un grand geste du bras.

– C'est là-bas qu'on doit aller. Vers l'est. Là où se trouve mon père.

Soudain la tête me tourne, mes jambes se dérobent. Je m'accroupis en attendant que le monde cesse de tournoyer.

– Ne faites pas ça, je souffle alors sans conviction, et ma voix n'est plus qu'un murmure. Ne me laissez pas tout seul…

Pendant un instant, ils restent muets, immobiles. Seuls leurs cheveux, agités par le vent, ondulent dans ce tableau vivant. David fait alors un pas vers moi et, bien qu'il n'ait avancé que de quelques dizaines de centimètres, j'ai l'impression qu'il vient de combler le gouffre qui nous séparait.

– Viens avec nous, Gene. S'il te plaît.

Ces derniers mots font vaciller ma détermination.

Je jette un nouveau coup d'œil vers l'est, et sur la vaste étendue de terre aride et déserte.

– Gene, intervient Jacob, viens avec nous. Tu fais partie du groupe. Tu es comme nous. Sincèrement. Ta place est ici. On forme une famille. On ne te laissera pas partir !

Personne ne m'avait jamais supplié de rester. Pendant quelques secondes, je ne sais que répondre. Je sens seulement une étrange chaleur envahir les bulles de vide qui occupaient mon corps. Je me retourne vers le petit groupe. Ben me scrute avec de grands yeux remplis d'espoir. Il voit sur mon visage la décision que j'ai à peine conscience d'avoir prise, et sa figure s'égaie d'un grand sourire. Il serre avec excitation le bras de sa sœur.

– Il vient ! Il vient avec nous !

Epap m'adresse un chaleureux signe de tête.

– On ferait mieux de se dépêcher, déclare-t-il. Ça fait une trotte, jusqu'à la Mission. Passe devant, Gene, je vais fermer la marche. D'accord ?

Je me vois les rejoindre. J'imagine leurs tapes amicales et

la lueur de joie qui danse dans leurs prunelles me donner un second souffle, tandis que nous reprenons la direction du village.

Pourtant, je n'ai pas bougé. Je suis cloué sur place. Je me tourne de nouveau vers l'orient. Je suis comme écartelé par des milliers de mains me tirant simultanément dans les deux directions.

– Je passe derrière Gene ! s'exclame Jacob en ramassant son sac.

Alors que je n'ai toujours pas bougé.

Puis Sissy, restée si longtemps silencieuse, prend la parole. Mais, contrairement aux autres, elle le fait sans une once d'excitation.

– Gene…

C'est tout ce qu'elle dit. Juste mon nom, doucement. Son timbre est plein d'une souffrance insupportable qui me terrasse. Elle me regarde en secouant la tête, et ce simple mouvement nous suffit à échanger des milliers de paroles muettes.

Les garçons se tournent vers elle, confus.

– Sissy ? demande Ben. Qu'est-ce qui se passe ?

– Gene ne va pas nous accompagner, explique-t-elle sans cesser de m'observer.

– Quoi ? Comment ça ?

– Il doit partir vers l'est, énonce-t-elle d'une voix parfaitement calme. C'est le chemin que le Scientifique a tracé pour lui.

– Non, s'oppose David avec émotion. Il est avec nous, il reste avec nous…

– Il est l'Origine, lui rappelle-t-elle. Nous ne suivons pas la même route.

– Sissy, plaide Ben, il veut nous accompagner et…

– « Ne laissez pas mourir Gene », récite-t-elle. Gene est l'Origine. Le remède. Il doit survivre. Il doit aller vers l'est. Rien n'importe davantage.

Les garçons blêmissent. Toutefois, leurs yeux écarquillés et leurs lèvres tremblant silencieusement les trahissent : ils savent que Sissy a raison.

– Il doit retrouver son père, poursuit celle-ci avec une froide résolution. C'est ce que veut le Scientifique, c'est ce qu'il a prévu depuis le début. On ne peut pas laisser les sentiments… s'interposer.

Son visage se durcit perceptiblement, elle se détourne légèrement, me regarde du coin de l'œil, et pour la première fois sa voix vacille :

– Et au fond de lui, c'est aussi ce que veut Gene.

Les garçons me scrutent avec incertitude. Cette fois, ce que Ben découvre sur mes traits fait frémir sa lèvre inférieure. Les larmes lui montent aux yeux.

– Gene ? demande-t-il.

Sa question inachevée flotte dans l'air, suspendue au vent.

Sissy s'approche de moi, le visage dur comme de la pierre.

– Il veut revoir son père. Rien ni personne ne compte plus à ses yeux. On ne peut pas le lui refuser. On doit le laisser y aller.

Elle est désormais si proche que je perçois les faiblesses de son masque de marbre, les délicates ridules de chagrin.

– Tu irais jusqu'au bout du monde pour le retrouver. N'est-ce pas, Gene ?

Derrière elle, les garçons ont tous le regard braqué sur moi. Le ciel est d'un bleu immaculé, il n'y a pas un nuage en vue. Ben commence à sangloter, et Epap lui passe un bras réconfortant autour des épaules.

– Je ne t'abandonnerai pas, je murmure.

– Tu n'as pas le choix, réplique-t-elle. Je ne te laisserai pas rester.

– J'ai suffisamment déserté…

Elle pose un doigt sur ma bouche pour me faire taire.

Le soleil qui se reflète sur le granit fait ressortir la profondeur de ses iris. Je me rappelle la première fois que j'ai contemplé ses grands yeux marron, sur ma tablette de bureau, à l'école. À l'époque, elle tirait au sort les numéros pour la loterie homifère. C'était il y a bien des jours, pourtant je me souviens parfaitement des qualités de tendresse et de force que j'y avais vues malgré les pixels de l'écran.

Et c'est exactement les sensations que me procure sa main sur mon visage. De la tendresse et de la force.

– Gene… chuchote-t-elle.

Le timbre de sa voix la trahit. Elle déglutit avec peine.

– Va-t'en.

Pendant une fraction de seconde, sa résolution se lézarde. Elle marque une pause, comme pour me laisser une chance de parler. Mais je reste silencieux. Elle ferme les yeux et se retourne vers les garçons.

Je reste planté là. Puis, dans un mouvement qui me semble durer des heures, je me dirige vers l'échelle. Il n'y a plus rien de tangible, ni le granit sous mes pieds, ni mes jambes, ni même mon corps. J'ai l'impression que le moindre souffle d'air risque de m'emporter, de me désintégrer, os par os, jusqu'au néant. Je pose ma botte sur le premier échelon.

– Gene ! s'écrie David. On se reverra. D'accord ?

J'acquiesce. En le voyant sourire, je sens mes lèvres s'ourler naturellement vers le haut. J'ignorais qu'on pouvait sourire de tristesse. Puis je fais une chose contre laquelle mon père m'a toujours mis en garde : je lève la main et l'agite lentement. Ils me saluent en retour, tous les cinq, les yeux baignés de larmes.

Comme attiré vers le fond par mon cœur lesté de plomb, je descends d'un barreau, puis d'un autre. Bientôt, Sissy et les garçons sont remplacés par la paroi de granit dur s'étendant devant moi. Je trouve l'échelon suivant, et le prochain, et celui d'après, et me voilà de nouveau seul au monde.

39

Je fournis beaucoup d'efforts pour progresser rapidement. C'est mieux ainsi, mon cœur bat vigoureusement, mes poumons fonctionnent à plein régime et mon esprit est focalisé sur ce qui se trouve devant moi et non sur ce que j'ai laissé derrière. Je ne suis qu'un point minuscule flottant à travers une immensité déserte, oublié de tous, bloqué dans une stase immuable.

Alors que le soleil commence à descendre, mes bottes ne foulent plus le dur granit, mais le sol tendre de la forêt. Il fait plus frais dans les bois, et plus sombre, comme si le crépuscule s'y était installé en avance. Je maintiens mon allure vive, rassuré par chaque pas effectué.

Toutefois, la densité des arbres et leur apparente similitude me désorientent, me font tourner en rond. Je cherche mon salut dans le ciel, mais les hauts séquoias, serrés les uns contre les autres, masquent la position du soleil. Je ne sais même plus où se trouve l'est. La couleur du firmament m'inquiète : l'azur cède lentement le pas à l'écarlate du soir.

La nuit tombe.

En bon citadin, je n'ai guère l'habitude de me déplacer

dans la nature. Je continue de marcher, malgré la panique qui me gagne. Dix minutes plus tard, force m'est de reconnaître cette vérité que je nie depuis plus d'une heure : je suis perdu, ma boussole interne est complètement déréglée. Je ne sais plus si je me rapproche ou si je m'éloigne de la Mission. J'ai gaspillé un temps précieux.

Je constate avec inquiétude que quelques étoiles pointent déjà. L'obscurité se déverse sur le monde. Sous mes pieds, à cet instant précis, dans les entrailles de la montagne, des centaines de crépusculaires attendent l'avènement des ténèbres. Cette pensée me met les nerfs à vif. Bientôt, ils entreprendront de gravir les parois de la caverne, s'accrocheront aux diverses plantes grimpantes et sortiront par les ouvertures baignées de soleil en pleine journée. Ils se déverseront en rus innombrables, recouvriront les hauteurs telle une marée noire en se précipitant vers le village.

J'espère que Sissy et les garçons se sont montrés plus adroits que moi et ont atteint leur destination. J'espère qu'ils parviendront à convaincre les fillettes de monter dans le train, et que tous pourront partir avant le débarquement des crépusculaires. Plus j'avance, plus la culpabilité me ronge. Je les ai abandonnés. Je les ai laissés, exactement comme je l'ai fait avec Ashley June. Je les ai trahis. Je force encore l'allure, seul l'épuisement pouvant me débarrasser de ces sombres ruminations.

Une demi-heure plus tard, je m'adosse à un arbre, le souffle court, scrutant la pénombre de la forêt. Je devrais déjà avoir atteint l'autre flanc de la montagne, avoir mis des kilomètres entre eux et moi. Le vent dans le dos, je devrais être désormais hors de leur portée. Au lieu de quoi, je suis perdu et effrayé dans le silence et l'obscurité de ces bois. À notre arrivée, lorsque Clair nous servait de guide, les lieux grouillaient de vie sauvage. Aujourd'hui, une chape de plomb semble s'être abattue. Comme si les habitants sylvestres avaient fui en pressentant l'arrivée des crépusculaires.

Une fois mon souffle retrouvé, je perçois le gargouillis d'un ruisseau. Je m'en approche, non à cause de la soif, mais parce que je me rappelle qu'un cours d'eau coulait à une cinquantaine de mètres de la cabane en rondins. C'est peut-être le même.

Le courant est fort. Je m'agenouille pour m'asperger le visage. L'eau glacée m'arrache à mon nuage de fatigue, me rappelant le danger que je cours.

Une idée prend forme dans ma tête. Une issue possible. Elle n'est pas parfaite, loin de là. Mais tandis que la température dégringole, que le souffle froid du vent hérisse les petits cheveux de ma nuque, je comprends qu'il ne s'agit pas seulement d'un moyen viable de m'enfuir : c'est la seule solution. Je remets mon sac sur le dos, serre les lanières au maximum, puis cours le long de la rivière. Je m'use les yeux à chercher la cabane.

Car à l'intérieur se trouve le Deltaplane de mon père.

Je manque de passer à côté de la baraque sans la voir. C'est un unique vagissement qui me sauve. Il déchire l'air nocturne, bien trop proche à mon goût. Je m'arrête net pour écouter. Et là, je l'aperçois. Pas la cabane, pas tout de suite, mais une clairière. Et en quelques secondes, je la traverse et me retrouve sur le perron.

Quand je tourne la poignée, un chœur de hurlements, masculins et félins, s'élève avec langueur. De fins nuages, teintés de rouge dans le soleil couchant, prennent l'apparence de profondes estafilades ensanglantées. Je scrute les bois cernant la trouée. Aucun mouvement. À l'est se trouve une falaise, un à-pic abrupt. Un vent sombre s'y déchaîne. C'est de là que mon père décollait avec son Deltaplane, prenant son essor au-dessus des Vastes. Et c'est de là que je vais devoir faire de même.

Il fait sombre à l'intérieur. Je sors un bâton lumineux de mon sac, le craque. Le Deltaplane n'a pas bougé, suspendu au mur de la chambre. Maintenant que je sais en avoir besoin pour voler, il me semble à la fois plus fragile et plus encombrant que dans mon souvenir. Je l'examine, tentant de comprendre l'utilité de toutes ces sangles et ces barres. Je me sens complètement dépassé. Il y a forcément autre chose. Et soudain ça me revient. J'ouvre le coffre à vêtements, en sors l'étrange veste repérée lors de mon premier passage. J'en descends la fermeture à glissière, démêle les crochets métalliques, les cordes et les mousquetons qui en pendouillent. Je l'enfile, glissant mes jambes dans une sorte de harnais manifestement destiné à les accueillir. À présent, le fonctionnement du Deltaplane me paraît beaucoup moins obscur : les crochets s'accrochent aux contre-crochets, les mousquetons se marient avec des mousquetons de la même couleur.

Un nouveau gémissement fait trembler les vitres.

La fenêtre n'est plus qu'un rideau noir. La nuit a complètement oblitéré le ciel.

Et comme pour accueillir officiellement l'obscurité, une succession de cris résonnent à flanc de montagne. Ils sont plus forts, désormais, grincent contre les carreaux tels des ongles sur une couche de glace. J'entends de légers craquements, comme des cure-dents que l'on brise. Il me faut une bonne minute pour comprendre qu'il s'agit là d'arbres abattus, de troncs pulvérisés par le raz de marée de crépusculaires.

Les odeurs homifères flottant dans les montagnes les rendent frénétiques.

Je pose le Deltaplane sur le lit et me rue dehors. Depuis le perron, je peux suivre leur progression à la cime tremblante des arbres les plus hauts.

Ils arrivent. Ils arrivent. Que ce soit voulu ou non, la cabane se dresse sur leur route.

Je rentre en toute hâte. J'envisage un instant de fermer les volets pour me barricader à l'intérieur, mais repousse cette idée presque immédiatement : la bâtisse a autant de chance de résister à leur charge qu'une boîte d'allumettes de ne pas s'embraser dans un feu. Ils la réduiront en petit bois en quelques secondes à peine.

Je m'empare de l'aile volante, traverse le couloir en crabe pour la sortir. De froides bourrasques m'assaillent inlassablement, portant avec elles les échos des braillements.

Que je sois prêt ou non, c'est maintenant ou jamais. J'opte pour *maintenant*, espérant être *prêt*.

Je referme un crochet dans son équivalent sur le Deltaplane. Je me dirige vers le rebord de la falaise tout en attachant les mousquetons. Je fais glisser les cordes dans des anneaux, agissant par pur instinct, sans la moindre conviction. Je n'ai plus qu'à espérer que chaque élément soit bien censé se positionner là où je le place.

Le sol tremble.

Des vagissements émanent de la forêt alentour. Ils sont différents des précédents, plus enthousiastes, positivement surpris d'avoir fait une découverte inattendue.

Je m'élance. Les mousquetons que je n'ai pas eu le temps d'assurer rebondissent contre mon corps, tel le doigt d'un enfant soucieux d'attirer l'attention – « Attache-moi attache-moi attache-moi… » –, mais il est trop tard. Le tranchant de leurs exclamations me lacère les tympans, me griffe la nuque, m'irrite jusqu'aux talons, telles des griffes brandies. Je soulève la barre transversale de la voile au-dessus de ma tête, afin de ne pas risquer de me prendre les pieds dedans. Le moindre faux pas me serait fatal.

Une mare d'obscurité commence à m'envelopper.

Ne regarde pas en arrière. Ne regarde pas sur le côté. Garde les yeux rivés sur la falaise. Cours jusqu'au bord, cours, cours, cours !

Ça y est, la bouche béante du néant s'approche pour m'avaler. Je ne sais pas ce que je suis censé faire avec mon Deltaplane, mais il est trop tard pour y réfléchir. La terre vrombit de plus en plus, l'air n'est plus que hurlements de convoitise ; je bascule par-dessus bord, m'enfonce droit dans un abîme béant et sans fin.

Je perçois alors un cri, un unique mot lancé derrière moi.

Gene !

Je dégringole, les pieds patinant dans le vide tandis que la paroi disparaît derrière moi en un éclair. Il n'y a pas de vent. Le Deltaplane tangue comme un oiseau blessé battant des ailes hystériquement. La panique me noue l'estomac.

Une bourrasque terrifiante jaillit de nulle part. La voile s'y accroche avec un déclic presque audible. L'air nocturne, jusqu'alors si intangible, adopte la solidité d'un tapis somptueux, me soulevant dans la nuit.

Une boule dans la gorge, cramponné à la barre transversale à m'en faire blanchir les jointures, j'ose un coup d'œil vers le sol. Les crépusculaires basculent par dizaines par-dessus le rebord de la falaise, sombrant dans l'abysse sombre. La voile vacille. Je me concentre de nouveau sur la barre, retrouvant le sens des priorités. Je me penche d'un côté et de l'autre, éprouvant les techniques de vol par tentatives légères. J'ai toujours été un élève brillant, et bientôt je parviens à adopter le Deltaplane. Chaque geste doit être lent et régulier, pas de manœuvre trop brusque ou trop soudaine. Ce n'est pas très compliqué, dès lors qu'on a vaincu la peur initiale.

À dire vrai, c'est même plutôt grisant. La sensation de flotter dans l'air, la brise étonnamment douce et rafraîchissante me caressant la figure. Des centaines de mètres plus bas, sortant de la montagne en une cascade titanesque, la Nede poursuit son chemin. Elle luit telle une bande de magnésium incandescent, flèche blanche m'indiquant l'est. La Terre promise. M'indiquant où trouver mon père. Si ce vent favorable se maintient, je devrais progresser rapidement.

J'accorde un dernier regard à la montagne. La lune déverse désormais ses rayons laiteux sur la falaise ; je remarque le filet de points noirs et argentés sortant de ses entrailles. Ils arriveront à la Mission en un rien de temps.

J'ai beau m'efforcer de ne pas penser à eux, mes pensées dérivent inévitablement vers Sissy et les garçons. Ils doivent avoir rejoint le village, désormais. Pendant une seconde, je me sens encore plus vide que le ciel qui m'entoure.

Je rive mes yeux sur l'horizon. Sur l'est. Quelque part par là, au-delà de mon champ de vision, m'attend mon père.

Je me demande combien de fillettes Sissy a convaincues de monter dans le train.

Mon père doit être tout bronzé d'avoir passé tant de temps au soleil. Il a sans doute aussi fait un peu de gras, avec tout ce qu'il a dû manger et boire.

Je me demande si Sissy et les garçons sont déjà dans le train. Si les villageoises s'entassent à leurs côtés tandis que le moteur se met en route.

Mon père doit porter la barbe, ou au moins la moustache ;

peut-être ses joues sont-elles grises de chaume. Il ne se rase probablement plus les bras et les jambes. Les poches sous ses yeux auront diminué, peut-être même disparu, effacées par des mois et des années d'un sommeil profond et réparateur. Il aura sans doute changé, mais, dépouillé du masque qu'il a été contraint de porter toute sa vie, il se révélera enfin au grand jour.

J'espère que Sissy et les garçons vont bien. Ont-ils conscience de devoir partir immédiatement ? Du nombre impressionnant de crépusculaires qui fond sur eux ?

Pour la première fois de ma vie, je vais voir mon père sourire pour de bon. Je découvrirai chacune des émotions qu'il s'est toujours efforcé de réprimer. Je verrai ses lèvres s'ourler, dévoiler ses dents brillantes tandis que ses prunelles pétilleront de joie. Il gardera les bras ballants, n'ayant plus à feindre de se gratter le poignet pour rire. Voilà ce qu'il fera, en m'apercevant. Il sourira. Et son sourire brillera librement au soleil, sans qu'il se sente obligé d'aller se tapir dans l'ombre.

Ben doit être fatigué d'avoir marché toute la journée. J'espère que David pensera à mettre des gants et une écharpe, en prévision du vent glacial qui ne manquera pas de venir les mordre à travers les voitures à barreaux. Le bras de Sissy va-t-il mieux, son marquage a-t-il cicatrisé sans s'infecter ? Je me demande s'ils pensent autant à moi que moi à eux. Je me demande si Sissy ressent le besoin d'être avec moi. Moi, j'éprouve le besoin d'être avec elle.

Des colonies d'étoiles s'illuminent, presque à portée de main. J'ai l'impression de n'avoir qu'à tendre le bras pour les toucher et les voir tomber tels des flocons.

Je regarde l'est. Je visualise mon père dans un rayon de

soleil, aussi trouble que dans un rêve. Il diminue soudain, s'estompe comme n'importe quelle chimère au lever du jour.

Je raffermis ma prise sur la barre. J'incline mes jambes de côté. Les étoiles tournent en même temps que moi, la lune tangue telle une balle au bout d'une ficelle. La rivière argentée serpente en dessous. Puis la montagne se retrouve face à moi, son sommet légèrement penché, comme une tête tournée en signe de surprise et de confusion.

Je fais cap vers l'ouest.

Je retourne à la Mission.

40

Le village est niché entre deux crêtes, et je le rate à mon premier passage. Le pont – ses deux moitiés redressées, tels des serre-livres – se révèle un point de repère inestimable. Je fais demi-tour, aperçois quelques points lumineux au creux des parois. Je me rapproche jusqu'à ce que la Mission sorte complètement des ténèbres et que je puisse distinguer la douce lumière émanant des chaumières. Vu d'ici, la petitesse et le charme des lieux me surprennent.

J'ai déjà compris – tristement, avec résignation et une inquiétude certaine – que mon atterrissage allait être délicat, sans doute douloureux, potentiellement fatal. Je compte néanmoins sur la chance du débutant. J'ai eu tout le temps d'y penser durant le gros quart d'heure qu'il m'a fallu pour revenir, et j'ai déjà décidé que le mieux était de me poser sur le lac glaciaire au bout de la Mission. Malheureusement, cette idée qui me paraissait brillante est incroyablement difficile à mettre en pratique. De là où je me trouve, le lac n'est pas plus gros qu'une pièce de monnaie et constitue une piste ridiculement étroite, cernée de cratères de granit et d'une épaisse forêt de conifères aux branches brandies tels des couteaux.

En touchant l'eau, j'ai l'impression d'avoir percuté un mur de glace. Je fends la surface. Mes jambes puis mon corps sont passés à la déchiqueteuse tandis que je glisse sur l'onde. Le Deltaplane bascule soudain dans les profondeurs du lac, et je me retrouve sens dessus dessous, cerné de bulles et de ténèbres. Complètement désorienté, j'ai néanmoins le réflexe de me défaire de ma veste et de me débarrasser de l'aile qui m'attire par le fond. *Observe les bulles, suis-les vers la surface.* J'émerge finalement sous le dôme étoilé regorgeant d'oxygène.

Je nage jusqu'à la berge, m'extirpe tant bien que mal de l'eau, tout dégoulinant. Gelé. *Dois me dépêcher, membres tremblent comme des arbres dans la tempête, esprit déjà confus, pensées inconsistantes.* Je chancelle sur mes jambes flageolantes, mes dents claquent violemment. Je m'approche en titubant de la masure la plus proche, m'étreignant la poitrine des deux bras, les mains fourrées sous mes aisselles. Mes doigts engourdis peinent à tourner la poignée. *Noir à l'intérieur. Ouvre le coffre, retire vêtements trempés, enfile des secs.*

Je me rends alors compte que je n'ai croisé personne.

Je ressors en courant, grelottant toujours.

Je parcours du regard la place du village : rien ne bouge, elle est parfaitement déserte. Je me dis que Sissy a convaincu tout le monde de partir, puis j'avise un groupe de fillettes. Leurs paupières lourdes de sommeil se relèvent à mon approche.

– Où sont mes amis ?

Les premiers mots que je prononce depuis des heures sont perçants, débordant de nervosité.

Elles me regardent avec méfiance.

– Vous m'avez entendu ? Mes amis ? Sissy, Epap, les garçons. Ils sont revenus ici ? Vous les avez vus ?

Elles se contentent de m'observer d'un air distant, sans se soucier de l'urgence de ma requête. Sauf une. Elle paraît pétrifiée.

J'insiste.

– Ils sont revenus ?

Elle opine. Je la presse…

– Où sont-ils ?

– À la gare, répond-elle. Pour la plupart.

– Comment ça, *pour la plupart* ?

Elle tire sur sa jupe, en saisit le tissu à pleines mains.

– Qu'est-ce qui se passe ?

Je suis de plus en plus inquiet.

– Je ne peux pas en dire plus. Je ne peux pas, affirme-t-elle en se contractant.

– Dites-moi ce qui se passe ici ! j'exige.

Et comme aucune ne répond, comme aucune n'ose même me regarder, je pars en courant vers la gare.

– Allez au train tout de suite ! je leur crie par-dessus mon épaule. Si vous voulez vivre, allez au train.

La gare déborde d'activité. Apparemment, la moitié du village est ici, s'affairant à décharger les voitures. *Encore* à décharger.

– Sissy !

Des visages se tournent, des figures rondes et endormies. Aucun signe de mes amis.

– Epap ! David !

Tout le monde s'immobilise pour me regarder. La surprise se lit chez chacun d'eux, mais nul ne pipe mot.

Puis, à l'autre bout du train, je l'entends hurler. Sissy.

– Par ici, Gene ! Par ici ! Viens vi…

Elle est interrompue par une gifle violente. Cela décuple mes forces. Je dévale le quai à toutes jambes, bousculant les conteneurs et les générateurs se trouvant sur ma route, sautant par-dessus les tuyaux entortillés sur la plate-forme. Un groupe de sages est réuni à l'extrémité. Ils sont serrés les uns contre les autres.

Je m'immobilise devant eux, le souffle court, avalant avec peine des goulées d'air sifflantes. Les anciens se dispersent, leur groupe s'ouvrant telle une dionée. Et là, je les vois. Ils sont tous attachés à l'intérieur d'un wagon. Sissy et les garçons. Tous, sauf un.

– Où est Ben ? je demande.

– Krugman l'a emmené dans son bureau, répond Sissy.

Son visage est tout contusionné. Ses mains, irritées et à vif, sont liées au-dessus de sa tête et autour de l'un des barreaux.

– Ils n'ont pas voulu nous écouter. Ils nous ont attrapés et fait monter de force dans ce train.

À côté d'elle, David tremble comme une feuille, au bord des larmes. Jacob est entravé de l'autre côté de la voiture. Je vois les cordes reliant chacun d'eux à la cage. C'est Epap qui est dans le pire état. Tout seul dans un coin, ses yeux tout gonflés ne s'ouvrant plus. Il est recroquevillé sur le côté, à peine conscient, les bras dans le dos. Je remarque quelqu'un d'autre dans le coin opposé. Une fillette, dont les prunelles s'éclairent d'espoir. Clair.

Je me tourne vers les anciens. Ils sourient, me lançant des regards mauvais.

– D'accord, d'accord. Vous nous avez eus. On se rend. On va prendre ce train. On va partir.

Ils froncent les sourcils à l'unisson. Ils s'attendaient à une révolte, pas à une reddition.

– Allez juste chercher Ben. Ensuite, vous pourrez nous renvoyer.

– Entendu, me répond l'un d'eux. En attendant, monte à bord.

– Quand Ben sera là. Pas avant.

L'ancien m'adresse un sourire chaleureux, ses joues se creusent de fossettes bienveillantes.

– Bon, comme tu voudras. Mais il va bien nous falloir une heure ou deux avant de le ramener ici. À trois heures près.

Tous autant qu'ils sont, ils se mettent à ricaner.

Je me tourne vers Sissy. Elle secoue la tête. *Ça ne marchera pas*, me transmet-elle silencieusement.

J'opte pour une approche différente.

– Écoutez-moi bien, je vais être on ne peut plus clair : nous devons partir. Tout de suite.

– Et qu'est-ce qui te fait dire ça ? me rétorque l'ancien.

– Ils arrivent.

– Qui ça ?

– Les crépusculaires.

Il me sourit, montre Sissy du doigt.

– C'est aussi ce qu'elle a prétendu. Oh ! on a tellement peur… Bouh ! les vilains crépusculaires descendent la rivière sur leurs jolis petits bateaux.

– Vous devriez être terrifiés, dis-je en les dévisagant jusqu'à ce que leurs rictus s'estompent. Car je les ai vus. Ils sont déjà sur les hauteurs. Ils foncent droit sur nous à l'instant où je vous parle, recouvrant cette montagne telle une avalanche de désir sombre. Ils seront ici d'une minute à l'autre.

Ils gardent le silence deux ou trois secondes. Un silence seulement rompu par un éclat de rire tonitruant.

– Oh ! bien joué, mon grand, très bien joué ! s'exclame l'un d'eux. Je dois bien avouer que tu as failli nous avoir.

Il cesse soudain de rire, baisse légèrement le ton :

– Mais pas tout à fait, loin de là, même, continue-t-il, son visage se durcissant. Maintenant, monte dans ce train.

– Allez d'abord chercher Ben. Et les filles devraient elles aussi commencer à embarquer, en attendant.

– Que voulez-vous dire ? s'enquiert l'une des villageoises.

La fille aux taches de rousseur. Sa voix légère et terrifiée semble se défier même d'elle-même. Elle fait mine de ne pas remarquer les regards noirs des sages.

– Dites-moi…

– Tais-toi ! lui intiment les anciens en chœur.

– Nous devons partir ensemble, je réponds en m'adressant à toutes les villageoises. Le train est votre seul moyen de survie, dis-je, constatant qu'elles se rapprochent pour ne pas perdre une miette de mon discours. Vous trouviez terrifiante la crépusculaire du Vastenarium ? Imaginez-en des dizaines, des centaines déferlant sur ce village !

J'ai crié. La fille aux taches de son tressaille.

– Maintenant, imaginez-les vous tomber dessus pour vous dévorer. Car c'est sans doute ce qu'ils vont faire dans le prochain quart d'heure.

Une fillette, à deux pas de là, fond en larmes. Elle ne doit pas avoir sept ans. Ma principale interlocutrice lui passe un bras rassurant autour des épaules ; cependant, elle-même est pâle et tremblante.

– Ne l'écoutez pas ! intervient l'un des anciens. N'écoutez pas ces mensonges éhontés !

– Écoutez-moi ! je crie encore plus fort. Mettez le moteur du train en route. Abaissez le pont. On doit partir tout de suite !

Personne ne bouge.

Puis survient la seule chose susceptible de fonctionner.

Un hurlement déchirant traverse le ciel nocturne.

Ce n'est pas là le cri d'un loup ou de quelque animal, pas plus qu'un hurlement de solitude. C'est la preuve d'un puissant instinct malveillant. Un mugissement conscient, mais inhumain. Et une seconde plus tard, un autre lui répond en écho, puis un troisième, jusqu'à ce qu'une explosion de vagissements sature l'air.

Même les anciens blêmissent, écarquillent les yeux en comprenant que leur pire cauchemar est devenu réalité. Ils agissent alors bizarrement. Ils ne demandent pas aux filles de monter à bord. Ils ne se hissent pas non plus eux-mêmes à l'intérieur. Ils font simplement volte-face et s'éloignent silencieusement, tels des acteurs choqués d'être chassés de la scène. Ils traînent les pieds en direction du village, à travers l'herbe sombre. En plein vers les hurlements.

– Qu'est-ce qu'ils font ? s'étonne Clair. Où est-ce qu'ils vont ?

C'est parfaitement illogique. Les villageoises qui les suivaient sur la plate-forme s'arrêtent pour se dévisager d'un air interrogateur. Elles sont manifestement tiraillées entre leur instinct de survie et leur conditionnement à se soumettre aux anciens.

Un nouveau cri. Pas crépusculaire, mais humain. Il vient d'assez loin – sans doute de la ferme au-delà de la Mission –, mais n'en paraît pas moins terrifié. Horrifié, même. J'imagine les fillettes de la ferme se réfugiant dans la boucherie, s'armant de fendoirs et de hachoirs pour repousser l'assaillant. Elles n'ont pas conscience de la futilité de la chose, pas plus qu'elles ne se rendent compte que la vue et l'odeur du sang – même s'il n'est qu'animal – émanant de l'abattoir ne fera qu'exciter davantage les crépusculaires.

– Si vous voulez survivre, grimpez immédiatement à bord !

La fille aux taches de rousseur approche d'un pas. D'une voix chevrotante, elle enjoint à ses compagnes de m'obéir. Elles n'ont pas besoin d'autre encouragement : elles montent à bord dans un calme épatant, ne laissant échapper qu'un sanglot occasionnel ou une rare plainte étouffée.

L'une d'elles, la petite avec des tresses, ramasse quelque chose sur le plancher du wagon. Elle détient désormais le ceinturon de dagues de Sissy. Elle s'accroupit près de cette dernière, dégaine une arme. En moins d'une seconde, elle a tranché les liens de Sissy, qui se lève en se frottant les poignets. Elle remercie la fillette du regard, tire à son tour une dague. À elles deux, elles ont tôt fait de libérer les garçons et Clair.

– Comment est-ce qu'on démarre ce train ? je demande à la fille aux taches de son.

– Il y a un pupitre de commande au bout du quai, m'explique-t-elle. Il contrôle tout. Il faut appuyer sur une série de boutons pour déclencher l'autopilotage. À partir de là, le moteur chauffe en un quart d'heure, les portes des wagons se verrouillent, les freins sont relâchés, le train démarre, le pont s'abaisse. Le processus ne peut alors plus être interrompu avant que le train n'atteigne la Civilisation.

– Tu sais comment fonctionne le pupitre ? je lui demande.

Elle confirme d'un hochement de tête, sans me quitter des yeux. Je lis dans ses prunelles une force de caractère insoupçonnée.

– J'ai souvent regardé faire les anciens. C'est très simple, il y a un code couleur et des petits dessins explicatifs.

De nouveaux grondements s'élèvent du village, plus forts, entrecoupés de plaintes de douleur. Le bain de sang a commencé. Je ne suis peut-être pas capable de le sentir, mais l'air en est lourd. La nuit est saturée de mort.

– Vas-y, dis-je pour l'encourager. Démarre la machine.

Elle se précipite vers le panneau, aussi vite que ses pieds de lotus le lui permettent.

J'avise David qui chuchote à Jacob des paroles insistantes. Ils se retournent en même temps, prêts à déguerpir.

– Eh, vous comptiez aller où ? je leur demande en les rattrapant par le collet.

– Chercher Ben, rétorque David en tâchant de se libérer.

– Pas question. Vous restez ici.

– On refuse de l'abandonner, Gene.

– Je sais, dis-je en serrant les dents. C'est moi qui vais le chercher.

– Je t'accompagne, intervient Sissy.

– Je me débrouille mieux seul, je riposte.

– Pas cette fois. On parle de Ben, là, réplique-t-elle en se tournant vers David et Jacob : restez avec Epap, assurez-vous qu'il va bien. Ces deux filles, indique-t-elle en désignant la tressée et celle aux taches de son, savent ce qu'elles font. Suivez leurs consignes.

Sissy saute alors sur le quai, attachant sa ceinture de dagues autour de sa taille. Bientôt, nous sprintons côte à côte dans l'herbe de la prairie. D'incessants hurlements nous parviennent du village. La panique est à son comble dans les rues, dans les chaumières. Et nous fonçons là-bas tête baissée.

– Pourquoi Krugman a emmené Ben ?

Sissy secoue la tête, visiblement terrifiée.

– Je ne sais pas.

Elle force encore l'allure.

À mi-chemin, je jette un rapide coup d'œil vers la gare. Un puissant déclic métallique résonne dans l'air, suivi d'une explosion de fumée gris clair s'élevant de la voiture de tête. Le train s'ébroue. Quinze minutes. C'est tout le temps qu'il nous reste. Si tant est que nous survivions jusque-là.

Nous nous abritons derrière la première masure pour évaluer la situation. La rue est déserte. Quelqu'un déboule derrière nous à grandes enjambées. Clair.

– Ce serait du suicide d'aller plus loin, halète-t-elle. Vous entendez tous ces cris ? Revenez au train.

– On va d'abord chercher Ben dans le bureau de Krugman, affirme Sissy. Je ne partirai pas sans lui.

Les deux filles se dévisagent. Clair crache par terre.

– Dans ce cas, je vous accompagne. Je peux vous aider. Je connais le chemin le plus court. Dans les deux sens.

– Clair… je commence.

– Allez, venez ! m'interrompt-elle. Il n'y a pas de temps à perdre.

Elle part en courant, sachant qu'on va la suivre, zigzagant dans les allées, se faufilant par d'étroits interstices entre deux maisons. Leste et vive, elle adopte les meilleures trajectoires, coupe même parfois à travers une chaumière, bondit par-dessus des clôtures. Nous croisons de temps à autre un groupe de fillettes fuyant le village en braillant, ralenties par leurs pieds de lotus.

– Allez à la gare, leur dis-je chaque fois.

Mais en les voyant se dandiner de la sorte, je sais qu'elles n'ont pas la moindre chance de semer les crépusculaires.

Car ils sont partout et nulle part. Je n'en ai pas encore aperçu un seul, pourtant leurs vagissements tout proches me vrillent sans cesse les tympans. À en juger par l'accroissement du volume sonore, je sais qu'il en arrive encore, que leur flot continu est loin de s'être tari. L'odeur métallique de notre sang est prégnante dans les rues, les masures, sur nos vêtements, à travers notre peau, nos muscles, notre graisse, nos organes et nos veines.

– Par ici ! nous encourage Clair à mi-voix.

Nous accélérons encore.

À deux chaumières de là, une fille sort par la porte principale. Les cris l'ont délogée de sa cachette. Confuse, hésitante, elle se tourne vers nous. Elle n'a pas le temps de voir… la bourrasque noire qui l'emporte. En un clin d'œil, une forme sombre indéfinie la plaque de côté, la faisant disparaître dans la maison à travers l'huis réduit en miettes. Les hurlements de la fillette se mêlent aux grondements des crépusculaires en une association intime et sinistre.

J'attrape Clair par la main pour l'éloigner de là. Son bras est ballant, le choc lui a coupé les jambes.

– Pense au bureau de Krugman, et à rien d'autre, d'accord, Clair ? Emmène-nous là-bas.

Elle acquiesce, mais son corps la trahit. Elle tremble, tourne la tête à droite, à gauche, tentant de comprendre ce qui est arrivé à ce monde, soudain devenu si sombre, si noir et si sanglant. Elle retire son écharpe, la noue autour de sa tête.

– Qu'est-ce que tu fais ? je m'étonne.

– Mes cheveux blancs trahissent notre position dans la nuit.

– Non. C'est l'odeur du sang qui les attire, dis-je en lui repassant l'écharpe autour du cou. Et pour l'instant, ça joue en notre faveur, car nous savons précisément où ils sont :

là où ça crie, il y a du sang, et c'est là qu'ils sont. Il faut rester à l'écart des hurlements.

Elle hoche la tête comme une forcenée, sa lèvre inférieure toute tremblante.

– Reste avec moi, Clair, et tout ira bien. Je connais bien ces créatures, j'ai déjà survécu à leurs assauts. Je sais comment elles se déplacent, où, quand, pourquoi. Regarde-moi, Clair, regarde-moi dans les yeux !

Elle s'exécute, et je rassemble toute ma force de conviction pour la transmettre à ses pupilles dilatées de terreur. J'entends presque le sang battre dans ses veines. Elle acquiesce lentement, prend une profonde inspiration.

– Par ici, dit-elle. On y est presque.

À l'évidence, elle a recouvré l'usage de ses jambes. Des cris – tantôt solitaires, tantôt groupés – fendent encore régulièrement le firmament, nous contraignant à faire un détour ou à rebrousser chemin.

Des formes sombres et indistinctes filent à travers le village, à une proximité déconcertante. Deux fillettes qui tentent de fuir une chaumière en se faufilant par une fenêtre appellent au secours, l'air implorant. Elles sont coincées dans l'embrasure, les bras pendant dehors. Soudain, elles s'arc-boutent, articulent une plainte silencieuse ; leurs yeux exorbités se révulsent, exposant le blanc d'une douleur indicible. Elles s'effondrent alors, s'affalent à cheval sur le rebord tels de gros sacs de linge, avant d'être brusquement happées à l'intérieur.

Nous ne nous attardons pas. Nous franchissons une allée à toute allure, entrons dans une venelle puis en ressortons.

– Par ici, indique encore Clair.

Nous nous retrouvons soudain à découvert, sprintons à travers la prairie en direction du rempart. Au-dessus de nos têtes, telle une flèche directionnelle, s'étend le long câble électrique reliant le centre-ville au bureau de Krugman, dans la tour d'angle. La lumière jaillissant de sa baie vitrée le nimbe d'un halo jaune vif.

41

Nous grimpons quatre à quatre l'escalier en colimaçon, piétinant violemment les degrés métalliques, nous aidant de la rampe raide et incurvée. Tout ici est d'un vide et d'un calme sinistres. Au milieu de notre ascension, Clair me saisit le bras pour me stopper. Un chant délicat flotte au-dessus de nos têtes.

« Délivre-moi de la mortelle épée
Protège-moi des mains des étrangers
Dont la bouche est pleine de crocs acérés
Dont les griffes sont tels des clous rouillés. »

Nous nous dévisageons, puis reprenons notre avancée à pas plus lents, plus feutrés. Nous nous arrêtons derechef : c'est la voix de Ben, tremblante de terreur.

« Que nos fils dans leur jeunesse
Soient des murs de forteresse
Nos filles les briques lustrées
D'un palais bien protégé.

Nos chaumières seront remplies
En prévision de notre survie. »

Au sommet des marches, nous n'avons plus qu'à suivre la voix de Ben. Elle vient du bureau de Krugman, au bout du couloir. Par la porte entrouverte, nous apercevons Ben tenant une partition entre ses mains tremblantes.

La pièce est éclairée par quelques lampes tamisées. Un faible bourdonnement – venant du câble électrique – fait vibrer l'air. Le bureau semble adouci, les contours plus lisses que la dernière fois, lorsque la lumière crue du jour lui conférait des angles brusques. Krugman est assis à sa table de travail, dos à nous, les yeux rivés sur la baie vitrée donnant sur le village. Il semble subjugué. Il tient à la main une timbale à whisky vide, comme s'il avait trinqué avec la nuit pour oublier les cris et hurlements menaçant de fissurer le carreau.

Ben se tient debout devant les étagères jouxtant la cloison, le teint blafard. Je lui fais signe de venir, un doigt posé sur mes lèvres. Il jette un coup d'œil vers Krugman, puis s'approche de nous sur la pointe des pieds. Il glisse sa main dans celle de Sissy.

– Et où donc crois-tu aller ? l'apostrophe Krugman d'un ton maîtrisé.

Pas la moindre nuance de menace ou d'inquiétude dans sa voix. Comme s'il avait tout le temps du monde, comme si une déferlante de crépusculaires ne balayait pas le village.

– Pourquoi n'entrez-vous pas, tous autant que vous êtes ?

Nous nous replions dans le couloir.

– J'espère au moins que vous n'essayez pas de vous enfuir en train ? reprend-il.

Je me fige sur place. Sissy tente de m'entraîner à sa suite, mais quelque chose dans la voix de Krugman…

– Car cela reviendrait à sauter de la poêle à frire dans le feu. En réalité, poursuit-il, conscient d'avoir capté mon attention pleine et entière, *dans un cratère de volcan en éruption* serait sans doute plus approprié.

Il ricane à sa propre blague.

– Qu'est-ce que vous voulez dire ? je m'enquiers.

– Gene ! s'exclame Sissy.

– Non, attends, je la coupe avant d'ajouter, d'une voix plus forte : nous partons, maintenant.

– Comme vous voudrez, répond Krugman, plus las que jamais. Vous ne ferez que repousser l'échéance.

Sissy me tire de nouveau le bras. Et de nouveau, je résiste. Je me tourne vers Krugman.

– Vous êtes trop vieux et trop gras pour arriver jusqu'au train… Vous ne voulez pas qu'on s'enfuie, vous essayez juste de nous faire perdre du temps.

– Et pourtant, vous restez…

Il pivote lentement sur son fauteuil, les yeux humides et injectés de sang. Il arbore un sourire triste, flattant tendrement sa bedaine proéminente.

– Je n'ai pas toujours été aussi lourd, reprend-il d'un ton léthargique, comme s'il était trop las pour expulser les mots.

C'est sa résignation, sa reddition complète face au destin qui me mettent en alerte. Un homme pareil n'a jamais fini de tendre des pièges. S'il nous retient, c'est qu'il a une confession à nous faire.

Cette simple pensée me glace l'échine.

– Vous dites que le train mène à une mort certaine. Pourquoi ?

– Gene ! Allons-y ! me presse Sissy.

– Dites-moi pourquoi ! j'insiste.

Krugman pose ses mains à plat sur ses accoudoirs, comme s'il tapotait avec affection la tête de deux bambins.

– Es-tu réellement obligé de crier ? N'y a-t-il pas assez de bruit dehors ?

– Bon, cette fois, on s'en va, dis-je en faisant volte-face.

– Ce n'est pas le train qui est dangereux, déclare Krugman d'une voix claire et glaciale, comme s'il avait momentanément recouvré sa sobriété. C'est la *destination*.

Ces derniers mots sont à peine bredouillés.

– Beaucoup de morts et de hurlements. Beaucoup. Beaucoup. Beaucoup.

– Parlez-nous de la Civilisation.

Il glousse.

– Cela prendrait du temps. Beaucoup. Beaucoup. Beaucoup.

– Gene, ne tombe pas dans le panneau ! Il ne cherche qu'à…

– … Qu'à vous empêcher de monter dans le train ? complète Krugman. Alors, allez-y, partez. Vous voulez une petite tape sur les fesses, que je vous ébouriffe la tête, vous dépose un baiser sur les lèvres pour vous dire adieu ? Prenez la route, mes petits chéris. Ne me laissez pas vous retarder. N'allez pas rater le bus de l'école par ma faute.

Je m'approche de Krugman, fais tomber d'une gifle la timbale qu'il tient encore. Elle vole à travers le bureau pour aller se briser contre le mur. Ce bruit le fait sursauter. Il retrouve un semblant de lucidité avant qu'un nouveau voile vienne obscurcir ses prunelles. Il titube jusqu'à la fenêtre, encadré de l'obscurité environnante. Un hurlement surgit de quelque part, sans doute du pied de la forteresse. Sa puissance et sa proximité sont terrifiantes.

– Gene ! m'appelle encore Sissy.

Je ne lui réponds pas. Je dois savoir.

– C'est le palais du Patron, pas vrai ? je m'écrie. Le train mène à des enclos d'homiférés, c'est ça ? Je suis sûr d'avoir raison.

Krugman glousse de nouveau.

– Offrez un cookie au garçon, voulez-vous ? Donnez-lui son badge de petit détective.

Il essuie la larme qui roule sur sa joue.

– Ce n'est que la partie émergée de l'iceberg. Tu te crois malin, tu penses avoir tout compris. Tu veux la vérité ?

Clair glapit. Un crépusculaire, pâle et luisant comme la lune, glisse le long de la vitre telle une sangsue. Il ne peut pourtant rien voir à travers le verre sans tain. Il marque une pause, dilatant les narines juste devant la silhouette immobile de Krugman. Puis il reprend sa traversée. Dehors, une vague noire de ces monstres envahit les murs de la forteresse.

Krugman s'essuie le nez d'un revers de main.

– La vérité, reprend-il en chevrotant. La vérité sans fard, prête à consommer. Accrochez-vous, mes petits, ça va secouer, prévient-il en se détournant de la fenêtre. Nous sommes seuls. L'espèce humaine a été rayée de la carte il y a des générations de cela. Les crépusculaires sont les maîtres du monde. Et nous n'avons jamais réussi à le leur reprendre. Nous n'avons jamais trouvé d'antidote, de remède, ni même de poison. Nous n'avons jamais rien trouvé d'autre que la mort. La Civilisation n'a jamais existé.

Sissy cesse de me tirer par la manche. Elle se retourne, presque malgré elle, pour observer Krugman.

– Quand les choses se sont apaisées, il ne restait plus que quelques milliers d'humains. Nous avons vivoté dans des conditions terribles. Au cœur du palais du Patron, emprisonnés, contraints de nous reproduire. Notre seul but dans l'existence était de vivre, puis mourir au gré de l'appétit du Patron. Et celui-ci est insatiable. Il a essayé de ralentir sa consommation, de se raisonner, mais la tentation était trop forte. Et il nous avait juste à portée de main. Il en est allé de même pour chacun des Patrons qui se sont succédé. Aucun d'eux n'avait le sens de la mesure. La population humaine détenue a commencé à décroître à une vitesse vertigineuse… Une nuit, il y a bien des décennies, le Patron a eu une illumination. Une idée lumineuse. Il est venu nous voir pour conclure un marché.

– *Qui*, nous ?

– Nous, les humains… Il a accepté d'en libérer cent ou deux cents pour former une colonie, ici, dans les montagnes. À des centaines de kilomètres de distance, pour que les crépusculaires ne puissent pas nous atteindre, pas même en train, à cause de la lumière du soleil. Les humains ont donné leur accord – comme si nous avions eu le choix – et pris la route.

« Évidemment, cet accord était top secret, seuls les hauts gradés en étaient informés. Et pendant des décennies, les différents Patrons ont tous pourvu à nos besoins. Le secret a tenu plus longtemps que quiconque ne l'aurait espéré. Mais je suppose que, comme tous les secrets, celui-ci a fini par être éventé.

Il lisse les poils de son grain de beauté.

– Dernièrement, nous avons eu vent de nombreuses rumeurs. On parlait de dissensions au sein même du Palais, certaines factions ayant appris l'existence de la Mission. On a même évoqué la construction de bateaux parasoleils, de toute une armada. Nous n'avons pas pris ces rumeurs au sérieux. Grave erreur… dit-il en contemplant le ciel d'encre.

Nous nous sommes laissé berner par un faux sentiment de sécurité. Ils avaient toujours rempli leur part du contrat.

– Parlez-moi de ce contrat. Dites-moi tout.

– Nous nous reproduisons pour eux, chuchote Krugman. Voilà le but de la Mission. C'est une ferme d'élevage. Nous leur envoyions des homiférés au compte-gouttes, comme en intraveineuse. Nous sommes suffisamment loin d'eux pour qu'ils ne puissent pas se repaître, nous éradiquer complètement au cours d'un unique festin incontrôlable. En échange, ils nous fournissaient tout ce dont nous avions besoin pour vivre et… oui, pour prospérer. De la nourriture, des médicaments, des matériaux. Un prêté pour un rendu. Une magnifique relation, symbiotique par bien des aspects. Nous n'en étions pas au point de faire griller des marshmallows avec eux en chantant *Kumbaya*, mais tu saisis l'idée.

– Pendant toutes ces années, vous leur avez envoyé des enfants en guise d'amuse-gueule… je traduis.

Sa voix n'est plus qu'un murmure.

– Épargne-moi tes jugements, petit. Je vais te dire ce que j'ai fait : j'ai préservé l'espèce. C'est grâce à moi, et à moi seul, que nous existons encore. Alors, si j'étais toi, je tournerais sept fois ma langue dans ma bouche avant de critiquer.

– Tous ces garçons que vous avez envoyés. Et les filles plus grandes, intervient Clair.

Krugman se tourne vers elle, et son regard s'attendrit, ses yeux s'emplissent de larmes d'émotion.

– Je vous ai offert quelques années de bonheur. Voilà ce que je vous ai apporté. De la musique, des sourires, du soleil, de la nourriture, de la chaleur… Vous n'avez jamais connu la tyrannie de la peur, de l'emprisonnement dans des cellules froides et humides, cernées de mort et de violence, à entendre les bruits écœurants d'un crépusculaire se repaissant d'un être cher. Vous n'avez jamais eu à vivre dans la crainte de voir votre numéro tiré au sort, de sentir des griffes d'acier se refermer sur vos membres pour les arracher. Non, toi et les autres villageoises n'avez connu que le paradis, un véritable Éden. Cela justifie-t-il d'avoir inventé des histoires au sujet de la Civilisation ? L'ignorance est un bienfait, et j'ai été votre bienfaiteur.

– Vous n'avez rien fait d'autre que les condamner à mort, je rispote.

– Oh, ne le sommes-nous pas tous ? braille-t-il en faisant volte-face pour me dévisager. N'allons-nous pas tous mourir un jour ? Dès la seconde où nous naissons, nous sommes voués à disparaître. J'ai juste fait en sorte de leur rendre le couloir de la mort plus confortable. Non, mieux que ça : je l'ai rendu joyeux, idyllique. Empli de rires, de chansons et de nourriture. Regardez les dessins sur cette étagère. N'y voyez-vous pas la fantaisie de l'enfance, la béatitude chimérique ? s'emporte-t-il alors que son triple menton tressaute violemment. Toi ! Tu as toujours le même air supérieur que le Scientifique. Tu parles exactement comme lui quand il est rentré à la Mission. Il est revenu trop bien pour cet endroit.

– Gene… m'implore Sissy, plus que jamais pressée de partir.

– C'est pour ça qu'il y a tant de filles enceintes ici, je chuchote en comprenant tout juste l'atroce vérité. C'est ainsi que la Mission survit, qu'elle… fournit le Palais. Tout ça pour ne pas cesser de recevoir sa nourriture, ses médicaments, ses provisions…

Ma voix déraille.

– Un prêté pour un rendu, répète Krugman. Un prêté pour un rendu.

– Et vous envoyez là-bas les garçons dès leur plus jeune âge. Pourquoi ?

Ses yeux s'assombrissent.

– Vous les envoyez avant qu'ils puissent vous menacer physiquement, je réponds tout seul. C'est ça ? C'est pour ça qu'ils n'ont pas leur place ici.

Krugman se retourne vers l'extérieur.

– Ils ne sont pas de bons reproducteurs.

Après une pause interminable, il précise dans un souffle :

– Ce sont les anciens qui s'occupent de ça.

Il se perd dans la contemplation des ténèbres qui engloutissent les massacres de la rue.

– Combien de temps… ? je demande.

– Des siècles. Nous sommes ici depuis des siècles.

Une nouvelle pause. Un soupçon de remords semble altérer son expression, comme si sa conscience restée si longtemps endormie se réveillait enfin.

– Et, oui, il y a eu certains défauts de naissance. C'est le risque, avec la consanguinité. Une conséquence triste, mais inévitable. Nous nous sommes toujours empressés de les faire disparaître. Loin des yeux, loin du cœur.

Un violent frisson me dévale la colonne vertébrale. Je me rappelle, maintenant. Cette silhouette encapuchonnée qui, il y a deux nuits, a emporté un nouveau-né au Vastenarium.

Krugman va se chercher une autre timbale et se renverse du whisky sur les doigts en se resservant. Même quand elle déborde, il continue de la remplir sans s'en soucier.

– Tu ne veux pas effacer le petit air méprisant que tu affiches ? Tu aurais fait exactement comme moi. Tu n'as pas idée des pressions que nous avons pu subir. Quand nous ne respections pas nos quotas, précise-t-il avec une moue amère, ils nous privaient de nourriture et d'approvisionnement. Une fois, durant une période particulièrement pauvre, ils ont décidé de nous faire passer un message. Ils nous ont donc concocté une surprise. Parmi les aliments se trouvait une pomme. Parfaitement ordinaire en apparence, sauf qu'une petite lame de rasoir imprégnée de salive de crépusculaire avait été glissée à l'intérieur. L'une des fillettes a été contaminée en croquant dedans. Elle s'est transformée, annonce-t-il, gloussant comme un dément. Nous avons alors enfin compris pourquoi le Palais nous avait fait construire le Vastenarium quelques mois plus tôt…

Son regard croise le mien dans le reflet.

– C'était un avertissement. Pour nous faire filer droit. Après quoi, nous avons quelque peu serré la vis par ici. Nous avons intensifié… la production. Nous avons commencé à magnifier les pieds des filles pour les empêcher de s'éloigner, de fuir. Les garçons étaient envoyés là-bas de plus en plus jeunes. Nous avons appris à bien arroser chaque chargement, pour nous assurer qu'il n'y avait aucun… contaminant.

Deux corps laiteux glissent contre la baie vitrée. Ils détalent aussi vite qu'ils sont venus, laissant dans leur sillage des traces gluantes.

Sissy s'approche de moi, me force à la regarder.

– Gene, dit-elle, semblant plus vieille de dix ans. Allons-y ! Partons…

– Ou alors, vous pouvez rester, suggère Krugman.

Lui paraît soudain horriblement jeune, comme si un petit garçon tentait de s'échapper de cette prison de graisse et de rides, de barbe, de cernes, de regrets et de peur.

– Je vous en prie, restez. C'est fini, maintenant. Je me suis fait une raison. Et je ne veux pas mourir seul.

Je n'éprouve pour lui aucune compassion. Il a sur les mains le sang d'un nombre incalculable d'enfants. Il n'a rien fait pour mettre un terme à ce cycle infernal de sang et de mort, se débrouillant même pour tirer profit de ces indicibles échanges. Il a vendu son propre peuple pour quoi ? De quoi manger et boire. Et la possibilité d'assouvir ses ignobles penchants sur d'innocentes villageoises.

– Laissez-moi vous expliquer comment vous allez finir, lui dis-je en me dirigeant vers la porte. Vous croyez vous être préparé à ce moment, mais quand vous les verrez déferler tel un flot déchaîné lors d'une rupture de barrage, vous vous mettrez à hurler. Et vous serez seul. Vous comprenez ? Au milieu de tous ces corps blêmes occupés à festoyer, vous saurez ce qu'est la véritable solitude.

Nous nous apprêtons à partir.

– Pitié ! gémit-il. Laissez-moi au moins le garçon. C'est tout ce que je demande…

– Allons-y ! crache Sissy.

– Il me rappelle… moi-même. Quand j'étais jeune. Encore innocent. Je vous en supplie ! Nous sommes tous morts, de toute façon. Je voudrais juste l'entendre chanter. S'il vous plaît, laissez-moi le garçon…

Nous sortons, Sissy entraînant fermement Ben par la taille. Nous refermons la porte derrière nous, étouffant la voix de Krugman.

42

Alors que je m'apprête à dévaler l'escalier en colimaçon, Clair me rattrape par le bras.

– Non, Gene ! Pas par là !

– Par où, alors ?

Des hurlements font vibrer les marches en métal et la rampe.

– Les murs de la forteresse ne nous protègent plus ! s'exclame-t-elle. La Mission est complètement envahie.

– On doit retourner au train !

– Oublie le train ! dit-elle, paniquée. Tu n'as pas entendu ce qu'a dit Krugman ? Le train nous mènerait vers d'autres crépusculaires !

– Nous n'avons pas le choix. Rester ici, c'est la mort assurée. Au moins, avec le train…

Clair me fait pivoter vers elle et plante son regard résolu dans le mien.

– Il y a une échappatoire. On peut toujours se servir du Deltaplane. Tu décolles. Tu pars rejoindre ton père.

Elle m'attire plus près.

– Sissy et toi pourriez partager le prototype pour deux personnes.

– Pas question ! s'exclame l'intéressée. Je ne partirai pas sans les garçons, et ils sont dans le train…

– Il est trop tard. On ne peut plus les sauver.

– Et Ben ? j'interviens. Et toi ?

Elle secoue la tête.

– C'est ce que voulait ton père. Que tu voles vers l'est. Tu n'imagines même pas ce qui se trame, Gene. Sissy et toi devez fuir vers l'est. Ça a toujours été prévu comme ça.

– Qu'est-ce que tu as dit ?

– Vous devez fuir vers l'est…

– Non… « Ça a toujours été prévu comme ça » ?

Un air de regret lui glisse fugacement sur le visage.

– Je suis désolée. Vraiment. Je t'ai menti tout à l'heure. Ce Deltaplane était prévu pour Sissy et toi. Ton père a lourdement insisté pour que toi et « la fille » voliez ensemble, explique-t-elle alors que les larmes lui montent aux yeux. Je n'ai jamais été « la fille ».

– Je croyais que c'était *toi* qui devais m'accompagner. N'est-ce pas ce que tu m'as dit tout à l'heure ?

Elle baisse honteusement la tête.

– Tu n'es pas le seul à vouloir découvrir la Terre promise. Je suis navrée. J'ai laissé s'interposer mes rêves, dit-elle en secouant la tête. Ça a toujours été prévu pour Sissy et toi.

Un bruit violent monte d'en bas. Un silence, puis des vagissements dans l'escalier.

– Par ici ! s'exclame Clair, sachant que nous n'avons d'autre choix que de la suivre.

Elle tourne à gauche, traverse en hâte un nouveau couloir. Nos bottes résonnent fortement dans l'obscurité. Derrière nous, je perçois le cliquetis de leurs griffes sur le sol.

Clair ouvre une porte à la volée et nous nous réfugions dans une pièce qui ne m'est pas inconnue. Elle écarte à coups de pied boîtes et cartons vides, puis ouvre la petite porte qu'elle vient de dévoiler ainsi et nous la fait franchir. Le battant claque derrière nous, et j'entends Clair s'affairer dans l'obscurité complète, tâtonnant le mur à l'aveuglette. Après un claquement, un halo vert vient illuminer le passage.

Les Deltaplanes nous apparaissent, suspendus au-dessus de nos têtes telles des mites gigantesques. Ben les contemple, les yeux écarquillés.

Clair décroche déjà le prototype pour deux. Des griffes cliquettent de l'autre côté du mur, se brisent à force de creuser. Sans se laisser distraire, Clair attrape matériel, bâtons lumineux et gants. Un coup assourdissant manque d'arracher la porte à ses gonds.

– Il nous en faut deux autres ! je crie. Clair, il…

– On n'a pas le temps de faire le tri ! Ils sont presque tous inutilisables et…

Le battant tremble derechef.

– La porte ne va pas les retenir bien longtemps, je hurle. Il faut partir tout de suite. *Tout de suite !*

– Passez devant, je vous rattrape, rétorque-t-elle en ramassant sacs et lunettes de protection. L'issue au bout du couloir !

– Non ! On y va tous ensemble !

Maintenant, des martèlements continus s'abattent sur la porte, grêlée de coups d'épaules. Survient alors le gémissement du métal gauchi.

– Clair ! je crie de nouveau.

Nous nous ruons sans plus tarder dans le corridor, semant des sacs au passage, perdant notre matériel, sans plus nous en soucier. Seul compte le Deltaplane.

Notre dernier rempart finit par céder, et des crépusculaires jaillissent tels les plombs d'une chevrotine. Ils courent sur le sol, les murs et le plafond en poussant des vagissements assourdissants.

Clair nous passe devant pour ouvrir à la volée la porte au fond du corridor, et nous la franchissons en un éclair. Je la referme d'un coup de pied, et Sissy rabat déjà le verrou. Les crépusculaires s'écrasent dessus avec assez de puissance pour la cabosser en d'innombrables endroits. Nous reprenons nos esprits, malgré le sang qui nous bat aux tempes, et gravissons une volée de marches aboutissant à une autre porte.

Nous sommes enfin dehors, dans l'air frais et doux. Je contemple la longueur de la muraille – notre piste de décollage. Elle est déserte. Pas un crépusculaire à l'horizon.

Pas pour longtemps. Ceux qui arpentent la prairie nous ont repérés, de même que d'autres, juchés sur le rempart à un jet de pierre de là. Ils se ruent déjà sur nous, leurs quatre pattes rebondissant sur le sol à une allure folle.

Clair tente de m'attacher au prototype.

– Non, Clair. C'est Ben qui y va. Avec Sissy.

– Pas question ! rétorque Clair. C'est censé être Sissy et *toi*.

– Je ne vais pas perdre de temps à discuter, je crache, l'attrapant par les épaules avant de planter mes yeux dans les siens. Je reste, Ben et Sissy décollent.

– Tu veux que je te dise ce que Sissy va faire ? intervient celle-ci. Sissy va retourner au train. Il est hors de question que j'abandonne les garçons.

La muraille commence à trembler. Une vague de crépusculaires hurle en contrebas.

– Il faut que Gene y aille ! tempête Clair. Le Scientifique a dit que…

Un tintement métallique. Sissy a dégainé une dague pour la plaquer sur le cou de Clair.

– Attache-toi.

La jeune fille comprend qu'il est inutile de résister. Elle s'exécute donc, sous le regard scrutateur de Sissy.

Cette dernière rengaine son arme et se saisit de Ben.

– Sissy ! s'écrie le garçon.

– Ben, on te retrouvera, lui répond-elle en l'accrochant au Deltaplane avant de remonter la fermeture à glissière de sa veste et d'assurer deux mousquetons l'un avec l'autre. Tu es en de bonnes mains. Clair va t'emmener jusqu'à la Terre promise.

– Ne me laisse pas, supplie son petit frère, les lèvres tremblantes, les joues inondées de larmes.

Un vrombissement s'élève sur la muraille.

– Dépêchez-vous ! dis-je. Ils seront bientôt sur nous.

Sissy étreint rapidement Ben puis recule, le visage mouillé des larmes du garçon.

– Décolle ! ordonne-t-elle à Clair.

Et ils s'élancent ainsi, courant de toutes leurs forces le long du rempart. Au bout de la piste, ils se jettent dans le vide. Ils disparaissent momentanément de notre champ de vision, puis remontent une seconde plus tard, s'envolant dans le ciel nocturne, s'éloignant rapidement de la montagne. Je distingue les cheveux de Ben flottant dans le vent, ses bras tétanisés de terreur. Puis ils adoptent leur rythme de croisière et Clair, maîtrisant parfaitement l'appareil, met le cap sur l'est.

– On doit retourner au train, dis-je en cherchant une issue.

Les cris stridents sont de plus en plus proches. Nos prédateurs planent sur la prairie et glissent sur le rempart.

Sissy se tourne vers moi, d'un mouvement calme et tranquille. Quelque chose dans son regard semble ralentir le temps et, pour la première fois depuis mon retour à la Mission, nous nous regardons pour de bon. Son courageux sourire ne suffit pas à dissimuler les larmes qui baignent ses yeux.

– Tu le sais aussi bien que moi, Gene. C'est la fin.

Des crépusculaires, pâles et nus comme une portée de rats, escaladent la muraille. Nous sommes cernés. La Chasse qu'ils ont commencée il y a tant de jours s'achève enfin.

Sissy dégaine deux dagues, m'en tend une.

– Jusqu'au dernier souffle ? demande-t-elle.

J'accepte l'arme.

– Jusqu'au dernier souffle.

Du verre éclate derrière nous. Cela vient du bureau de Krugman. Des crépusculaires complètement nus s'engouffrent par la baie vitrée. On dirait du lait caillé disparaissant par la bonde d'un évier. Je ne perçois pas la voix de Krugman par-dessus celle de ses assassins, mais c'est inutile.

La lumière émanant du bureau est soudain mouchée. Les ampoules éclatent, plongeant le décor au centre duquel nous nous trouvons dans des ténèbres encore plus épaisses. Le courant est cependant toujours branché, en attestent les étincelles crépitant à l'intérieur.

J'ai soudain une idée.

Je lève les yeux vers le sommet de la tour de coin. Là, le long câble relie le bureau au générateur central du village. Il survole d'assez haut la prairie – et la déferlante de crépusculaires.

Le cœur battant la chamade, je saisis la main de Sissy et l'attire à ma suite. Pas de temps à perdre en explications.

Derrière nous, comme stimulés par notre tentative de fuite, les crépusculaires poussent des mugissements furieux.

Nous sprintons. Notre vitesse nous dérobe la vue de ces corps pâles jaillissant de part et d'autre du rempart, telles de puissantes vagues s'écrasant contre les murs de la forteresse. Les crépusculaires prennent de la hauteur, tournent la tête à droite et à gauche pour nous repérer ; et dès lors que nous filons devant eux, ils se laissent tomber sur le chemin de ronde et s'élancent à notre poursuite.

– Ta ceinture de dagues, dis-je à Sissy.

Elle me la tend alors que nous atteignons le câble électrique. J'en lâche un côté et le fais passer autour du filin, puis je pèse de tout mon poids sur les deux extrémités de la lanière pour en éprouver la solidité. Ça devrait tenir. Il faut que ça tienne.

Sissy se place face à moi, me passe les bras autour des épaules puis saute pour me ceindre la taille de ses jambes. Je sens sa tête contre la mienne, ses lèvres tout contre ma tempe.

Je bondis dans l'air nocturne, chaque extrémité de la ceinture enroulée autour de mes poignets, Sissy accrochée à moi. La gravité fait son œuvre, et nos masses cumulées manquent me déboîter les épaules quand elles doivent supporter la charge à elles seules.

Nous rebondissons, une fois, deux fois, et ce double impact fait légèrement lâcher prise à Sissy, qui, les jambes toujours bien accrochées autour de mes hanches, parvient malgré tout à raffermir sa prise.

Nous dévalons alors le câble à une vitesse plus grande que n'aurait dû le permettre le contact du cuir sur le métal. Des étincelles jaillissent de la lanière, et c'est seulement en dressant le nez que je comprends pourquoi : une dague s'est coincée entre le filin et le ceinturon. Le frottement est quasiment nul, entre l'acier et le cuivre. Nous volons. Et pétillons.

Loin en contrebas, les crépusculaires qui se ruaient vers le mur stoppent brusquement. Ils nous contemplent avec un mélange de surprise et de rage. Fort heureusement, nous flottons, indemnes, hors de portée de leurs bras tendus.

Sissy halète soudain. Je me retourne brièvement pour voir ce qui l'inquiète. Un crépusculaire nous a pris en chasse *sur* le câble. Parfaitement équilibré, il trottine à une allure étonnante, bras et jambes s'activant en parfaite harmonie ; son pas est aussi sûr que celui d'un étalon sur le pré le plus plat qui soit.

Le monstre est horriblement défiguré. Peut-être que, déterminé à prendre le dessus sur ses centaines de concurrents, il a quitté trop tôt la pénombre des cavernes et souffert des derniers rayons du crépuscule. Quoi qu'il en soit, il ressemble à un chat sans poils arpentant une poutre. La moitié de son visage a fondu, ce qui lui donne un air dément. Il ouvre sa bouche plus grande que ses mâchoires ne devraient le lui permettre et pousse un hurlement. Sa gueule bée de plus en plus, si bien que les commissures de ses lèvres craquent, déchirant la peau de ses joues et révélant des rangées de dents et de crocs.

Désormais, la créature semble m'observer avec un sourire émerveillé.

Un éclat de lumière argentée. Sissy a réussi à dégainer une dague et à la lui lancer dessus.

Elle l'atteint en plein dans le mille. La lame s'enfonce jusqu'à la garde dans la cage thoracique. Disparaît complètement, puis ressort de l'autre côté, n'ayant rencontré que peu de résistance.

Le crépusculaire marque une courte pause. Il ne comprend pas ce qui l'a touché. Cependant, il n'est que momentanément surpris, comme on peut l'être par un rot soudain et embarrassant. Et il ne paraît pas avoir de séquelles. Il repose les yeux sur moi et reprend sa course folle.

Un autre éclair, une autre dague lancée. Cette fois, Sissy vise le visage, les yeux, tentant de mettre un terme brutal à la poursuite.

Malheureusement, le crépusculaire a vu le coup partir et incline la tête de côté pour laisser passer l'arme. Ce simple geste suffit toutefois à le déstabiliser. Il vacille un instant, tentant de recouvrer l'équilibre. Et durant la seconde que dure son rétablissement, Sissy tire de nouveau. La dague se plante dans la cheville de notre poursuivant, qui cille, une fois, deux fois, avant de basculer. Il bat des bras en plongeant vers le sol, ce qui ne l'empêche pas de s'écraser lourdement avec une plainte silencieuse.

Sissy et moi atterrissons dans le village quelques secondes plus tard. Le câble est alors particulièrement bas, presque parallèle au sol, nous rejoignons donc aisément la terre ferme. Il était temps, car mes bras sont sur le point de tomber.

Le massacre dans la Mission n'a fait que s'intensifier. Des braillements sortent des moindres recoins, des bruits de succion proviennent de presque chaque chaumière.

– Le train va partir d'un instant à l'autre, chuchote Sissy. On doit se dépêcher.

– Plaque-toi aux murs, dis-je. Garde bien les bras le long du corps et reste aussi droite que possible. Les crépusculaires sont attirés par les mouvements de balancier.

Des mugissements se faufilent jusqu'à nous. Nous progressons en zigzag, évitant autant que possible les principaux chemins où nous serions trop exposés, privilégiant les étroits passages entre deux masures. Sissy se fige soudain.

– Qu'est-ce qu'il y a ?

Abritée derrière une cloison, elle scrute discrètement la place du village.

– On peut continuer à se tapir de ce côté de la rue, puis traverser dans une centaine de mètres quand la voie s'étrécit. Ou alors couper tout droit. Mais nous serons bien plus visibles et vulnérables.

– On manque de temps, je réponds. Le train va partir. On va au plus court. Reste baissée.

Ainsi recroquevillés, nous entreprenons de traverser la place. Sissy s'arrête brusquement à mi-chemin. Elle regarde fixement un point droit devant elle, paralysée de stupeur.

Je tourne lentement la tête pour regarder moi aussi. Un peu plus haut dans la rue, simple tache grise au milieu de la nuit, il y a quelqu'un. Une personne vêtue de blanc et nimbée des rayons de la lune, debout telle une statue de marbre. Avant même de reconnaître son visage, je sais de qui il s'agit.

Ashley June.

43

Le rouge orangé de sa chevelure drape son corps pâle d'un rideau flamboyant. Ses yeux, deux diamants verts jumeaux, me transpercent l'âme. Elle s'approche de nous, lentement. À quatre pattes.

Sissy me saisit la main, m'encourage à avancer. Je reste néanmoins campé sur mes talons. Il est trop tard.

– Vas-y, je chuchote à Sissy.

– Non.

Elle reste près de moi, sans me lâcher la main.

– Pars.

– Non.

Elle resserre son étreinte.

Ashley June avance lentement dans notre direction, ses omoplates jaillissant dans son dos à chacun de ses mouvements. Elle semble détendue, tel un guépard de zoo arpentant paresseusement sa cage par une chaude nuit d'été. Pourtant, ses prunelles luisent d'un désir ardent. Une petite sacoche est solidement accrochée dans son dos.

À trente mètres de nous, elle siffle, ploie les pattes arrière. Elle n'est plus que muscles bandés, véritable boule d'énergie.

Elle étend les bras en bondissant en avant, rebondit lestement sur le sol pour prendre une nouvelle impulsion. Elle plante son regard dans le mien, je vois dans ses yeux autant d'obsession que de désespoir.

– C'est moi ! je crie. C'est moi !

Pas une once de réaction. Pas le moindre ralentissement. Elle se rue sur moi, retroussant les lèvres sur le bas de ses crocs.

Sissy tend instinctivement la main vers son ceinturon, mais il est trop tard pour dégainer.

Ashley June arrive à toute allure, ses bras et ses jambes se mêlant confusément sous son corps en action. Encore une dizaine de sauts et elle me sautera à la gorge.

– Ashley June ! je lance.

À cet instant, une lueur d'intelligence éclaire ses prunelles. Elle arque violemment la tête. Quand elle affronte de nouveau mon regard, je la sens partagée. Elle ralentit, s'arrête. Des filets de bave gélatineuse pendent de part et d'autre de sa bouche, touchant presque les pavés. Elle incline à moitié la tête de côté, sourcils froncés.

– C'est moi, Gene, je reprends.

Elle observe mon visage, comme pour tenter de se rappeler où elle l'a vu la dernière fois. Son expression s'adoucit soudain. Ses lèvres tremblent. La mémoire lui revient.

– Ashley June…

Malgré la peur, je parviens à lui parler tendrement. Avec un soupçon de culpabilité.

Un grondement sourd monte de sa gorge. Elle tape du pied, sans toutefois se rapprocher davantage. Soudain, ses yeux s'éclaircissent. Elle tressaille. Elle se souvient de moi. Gênée, elle essuie les filets de salive qui lui pendent de la bouche.

– Gene ? chuchote-t-elle.

Sa voix voltige, à la fois fluette et timide.

Je sursaute. Le contraste entre son corps sauvage et la délicatesse avec laquelle elle souffle mon nom est presque insupportable. Je détourne la tête. Elle se lève, déployant son corps jusqu'à se retrouver sur ses deux jambes. Comme pour reconquérir son humanité. Pourtant, son conflit intérieur n'est pas résolu. Une partie d'elle aspire encore à me plaquer au sol à la façon d'un guépard ; cela se devine aux gouttes de salive qui continuent de dégouliner de ses crocs exposés, aux muscles frémissants de ses cuisses. Elle s'essuie à nouveau la bouche. Puis elle remarque quelque chose.

Ma main. Tenant celle de Sissy. Ses yeux remontent le long du bras de cette dernière pour la dévisager, comme si elle n'avait jusqu'alors pas eu conscience de sa présence.

Ashley June se laisse soudain retomber à quatre pattes. Son corps se contracte derechef, ses prunelles ne sont plus que deux billes froides. Elle secoue la tête, balançant de part et d'autre des filets de bave qui lui éclaboussent les cheveux. Elle s'accroupit, prend son élan, cède à ses instincts animaux. Ses muscles bandés se renflent sur ses bras élancés, ceux de ses cuisses ondulent. Puis elle jaillit subitement, telle une balle lancée à pleine vitesse.

En direction de Sissy.

Elle la déséquilibre, me renversant au passage. Le temps que je me relève, Ashley June a cloué Sissy au sol et refermé sa bouche autour de son cou. Ses dents et ses crocs sont si profondément enfoncés que seules ses gencives écarlates apparaissent encore. Elle me regarde avec langueur tout en aspirant, aspirant, aspirant encore.

Sissy tente de se libérer, sans y parvenir. Elle bat vainement des jambes. Ses forces l'abandonnent. Elle se contorsionne inutilement. Les cheveux de feu d'Ashley June recouvrent le corps prostré de sa victime, tels des doigts écartés sur leur proie.

– Non !

J'ai hurlé en plongeant sur Ashley June avec la force du désespoir.

Elle me refoule d'une gifle. Ses ongles me lacèrent le côté de la tête, mais je ne ressens aucune douleur ; cela viendra plus tard. Je retombe loin de là. L'impact sur le sol m'a coupé le souffle. Je me relève maladroitement, m'effondre de nouveau… entreprends de ramper vers Sissy.

Ashley June lance un coup d'œil par-dessus mon épaule.

Un autre crépusculaire est sorti de l'ombre d'une chaumière. Un air de désir se plaque sur son visage quand il me met dans sa ligne de mire. Il s'accroupit et se rapproche, tel un crabe fulgurant plantant ses pinces dans la terre à chaque pas.

Ashley June lève le nez du cou de Sissy. Du sang lui dégouline sur le menton. Elle grogne un avertissement à son congénère.

En une fraction de seconde, il s'élance comme un puma. Et je lui sers de gibier.

Quand il saute à proximité de Sissy, inconsciente, Ashley June l'attrape par les cheveux. J'entends le bruit des racines arrachées à son crâne. Les jambes du crépusculaire se tendent alors qu'il effectue un soleil et s'écrase à plat dos. Ashley June le chevauche sans lui laisser le temps de recouvrer ses esprits. À califourchon sur lui, elle baisse la tête jusqu'à se trouver nez à nez avec son concurrent. Elle gronde, ouvre grand la bouche pour exposer ses longs crocs affûtés comme des rasoirs. L'autre rugit en retour, fronçant les sourcils de fureur. Et de peur. Il tente de mordre Ashley June.

Cette dernière est assez prompte pour échapper aux dents de son adversaire. Puis, d'un geste fluide et puissant, elle l'envoie valdinguer à l'autre bout de la place. Le crépusculaire tournoie sans grâce en l'air. Son torse vient heurter la fenêtre d'une masure, ses jambes s'écrasent contre le mur. Pris de convulsions, il repose sur le rebord de la fenêtre, le haut du corps à l'intérieur, le reste à l'extérieur.

Ashley June se tourne vers moi. Elle a le souffle court. Ses yeux émeraude, limpides et féroces bien qu'étrangement tendres, recèlent une sorte d'affection incertaine. La sacoche qu'elle porte sur le dos est désormais à moitié déchirée ; la reliure d'un livre en émerge.

Je recule d'un pas.

L'autre crépusculaire, tout hérissé de débris de verre, lui tombe dessus par-derrière. Ils s'écroulent en un enchevêtrement de crocs et de griffes, chuintant tout en s'affrontant.

Je mets à profit ces précieuses secondes pour me porter au chevet de Sissy. Ses paupières sont closes. Elle émet des murmures incompréhensibles. Je la prends dans mes bras, pars en courant. Je m'efforce d'oublier les bruits du combat qui fait rage entre Ashley June et l'autre crépusculaire. Je fais fi de l'épuisement, sprintant à travers champs en direction de l'autre bout du village, ne m'inquiète même pas de voir le train démarrer. Je ferme mes oreilles à la ruée sauvage qui se rapproche de moi, la horde issue du bureau de Krugman m'ayant pris en chasse. Et surtout, je fais comme s'il n'émanait aucune chaleur de Sissy, comme si son visage ne ruisselait pas de sueur, comme si elle n'était pas pâle comme la cendre. Comme si elle ne se transformait pas… Là, juste dans mes bras.

J'émets des petits sons restés enfouis en moi pendant des années, ma vie entière, des gargouillis d'angoisse étranglés. Ils franchissent mes lèvres en une déferlante de colère irrépressible. Il ne s'agit pas seulement des pleurs qui m'inondent les joues, ni de l'acide lactique qui crispe mes jambes.

La terre, désormais plus meuble, ondoie sous mes pieds. Je ne parviens plus à trouver de prises, plus d'élan. Je m'écroule alors, à bout de forces, incapable de faire un pas de plus, épuisé par cette fuite incessante. Je m'affale dans l'herbe. Assez… Assez… Je berce la tête enfiévrée de Sissy contre ma poitrine, regarde les étoiles, sens le sol trembler sous mes genoux. Ils approchent, sont désormais dangereusement près. Leurs pas lourds, leurs beuglements stridents et hystériques.

Des mains m'attrapent les bras et les jambes pour me démembrer.

Non, pas pour me démembrer, pour me *soulever*, me relever.

– Gene ! Debout ! Debout !

Devant moi, planent les visages de David et Jacob. Ils emportent déjà Sissy. D'autres pas se rapprochent. Ceux d'Epap, qui passe mon bras autour de ses épaules.

– Gene, tu dois m'aider. Je ne peux pas te porter tout seul. Cours, bordel ! Le train démarre !

J'obéis. J'active mes jambes aussi vite que possible, mais je suis éreinté. J'atteins le quai, parviens à peine à grimper les marches. Le train a déjà à moitié quitté la plate-forme. David et Jacob montent dans le wagon le plus proche, y déposent Sissy. Le train prend de la vitesse. Epap et moi allons devoir sprinter pour le rattraper. Un cri de colère retentit derrière nous. J'ose un coup d'œil par-dessus mon épaule. Une dizaine de crépusculaires, en avance sur le reste de la meute, nous auront rattrapés d'ici moins de dix secondes.

Jacob redescend de la voiture à bord de laquelle il avait

pris place, revient nous chercher à toutes jambes. Il passe mon autre bras autour de son cou, aide Epap à me tirer.

– Allez, Gene, donne-nous un coup de main.

– Lâchez-moi, dis-je. Il est trop tard.

J'ai raison, et ils le savent. Ils ne parviendront jamais à remonter, pas s'ils doivent me traîner comme un boulet. Les crépusculaires nous auront attrapés avant.

Jacob me lâche soudain, s'éloigne en sprintant.

– Continuez, ne vous arrêtez pas, montez dans le train ! nous crie-t-il.

Il se penche, ramasse un tuyau traînant sur le quai. Quand nous le dépassons, il active le générateur, qui s'éveille en vrombissant. Un puissant jet d'eau jaillit de la lance.

Les crépusculaires avalent quatre à quatre les marches menant à la plate-forme. Jacob dirige son tir droit sur eux. Leur chair, déjà partiellement fondue et rendue malléable par une trop longue exposition au soleil, est balayée de leurs os en quelques secondes à peine, retombant en une gerbe de grumeaux. Même leur squelette n'est pas épargné. La puissance du jet anéantit leurs os, faisant voler alentour mille fragments et éclats. Les crépusculaires disparaissent dans une brume de calcaire et de peau. Jacob laisse tomber sa lance, tente de nous rattraper. Il trébuche sur un autre tuyau, s'étale de tout son long sur le bitume.

Trois crépusculaires arrivent en haut de l'escalier et lui tombent dessus en une fraction de seconde.

– Non ! hurle Epap.

Il me lâche sur le quai. Alors qu'il enjambe une grosse caisse pour s'emparer de la lance la plus proche, les trois crépusculaires sont déjà penchés sur leur proie, les crocs plongés dans son cou et ses cuisses, les paupières papillotant d'extase. Epap allume le jet, et détruit les monstres en un instant. Il court rejoindre Jacob, le relève et le hisse sur son épaule. Il ne perd pas de temps à examiner la gravité des plaies.

J'ai ce faisant trouvé un second souffle, qui me permet au moins de me relever et de libérer le quai des divers obstacles qui pourraient gêner la progression d'Epap. Il arrive à ma hauteur et, ensemble, nous courons vers le train.

Je perçois les vagues de chaleur qui émanent de Jacob. Même sans le regarder, je sais qu'il se transforme, et vite. Mordu et contaminé par *trois* crépusculaires, il subit une métamorphose d'autant plus rapide.

– Allez ! Encore un effort ! nous encourage David, penché par la porte du dernier wagon.

Une poussée d'adrénaline nous permet de forcer encore l'allure. Quand nous arrivons à la hauteur du train, David nous tend le bras pour nous aider à grimper. Il hisse d'abord Epap et Jacob, puis c'est mon tour, et nous nous écroulons tous sur le sol grillagé du wagon. Sissy gît près de nous, toujours inconsciente, entourée d'un groupe de villageoises inquiètes. La fille aux taches de rousseur me dévisage, puis lance un regard paniqué vers les crépusculaires qui nous donnent la chasse.

– Non, non, non ! s'exclame Jacob.

Il tremble, de grosses gouttes de sueur perlent sur son visage. Son cou n'est pas marqué de deux petits trous soignés, mais d'une ribambelle de morsures. Sa métamorphose est encore plus rapide que je ne le craignais.

Il en a conscience, et tourne vers Epap des yeux remplis d'effroi.

– Ça va aller, Jacob ! le rassure celui-ci en lui caressant les cheveux. Tout va s'arranger.

Dehors, les cris de déments se multiplient tandis que les

crépusculaires s'efforcent de rattraper le train. Ce dernier accélère régulièrement, mais les portes sont toujours ouvertes.

– Où est Ben ? hurle David en le cherchant du regard.

Jacob est pris de convulsions, son corps froid luit d'une fine couche de transpiration.

– Combien de temps ? je demande à la fille aux taches de son. Avant que les portes ne se ferment ?

– Bientôt ! répond-elle. Je crois qu'on a presque atteint la vitesse critique.

Nous percevons à cet instant précis un déclic mécanique, et le vantail commence à se clore.

À cet instant, Jacob se retourne, horrifié.

– Je me transforme, annonce-t-il.

Il contemple la porte. Puis il considère ce qu'aucun d'entre nous n'a encore envisagé. S'il se métamorphose à l'intérieur du wagon, tous les passagers sont morts.

Il se relève d'un bond. L'instant d'après, je comprends ce qu'il s'apprête à faire. Je lève la main pour l'arrêter, pour le retenir. Puis je me fige. Cette fraction de seconde d'hésitation lui suffit pour s'élancer à travers la grille entrouverte. Il disparaît. La porte s'enclenche avec un clic sonore.

– Non ! gémit David, qui tente déjà de la rouvrir de force.

Elle est cependant bel et bien verrouillée, et le restera jusqu'à destination.

– Jacob ! hurle-t-il encore. Jacob, Jacob !

Le garçon s'est redressé, tremblant de peur. Il est dehors, seul au monde, pour la première et dernière fois de sa vie. C'est plus qu'il n'en peut supporter, et il s'élance le long de la voie ferrée, pour passer ne serait-ce que quelques secondes de plus en notre compagnie. David étend la main entre les barreaux, et Jacob est brièvement assez rapide pour la saisir et l'étreindre. Ses cheveux rebondissent sur ses épaules, ses joues tressautent, ses yeux sont pleins de larmes. Pauvre garçon, qui ne rêvait que de manèges de chevaux au galop, de grenouilles en plein saut et de dauphins volants… Il semble si petit dans cette étendue. Il est seul, et il n'y a plus rien que nous puissions y faire.

Le train accélère encore, et Jacob ne peut plus suivre. Les mains de David et de Jacob commencent à glisser.

– Jacob !

Leurs mains se séparent.

Pourtant, le garçon court toujours aussi vite qu'il le peut, agitant les bras en grands arcs, remuant les jambes de toutes ses forces. Il ne veut pas rester seul, il ne veut pas disparaître dans la nuit, il ne veut pas perdre de vue la seule famille qu'il ait jamais connue. Mais il perd du terrain, alors que le train gagne de la vitesse.

Finalement, il trébuche, s'étale de tout son long. J'arrive à peine à regarder. Il n'est bientôt plus qu'un grain de sable blanc sur une plage de ténèbres. Une déferlante arrive derrière lui, l'engouffre.

Les barreaux de la voiture commencent à trembler, ou plutôt à vibrer sous l'effet de quelque bourdonnement. Celui-ci s'amplifie, si bien que j'ai bientôt l'impression que la grille prend vie entre mes mains. Puis ce ne sont plus seulement les cages : tout le train oscille désormais d'un côté à l'autre.

Un tambourinement puissant emplit la nuit, tel le bruit d'un millier de destriers au galop. Ce ne sont cependant pas des chevaux qui nous rattrapent : les chevaux n'émettent pas cette sorte de rayonnement pâle, ni ne sifflent, crachent ou bavent, pas plus qu'ils ne hurlent ou vagissent, ni n'émergent de la nuit avec le blanc des yeux brillant comme des lunes endiablées.

Un hurlement. Un crépusculaire a bondi sur le wagon, attrapant par surprise une fillette adossée aux barreaux. Il parvient à l'arracher au travers, à peu près en un seul morceau, lui brisant tous les os et lui déboîtant chaque membre. Quand elle atterrit sur le sol, il se roule en boule sur elle pour étouffer ses derniers cris.

– Restez au centre de la voiture ! je crie.

La fille aux taches de rousseur force les villageoises à obéir. Un crépusculaire surgit alors de nulle part, referme les mains sur la cage avec l'habileté d'un singe, puis passe un bras à l'intérieur, lacérant l'air de ses longs doigts.

– Baissez-vous ! hurle-t-elle juste avant qu'un autre crépusculaire atterrisse sur le toit.

Nous nous aplatissons tant bien que mal, sentant sa main se balancer au-dessus de nous telle une vigne vénéneuse. Il pousse un sifflement de frustration, nous asperge de sa salive. Je me précipite sur Sissy, toujours inconsciente, afin de protéger chacune de ses plaies des gouttes infectées, m'assurant qu'aucun de ses membres ne se trouve à la portée d'un assaillant potentiel. Sa peau est froide comme de la glace, son corps tressaute spasmodiquement.

Un autre crépusculaire s'accroche à la voiture, puis encore un autre, faisant cliqueter le wagon comme une cage à oiseau. Il en pleut encore davantage, jusqu'à ce que leur peau blême drape entièrement notre prison roulante. Cette tapisserie de chair translucide et membraneuse est une véritable vision d'horreur. Au cœur de cet amas informe surgit parfois, telle une tétine sous le ventre d'une chienne, un visage crépusculaire, chuintant et claquant des mâchoires, les yeux ronds comme des soucoupes.

Le train poursuit sa route, se rapprochant du pont à grande vitesse.

Sissy marmonne quelques paroles, ses lèvres s'efforçant de former des mots, ses paupières demeurant closes. Comme si elle priait. La prière des agonisants. Elle s'adresse à moi. Je ressens tout à coup la douleur sur ma tempe, et quand j'y porte légèrement les doigts, je les retire poisseux de sang. Ashley June m'a ouvert la tête de ses griffes. De ses ongles dégoulinant de sa propre salive.

Le train continue d'avancer, et les crépusculaires de pousser leurs étranges hurlements. Et la seule chose que je sois capable de faire est de lisser obstinément les cheveux de Sissy derrière ses oreilles.

Le roulis du train change de rythme. Nous franchissons le pont. Tchac-tchac. Tchac-tchac. Le claquement des rails sous les roues. Puis nous entamons la fameuse descente, atteignons notre vitesse de pointe. Tchac-tchac, tchac-tchac-tchac, tchac-tchac-tchac-tchac.

J'observe le pont par l'étroit interstice subsistant entre deux crépusculaires. De l'autre côté, des essaims entiers de ces créatures se bousculent pour poursuivre leur route, et des dizaines de monstres basculent par-dessus le rebord pour plonger dans le canyon.

Nous nous éloignons de plus en plus vite, tournons à un virage… puis le pont et la Mission semblent ne plus exister.

44

La traversée nocturne me paraît interminable. Tout d'abord, nous nous blottissons les uns contre les autres pour éviter les crépusculaires qui, refusant de lâcher prise, restent agrippés à la cage. Ensuite, nous restons blottis les uns contre les autres pour nous protéger du froid. Nous disposons les caisses de provisions autour de nous et nous abritons au milieu. Personne ne parvient à dormir : pas avec ces coulées de salive qui nous tombent sur la tête, pas avec les hurlements occasionnels de colère et de désespoir poussés par les crépusculaires.

Sissy, brûlante de fièvre, transpire abondamment. Son corps est régulièrement secoué de convulsions. Elle se transforme lentement – je ne comprends d'ailleurs pas pourquoi c'est si lent ; mais en un jour ou deux, la désintégration de son humanité sera complète. Nous ne pouvons pas la laisser se métamorphoser ici. Lorsqu'elle sera arrivée à un certain stade, nous devrons nous résoudre à l'impossible. Nous devrons la déplacer vers un bord du wagon où les crépusculaires, toujours accrochés à leurs barreaux, sc chargeront de ce que nous sommes incapables de faire. Nul n'a encore évoqué la question, mais je sais qu'elle hante chacun de nous. En particulier Epap. Il n'a quasiment pas fermé l'œil de la nuit, se contentant de lisser les cheveux de Sissy, l'air malheureux et inquiet, son autre bras toujours passé autour de David.

À la faveur de l'obscurité, je me glisse près de Sissy. Elle est de plus en plus chaude. Je dégaine l'une de ses dagues. Epap sort de sa torpeur, sursaute à la vue de la lame. Il me dévisage, me croit sur le point d'abréger ses souffrances.

– Pas encore, me dit-il. Il y a peut-être encore une chance…

Je l'interromps :

– Ce n'est pas ce que tu penses.

Je serre les dents, puis m'entaille la paume ; du sang exsude de la plaie, formant une petite flaque au creux de ma main. Les crépusculaires basculent dans la folie. J'entrouvre les lèvres de Sissy et y fais couler un peu de mon sang.

– Au cas où… Si je suis vraiment l'Origine, peut-être que le remède est dans mon sang.

Epap secoue la tête, maussade et renfermé.

– C'est notre dernier recours, dis-je. On n'a plus rien à perdre.

Il daigne à peine me regarder en me répondant :

– Gene, dit-il en désignant ma tempe, à l'endroit précis où Ashley June m'a lacéré. Toi aussi, tu te transformes.

Il a raison. Il a remarqué ce que je me suis efforcé de nier, la pâleur de ma peau, la sueur sur ma figure, mes frissons, dus non pas au vent glacial mais à un froid plus profond et malsain, les premières convulsions.

– Tu n'es pas l'Origine, tranche-t-il en s'allongeant, fermant les yeux. Tu n'es pas le remède.

L'aube pointe. Les crépusculaires abandonnent le train de mauvaise grâce, avec rage. Certains lancent une dernière fois le bras dans l'espoir d'attraper quelqu'un par surprise. Seul un petit nombre s'entête. Puis, dans un hurlement collectif, ils jettent l'éponge et décampent dans l'épaisseur des bois. Maintenant que le rideau de crépusculaires a disparu, le vent souffle violemment à travers notre wagon-cage.

Un seul crépusculaire est encore avec nous. Et ce uniquement parce qu'il n'a pas le choix. Ayant plongé la tête la première vers la voiture, il s'est enfoncé jusqu'aux oreilles entre deux barreaux et se retrouve incapable de se dégager, malgré des heures de tentatives, même après s'être déboîté les épaules et fracturé la mâchoire en cinq endroits.

Au lever du soleil, ses hurlements d'agonie nous vrillent les tympans jusqu'à ce que, suffisamment fondu, il dégouline comme du beurre et s'affale mollement sur la voie. Les roues arrière lui passent sur le corps, propulsant un liquide jaunâtre qui nous éclabousse telle une épaisse pluie acide.

Enfin, le matin est là. Les rayons du soleil nous offrent un répit bienvenu après cette nuit terrifiante. Nous restons muets, blottis les uns contre les autres en dépit de la chaleur revenue, en dépit de l'absence de crépusculaires.

Une fillette blême plisse les yeux pour observer l'astre du jour. Tout son corps traduit son état de choc, ses poings serrés, ses jambes recroquevillées. Néanmoins, ses prunelles recèlent une pointe d'espoir quant à ce que l'avenir nous réserve. « La Civilisation », semble dire cette lueur, « la Civilisation ». La fillette tourne la tête vers moi, soutient mon regard pendant quelques secondes. Les barreaux de la voiture projettent, de biais, des ombres sur sa figure.

Je devrais peut-être lui dire la vérité. Lui répéter tout ce que Krugman m'a appris. Mais à cet instant, affaibli par la fièvre, je commence à douter de cette vérité-là. Car tout ne me paraît pas logique. Je reste cependant muet, arrache mon regard du sien, baisse la tête. Le soleil me brûle les yeux comme de l'acide. Ses rayons transpercent chacun de mes pores, de mes os, torturent violemment des terminaisons nerveuses dont j'ignorais jusqu'alors l'existence.

Epap a raison. Je me transforme. Je grelotte. Je frissonne.

45

Durant l'après-midi, nous ouvrons les boîtes de fournitures. Nous y trouvons quantité de vêtements chauds, devenus inutiles à présent que nous ne sommes plus en altitude et que la température est plus douce. Nous découvrons aussi du papier, des stylos, des médicaments. Et à notre immense soulagement, l'un des coffres est rempli de boîtes de pêches au sirop. Il y en a treize, pour être exact, soit exactement une par personne. Pour l'instant. À la nuit tombée, nous serons peut-être deux de moins. La fille aux taches de rousseur se charge de la distribution. Après un instant d'hésitation, elle en pose une à côté de Sissy, toujours sans connaissance. Elle nous conseille de nous rationner. Nul ne sait précisément combien de temps notre voyage va durer. Sans doute plusieurs jours.

Epap griffonne le nom de chacun sur les boîtes. Un bon moyen de faire les présentations, selon lui. Il s'efforce de se montrer fort, courageux. Il inscrit « Sissy » sur la boîte de celle-ci. Il refuse d'accepter l'inévitable : dans quelques heures, il devra commettre l'irréparable. D'abord pour elle, puis pour moi. Il écrit mon nom sur ma propre boîte, comme pour conjurer le sort.

Je contemple toutes ces conserves, disposées côte à côte. Mon nom, celui de Sissy, s'étalant en capitales d'imprimerie. Comme des noms sur des pierres tombales.

Il fait nuit. Un spasme me réveille. Le froid nocturne du désert s'accroche à mes os. Même les rayons de lune me brûlent les yeux. La transformation est presque achevée. Une brise délicate siffle à travers la voiture, charriant avec elle une odeur de fumée. Un épais nuage s'élève de la cheminée de la voiture de tête. Le moteur a dû se mettre en branle après que nous avons perdu de notre élan. Nous devrions conserver cette allure jusqu'à notre arrivée au Palais. Tout est automatique.

Comme ma métamorphose.

Je frissonne, mon corps tout entier est pris de tremblements. Mon cœur bat la chamade, ma chemise est toute collante de sueur froide. La lenteur de ma transformation, ce supplice interminable… Le clair de lune baigne notre cage. L'ombre des barreaux métalliques épouse la moindre de nos courbes. De temps à autre, une fille pousse un cri, perdue dans un cauchemar. Je m'assieds, subis le craquement d'un os sec et croustillant. David dort par intermittence à côté de moi, marmonnant quelques mots inquiets. Je remonte la couverture sur ses épaules. Son bras est posé sur la place vacante de l'autre côté – celle qu'aurait dû occuper Jacob…

Le paysage défile lentement, des kilomètres et des kilomètres de néant. Sissy est allongée à mes pieds, la tête dans le giron d'Epap. L'éclat que renvoient les dagues rangées dans sa ceinture attire mon attention. Je caresse du doigt le cuir de la sangle. Je défais une attache, dégaine une lame. L'heure est venue.

Epap refuse de s'en charger. Mais je peux le faire. Je dois le faire. D'abord elle, puis moi.

J'appuie le fil d'acier contre son cou, l'enfonce un peu dans sa chair délicate. Je vois battre son pouls au-dessus du métal.

Son pouls est lent et régulier, et non extrêmement rapide comme il devrait l'être. Je palpe sa peau, sourcils froncés. Elle est sèche. Et chaude.

Je pose la main sur son cœur. Là encore, les battements sont lents et réguliers.

Sissy a cessé de se transformer. Elle se « *dé*transforme ».

Je contemple sans comprendre son visage calme et serein. Le vent qui souffle à travers les barreaux me fait frémir ; je suis en plein délire, un délire lié à ma propre métamorphose.

– Sissy ?

Ses paupières papillotent légèrement. Elle reprend connaissance. Son bras glisse hors de la couverture, renverse les boîtes de pêches près de sa tête. La mienne et la sienne, côte à côte.

Je crois apercevoir quelque chose, et mon cœur, pour une raison qui m'échappe encore, s'emballe un peu plus.

Puis j'entends une voix, celle de mon père, étonnamment claire après tant d'années : « Tu regardes sans voir. Parfois, la réponse est juste sous ton nez. »

Sissy s'agite, sort peu à peu du sommeil. Elle darde une langue sèche et blanche pour humecter ses lèvres craquelées. Ses yeux s'ouvrent, non pas en clignant comme plus tôt dans la journée mais avec une certaine assurance.

Dans un instant, elle va se réveiller, s'asseoir et me dévisager.

Mais pas tout de suite. Mon regard se pose de nouveau sur les boîtes, toujours côte à côte. Sur les lettres griffonnées, les noms qu'y a écrits Epap.

Gene. Sissy.

Sauf que son nom comporte trop de lettres, et que les dernières disparaissent derrière la courbure de la conserve. Je ne vois que les trois premières.

Sis.

Le nom que lui donnait le Scientifique.

Je repense soudain au Deltaplane. « Ça a toujours été prévu pour Sissy et toi. » Je repense à Krugman, tellement convaincu que l'Origine était quelque chose de typographique. À Epap, qui disait que mon père choisissait toujours les noms pour une raison bien précise. À mon sang que j'ai versé dans la bouche de Sissy, et qui se mêle au sien.

Je ne peux détourner les yeux des boîtes de pêches, tel un aveugle recouvrant subitement la vision.

Gene. Sis.

Gene. Sis.

Genesis. *Genèse.*

Sissy ouvre maintenant les yeux, ces yeux que je ne considérerai plus jamais de la même façon.

Ses prunelles se rivent aux miennes. Elle ne tressaille pas, ne cille pas malgré le clair de lune qui baigne son visage. Elle doit croire que mes yeux s'écarquillent de joie, ou peut-être de surprise de la voir revenir à la vie.

Mais ils s'écarquillent surtout parce que je viens de comprendre. Parce que la vérité se trouvait devant moi depuis le début. Juste sous mon nez.

La Genèse. Le commencement.

L'Origine.

Pas moi. Pas elle. Mais nous deux.

Ensemble, nous sommes le remède.

REMERCIEMENTS

Catherine Drayton incarne toujours l'agent par excellence. Je suis infiniment reconnaissant d'avoir dans mon coin du ring quelqu'un d'aussi fiable, dont la perspicacité et le sens des affaires me semblent acquis en permanence. Merci aussi à toute l'équipe hypertalentueuse d'InkWell Management, et en particulier à Richard Pine, Lyndsey Blessing, Charlie Olsen et Kristan Palmer.

Je dois énormément à Rose Hilliard, mon éditrice chez St. Martin's Press. J'ai une reconnaissance infinie à l'égard de ses facultés éditoriales magiques, de ses encouragements chaleureux et de ses conseils toujours élégants. Si ce livre respire la précision, la profondeur et la vie, c'est bien grâce à elle. Mille mercis également à Matthew Shear, Anne Marie Tallberg, Joseph Goldschein, Loren Jaggers, Paul Hochman, Jeffrey Dodes et NaNá V. Stoelzle.

Merci à Ingrid Selberg, Venetia Gosling, Kathryn McKenna, et au reste de l'équipe de Simon & Schuster UK, d'avoir défendu cette série avec un infatigable dévouement.

Pour leur générosité en temps et en mots, je serai éternellement redevable à Andrea Cremer, Becca Fitzpatrick,

Richelle Mead et Alyson Noël. Votre soutien de la première heure signifiait – et signifie toujours– énormément pour moi. Merci infiniment.

Merci aux Monsters Calling Home, qui m'ont beaucoup inspiré.

Et enfin, merci à Ching-Lee et aux garçons, pour l'amour, le soutien, les rires, l'espoir, les bons moments, l'exaltation, la joie, le refuge, l'inspiration, et cent mille autres raisons.

Imprimé à Barcelone par :

CPi
BLACK PRINT

Composition et mise en pages
Nord Compo à Villeneuve-d'Ascq

Imprimé en Espagne

Dépôt légal : Février 2015
ISBN : 979-10-224-0115-9
POC 0093